Las Mil y una Noches

ALMA CLÁSICOS ILUSTRADOS

Las Mil y una Noches

Ilustraciones de
Carole Hénaff

Edición revisada y actualizada

Título original: *Alf layla wa-layla*

www.editorialalma.com

@almaeditorial
@Almaeditorial

Diseño de la colección: lookatcia.com
Diseño de cubierta: lookatcia.com
Maquetación y revisión: LocTeam, S.L.

ISBN: 978-84-17430-48-1
Depósito legal: B4803-2019

Impreso en España
Printed in Spain

El papel de este libro proviene de bosques gestionados de manera sostenible.

Índice

El rey Schariar y su hermano Schazenan 9

Fábula del asno, el buey y el labrador 18

El gallo, el perro y la mujer del labrador 20

El mercader y el genio 23

El genio y los tres viejos 27

Historia del primer anciano y de la cierva 28

Historia del segundo anciano y de los dos perros 32

Historia del tercer anciano y de la princesa Scirina 35

Historia de un pescador 44

Historia de tres calendas, hijos de reyes, y de las cinco damas de Bagdad 48

Historia del primer calenda, hijo de rey 59

Historia del segundo calenda, hijo de rey 63

Historia del envidioso y el envidiado 69

Historia del tercer calenda, hijo de rey 76

Historia de Zobeida 87

Historia de Amina 91

Historia de Simbad el Marino 97

Primer viaje de Simbad el Marino 99

Segundo viaje de Simbad el Marino 102

Tercer viaje de Simbad el Marino 104

Cuarto viaje de Simbad el Marino 109

Quinto viaje de Simbad el Marino 113

Sexto viaje de Simbad el Marino 117

Séptimo y último viaje de Simbad el Marino 120

Las tres manzanas 122

Historia de la dama asesinada y del joven su marido 127

Historia de Nuredin Alí y Bedredin Hasán 132

Historia del jorobadito 179

Historia del mercader cristiano 183

Historia del manco 184

Historia del proveedor 190

Historia del convidado 191

Historia contada por un médico judío 198

Historia contada por el sastre 201

Historia del joven cojo 202

Historia del barbero 208

Historia del primer hermano del barbero 210

Historia del segundo hermano del barbero 216

Historia del tercer hermano del barbero 222

Historia del cuarto hermano del barbero 227

Historia del quinto hermano del barbero 231

Historia del sexto hermano del barbero 242

Historia del príncipe Camaralzamán 250

Historia del príncipe Zeyn Alasmán y del rey de los genios 273

Historia del durmiente despierto 277

Historia de Aladino o de la lámpara maravillosa 289

Historia de Alí Babá y de cuarenta ladrones, exterminados por una esclava 319

Historia del caballo encantado 330

Historia de Alí Cojía, mercader de Bagdad 342

Aventuras del Califa Harún Al-Raschid 348

Historia del ciego Abdalá 350

Historia de Beder, príncipe de Persia, y de Jiauhara, princesa de Samandal 355

Conclusión 374

* Esta edición ofrece una selección de algunos de los mejores relatos que componen la obra original.

El rey Schariar y su hermano Schazenan

Refieren las crónicas de los sasánidas, antiguos soberanos de Persia, que existió un rey muy amado por sus vasallos debido a su sabiduría y temido por los vecinos por el valor que demostraba. Este rey tenía dos hijos: el primogénito se llamaba Schariar y Schazenan el menor. Tras un largo y glorioso reinado, murió el rey y Schariar subió al trono. Schazenan se vio, pues, reducido a la condición de ciudadano particular, pero lejos de envidiar la buena suerte de su hermano, puso todo su empeño en complacerle. Contentísimo Schariar del proceder de su hermano Schazenan quiso darle una prueba de su satisfacción cediéndole el reino de la Gran Tartaria, cuyo trono fue a ocupar en seguida Schazenan, fijando su residencia en Samarcanda, que era la capital del Estado.

Habían transcurrido dos años desde que los dos príncipes se separaron, cuando Schariar sintió vivísimos deseos de abrazar a su hermano, entonces le envió un embajador para invitarlo a que se trasladase a su capital. Para este objeto designó a su primer visir, el cual partió con el séquito correspondiente a su elevada dignidad.

Llegado el visir a Samarcanda, el rey de Tartaria le acogió con grandes demostraciones de júbilo y le pidió en seguida noticias de su hermano el sultán. El visir satisfizo su curiosidad y acto seguido le expuso el objeto de su embajada.

—Sabio visir —contestó el rey —, el sultán, mi hermano, no podía proponerme cosa alguna que me fuese más grata. También yo ardo en deseos de verle. Mi reino está tranquilo y sólo necesito diez días para estar en condiciones de

ponerme en camino, así pues, te ruego que te detengas ese tiempo aquí y mandes plantar tus tiendas.

Schazenan nombró un Consejo para que, durante su ausencia, gobernase el Estado, poniendo al frente un ministro que le merecía absoluta confianza. Y al atardecer del décimo día de la llegada del embajador salió de Samarcanda seguido del personal que debía acompañarle en su viaje y se dirigió al pabellón real que el visir había hecho levantar cerca de su tienda. Se entretuvo conversando con el embajador hasta medianoche, y queriendo dar un último abrazo a la reina, su esposa, se encaminó solo a palacio y se introdujo sin previo aviso en las habitaciones de la soberana, la cual, no sospechando siquiera aquella inesperada visita, había admitido en la intimidad de su alcoba a uno de sus criados.

El rey entró silenciosamente en el dormitorio de su esposa, y considérese su sorpresa al ver a un hombre en el iluminado aposento. Quedó un momento inmóvil, preguntándose si debía creer lo que sus propios ojos veían, y convencido de que no había lugar a dudas, exclamó, al fin:

—¡Cómo! ¿Os atrevéis a ultrajarme de esa manera cuando apenas acabo de abandonar mi palacio? ¡Ah, malvados! ¡Pero no quedará impune vuestro crimen!

Desenvainó su alfanje, se acercó a los dos culpables y, en menos de lo que se tarda en contarlo, les hizo pasar del sueño a la muerte. Hecho esto, cogió a los dos cadáveres y los arrojó por una ventana al foso que existía al pie de la misma. Vengado de esta suerte, el rey volvió a su pabellón, ordenó que inmediatamente fuesen levantadas las tiendas y antes de que despuntase el día emprendieron la marcha.

El sultán salió al encuentro de su hermano y del visir a las puertas de la capital de la India y, después de haberle colmado de halagos y caricias, condujo a aquél a un palacio que, por medio de un jardín improvisado expresamente, se comunicaba con el suyo.

Schariar dejó en seguida a su hermano para que éste tomase el baño y se cambiase de vestidos, y en cuanto supo que ya había realizado estas operaciones se apresuró a reunirse con él. Sentáronse ambos en un diván, y cuando los cortesanos se hubieron retirado, los príncipes comenzaron a hablar de todo lo que dos hermanos, unidos más por el amor que por los vínculos de la sangre, tienen que decirse tras tan prolongada ausencia.

Terminada la cena, que tomaron juntos, reanudaron la conversación, la cual se prolongó hasta hora muy avanzada de la noche, en que se retiró Schariar para que pudiese descansar su hermano.

El desgraciado rey de Tartaria se acostó, pero no pudo conciliar el sueño. La infidelidad de la reina se le presentó tan vivamente ante su imaginación que se vio obligado a abandonar el lecho, entregándose por completo a sus dolorosos pensamientos. El sultán no pudo evitar observar la honda tristeza reflejada en el semblante de su hermano.

—¿Qué te sucede, rey de Tartaria? ¿Sientes, acaso, haber dejado tus estados y te apena verte tan lejos de la reina, tu esposa? Si es esto lo que te aflige, te daré al momento los regalos con que deseo obsequiarte y podrás regresar a Samarcanda.

En efecto, a la mañana siguiente le mandó cuanto las Indias producen de más raro y precioso, más rico y singular, no olvidándose de nada que pudiera distraerlo y divertirlo, pero estos agasajos y fiestas, lejos de alegrarle, aumentaban su melancolía.

Cierto día, Schariar organizó una cacería a unos bosques donde abundaban los ciervos, e invitó a Schazenan a que le acompañase; pero éste se excusó, pretextando que se hallaba indispuesto, y el sultán, que no quería contrariarle, partió con toda su corte.

En cuanto se halló solo, el rey de la Gran Tartaria se encerró en su cámara y se asomó a una ventana que daba al jardín. El espectáculo que se ofreció a su vista le llenó de estupor. Se abrió, de pronto, una puerta secreta del palacio del sultán para dejar paso a veinte mujeres, que rodeaban a la sultana. Ésta, creyendo que también Schazenan había ido a la cacería, avanzó con sus acompañantes hasta el pie de la ventana a la que aquél estaba asomado.

La sultana y las demás personas de su corte, sin duda para que los vestidos no entorpeciesen sus movimientos, o bien para estar con más comodidad, se despojaron enteramente de ellos, y entonces pudo observar Schazenan que sólo diez de aquellas personas eran mujeres, y las restantes, robustos moros que se apresuraron a retirarse, en distintas direcciones, cada cual con su pareja.

—¡Massoud! ¡Massoud! —llamó entonces la sultana, y otro apuesto árabe, que descendió de un árbol, se unió de inmediato a la soberana.

Schazenan vio más que suficiente para convencerse de que su hermano no era menos desgraciado que él, y cuando después de la medianoche los libertinos vistieron de nuevo sus largas túnicas y volvieron a palacio, el rey de la Gran Tartaria dio libre curso a sus pensamientos.

«¡Cuán poca razón tenía yo —se decía— para creer que mi desgracia era única en el mundo! Ésta es, sin duda, la suerte fatal que les está reservada a todos los maridos. Siendo, pues, así, ¿por qué he de dejarme vencer por la pena? No hay que pensar más en ello, el recuerdo de una desgracia tan común no turbará jamás mi sueño.»

Efectivamente, en vez de entregarse a sus sombríos pensamientos, se hizo servir una opípara cena y se mostró alegre y hablador.

Cuando supo que el sultán estaba ya de regreso, fue a encontrarle con aire placentero. Schariar, que esperaba encontrarle en el mismo estado de abatimiento y congoja en que le había dejado, se sorprendió gratamente al verle tan alegre.

—Hermano mío —le dijo—, doy gracias al cielo por el cambio felicísimo que se ha operado en ti, y te ruego que me digas a qué motivo obedece.

—Bien, querido hermano; puesto que lo deseas, voy a complacerte.

Le contó cuanto le había sucedido con su esposa y el castigo que le había impuesto, y concluyó diciendo:

—Ésta era la causa de mi tristeza, considera si tenía suficientes motivos para desesperarme.

—¡Qué suceso tan horrible me has contado, hermano mío! —exclamó el sultán—. Apruebo el castigo que infligiste a los que de tal modo osaron ultrajarte. Semejante acción no puede ser menos que aplaudida. Es muy justa y, por mi parte, te aseguro que, en tu lugar, no hubiera usado de tanta moderación. No a una, sino a mil mujeres hubiera matado. ¡Cielos! No creo que semejante desventura haya podido ocurrirle a otro que a ti. De todos modos, da gracias al cielo por el consuelo que te ha enviado, y como supongo que éste será también harto fundado, te ruego que me digas ahora en qué consiste, teniendo en mí absoluta confianza.

—Quisiera obedecerte, pero temo causarte mayor pena si cabe de la que yo he experimentado.

—Lo que me dices aviva todavía más mi curiosidad —repuso Schariar.

El rey de la Gran Tartaria vaciló aún, pero tuvo que acabar por ceder, y le contó las escenas del jardín que él había presenciado desde la ventana de su aposento.

—¡Cómo! —exclamó Schariar—. ¿La sultana de la India es capaz de prostituirse de una manera tan abyecta? No, hermano mío, no puedo creer lo que me dices si no lo veo con mis propios ojos, los tuyos te han engañado.

—Hermano mío —repuso Schazenan—, si quieres convencerte, no tienes más que organizar una cacería. De noche volvemos ocultamente a mis habitaciones y estoy seguro de que verás las mismas escenas que yo presencié.

El sultán aprobó la estratagema y dispuso de inmediato la partida de caza. Al día siguiente salieron los dos príncipes con sus séquitos respectivos y, llegados al punto previamente designado, se detuvieron hasta que cerró la noche. Sin pérdida de tiempo, el rey de la Gran Tartaria y el sultán montaron a caballo y, atravesando solos los campos, volvieron a la ciudad. Lograron no ser vistos por alma viviente, entraron en el palacio que ocupaba Schazenan y se situaron en la ventana que daba al jardín, sin apartar la vista de la puerta secreta. Al fin se abrió ésta y se repitieron las mismas escenas de la noche anterior. El sultán vio también más de lo necesario para convencerse de su vergüenza y de su desgracia.

—¡Ay de mí! —exclamó—. ¡Qué horror! ¡Que sea capaz la esposa de un soberano como yo de semejante infamia! ¿Qué príncipe podrá decir, en vista de esto, que es completamente feliz? ¡Ah, hermano mío —prosiguió, abrazando al rey de Tartaria—, renunciemos ambos al mundo! La buena fe no existe ya, si por una parte nos lisonjea, por otra nos traiciona. Abandonemos nuestros estados y toda la magnificencia que nos rodea, vayámonos a tierras extranjeras para vivir como simples particulares y ocultar nuestra desventura.

—Hermano mío —repuso el rey de Tartaria—, no tengo más voluntad que la tuya. Estoy decidido a seguirte adonde quieras, pero me has de prometer que volveremos si encontramos a alguien que sea más desgraciado que nosotros.

—Te lo prometo —contestó el sultán.

Salieron secretamente del palacio y tomaron por un camino distinto del que habían seguido a su llegada. Anduvieron todo el día hasta que, al atardecer, llegaron a un espeso bosque lleno de árboles seculares y muy frondosos, cercano al mar. Se sentaron al pie de uno de aquellos árboles para descansar y, de pronto, oyeron un estrépito espantoso por la parte del mar y al mismo tiempo un grito de terror. Se abrió seguidamente el mar y salió una columna negra que parecía llegar al cielo. Los dos príncipes, presos del mayor espanto, se apresuraron a subirse a la copa del árbol para averiguar de qué se trataba, y vieron que la negra columna se acercaba lentamente a la playa.

La columna era uno de esos genios maléficos que odian a los hombres. Negro y horroroso, tenía el aspecto de un gigante descomunal, y llevaba sobre la cabeza una gran caja de cristal con cuatro cerraduras de fino acero. Penetró en el bosque con su carga y fue a depositarla al pie del árbol al que estaban encaramados los dos príncipes, los cuales se creyeron irremisiblemente perdidos, pues no desconocían el peligro que les amenazaba.

Entretanto el genio se sentó sobre la dura tierra, abrió la caja y de ella salió al instante una mujer de belleza extraordinaria y ricamente vestida. El monstruo la hizo sentar a su lado y, mirándola con ternura, le dijo:

—Mujer de belleza incomparable, graciosa criatura a quien rapté el mismo día de su boda y he amado siempre con intensa y desbordante pasión, ¿me permites que descanse un momento a tu lado?

La joven sonrió y el genio se tendió en el suelo cuan largo era, apoyando su monstruosa cabeza en el regazo de su amante, no tardando en dormirse. La mujer levantó entonces los ojos y al ver a los dos príncipes en lo alto del árbol les hizo señas de que bajasen.

El terror que se apoderó de ellos al verse descubiertos fue indecible, y rogaron, por señas, a la amante del genio que les dispensase de obedecerla, pero ésta, después de haber levantado de su regazo la cabeza del gigante, haciéndola descansar sobre un montón de hierbas, se levantó y replicó en voz baja y acento amenazador:

—¡Bajad, os digo! ¡Es preciso que me obedezcáis!

Así lo hicieron los dos príncipes y, cuando estuvieron en tierra, la joven los tomó de las manos, se internó con ellos en el bosque y les exigió algo que no pudieron negarle. Satisfechos sus deseos y observando que ambos llevaban anillos en las manos, les pidió que cada cual le cediese uno. Tampoco los príncipes pudieron oponerse a este capricho, y la joven, cuando los hubo conseguido, los unió a una larga sarta de sortijas que ocultaba en el seno.

—¿Sabéis —les dijo— lo que representan estos anillos? Pues que el dueño de cada uno gozó de mi afecto, como acabáis de hacerlo vosotros. Aquí había noventa y ocho y, como me faltaban dos para el centenar, os he pedido los vuestros. Son, pues, cien los amantes que hasta ahora he tenido, a despecho de las precauciones y de la vigilancia de este genio, que no quiere separarse un momento de mi lado. Es inútil que me encierre en una caja de cristal y me oculte en el fondo del mar, pues siempre hallo ocasión de burlarle. Cuando una mujer concibe un proyecto, no hay marido ni amante que pueda impedirle que lo ponga en ejecución. Más valiera que los hombres procurasen no contrariarlas, pues éste sería el único medio de hacerlas discretas y fieles.

Dicho esto, se guardó los anillos y volvió a sentarse al pie del árbol, apoyando de nuevo en su regazo la cabeza del genio. Los dos príncipes volvieron sobre sus pasos.

—Y bien —dijo Schariar a su hermano—, ¿qué me dices de lo que nos ha ocurrido? El genio no puede envanecerse de que su amante le sea fiel. ¿Convienes conmigo en que nada iguala a la malicia de las mujeres?

—Sí —repuso el rey de la Gran Tartaria—, ¿y tú convienes conmigo en que el genio es más digno de compasión y más desgraciado que nosotros?

—Ciertamente.

—Volvamos, pues, a nuestros estados.

—Sí, volvamos —contestó el sultán—. Por mi parte, te aseguro que he dado con el medio de hacer que mi esposa no pueda serme infiel. El día que te revele mi secreto, no dudo de que seguirás mi ejemplo.

Caminando sin cesar, llegaron a su campamento a los tres días y tres noches de haberlo abandonado.

Cuando se tuvo conocimiento de la vuelta del sultán y del rey, todos los cortesanos se presentaron en la tienda real, y Schariar ordenó que al instante se levantase el campamento para regresar a la ciudad.

Una vez en palacio, el sultán se dirigió a las habitaciones de su esposa y mandó al visir que la estrangulase en su presencia. Y no satisfecho con esto, el enfurecido Schariar cortó con su propia mano la cabeza a todas las mujeres que formaban la corte de la sultana. Después de un castigo tan tremendo, y convencido de que no existía mujer alguna de cuya fidelidad pudiese estar seguro, resolvió desposarse cada noche con una y hacerla estrangular apenas alborease el día siguiente.

Promulgada esta bárbara ley, el sultán juró que la cumpliría en cuanto se hubiera marchado su hermano, el cual volvió en seguida a la capital de su reino, llevándose magníficos regalos.

El mismo día que partió Schazenan, el sultán ordenó a su visir que le trajese la hija de un general de su ejército, con la que se casaría aquella noche. Obedeció el visir. Se desposó Schariar con la joven y a la mañana siguiente mandó al propio visir que la matase y le buscase otra para aquella misma noche.

Estos actos de barbarie sembraron la consternación en todo el reino y, en vez de las alabanzas y bendiciones que hasta entonces habían tributado al sultán, todos sus vasallos le maldecían y le deseaban la muerte. El gran visir que, contra su voluntad, era ministro de esta cruel injusticia, tenía dos hijas. La mayor se llamaba Scheznarda y Diznarda la más joven. Ésta, no menos bella que su hermana, no poseía, sin embargo, el valor superior a su sexo y el ingenio y la perspicacia de que aquélla estaba dotada. Scheznarda había leído mucho y poseía una memoria prodigiosa. Había estudiado filosofía, medicina, historia y bellas artes y componía versos mucho mejor que los más célebres poetas de su tiempo. Además, su belleza era perfecta y su corazón sólo albergaba los sentimientos más nobles y generosos. El visir amaba entrañablemente a esta hija, que era, en verdad, digna de su amor.

Un día en que ambos se hallaban reunidos, Scheznarda dijo al visir:

—Padre mío, quiero pediros una gracia.

—Que yo te concederé gustosísimo si, como espero, es razonable.

—He ideado un plan —repuso la joven— para poner coto a las barbaridades que comete el sultán con las doncellas.

—Digna de alabanza es tu intención —contestó el visir—, pero me parece que no tiene cura lo que tú piensas reparar.

—Padre mío —replicó Scheznarda—, puesto que sois vos el que cada noche habéis de procurar una nueva esposa al sultán, os ruego que le propongáis que me conceda ese honor.

—¡Ah! —exclamó el visir, aterrado—, ¿has perdido el juicio, hija mía? ¿Cómo te atreves a hacerme semejante ruego? ¿Sabes a lo que te expone tu indiscreto celo?

—Sí, padre mío —contestó Scheznarda—, sé a qué peligro me expongo. Si perezco, mi muerte será gloriosa, pero si logro llevar a cabo mi empresa, haré a mi patria un servicio inmenso.

—No, no —replicó el visir—. Es inútil que insistas, pues no puedo acceder a lo que me pides.

—Concedédmelo, padre mío, será la última gracia que os pida.

—Tu obstinación —repuso el visir— hará que me enoje. ¿Por qué te empeñas en ir al encuentro de una muerte segura? El que no prevé el fin de una empresa peligrosa no puede realizarla como es debido. Cuidado no te suceda lo que al asno, que estaba bien y no supo contentarse con su suerte.

—¿Qué le sucedió al asno? —preguntó Scheznarda.

—Escucha y lo sabrás.

Fábula del asno, el buey y el labrador

UN LABRADOR muy rico tenía varias casas de campo, donde criaba toda especie de ganado. Vivía en una de ellas con su mujer y sus hijos, y poseía, como Salomón, el don de entender la lengua en que hablaban los animales, aunque le era imposible explicárselo a los demás so pena de perder la vida. Tenía en la misma cuadra un buey y un asno, y cierto día que contemplaba los juegos infantiles de sus hijos, oyó que el buey le dijo al asno:

—No puedo menos que mirarte con envidia al considerar lo mucho que descansas y lo poco que trabajas. Un mozo te cuida, te da buena cebada para comer, y para beber, agua pura y cristalina, y si no llevaras a nuestro amo en los cortos viajes que hace, te pasarías la vida en completa ociosidad. A mí me tratan de distinta manera y mi condición es tan desgraciada como agradable la tuya. A las doce de la noche me atan a una carreta, trabajo hasta que las fuerzas me faltan, y el labrador, sin embargo, no cesa de castigarme, y luego por la noche me dan de comer unas malas habas secas. Ya ves que tengo razón al envidiar tu suerte.

El asno no interrumpió al buey, pero cuando acabó de hablar le dijo:

—Con razón tenéis fama de tontos, tú y todos los de tu especie. Dais la vida en provecho y beneficio de los hombres y no sabéis sacar partido de vuestras facultades. Cuando os quieren uncir al arado ¿por qué no das buenas cornadas y unos cuantos mugidos que asusten a los hombres, te echas al suelo y te niegas a moverte? Si así lo hicieras ya verías cómo te tratarían mejor. Si sigues los consejos que te doy, notarás un cambio favorable y me agradecerás lo que te propongo.

El buey prometió obedecerle, y el amo no perdió ni una sola palabra de la conversación.

A la mañana siguiente, muy temprano, fue en busca del buey el gañán. El animal siguió exactamente los consejos del asno. Dio tremendos mugidos, no quiso comer, se echó al pie del pesebre, y el labrador, creyendo que estaba enfermo, fue a dar parte a su amo de lo que sucedía. El labrador comprendió el efecto de las indicaciones del asno, y, a fin de castigar a este último como merecía, dijo al mozo:

—Lleva al campo el asno en vez del buey, y haz que trabaje bien.

Dicho y hecho. El asno tiró todo el día del arado y de la carreta y recibió, además, tantos golpes, que cuando volvió por la noche a la cuadra no podía sostenerse. El buey, sin embargo, estaba muy contento. Había comido bien y descansado todo el día, así es que se apresuró a bendecir y dar nuevas gracias al asno cuando este último entró en la cuadra. El asno no le respondió ni una palabra, y decía para sí: «Yo tengo la culpa de lo que me sucede, soy un imprudente. Vivía contento y dichoso, y como mi astucia no encuentre un nuevo medio de salir de esta situación, voy a perder el pellejo». Y medio muerto de cansancio, se dejó caer en el suelo.

Al llegar a este punto de su narración, se interrumpió el gran visir y dijo a su hija:

—Merecerías ser tratada como el asno, puesto que pretendes curar un mal irremediable, o sea, llevar a cabo una empresa imposible en la que perderás la vida.

Inquebrantable en sus propósitos, la generosa joven replicó que ningún peligro le haría desistir de poner en ejecución sus designios.

—En ese caso —repuso el padre—, fuerza será hacer contigo lo que el labrador hizo con su mujer.

—¿Y qué fue?

—Escucha con atención, pues no he terminado el cuento.

El gallo, el perro y la mujer del labrador

EL LABRADOR, al ver el asno en estado tan deplorable, quiso saber lo que iba a pasar entre él y el buey y, acompañado de su mujer fue a la cuadra cuando el asno preguntaba a su compañero qué pensaba hacer al día siguiente.

—Haré lo que tú me has aconsejado —repuso el buey—, es decir, fingiré que quiero dar de cornadas a todo aquél que se me ponga por delante.

—Me parece muy bien —replicó el asno—, pero te advierto que esta mañana he oído decir al amo que, ya que estás enfermo y no puedes trabajar, que te maten en seguida y que llamen al carnicero antes de que enflaquezcas.

Estas palabras produjeron el efecto que el asno se proponía, y el buey dio un mugido de terror.

El labrador prorrumpió en una carcajada tan grande que su mujer se quedó sorprendida. Quiso saber la causa, pero su marido le dijo que era un secreto, y que se contentase con verle reír.

—No, quiero saber la causa.

—Me es imposible decírtela. Me río de lo que el asno está diciendo al buey, lo demás es un secreto que no te puedo revelar, pues de lo contrario me costaría la vida.

—Eso no es verdad y tú te burlas de mí, y si no me dices lo que han hablado los animales, te juro que voy a separarme de ti para siempre.

Y la mujer entró en la casa y se pasó la noche llorando en un rincón. Inútiles fueron los ruegos de su marido, que la amaba con ternura, para que desistiese de su empeño, y las súplicas de sus hijos y de todos los individuos de la familia. La mujer continuaba llorando, y el labrador, perplejo, no sabía qué partido tomar en tan apurado trance.

Tenía el labrador en la quinta, además, cincuenta gallinas, un gallo y un perro que guardaba la casa. Estaba el infeliz sentado a la puerta y cavilando acerca de su triste suerte cuando oyó que el perro reñía al gallo porque cantaba alegre y ruidosamente.

—Has de saber —continuó diciendo el perro— que nuestro amo está hoy muy afligido. Su mujer se empeña en que le revele un secreto que le costará la vida, y es de temer que muera, porque quizá no tenga firmeza para resistirse a la obstinación de su esposa. Todo es luto y aflicción en esta casa, y tú eres el único que estás gozoso y que nos insultas con tus cantos.

—Nuestro amo —replicó el gallo— puede salir si quiere muy fácilmente del apuro: que se encierre en un cuarto con su mujer, le mida las costillas con una buena vara de fresno, y no insistirá en saber el secreto. Si no lo hace, él tendrá la culpa de cualquier desgracia que le suceda.

Apenas oyó el labrador estas palabras, fue en busca de un garrote y pegó a su mujer con tal fuerza que ésta gritó al fin:

—Déjame ya, por Dios, que no volveré a preguntarte nada del secreto.

El marido, al verla en razón, abrió la puerta, entró toda la familia y felicitó al marido por haber encontrado un medio capaz de persuadir a su esposa.

—Hija mía —añadió el visir—, tú merecerías que se te tratase de la misma manera que a la mujer del labrador.

—Padre mío —dijo Scheznarda—, mi resolución es irrevocable, y no me hará desistir de ella la historia que acabáis de contar. Yo podría referiros otras que os harían no oponeros a mi designio, y si el cariño paternal se resiste a mi súplica, iré yo misma a presentarme al sultán.

Obligado, al fin, el visir por la firmeza del carácter de su hija, fue muy afligido a anunciar a Schariar que aquella misma noche le presentaría a Scheznarda. El sultán se llenó de asombro al considerar el sacrificio que le hacía el gran visir, y la facilidad con que le entregaba a su propia hija.

—Señor —respondió el visir—, ella misma se ha ofrecido voluntariamente, la muerte no la espanta, y prefiere a la vida la honra de ser esposa de vuestra majestad.

—Pero ten entendido, visir, que mañana, al devolverte a tu hija, te ordenaré que le des muerte, y si no me obedeces, te juro que caerá de los hombros tu cabeza.

—Señor —respondió el visir—, al cumplir con tal decreto se desgarrará mi corazón, pero, aunque soy padre, sabré acallar los gritos de la naturaleza y ejecutaré vuestras órdenes.

El gran visir fue en seguida a decir a su hija que el sultán la esperaba, y Scheznarda recibió la noticia con la mayor alegría, que en vano trató de contagiar a su afligido y desconsolado padre. Se puso la joven en disposición de comparecer ante el sultán, y momentos antes de salir de su casa, dijo reservadamente a Diznarda:

—Querida hermana, tengo necesidad de que me auxilies en un asunto importante: voy a ser esposa del sultán, que no te asuste la noticia y escúchame con calma. Cuando llegue a palacio pediré a Schariar que te permita pasar la noche en el aposento contiguo, para que yo disfrute por última vez de tu compañía. Si, como espero, obtengo este favor, ten cuidado de despertarme una hora antes de que despunte el día, y dime entonces: «Hermana mía, si no duermes, te ruego que me refieras uno de esos preciosos cuentos que tú sabes hasta que venga la aurora». Yo te contaré uno, y por este medio tan sencillo me parece que podré librar al pueblo de la desgracia que pesa sobre él.

Diznarda se ofreció a cumplir con mucho gusto todo cuanto su hermana le exigía.

El gran visir condujo a Scheznarda a palacio y se retiró, después de haberla introducido en el departamento del sultán. El príncipe ordenó a la joven que se descubriese el rostro. Obedeció ésta, y lo vio surcado de lágrimas.

—¿Por qué lloras? —preguntó a su futura esposa.

—Señor —respondió Scheznarda—, tengo una hermana a quien amo con toda mi alma, desearía que pasase la noche junto a mí para darle el último adiós. Creo que no me negaréis este último consuelo.

Schariar consintió en ello y Diznarda fue instalada en un aposento inmediato a la cámara nupcial.

Una hora antes del alba dirigió Diznarda a su hermana el ruego convenido. Scheznarda, en vez de responder directamente, pidió permiso al sultán para comenzar el cuento. Aquél se lo otorgó, y entonces empezó de esta manera:

El mercader y el genio

SEÑOR, había en otros tiempos un mercader que poseía grandes riquezas en esclavos, tierras, mercancías y oro. Obligado de cuando en cuando a viajar para arreglar algunos asuntos de su comercio, montó un día a caballo, llevando buena provisión de galletas y dátiles para alimentarse en el desierto que iba a atravesar. Terminados sus negocios, emprendió el regreso a su casa.

Al cuarto día de marcha se sintió tan sofocado por los ardorosos rayos del sol que calcinaban la tierra que, separándose un poco de su camino, buscó la sombra bajo la copa de unos árboles que se divisaban a lo lejos. Al pie de un gran nogal encontró una fuente de agua cristalina y, echando pie a tierra, se dispuso a descansar. Se sentó junto al manantial y sacó del zurrón las provisiones que le quedaban. Al comer los dátiles arrojó a uno y otro lado los huesos, y terminado su frugal desayuno, se lavó el rostro, las manos y los pies, como buen musulmán, y rezó su oración de costumbre.

Estaba todavía de rodillas cuando se le apareció un genio de enorme estatura, cuya cabeza estaba cubierta con la nieve de los años y que, adelantándose hacia él, espada en mano, le dijo con acento terrible:

—Levántate, porque voy a matarte como tú acabas de matar a mi propio hijo.

Asustado el mercader por la figura del monstruo y por sus tremendas palabras, le respondió temblando:

—¡Ah, mi buen señor! ¿Qué crimen he cometido para merecer tal suerte? No conozco ni he visto jamás a vuestro hijo.

—Pues qué, ¿acaso no has arrojado los huesos de los dátiles?

—Es verdad, no puedo negarlo.

—Pues bien —replicó el genio—, mi hijo, que pasaba junto a ti, recibió un hueso en un ojo y quedó muerto en el acto. No hay compasión para ti y voy a arrancarte la vida.

—¡Misericordia, señor! —exclamó el mercader—. Si he matado a vuestro hijo, lo hice inocentemente y soy digno del perdón.

El genio, en vez de contestar, asió al mercader y, derribándole al suelo, levantó la espada para cortarle la cabeza, sin enternecerse por los lamentos de su víctima, que se acordaba de su esposa y de sus hijos.

Cuando el mercader vio que el genio le iba a cortar la cabeza dio un grito horrible y dijo:

—Por favor, deteneos y oídme una palabra. Ya que vais a quitarme la vida, concededme un plazo que necesito para despedirme de mi familia, hacer testamento y arreglar mis asuntos, y juro por el Dios del cielo y de la tierra que volveré puntualmente para someterme a vuestra voluntad.

—¿Y cuánto tiempo necesitas? —preguntó el genio.

—Os pido un año, pasado el cual me encontraréis junto a este mismo árbol dispuesto a renunciar a la vida.

—¿Pones a Dios por testigo de tu promesa?

—Sí —replicó el mercader—, y podéis descansar con tranquilidad en la fe de mi juramento.

El genio, al oír estas palabras, desapareció, y el mercader, con ánimo más tranquilo que al principio, montó a caballo y continuó su camino.

Su mujer y sus hijos le recibieron con grandes demostraciones de alegría, pero el infeliz se echó a llorar con amargura al recordar el fatal juramento y, para explicar la causa de su tristeza, refirió cuanto le había sucedido en el camino.

La esposa y los hijos del mercader prorrumpieron en gritos de desesperación, y toda la casa mostraba un espectáculo conmovedor. El mercader pagó sus deudas, hizo regalos a sus amigos y limosnas a los pobres. Dio libertad a sus esclavos de ambos sexos, dividió los bienes entre sus hijos, y como había transcurrido el año le fue preciso partir. Es imposible describir la escena que tuvo lugar al despedirse el mercader de su familia, que quería morir con él y no separarse un momento de su lado.

Después de muchas reflexiones y de inútiles consuelos, se desprendió de los brazos de su amante esposa y de sus hijos, fue al sitio designado junto a la fuente, y allí esperó al genio con la tristeza que es fácil de adivinar y propia de un hombre que va a morir.

Scheznarda, al llegar a este punto, notó que era de día, y como sabía que el sultán celebraba entonces el Consejo, guardó silencio...

Diznarda exclamó:

—¡Qué cuento tan maravilloso!

—Lo que queda es mejor todavía —dijo su hermana—, y te convencerías de ello si el sultán me dejase vivir hoy para continuar esta noche la interrumpida historia.

Schariar, lleno de curiosidad, accedió a la indicación, se levantó y fue a presidir el Consejo.

El gran visir, entretanto, presa de cruel inquietud, no había podido dormir pensando en la triste suerte que aguardaba a su hija. Su asombro no tuvo limites cuando, al entrar en el Consejo, no oyó de boca del sultán la fatal sentencia.

Al día siguiente, y a la hora convenida, dirigió Diznarda a su hermana las palabras del día anterior, y el sultán añadió con impaciencia:

—Sí, termina el cuento, porque anhelo ya saber su desenlace.

Scheznarda continuó así:

El genio y los tres viejos

MIENTRAS aguardaba en situación tan cruel, apareció un anciano con una cierva. Saludáronse el uno y el otro, y el viejo le preguntó:

—Hermano mío, ¿para qué habéis venido a este lugar inseguro y desierto que sólo pueblan espíritus malignos?

El mercader entonces le refirió su aventura, y el anciano exclamó:

—He aquí un suceso extraño y terrible, puesto que os halláis ligado por medio de un juramento inviolable. Quisiera presenciar vuestra entrevista con el genio.

Al decir estas palabras, llegó otro anciano seguido de dos perros negros. Preguntó a los viajeros lo que hacían en aquel sitio, el viejo de la cierva satisfizo su curiosidad y el recién venido resolvió quedarse también para ser testigo de lo que iba a suceder. Apareció a la sazón un tercer anciano, hizo las mismas preguntas que el segundo y el primero, y tomó asiento entre los dos con objeto de ver el fin de la triste aventura.

De repente, vieron a lo lejos un vapor espeso parecido a un torbellino de polvo impulsado por el viento, vapor que al acercarse a ellos se disipó dejando ver la figura gigantesca del genio. Éste se aproximó con la espada en la mano al pobre mercader y le dijo, asiéndole de un brazo:

—Levántate, que voy a matarte del mismo modo que tú has matado a mi hijo.

Cuando el viejo de la cierva se convenció de que el mercader iba a morir infaliblemente, se arrojó a los pies del genio y le dijo:

—¡Príncipe de los genios! Os ruego con la mayor humildad que me escuchéis antes de descargar todo el peso de vuestra cólera. Voy a contaros mi historia y la de esta cierva que veis aquí. Si la creéis más sorprendente y maravillosa que la aventura del mercader a quien queréis privar de la vida, ¿perdonaréis al desgraciado el crimen que ha cometido?

Reflexionó el genio unos momentos y dijo al fin:

—Está bien, consiento en ello.

Al ver clarear el día, Scheznarda interrumpió su narración y dijo, dirigiéndose al sultán:

—Señor, hora es ya de que os levantéis para asistir al Consejo. Si lo tenéis a bien, mañana os contaré la historia del anciano y de la cierva.

El sultán se levantó sin contestar, pero no dio al gran visir la orden de matar a su hija.

Historia del primer anciano y de la cierva

A la hora acostumbrada, entró Diznarda y rogó a su hermana que continuase la historia empezada, y Scheznarda lo hizo en los términos siguientes:

—Esta cierva, señor —dijo el anciano dirigiéndose al genio— es prima mía y, además, mi esposa. Contaba doce años de edad cuando me casé con ella, y por lo tanto debió considerarme como padre, pariente y marido.

El deseo de tener sucesión me hizo comprar una esclava, que me dio un hijo. Mi mujer, llena de celos, concibió un odio profundo hacia la madre y el niño, y ocultó sus sentimientos de tal manera que cuando me di cuenta de ello era ya demasiado tarde. Tenía mi hijo diez años de edad, me vi obligado a hacer un viaje y lo dejé encomendado con su madre a mi esposa, rogándole que los cuidase durante mi ausencia, que se prolongó un año entero; pero mi esposa, que se había dedicado a la magia, para vengarse de aquellos inocentes, transformó a mi hijo en becerro y en vaca a la esclava, entregándolos a un labrador para que los nutriera e hiciese trabajar como a los animales de su especie. Al regresar me dijo que el niño se había perdido y que la esclava acababa de morir. Mucho me afligió la pérdida de la madre, pero me consolaba la esperanza de encontrar al niño algún día. Pasaron ocho meses sin conseguirlo, hasta que, llegada la fiesta del Bairam, ordené al labrador de mis tierras que me enviase la vaca más gorda del establo para sacrificarla, y me trajo a la infeliz esclava. En el momento de ir a darle muerte comenzó a mugir de un modo lastimero, y noté que salían de sus ojos dos torrentes de lágrimas. Aquello me conmovió y dispuse que trajesen otra vaca, a lo cual se opuso mi mujer, que quería a todo trance satisfacer su cruel venganza. Ya me disponía a descargar el tremendo golpe cuando la vaca comenzó a mugir de nuevo, y por segunda vez me sentí tan falto de valor que di orden al labrador para que él consumara el sacrificio. Aquel hombre, menos compasivo que yo, quitó la vida al animal, y vimos entonces que la vaca, a pesar de su robusta apariencia, no tenía más que los huesos y el pellejo. Poseído por una gran pesadumbre, regalé la víctima al labrador y le dije que me trajera en su lugar un buen becerro, como, en efecto, hizo en seguida. Aunque ignoraba que el becerro que me presentó fuese mi hijo, sentí al verlo que mi corazón palpitaba con violencia. El animalito rompió la cuerda para acercarse a mí, se echó a mis pies, me acarició las manos y me miró de tal modo que me sentí muy conmovido. Así pues, en vez de sacrificarlo, ordené que se lo llevasen al establo. Mi mujer se enfureció, pues quería a todo trance que lo inmolase como a la vaca, pero pudo en mí más la compasión que sus suplicas y su enojo, y no me di por vencido aunque, para apaciguarla, le aseguré que sacrificaría el becerro al año siguiente.

A la otra mañana fue a verme el labrador, y me dijo reservadamente:

—Vengo a daros una noticia muy interesante. Tengo una hija que posee el arte de la magia, y ella me ha revelado que el becerro es vuestro hijo y la vaca era la esclava, su desgraciada madre muerta ayer a mis manos. Estas dos metamorfosis han sido hechas por encantamiento de vuestra esposa, que aborrecía a la esclava y al pobre niño.

Juzgad, ¡oh genio!, cuál sería mi dolor y mi sorpresa al oír estas palabras. Fui corriendo al establo donde se hallaba mi hijo y aunque no pudo corresponder a mis caricias las recibió de modo que me persuadí hasta la evidencia de su identidad. Entonces llegó la hija del labrador, y le pregunté con el mayor anhelo si podía restituir a mi hijo su primitiva forma.

—Sí, puedo hacerlo —me respondió.

—Si lo consigues, serás dueña de toda mi fortuna.

—¡Oh! —replicó—, no puedo pedir tanto, pero sí exijo dos condiciones: la primera, que me deis a vuestro hijo por esposo; y la segunda, que me permitáis castigar a la persona que lo ha transformado en becerro.

—Acepto con gusto la primera —le dije—, y también accedo a la segunda con tal que no quitéis la vida a mi mujer.

La joven tomó un vaso lleno de agua, pronunció algunas palabras cabalísticas, y luego, dirigiéndose al becerro, exclamó:

—Si tú has sido creado en la forma que hoy tienes por el Todopoderoso, permanece en este estado, pero si eres hombre y te encuentras así por arte de hechicería, recobra tu primitivo ser por la voluntad del Creador divino.

Derramó el vaso de agua sobre el becerro y en un instante vi entre mis brazos a mi adorado hijo, quien consintió en ser esposo de la joven que le había sacado de tan miserable situación. Mi mujer fue transformada en cierva y es la que veis aquí. Yo elegí esta especie para que su presencia no fuese repugnante en el seno de la familia.

Mi hijo se quedó viudo y marchó de viaje, pero como hace muchos años que no tengo noticias suyas, me he puesto en camino para buscarle en compañía de mi mujer. Ésta es mi historia y la de la cierva. ¿No es maravillosa, como os dije al principio?

—Tienes razón —exclamó el genio—, y en recompensa te concedo la tercera parte del perdón que solicitas para el mercader.

El segundo anciano, que conducía los dos perros negros, se dirigió al genio y le dijo:

—Ahora voy a contar lo que nos ha sucedido a mí y a estos dos perros que me acompañan, y estoy seguro que me concederéis otra tercera parte del perdón para el mercader.

Sí, te la concederé —replicó el genio— con tal que tu historia sea más interesante aún que la de la cierva.

Entonces el anciano comenzó de esta manera...

Pero Scheznarda, al ver la luz del día, interrumpió su cuento.

—¡Qué aventuras tan singulares, hermana mía! —exclamó Diznarda.

—Pues no son comparables —dijo la sultana— con las que te referiré esta noche si el sultán, mi señor, me permite vivir unas cuantas horas más.

Schariar no respondió ni una sola palabra, pero se fue a presidir el Consejo sin dar orden ninguna relativa a la vida de Scheznarda. Por el contrario, él fue quien, a la noche siguiente, pidió la historia del segundo anciano y de los dos perros negros.

—Voy de inmediato a complaceros, señor —respondió Scheznarda, empezando así:

Historia del segundo anciano y de los dos perros

SABRÉIS, gran príncipe de los genios —dijo el viejo—, que nosotros somos tres hermanos: estos dos perros que veis y yo, que soy el tercero. Nuestro padre, al morir, nos dejó a cada uno mil cequíes, y con esta suma abrazamos los tres la misma profesión y nos hicimos mercaderes. Algún tiempo después de abrir la tienda, mi hermano quiso traficar en países extranjeros y emprendió un viaje, llevándose mucho género.

Un año duró su ausencia. Al cabo de este tiempo se presentó un pobre pidiendo limosna a la puerta de mi tienda.

—Dios te perdone —le dije.

—Y a ti también —me respondió el mendigo—. ¿Es posible que no me reconozcas?

Entonces le miré con atención y vi que era mi propio hermano. Le abracé, le hice entrar en mi casa, y le pedí noticias de su viaje y de su situación.

—Nada me preguntes —exclamó—, porque te afligirías al saber el cúmulo de desgracias que han caído sobre mí de un año a esta parte.

Compadecido de su triste suerte, le di mis mejores trajes y, además, la cantidad de mil cequíes, o sea, la mitad de la fortuna que yo poseía, con cuyo auxilio se dedicó de nuevo a los negocios y vivimos juntos como en otro tiempo.

Poco tiempo después quiso viajar también mi segundo hermano. Hicimos cuanto nos fue posible para que desistiese de su proyecto, pero todo fue inútil, y al cabo de un año volvió en la misma situación que el hermano mayor. Le di otros mil cequíes que tuve de ganancia durante el periodo de su ausencia, abrió una tienda nueva y continuó el ejercicio de su profesión.

Sin que les sirviese de escarmiento lo que les había sucedido, me propusieron mis hermanos que emprendiese con ellos un viaje para traficar en el extranjero, a lo cual me negué resueltamente, hasta que, después de cinco años de continuas súplicas, accedí a sus deseos. Se trató de comprar los géneros y mercancías que eran indispensables, y confesaron que no poseían ni un solo cequí. Ni una palabra de recriminación salió de mis labios. Vi que era dueño de seis mil cequíes, di mil a cada uno de mis hermanos, me reservé igual suma para mí, y enterré los restantes en sitio seguro para prevenirme contra las eventualidades que pudieran sobrevenir a nuestro comercio. Fletamos un barco por cuenta propia, y con un viento favorable nos hicimos inmediatamente a la mar.

Después de dos meses de navegación, llegamos con facilidad a un puerto donde vendimos tan ventajosamente nuestras mercancías que gané con ellas el mil por ciento. Allí compramos géneros y productos del país para llevarlos a otro. Pocos días faltaban ya para el embarque y regreso a la patria cuando una tarde encontré a orillas del mar a una dama hermosa, pero vestida con suma pobreza. La dama se acercó a mí, me besó la mano, y me rogó insistentemente que le permitiera embarcarse en nuestro buque. Yo no sólo consentí sino que, cautivado por su hermosura y su porte, me casé con ella, y a los pocos días nos hicimos a la mar.

Durante la travesía descubrí tan buenas cualidades en la esposa que acababa de elegir que cada día fue aumentando mi cariño hacia ella. Mis hermanos, llenos de envidia al ver que la felicidad me sonreía por todos lados, llevaron sus celos hasta el punto de conspirar contra mi vida, y una noche, mientras dormíamos, nos arrojaron al mar. Felizmente, mi mujer era una hada, y me salvó de una muerte cierta.

—Ya ves —me dijo— que salvándote la vida no he recompensado mal el bien que me hiciste. Soy una hada, habito en las orillas del mar, y adopté aquel pobre disfraz para probar la bondad de tu corazón, del cual estoy satisfecha, pero ahora es preciso que castigue a tus crueles hermanos sumergiendo el barco en que navegan.

—Te suplico que los perdones —le dije entonces— porque prefiero ser con ellos tan generoso como hasta ahora.

Conseguí aplacarla con mis ruegos, me llevó a mi casa, y desapareció en seguida. Desenterré el dinero y abrí la tienda, que se llenó de parroquianos y de vecinos que fueron a felicitarme por mi regreso. Al entrar en el patio de la casa encontré a estos dos perros negros, que me miraron con sumisión y humildad. Ignoraba de dónde procedían aquellos animales cuando vino mi esposa a decirme que una de sus hermanas, hechicera como ella, había hundido el buque en el que iban mis ingratos hermanos y los redujo a la forma de animales irracionales, en la cual vivirían diez años como justo castigo a su perfidia.

Pasados algunos días conmigo, desapareció de nuevo, diciéndome el sitio en donde podría encontrarla. Han transcurrido los diez años y me dirigía en busca de mi esposa, cuando encontré aquí al mercader y al anciano de la cierva, y me detuve para hacerles compañía.

Tal es mi historia, ¡oh príncipe de los genios!, y creo que os habrá parecido extraordinaria.

—Convengo en ello —dijo el genio—, y te concedo la tercera parte del perdón que pides para el mercader.

El tercer anciano tomó la palabra y pidió al genio la misma gracia que sus dos antecesores, esto es, que perdonase al mercader de la otra tercera parte de su pena, si la historia que iba a contar era más extraordinaria y curiosa que las que hasta entonces había oído. Accedió el genio. Y el tercer anciano comenzó así:

Historia del tercer anciano y de la princesa Scirina

SOY HIJO único de un rico mercader de Surate. Al poco tiempo de la muerte de mi padre, disipé la mayor parte de los muchos bienes que me había dejado, y estaba a punto de derrochar el resto con mis amigos cuando senté a mi mesa a un forastero que llegó a Surate de paso hacia Ceilán. La conversación recaía sobre viajes.

—Si fuera posible —le dije sonriendo— ir de un extremo a otro de la tierra sin tener ningún tropiezo desagradable, saldría hoy mismo de Surate.

—Malek —me contestó el forastero—, si queréis viajar, yo os enseñaré el procedimiento de recorrer el mundo de una manera inmune.

Después de la comida me llevó aparte para decirme que a la mañana siguiente volvería a visitarme. Así lo hizo, en efecto.

—Quiero cumplir mi palabra —me dijo—. Mandad un esclavo a buscar un carpintero y que vengan aquí los dos cargados de tablas.

Cuando vinieron el carpintero y el esclavo, el extranjero dijo al primero que hiciese una caja de seis pies de largo por cuatro de ancho. Mi huésped, entretanto, no permaneció ocioso, pues ayudó eficazmente al carpintero. Al tercer día estuvo la caja terminada, y el extranjero, cubriéndola con un tapiz de Persia, mandó que la llevasen al campo, adonde yo le seguí.

—Decid a vuestros esclavos que se retiren —me dijo.

Así lo hice, quedándome solo con el forastero. De pronto la caja se levantó y emprendió un vuelo rapidísimo, perdiéndose entre las nubes. Al poco rato volvió a caer a mis pies.

—Ya veis —me dijo el forastero— que es un vehículo bastante cómodo, os lo regalo, y así podréis realizar cuando os plazca un viaje por todos los reinos del mundo.

Di las gracias al forastero, y, entregándole una bolsa llena de cequíes, le pregunté:

—¿Cómo se pone en movimiento esta caja?

—Pronto lo sabréis —me contestó.

Me hizo entrar con él en la caja, y en cuanto hubo tocado un tornillo nos remontamos en el aire.

—Dando vueltas a este tornillo —me explicaba, entretanto— iréis hacia la derecha, girando este otro tomaréis la dirección contraria, para remontaros basta que toquéis este muelle, y si queréis descender tirad de este resorte.

Hechos diferentes ensayos, el forastero puso la caja en dirección a mi casa y descendimos felizmente en mi propio jardín. Encerré la caja en mis habitaciones, y el forastero se despidió de mí.

Continué divirtiéndome en compañía de mis amigos, hasta que hube agotado todo mi patrimonio. Tomé luego dinero en préstamo, y en breve me vi agobiado de deudas y amenazado por las molestias consiguientes. Recurrí entonces a mi caja. Coloqué en ella víveres y el dinero que me quedaba, la arrastré secretamente hasta el jardín, me encerré en ella, y tocando el muelle correspondiente me remonté en el aire, alejándome de mi patria y de mis acreedores.

Durante toda la noche volé con toda la rapidez posible, y al despuntar el alba miré por un agujero de la caja y sólo vi montañas, precipicios y campos yermos. Continué viajando por el aire todo el día con su noche, y al siguiente me encontré sobre un espeso bosque junto al cual se veía una hermosa ciudad. Me detuve para contemplar la ciudad y, sobre todo, un magnífico palacio que se ofrecía a mis ojos, y vi a un labriego que cultivaba la tierra. Descendí al bosque y, dejando la caja, me acerqué al labriego para preguntarle cómo se llamaba aquella ciudad.

El labriego me contestó:

—Joven, se conoce a la legua que sois extranjero, puesto que ignoráis que esa ciudad es Gazna, residencia del bueno y valeroso rey Bahaman.

—¿Y quién habita en aquel palacio? —le pregunté.

—El rey de Gazna —me contestó— lo hizo construir para encerrar en él a la princesa Scirina, su hija, a quien el horóscopo ha anunciado que será engañada por un hombre.

Di las gracias al campesino por las noticias que acababa de darme y me dirigí a la ciudad. Cerca ya de sus puertas, oí un gran ruido y a los pocos instantes vi salir a varios jinetes lujosamente vestidos y montados en hermosísimos caballos enjaezados con magnificencia. En medio de aquella espléndida comitiva iba un hombre de elevada estatura, que ostentaba una corona de oro en la cabeza y un traje tan cubierto de pedrería que todo él parecía un diamante inmenso. Supuse que era el rey de Gazna, y luego me enteré de que no me había equivocado.

Recorría ensimismado la ciudad cuando, de pronto, me acordé de mi caja que había dejado abandonada, y no pude recobrar la tranquilidad hasta que, de vuelta en el bosque, pude convencerme de que no me la habían robado. Acabé de consumir las provisiones que me quedaban, y, como en esto cayó la noche resolví pernoctar allí. Pero no pude conciliar el sueño. Lo que el labriego me había referido acerca de la princesa Scirina me preocupaba sobremanera. A fuerza de pensar en Scirina, tal como yo me la representaba, esto es, como la mujer más hermosa que jamás hubiera visto en mi vida, me entraron deseos de probar fortuna.

«Es preciso —me dije— que me traslade a las azoteas del palacio y que entre en las habitaciones de la princesa. ¡Quién sabe si le gustaré!»

Dicho y hecho. Entré en la caja, toque el muelle de ascensión, pasé, sin ser visto, sobre las cabezas de los soldados que custodiaban el edificio, y descendí, sin tropiezo, en una de las azoteas. Procurando no hacer ruido, me deslicé por una ventana y me hallé en una habitación adornada con riquísimos tapices en la que, recostada en un diván, estaba Scirina, deslumbrante de belleza. Me acerqué cautelosamente, y caí de rodillas a sus pies, besando con pasión una de sus lindas manos. La princesa se despertó sobresaltada, y al ver a un hombre junto a ella dio un grito y al instante acudió su aya, que dormía en el aposento contiguo.

—Mahpeiker —dijo Scirina—, ¿cómo ha podido este hombre llegar a entrar en mi cámara? ¿Eres tú, acaso, su cómplice?

—¿Yo? —exclamó la aya—. Esa sospecha me ofende. No estoy menos asombrada que vos de ver aquí a este joven temerario. Por otra parte, aunque yo hubiese querido favorecer su audacia inaudita, ¿cómo hubiera podido burlar la vigilancia de la guardia que rodea el castillo? Bien sabéis, además, que es preciso abrir veinte puertas de acero, selladas con las armas del rey, para llegar hasta aquí. Repito que no me explico cómo ha podido este joven vencer tantas dificultades.

Mientras el aya hablaba, yo discurría sobre lo que había de decir. Y se me ocurrió la idea de hacerme pasar por el profeta Mahoma.

—Hermosa princesa —dije a Scirina—, no os asustéis, y vos tampoco, Mahpeiker, de verme aquí. Soy el profeta Mahoma y no he podido ver, sin compadeceros, que pasáis los más bellos años de vuestra existencia encerrada en esta cárcel. Vengo, pues, para desmentir la predicción que de tal modo espanta a Bahaman, vuestro padre. Tranquilizaos, pues, y regocijaos, porque vais a ser la esposa de Mahoma. En cuanto se divulgue la noticia de vuestro casamiento, todos los reyes temerán al suegro del profeta y os envidiarán todas las princesas.

Scirina y Mahpeiker prestaron fe a lo que les dije. Pasé la mayor parte de la noche en compañía de la hija del rey de Gazna. Cuando llegó el momento de abandonar su aposento, le prometí volver al día siguiente.

Regresé en mi caja al bosque, sin ser visto por los soldados y cuando el sol estaba ya alto en el horizonte, me encaminé a la ciudad, donde compré trajes magníficos, un turbante de tela de las Indias, con rayos de oro, un rico cinturón y esencias y perfumes, empleando en esto todo el dinero que me quedaba. El resto del día lo pasé en el bosque ataviándome y perfumándome. En cuanto anocheció, me metí en la caja y volé al aposento de mi amada. Scirina me aguardaba llena de impaciencia.

—¡Oh gran profeta —me dijo—, temía que hubieseis olvidado a vuestra esposa! Mas, decidme, ¿por qué tenéis ese aspecto de joven? Yo me imaginaba que Mahoma era un venerable anciano de luenga y blanca barba.

—Y no os engañáis —le contesté—, pues ése es el aspecto con que me aparezco a los creyentes que son merecedores de tanto bien, pero he creído que os agradaría más bajo la apariencia de un joven.

Al amanecer abandoné el palacio para volver a la noche, y continué mis visitas sin que por un momento sospechasen del engaño Scirina ni su aya.

Transcurridos varios días, el rey de Gazna visitó el palacio y, como halló todas las puertas cerradas y el sello intacto, dijo, con satisfacción, a los cortesanos que le acompañaban:

—¡Esto va a pedir de boca! Mientras todas las puertas del palacio continúen como están, no tengo que temer la desgracia que amenaza a mi hija.

Subió el rey al aposento de Scirina, la cual no pudo mirarle sin turbarse. Notó el rey la turbación de su hija, y le preguntó el motivo, aumentando así el malestar de la joven. Al fin, no pudo resistir la princesa la obstinación de su padre y le contó lo que ocurría.

¡Considérese la sorpresa del rey de Gazna al saber que sin esperarlo ni soñarlo siquiera, era nada menos que suegro de Mahoma!

—¡Qué absurdo, hija mía! —exclamó—. ¿Cómo es posible que seas tan crédula? ¡Ay, cielos —añadió con voz lastimera—, está visto que es completamente inútil oponerse a tus designios! El horóscopo se ha cumplido: ¡un traidor ha seducido a Scirina!

Dicho esto, salió furioso del aposento de su hija y no dejó de registrar hasta el último rincón del palacio, pero no pudo hallar ni rastro del seductor.

«¿Por dónde —se preguntaba—, por dónde ha podido entrar ese atrevido en el palacio? Sinceramente, esto me deja asombrado.»

Bahaman resolvió pasar allí la noche, y sometiendo a la princesa a un nuevo interrogatorio, le preguntó si había cenado alguna vez conmigo.

—No —repuso Scirina—, jamás ha consentido en tomar alimento ni licores estando en mi compañía.

Entretanto llegó la noche, y el rey de Gazna, sentado en un diván, mandó que se encendiesen todas las luces del aposento de su hija y desenvainó el alfanje, dispuesto a lavar con sangre el ultraje hecho a su honor. Un relámpago hirió los ojos de Bahaman, el cual se precipitó a la ventana por la que, según le había dicho Scirina, yo entraba todas las noches. Miró el rey al cielo y, como lo viera todo del color del fuego, se apoderó de él un espanto terrible. Esto me favoreció, pues cuando yo aparecí en la ventana Bahaman, que se hallaba aún dominado por el terror, lejos de abalanzarse sobre mí y decapitarme, dejó caer el alfanje. Luego, postrándose a mis pies, dijo al mismo tiempo que besaba mis manos:

—¡Oh gran profeta! ¿Qué he hecho yo para merecer el honor de ser tu suegro?

—Poderoso rey —le contesté, levantándole—, sois vos, de entre todos los musulmanes, el que más fe tiene en mí y, por lo tanto, al que más quiero. En la tabla fatal estaba escrito, y nuestros astrólogos lo leyeron perfectamente, que vuestra hija había de ser seducida por un hombre; pero yo rogué al Altísimo Alá que os librase de semejante desgracia, y Alá me escuchó, pero con la condición de que Scirina fuese mi esposa.

Creyó el débil príncipe lo que yo le dije, y loco de contento por haber emparentado con el profeta, volvió a caer a mis pies para significarme su gratitud. Lo levanté de nuevo, asegurándole que no había de faltarle mi protección mientras siguiese siendo merecedor de ella, y me dejó solo con su hija.

El mismo día ocurrió un accidente que acabó de confirmar al rey en la opinión que de mí tenía. Al volver a la ciudad, se desencadenó una furiosa tempestad y, espantado por el fulgor de los relámpagos, el caballo de uno de los cortesanos se encabritó, dando con su jinete en tierra. El cortesano, que se había burlado de lo que dijera el rey acerca del casamiento de su hija con el profeta, resultó con una pierna rota.

—¡Ah, desdichado! —exclamó el rey—. ¡El profeta ha dado castigo a tu incredulidad!

Transportaron al herido a su domicilio, y en cuanto Bahaman se halló en su palacio, ordenó que se celebrasen grandes festejos en honor de Mahoma y de su esposa Scirina.

—¡Viva Bahaman, suegro del profeta! —clamaba el pueblo entusiasmado.

Al anochecer abandoné la ciudad. Volví al bosque y, entrando en mi caja, me trasladé al aposento de la princesa.

—Hermosa Scirina —le dije apenas estuve a su lado—, un cortesano de vuestro padre se ha permitido dudar de que os habéis casado con Mahoma y, para castigarle, desencadené una tempestad a fin de que su caballo se espantase y el incrédulo se rompiera una pierna al caer.

Al día siguiente, el rey de Gazna reunió a su Consejo y le propuso ir todos juntos a pedir perdón a Mahoma y desagraviarlo por la incredulidad del cortesano que tan cara había pagado su falta. Así lo hicieron, presentándose todos a la princesa.

—Scirina —le dijo el rey—, venimos a suplicarte que intercedas con el profeta por un hombre que se ha hecho merecedor de su justa cólera.

—Sé de lo que se trata, señor —contestó la princesa—, porque Mahoma me lo ha referido.

Todos los ministros quedaron convencidos de que Scirina era, realmente, la esposa del profeta, y postrados a sus pies le rogaron que intercediera por el desgraciado cortesano y por ellos. La princesa les prometió que los complacería.

Entretanto, se me habían agotado las provisiones y como, además, había gastado en trajes y perfumes todo el dinero de que disponía, no sabía cómo arreglármelas. Se me ocurrió entonces una idea que puse en práctica aquella noche cuando volví a reunirme con Scirina:

—Esposa mía —le dije—, nos hemos olvidado de una formalidad en nuestro casamiento. No me habéis entregado vuestra dote y esto me contraría; pero, como yo no deseo la dote, sino cumplir con esa formalidad, bastará con que me deis una de vuestras joyas.

La princesa quiso entregarme todo su tesoro, pero yo me contenté únicamente con dos diamantes de gran tamaño que al día siguiente vendí en la ciudad.

Un mes había transcurrido ya desde que me convertí en el profeta, cuando llegó a Gazna un embajador. Este embajador, en nombre de su soberano, iba a pedir en matrimonio a Scirina.

—Siento profundamente —le contestó Bahaman— no poder acceder a lo que vuestro rey me pide, pues ya he dado a mi hija por esposa al profeta Mahoma.

Al oír estas palabras, el embajador creyó que el rey de Gazna había perdido el juicio. Se despidió, pues, del soberano y volvió a su país. Al principio, el rey fue del mismo parecer que su embajador acerca del estado mental de Mahaman pero, reflexionándolo mejor, creyó que la negativa envolvía un desprecio imperdonable y, reuniendo de inmediato un poderoso ejército, invadió el reino de Gazna.

Aquel rey se llamaba Cacem, y Bahaman, que era menos fuerte que él, hizo, además, sus preparativos guerreros, pero con tal lentitud, que no pudo impedir el avance del enemigo.

Sabedor el rey de Gazna del número y de las hazañas del ejército de Cacem, se consideró perdido, y reunido su Consejo, el cortesano que se había roto una pierna al caer del caballo habló en estos términos:

—Me sorprende que el rey demuestre tanto temor en la ocasión presente. ¿Qué daño pueden causar todos los príncipes reunidos al suegro del profeta?

—Tenéis razón, a Mahoma debemos dirigirnos —repuso Bahaman.

Dicho esto, fue a ver a Scirina, y le dijo:

—Hija mía, apenas despunte el nuevo día, Cacem asaltará la ciudad, y temo no poder resistir el ataque, por lo tanto, he venido a rogarte para que intercedas en nuestro favor ante Mahoma.

—Señor —repuso la princesa—, no dudo que el profeta estará de nuestra parte y que, deshaciendo el ejército enemigo, enseñará a los demás príncipes, con el escarmiento de Cacem, cómo deben tratar al suegro de Mahoma.

—Entretanto —repuso el rey— la noche avanza y el profeta no viene. ¿Nos habrá abandonado?

—No, padre mío —contestó Scirina—. Él ve desde el cielo al ejército que nos asedia y quizá en estos momentos lo ha deshecho ya, sembrando el pánico entre nuestros enemigos.

Efectivamente, esto era lo que como supuesto Mahoma quería hacer.

Habiendo, pues, observado durante todo el día el ejército de Cacem y las posiciones que ocupaban, y muy especialmente el cuartel general del rey, llené de piedras grandes y pequeñas mi caja, me remonté por los aires y me detuve encima de la tienda real. Los soldados dormían a pierna suelta y esto me permitió descender hasta una abertura de la tienda, a través de la cual miré, y viendo a Cacem tendido sobre ricas pieles, le arrojé una piedra con tan certera puntería que lo herí gravemente en medio de la frente. El rey lanzó un grito que despertó a sus guardias, los cuales acudieron presurosos en auxilio de su soberano. Yo aproveché la ocasión para remontarme en el aire, dejando caer una lluvia de piedras sobre la tienda y los que la rodeaban.

Entonces el pánico se apoderó de todo el ejército enemigo de Bahaman. Presa del terror, emprendió tan precipitada fuga que abandonó en su huida tiendas y bagajes.

—¡Mahoma nos extermina! ¡Estamos perdidos! —clamaban los infelices.

Bahaman, sorprendido al ver que el enemigo había levantado el cerco, lo persiguió con sus mejores tropas y, después de hacer con los fugitivos una horrible carnicería, hizo prisionero a Cacem.

—¿Por qué —le dijo— has entrado en mis estados contra toda razón y derecho? ¿Qué motivos te he dado para que me declares la guerra?

—Bahaman —repuso el rey vencido—, supuse que me negabas por esposa a tu hija con ánimo de ofenderme. No podía creer que el profeta fuese tu yerno y quise vengarme. Mas ahora no tengo duda, pues todo lo que me sucede no puede ser sino obra suya.

Bahaman dejó de perseguir a sus enemigos y volvió a Gazna acompañado de Cacem, el cual murió como consecuencia de la herida que yo le había producido.

En todas las mezquitas se celebraron fiestas para dar gracias al profeta por haber confundido a los enemigos de Gazna, y el rey se trasladó en seguida al palacio de la princesa.

—Hija mía, vengo para expresar mi gratitud a Mahoma por los beneficios que me ha dispensado, y ojalá pudiera hacerlo personalmente.

Pronto pudo satisfacer este deseo, pues a los pocos instantes aparecí en el aposento, entrando, como de costumbre, por la ventana. En cuanto me vio el rey se postró a mis plantas, y besando el suelo exclamó:

—¡Oh gran profeta! ¡No sé cómo expresarte lo que siento!

Levanté a Bahaman amorosamente y besándole en la frente le dije:

—Príncipe, ¿podíais suponer que yo os abandonase en el terrible trance que por amor mío os encontrabais? He castigado el orgullo de Cacem, que pretendía apoderarse de vuestros estados y robar a Scirina para encerrarla en su harén.

Dos días después del entierro de Cacem, el rey de Gazna decretó grandes festejos para celebrar no sólo la derrota de sus enemigos, sino también el matrimonio de Mahoma con la princesa Scirina.

Creí conveniente dar señales mías con algún nuevo prodigio, y a tal efecto, compré en la ciudad buena cantidad de pez, torcidas de algodón, pedernal y eslabón. Bañé el algodón en la pez, y así tuve pronto hechos unos fuegos artificiales. Llegada la noche volví a mi caja y cerniéndome sobre la ciudad, cuando sus calles estaban más concurridas y las fiestas en su mayor esplendor, prendí fuego a las mechas y el efecto superó a cuanto podía yo imaginarme.

Al ser de día, fui a la ciudad y oí las conversaciones más peregrinas acerca de lo que yo había hecho la noche anterior. Me divertía sobremanera cuando, ¡ay!, dirigí mi vista al bosque y vi que mi caja, el instrumento de mis prodigios, era presa de las llamas. Alguna chispa de los fuegos artificiales había prendido en la madera sin que yo lo advirtiese y el fuego tomó incremento durante mi ausencia. No podría expresaros la angustia y la desesperación que se apoderó de mí. Pero la cosa no tenía remedio y era preciso tomar una determinación, que no podía ser otra que la de ir a buscar fortuna en otra parte. Así, el profeta Mahoma se vio obligado a abandonar Gazna.

Al cabo de tres días de camino vi una caravana de mercaderes de El Cairo que volvían a su país y me uní a ellos. Allí me hice mercader, recorrí países y visité ciudades sin poder olvidar el pasado. Finalmente, viejo ya y cansado, llegué aquí, donde encontré al desgraciado a quien tú querías quitar la vida.

El genio, apenas hubo terminado el tercer anciano su historia, perdonó al mercader el resto de la pena y desapareció acto seguido. El pobre mercader, embriagado de júbilo, dio las gracias a sus libertadores y volvió a su hogar, donde, al lado de su esposa y de sus hijos, vivió tranquilamente muchos años.

Historia de un pescador

ÉRASE un pescador viejísimo y tan pobre que apenas ganaba para mantener a su esposa y a sus tres hijos. Cierto día, después de haber echado sus redes inútilmente por dos veces, sintió gran placer al notar que, a la tercera, pesaba de tal modo la red que a duras penas podía tirar de ella hasta la orilla. ¡Pero cuál no sería su desencanto viendo que sólo había pescado cascajo, piedras y el esqueleto de un asno! Rezó, sin embargo, una fervorosa plegaria, echó las redes por cuarta vez y, cuando las hubo sacado a la playa, observó, con sorpresa, que contenían una copa de bronce cuidadosamente cerrada con un sello.

—Bueno —se dijo—, la venderé al fundidor y con su producto compraré una medida de trigo.

Tomó su cuchillo y tras no poco trabajo logró romper el sello y destapar la copa. La volvió boca abajo, pero no salió nada. Entonces se la acercó a los ojos y, mientras miraba atentamente su fondo, salió una columna de humo densísimo que se elevó hasta las nubes y extendiéndose sobre el mar y las montañas formó un negro nubarrón. Cuando todo el humo salió de la copa, apareció un genio cuya estatura era dos o tres veces mayor que la de un gigante. Al ver aquel monstruo el pescador, horrorizado, quiso huir, pero el miedo le dejó como petrificado en la playa.

—¡Salomón! Gran profeta de Dios —clamó el genio enérgicamente—, perdóname. Jamás me opondré a tu voluntad, y tus órdenes serán puntualmente obedecidas.

—¿Qué es lo que decís, espíritu soberbio? —replicó el pescador con extrañeza—. Hace más de mil ochocientos años que murió Salomón.

—Háblame con más cortesía, o te arranco la existencia —repuso el genio en tono de amenaza.

—¿Es decir, que me mataréis en pago de haberos puesto en libertad? ¡Pues vaya una recompensa! ¡Pronto lo habéis olvidado!

—Esto no se opone a que mueras a mis manos, y la única gracia que te concedo es que elijas la clase de muerte que va a poner fin a tus desventurados días.

—Pero, ¿en qué he podido ofenderos? —preguntó el infeliz pescador, lleno de angustia.

—En nada, pero es forzoso que te trate así, y como prueba de ello escucha mi historia: yo soy uno de esos espíritus malignos que se han rebelado contra la voluntad de Dios. Todos los genios, menos Sacar y yo, prestaron

obediencia al gran profeta Salomón, y este rey, en venganza, me mandó aprisionar y conducir delante de su trono, como en efecto se llevó a cabo. A su demanda de que le jurase fidelidad le respondí con una altanera negativa, y Salomón, en castigo, me encerró dentro de esa copa de bronce, cerrada y sellada por el mismo monarca. Después fui arrojado al mar en mi estrecha cárcel. Durante el primer siglo de prisión juré hacer rico y feliz al hombre que me librase del tormento antes de transcurrir cien años, pero nadie vino en mi auxilio. En el segundo siglo juré dar a mi libertador todos los tesoros de la tierra, y ninguno apareció. Al tercero, prometí convertir en rey al que me sacara de la copa y prolongar los días de su vida. Por último, desesperado ya, al cuarto siglo de cautiverio juré matar al hombre que me devolviese la libertad y la luz del sol. Ese hombre has sido tú y, por consiguiente, prepárate a morir, y dime cómo quieres que te mate. Debo cumplir mi juramento.

En vano le dijo el pescador que aquello era una injusticia, que iba a pagar el bien con un crimen, y a dejar huérfanos a sus tres inocentes hijos. El genio se mostró iracundo e inexorable. La necesidad aguza el ingenio, y al pobre pescador se le ocurrió una ingeniosa estratagema.

—Ya que no puedo evitar la muerte —dijo— me someto a la voluntad de Dios, pero antes de morir quisiera que me dijeras la verdad sobre una duda que tengo.

—Pregunta lo que quieras, y despacha pronto —repuso el genio.

—¿Es verdad que estabas dentro de esa copa?

—Sí, lo juro.

—Pues no puedo creerte, porque es imposible que se encierre tu cuerpo en un sitio tan pequeño, que apenas es capaz de contener una de tus manos. No lo creeré sino viéndolo.

—Pues, para que te convenzas, lo vas a ver ahora mismo.

Entonces se disolvió el cuerpo del genio que, cambiado en humo, empezó a entrar poco a poco en la copa, hasta que no quedó fuera ni una sola partícula.

—Y bien, ¿me creerás ahora, incrédulo pescador? —exclamó la voz del genio.

El pescador, en vez de responder, se apresuró a cerrar la copa con la tapadera. Al verse encerrado nuevamente, el genio se enfureció y se esforzó por salir de la copa; pero fue en vano, porque se lo impedía el sello de Salomón, que el pescador había vuelto a ajustar. Recurrió entonces a las súplicas y a los ofrecimientos, asegurando que cuanto había dicho hasta entonces fue chanza, mas el pescador, lejos de ablandarse, replicó:

—Me guardaré muy mucho de dejarte salir, maldito genio, que pagas con la muerte los beneficios que se te hacen. Voy a arrojar la copa al mar y a avisar a todos mis compañeros que no vengan a echar sus redes en este sitio, y que si llegan a pescar algún día la copa, la vuelvan a arrojar en seguida, si no quieren morir, y mientras la acabo de cerrar bien para que no puedas escaparte, voy a referirte la historia del rey leproso y de su médico, para que te sirva de lección...

—Pero, señor —se interrumpió Scheznarda—, es ya día claro y, si me lo permitís, mañana terminaré la historia del pescador.

Accedió el sultán y, a la hora de costumbre, prosiguió su esposa con el relato:

[...]

Historia de tres calendas, hijos de reyes, y de las cinco damas de Bagdad

DURANTE el reinado del califa Harún al-Raschid vivía en la corte de Bagdad un pobre mandadero que, a pesar de lo humilde y penoso de su oficio, era hombre de ingenio y de excelente humor. Hallábase cierta mañana en la plaza del mercado esperando que alguna persona le ocupase en algo cuando vio acercarse a una joven de talle elegante y esbelto, cubierta con un velo.

—Tomad vuestro canasto y seguidme, buen hombre —le dijo.

El mandadero, encantado al oír aquella armoniosa voz, se apresuró a obedecer a la joven. Se detuvo ésta primero delante de una puerta cerrada. Llamó, y un cristiano de aspecto venerable, de blanca y luenga barba, apareció en el umbral para recoger el dinero que le dio la dama, sin que ninguno de los dos pronunciase la más mínima palabra. Pero el cristiano, que sabía muy bien lo que la joven deseaba, sacó un cántaro lleno de excelente vino.

—Tomad ese cántaro —dijo la dama al mandadero— y colocadlo en el canasto.

Entraron luego en una tienda de frutas y flores, donde ella compró gran cantidad de unas y de otras, y el mandadero las puso en su canasto. Pasaron de allí a casa de un carnicero, en la que adquirió la dama veinticinco libras de carne, y, por último, al establecimiento de un droguero, en el que hizo gran provisión de aguas olorosas, nuez moscada, pimienta y muchas otras especias de las Indias, todo lo cual ponía el mandadero en su canasto. El mandadero apenas podía caminar con el peso de su repleto canasto, y ya casi le faltaban las fuerzas cuando llegaron a un hermoso palacio de espléndida arquitectura y adornado el frontispicio con columnas de mármol blanco. La dama se detuvo allí, y dio un golpe en una puerta de marfil y ébano.

No podía explicarse el mandadero que una dama de tan nobles y distinguidas maneras fuese por sí misma a hacer las compras en el mercado, como si fuese una simple esclava, y se dispuso a dirigirle algunas preguntas que no llegó a formular, porque otra dama apareció en la puerta. Entraron los tres en el interior del edificio, y después de atravesar un gran vestíbulo, fueron a un patio espacioso rodeado de una galería que daba comunicación a diversos departamentos amueblados con oriental magnificencia. En el fondo del patio se veía un trono de ámbar sostenido por cuatro columnas hechas de diamantes y perlas y todo bajo un dosel de raso carmesí bordado de oro de las Indias con un primor y un gusto admirables. En el centro de la estancia, y cerca de la gradería del trono, murmuraba el agua cristalina de una fuente cuya forma era la de un león de bronce plateado. Lo que más llamó la atención del pobre mandadero fue una tercera dama que estaba sentada en el trono y que al ver a las otras dos se adelantó hacia ellas. Conocíase en todo que era la principal y se llamaba Zobeida, Sofía la que abrió la puerta y Amina la que había ido al mercado por la mañana.

—Hermanas mías —dijo Zobeida—, ¿no veis que ese hombre no puede resistir el peso que trae? ¿A qué aguardáis para quitárselo?

Amina y Sofía se apoderaron del canasto, y así que estuvo vacío pagaron generosamente al mandadero. Muy satisfecho iba a retirarse éste pero, a su pesar, le retenía allí el deseo de saber quiénes eran aquellas tres damas que vivían solas en el palacio.

—¿Qué esperáis, buen hombre? —preguntó Zobeida al mandadero al ver que no se retiraba—. ¿No estáis contento con lo que os hemos dado?

—Señora —replicó el otro—, no es eso lo que me detiene, sino la curiosidad de averiguar quiénes sois y la extrañeza de no ver a ningún hombre en esta casa.

Las tres hermanas prorrumpieron en una carcajada al oír al mandadero, a quien Zobeida dijo con gravedad:

—Lleváis muy lejos vuestra indiscreción pero, a pesar de todo, os diré que somos tres hermanas que manejamos secretamente nuestros asuntos sin que nadie en el mundo se entere. Los secretos no deben ser confiados a persona alguna, porque el que los revela ya no es dueño de ellos. Si tu pecho no es capaz de guardarlos, dice un autor, ¿cómo lo ha de hacer el pecho de un extraño?

—Señoras —exclamó el mandadero—, veo que no me equivoqué al calificaros a primera vista de personas de mérito y de distinción. Aunque la ingrata fortuna me ha colocado en una posición humilde, he leído, sin embargo, muchos libros de ciencias y de historia y recuerdo una máxima que dice: «Los secretos no deben ser revelados a los necios parlanchines, quienes abusarían de nuestra confianza, sino a los hombres de juicio y de discreción, porque éstos saben siempre guardarlos con fidelidad».

Conoció Zobeida por estas palabras que el mandadero no carecía de ingenio, y comprendiendo que tal vez deseaba tomar parte en el festín, le dijo:

—Sabéis que nos disponemos a divertirnos y no ignoráis que con tal objeto hemos hecho gastos considerables, y no sería justo que, sin contribuir con algo, seáis de la partida.

El mandadero hizo ademán de entregarle el dinero que había recibido por su trabajo.

—No —repuso Zobeida—, lo que de nuestras manos sale para recompensar los servicios que se nos hacen no lo recogemos jamás —y añadió, al ver la confusión del mandadero—: Amigo mío, consiento en que os quedéis en nuestra compañía, pero con una condición: la de guardar absoluto secreto sobre todo lo que veáis y que no salgáis de los límites de la decencia y de la cortesía.

Entretanto Amina se había cambiado su traje de calle por otro de casa y disponía la mesa. Preparó en un momento infinidad de ricos manjares y puso sobre una credencia los jarros de vino y los vasos de oro. Hecho esto, las mujeres se sentaron a la mesa, colocando entre ellas al mandadero.

Después del primer plato, Amina tomó un jarro, escanció vino en una copa de oro, bebió y repitió la operación con sus hermanas. Por último, sirvió también al mandadero en la misma copa, y éste, antes de cogerla y beber, besó la mano de Amina y cantó una canción. Esto entusiasmó de tal modo a las jóvenes que, a su vez, cantaron otras canciones, y así transcurrió la comida en medio de la mayor alegría.

Caía ya la noche cuando Zobeida dijo al mandadero que ya era hora de que se marchase.

—Señoras —repuso éste—, a fuerza de vino y de veros, no soy dueño de mí... no puedo tenerme en pie. Os ruego, pues, que me permitáis pasar la noche aquí, en el rincón que tengáis a bien señalarme...

Amina se puso por segunda vez de parte del mandadero.

—Hermanas mías —dijo—, nos ha divertido mucho, y si me amáis tanto como supongo, no me negaréis el placer de dejarle pasar la noche en nuestra compañía.

—Nada podemos negarte, hermana mía —repuso Zobeida. Y dirigiéndose al mandadero, añadió—: Podéis quedaros, pero os impongo otra condición: habéis de jurarnos que fuere lo que fuere lo que en vuestra presencia hagamos, no despegaréis los labios para preguntar el motivo o hacer observación alguna, advirtiéndoos que, si faltáis a vuestro juramento, podréis pasarlo muy mal.

—Lo prometo —respondió el hombre—. No chistaré, mi lengua permanecerá inmóvil y mis ojos serán como el cristal de un espejo, que nada conserva de lo que en él se reproduce.

—Está bien —continuó Zobeida—. Ahora id a la puerta de esta habitación y leed el lema que en ella veréis escrito.

Fue el mandadero dando traspiés y leyó con algún trabajo lo siguiente: «El que habla de cosas que no le importan, oye otras que no le agradan»; hecho lo cual volvió a renovar su primer juramento de ser mudo y reservado como una tumba.

Amina trajo la cena. Mientras, Sofía encendió bujías perfumadas que esparcieron por la estancia un aroma delicioso, y tanto las tres hermanas como su huésped cantaron y recitaron versos del mejor humor del mundo, cuando, de repente, oyeron llamar a la puerta. Sofía fue a abrir y volvió al instante diciendo:

—Hermanas mías, se nos presenta una buena ocasión de pasar agradablemente el resto de la noche. Hay en la puerta tres calendas, es decir, tres religiosos persas, según lo demuestran en su traje, y que, además, son tuertos todos del ojo derecho. Tienen la cabeza, la barba y las cejas afeitadas, acaban de llegar por primera vez a Bagdad y nos piden hospitalidad por esta noche, contentándose con dormir a cubierto en el sitio más humilde de la casa. Creo que debemos recibirlos para reír un rato, tanto más cuanto que prometen salir de aquí al clarear el día de mañana.

Zobeida y Amina consintieron de buen grado, y a los dos minutos apareció de nuevo Sofía con los tres calendas, quienes al entrar hicieron una profunda reverencia, asombrados del lujo y de la cortesanía de las damas. En cuanto al mandadero, acalorado con el vino que había bebido aquella noche antes que desaparecieran los efectos del de la mañana, contestó con un gruñido sordo al saludo de los recién llegados.

Las tres hermanas sirvieron de cenar y de beber a los tres calendas con exquisita finura y, reconocidos, los extranjeros pidieron instrumentos para darles un concierto. Aceptaron las damas con alegría y Amina les mostró un tamboril y dos flautas. Las damas mezclaron sus voces a las de los calendas y, en lo más bullicioso de la fiesta, oyeron de nuevo llamar a la puerta. Sofía cesó de cantar y fue a enterarse de quién era.

El califa Harún al-Raschid tenía la costumbre de salir disfrazado de noche para averiguar por sí mismo el estado de la ciudad y evitar que se cometiesen desórdenes. Aquella noche iba el califa acompañado de Giafar, su gran visir, y de Masrur, jefe de los eunucos de palacio, disfrazados los tres de mercaderes. Oyeron los cantos y el califa quiso saber el motivo de la fiesta, para lo cual ordenó a Giafar que llamase prontamente, pues a él no le convenía ser reconocido. Giafar, al ver la elegancia de Sofía, se inclinó respetuosamente hasta el suelo.

—Señora —dijo con respetuoso acento—, somos tres mercaderes de Mosul llegados a la ciudad hace pocos días. Nuestros géneros están en un almacén lejos de aquí, y habiéndonos entretenido en las calles nos es imposible ir a nuestro alojamiento, cuya puerta no se abre a hora tan avanzada de la noche. Nuestra afición a la música nos ha hecho detenernos aquí y os rogamos nos permitáis permanecer en el vestíbulo hasta la aurora.

Sofía examinó con atención el aspecto de los tres hombres y, satisfecha sin duda, les dijo cortésmente que ella no era la dueña de la casa, pero que esperasen un momento a que les llevase la respuesta. Zobeida y Amina, bondadosas por naturaleza, resolvieron concederles la misma gracia que a los tres calendas.

Introducidos el califa, el gran visir y el jefe de los eunucos por la bella Sofía, saludaron cortésmente a las damas y a los calendas. Las jóvenes correspondieron de la misma manera, y Zobeida, creyéndoles mercaderes, les dijo gravemente:

—Bienvenidos seáis y os ruego que no toméis a mal que ante todo os pida un favor.

—¿De qué se trata? —preguntó el visir, y añadió con galantería—: ¿Se puede, acaso, rehusar cosa alguna a damas tan bellas como vosotras?

—Lo que os pido —repuso Zobeida con la misma gravedad— es que tengáis ojos para ver y no lengua para hablar; que no nos dirijáis ninguna pregunta sobre lo que veáis ni digáis palabra acerca de lo que no os concierne, pues de lo contrario os daríamos que sentir.

—Seréis obedecida, señora —contestó el visir.

Dicho esto, tomaron todos asiento y continuaron bebiendo y comiendo, en honor de los recién llegados. Habiendo recaído la conversación sobre las distracciones y los diferentes modos de divertirse, los calendas se pusieron de pie y bailaron las danzas de su país con tal gracia y maestría que confirmaron a las damas en la buena opinión que de ellos tenían y captaron la simpatía del califa y de sus acompañantes. Terminada la danza, Zobeida se levantó, y tomando a Amina de una mano, le dijo:

—Vamos, hermana; nuestros huéspedes no tomarán a mal que observemos nuestros usos y costumbres, a pesar de su presencia.

Comprendió Amina lo que Zobeida quería decir, y quitó en seguida la mesa mientras Sofía barría la sala, retiraba los instrumentos musicales y avivaba las luces y los pebeteros. Hecho esto, rogó a los calendas y al califa y a sus acompañantes que se sentasen en divanes fronteros.

—Levantaos y preparaos a ayudarnos en lo que vamos a hacer —dijo luego al mandadero—. Sois ya casi familiar en nuestra casa y no debéis permanecer mano sobre mano.

El mandadero, a quien se le habían disipado un tanto los vapores del vino, repuso:

—Estoy a vuestras órdenes, ¿de qué se trata?

A los pocos instantes reapareció Amina con un escabel que colocó en medio de la sala, fue luego a la puerta de su aposento, la abrió y, haciendo señas al mandadero para que se le acercase, le dijo:

—Venid a ayudarme.

Obedeció aquél, y al cabo de un instante volvió a salir, conduciendo dos perras negras, atadas con finas cadenas. Zobeida se acercó entonces al mandadero, y desnudándose el brazo hasta el codo, tomó el látigo que Sofía le presentaba, y dijo:

—Hagamos nuestro deber. Mandadero, entrega a Amina una de esas perras y tráeme aquí la otra.

El mandadero obedeció, y la perra, al verse junto a Zobeida, alzó la cabeza de manera suplicante, pero la joven, a pesar de ello, la castigó con el látigo hasta que le faltaron las fuerzas, hecho lo cual, se miraron ella y el animal de un modo tan conmovedor que prorrumpieron en amargo llanto. Zobeida limpió con su pañuelo las lágrimas de la perra, y ordenó al mandadero que se la llevase y trajera la otra. Sufrió ésta el mismo suplicio que la primera, se le enjugó también su llanto, y Amina fue esta vez encargada de encerrar al pobre animal en el gabinete de donde habían salido.

Los tres calendas, el califa y su séquito, no volvían en sí del asombro que aquel espectáculo les produjo, y aun empezaron a murmurar sobre que Zobeida hubiese acariciado a las perras, animales asquerosos e inmundos según la ley musulmana.

—Querida hermana —dijo al fin Sofía—, te ruego que vuelvas a tu sitio, y que me permitas ahora cumplir mi cometido.

—Sí —respondió Zobeida—.

Y se retiró a un sofá, sentándose al lado del califa, quien apenas podía contener los impulsos de su curiosidad. Sofía se sentó a su vez en medio de la estancia, y Amina le presentó un laúd que había sacado de un magnífico estuche de raso blanco bordado de oro. Sofía cantó una canción sobre lo triste de la ausencia, con tan melodioso y armónico acento que todos aplaudieron entusiasmados al ver su maestría y su buen gusto. Amina tomó el instrumento y cantó también sobre el mismo tema, pero de un modo tan apasionado y vehemente que al final de la canción, y visiblemente conmovida, le faltaron las fuerzas y cayó al suelo sin sentido. Los hombres se apresuraron a socorrerla, y vieron horrorizados que la infeliz tenía el cuerpo cubierto de cicatrices.

—Mejor hubiera sido quedarnos fuera —dijo uno de los calendas— que entrar aquí para presenciar estos espectáculos.

El califa lo oyó, y dirigiéndose a ellos les preguntó:

—¿Qué significa eso?

El que había hablado contestó:

—Señor, nosotros tampoco lo sabemos.

Uno de los calendas hizo señas al mandadero de que se acercase y le preguntó si sabía por qué habían pegado a las perras y por qué tenía Amina los pechos llenos de cicatrices.

—Señor —repuso el mandadero—, os juro por Dios vivo que sé acerca de esto tanto como vosotros.

Resuelto el califa a satisfacer su curiosidad a toda costa, dijo, dirigiéndose a los otros:

—Escuchad, somos siete hombres para luchar contra tres indefensas mujeres. Invitémoslas a explicarnos este misterio y, si se oponen, las obligaremos por la fuerza.

El visir llevó aparte al califa y le susurró al oído:

—Tened paciencia, señor, que la noche no es eterna. Mañana volveré, me apoderaré de estas tres mujeres, las conduciré al pie de vuestro trono y allí sabréis todo lo que deseáis.

Aunque el consejo era muy atinado, el califa lo rechazó. Discutíase acerca de quién debía tomar la palabra. El califa pretendió que hablasen primero los calendas, pero éstos se excusaron y se convino, al fin, en que lo hiciera el mandadero. Disponíase éste a hacer la fatal pregunta cuando Zobeida, después de socorrer a Amina, que ya había vuelto en sí, se acercó a ellos y, como los había visto conversar animadamente, les preguntó:

—¿De qué habláis señores? ¿Cuál es el motivo de vuestra discusión?

—Señora —respondió el mandadero—, estos amigos os ruegan por mi conducto que les expliquéis lo que acaba de suceder aquí, porque la verdad es que no lo entienden, lo cual no es raro, porque a mí me sucede lo mismo.

—¿Es posible —exclamó Zobeida con aire altanero— que tengáis semejante pretensión, señores?

—Sí —repusieron todos.

—Antes de recibiros —continuó Zobeida cada vez más irritada— os impusimos la condición expresa de no indagar nada, sin importar lo que presenciarais aquí. Os hemos agasajado en lo posible y faltáis indignamente a vuestra palabra. ¡No habrá perdón para vosotros! ¡Venid pronto! —dijo Zobeida dando con el pie tres golpes en el suelo.

De repente se abrió una puerta, y siete esclavos negros, fornidos y provistos de alfanjes desenvainados, se precipitaron en la habitación abalanzándose sobre cada uno de los huéspedes para cortarles la cabeza. Fácil es imaginarse el terror del califa, arrepentido, aunque tarde, de no haber escuchado los consejos del gran visir. Iban ya los esclavos a descargar el golpe fatal cuando Zobeida les dijo:

—Esperad. Antes de que mueran estos hombres, quiero interrogarles.

—En nombre de Dios, señora —murmuró asustado el mandadero—, yo soy inocente, y estos calendas tuertos, pájaros de mal agüero, son los que tienen la culpa de la desgracia en que me veo. No es justo que yo pague por los demás.

Zobeida, a pesar de su enfado, no pudo contener la risa al oír los lamentos del mandadero y sin parar atención en él dijo, dirigiéndose a los demás:

—Decidme quiénes sois, porque después de vuestra conducta dudo de que pertenezcáis a la clase de los hombres dignos y honrados. Si así fuese, hubieseis tenido más consideraciones hacia nosotras.

El califa vislumbró alguna esperanza y, enojado al considerar que su vida dependía del capricho de una mujer, ordenó en voz baja al visir que declarase su posición y su rango.

—No nos sucede más que lo que nos merecemos —dijo el prudente Giafar, e iba ya a hablar, pero Zobeida no le dio oportunidad dirigiendo la palabra a los calendas, a quienes preguntó si eran hermanos.

—No por los vínculos de la sangre sino por la profesión —dijo uno de ellos.

—¿Y sois tuerto de nacimiento?

No —respondió el interpelado—, lo soy a causa de un suceso extraordinario que merecería ser escrito, el cual me hizo afeitarme la cabeza y tomar el hábito de calenda.

Los otros dos contestaron lo mismo, y el último añadió:

—Para que comprendáis, señora, que no somos personas vulgares, sabed que los tres somos hijos de reyes que gozan en el mundo de justo renombre.

Zobeida, al oír esta declaración, moderó en parte su enojo y dijo a los esclavos que permaneciesen allí para quitar la vida sin piedad al que se negara a referir su historia y a manifestar, además, los motivos que le habían llevado hasta el palacio. Viendo el mandadero que le iba la vida si no contaba su historia, dijo tomando apresuradamente la palabra:

—Yo, señora, solamente soy un infeliz mandadero que no ha hecho daño a nadie. Estaba hoy en el mercado cuando vuestra hermana me mandó que la acompañase con un canasto para recoger las compras que hiciese. Fuimos a varias tiendas que sería prolijo enumerar, y cargado después con un peso enorme vine aquí, donde habéis tenido la bondad de sufrirme hasta ahora. Favor insigne de que siempre me acordaré, y ya está mi historia acabada.

—Te perdono —dijo Zobeida—. Márchate, y que no te volvamos a ver más.

—Permitidme que me quede para oír la historia de estos señores, y así que concluyan me marcharé al momento.

Y se sentó en un sofá, dando un gran suspiro de alegría al verse libre del peligro de la muerte. Uno de los tres calendas comenzó así el relato de su vida:

Historia del primer calenda, hijo de rey

SEÑORA, el rey, mi padre, tenía un hermano monarca de un Estado inmediato al nuestro, y padre de dos hijos, un príncipe y una princesa, siendo de advertir que el príncipe y yo contábamos casi los mismos años de edad.

Concluidos mis estudios, iba todos los años a visitar al rey, mi tío, con quien permanecía siempre uno o dos meses, viajes que dieron por resultado fomentar el tierno cariño que nos profesábamos el príncipe, mi primo, y yo. La última vez que le vi me hizo las mayores demostraciones de afecto, y una noche, después de cenar, me dijo con cierto misterio:

—Es imposible que adivines en lo que me he ocupado desde tu anterior viaje.

—No puedo calcularlo —respondí.

—Pues bien, he mandado construir un edificio, habitable ya, y quiero que lo veas, pero antes jura guardarme secreto y fidelidad.

—Te lo juro —repuse yo con la mayor sencillez.

—Espérame aquí —añadió—, pues vengo en seguida.

Y, en efecto, volvió al poco rato con una dama magníficamente vestida, acerca de la cual no creí oportuno preguntar el nombre ni tampoco la calidad, para que el príncipe no me tachase de indiscreto.

—No hay tiempo que perder —dijo mi primo—, prométeme que conducirás a esta señora a tal sitio, donde verás una tumba de forma abovedada y construida recientemente. La conocerás con facilidad, la puerta estará abierta. Entrad ambos allí y esperadme, que yo voy en seguida.

Obedecí con puntualidad, y apenas habíamos llegado al lugar referido apareció el príncipe con un cántaro lleno de agua, una trulla de albañil y un saco de yeso. Quitó la losa del sepulcro vacío que ocupaba el centro de la bóveda y por la abertura apareció ante nuestros ojos una escalera en forma de espiral.

—Señora —dijo mi primo—, por aquí podemos ir al sitio del que os he hablado.

La dama se dirigió a la escalera, el príncipe la siguió, y antes se volvió hacia mí para darme gracias por el favor que le había hecho.

—¿Qué significa esto? —le pregunté asombrado.

—Ni una palabra te puedo decir —me contestó—. Vuelve a emprender el mismo camino por donde has venido.

Y desapareció, dejándome en la mayor incertidumbre. Al día siguiente creí haber soñado, quise ver al príncipe, pero me dijeron que desde la víspera no había vuelto a palacio, y ya me convencí de que la escena del sepulcro era, por desgracia, una realidad.

Fui cuatro días consecutivos al cementerio por si podía descubrir el sepulcro, y mis tentativas resultaron vanas. Afligido y cansado de esperar al rey, mi tío, que estaba de caza, determiné regresar a los dominios de mi padre. Llegué a la capital, y al entrar en palacio vi a la puerta muchos soldados que me rodearon en seguida. Pregunté la causa de ello, y el oficial de guardia me contestó que el gran visir había destronado a mi padre con el auxilio del ejército, y que yo, de orden del nuevo soberano, quedaba como prisionero. Sin pérdida de tiempo fui conducido a presencia del pérfido usurpador, el cual me dio la infausta nueva de que mi querido padre ya no existía.

El rebelde visir me odiaba a muerte desde que un día, en mis primeros años, ejercitándome en el tiro de la ballesta, al que era muy aficionado, apunté a un pájaro, pero erré el golpe y la flecha fue a parar a un ojo del visir, que se quedó tuerto. Yo estaba en la azotea de palacio y él paseándose en la de su casa. Grande fue mi aflicción al saber tal desgracia pero, a pesar de mi pena y del arrepentimiento que mostré, guardó siempre hacia mí un odio inextinguible que desahogó cruelmente al verse dueño del poder supremo. Furioso, se abalanzó a mi cuello y me arrancó con sus propias manos el ojo derecho, y éste es el origen de mi imperfección. Luego me hizo encerrar en una jaula y ordenó al verdugo que en un sitio apartado de la ciudad me dejase a merced de las aves de rapiña después de cortarme la cabeza. Durante el camino lloré y supliqué tanto que el verdugo, movido a compasión, se abstuvo de ejecutar la bárbara sentencia, invitándome a salir del reino si quería salvar su vida y la mía. Le di las gracias por su generosidad y llegué con mil trabajos y contratiempos a la capital del rey, mi tío, quien se afligió sinceramente al verme en aquel estado y saber la muerte de su hermano. Después me refirió con tan vivos colores la pena que le desgarraba el corazón por ignorar la suerte del príncipe, su hijo, que no pude resistir, y olvidando mi juramento le referí todo lo que sabía de la aventura del sepulcro.

—Esa revelación me da alguna esperanza de encontrar al príncipe, mi hijo —exclamó el rey, más consolado—. Supe que había mandado construir esa tumba, pero no el objeto de ella, y ya que te exigió el secreto, iremos tú y yo reservadamente a hacer nuestras pesquisas sin que nadie las trasluzca. Además, hay para ello una razón importante que te diré a su tiempo.

Fuimos disfrazados a la bóveda, que me costó encontrar, y a pesar de que el príncipe había tapiado la abertura con el agua y el yeso de que fue provisto aquel día, pudimos levantar la losa, no sin grandes esfuerzos. Bajamos mi tío y yo cincuenta escalones, al final de los cuales vimos una especie de antecámara mal iluminada, llena de humo espeso y de mal olor. Desde allí pasamos a otra habitación espaciosa y sostenida por columnas, con una cisterna en el centro. Veíanse restos de provisiones de boca esparcidos por todos lados, y en el izquierdo un gran sofá sobre una alta gradería. Subió por ella el rey y reconoció al príncipe, su hijo, y a una mujer a cierta distancia, pero cubiertos de quemaduras y casi carbonizados. Lejos de entregarse a los accesos del dolor, el rey escupió indignado al rostro de su hijo, y al ver el asombro pintado en el mío por aquella extraña conducta, me dijo:

—Ha sufrido el castigo que merecían sus maldades.

—Señor —le dije—, aunque tan triste hecho me ha conmovido honradamente, no puedo por menos que preguntaros qué delito cometió el príncipe, mi primo, para que habléis en esos términos ante su cadáver.

—Sobrino querido —me contestó el rey—, sabed que mi hijo, indigno de este nombre, amó a su hermana desde su niñez y ella le correspondió. Esta ternura aumentó de modo tal con el correr de los años que llegué a temer sus consecuencias. Traté, pues, de poner el remedio que creía más apropiado, y llamando aparte a mi hijo le reprendí severamente y procuré hacerle ver el horror de la pasión que sentía y la vergüenza que haría recaer sobre la familia si persistía en sus criminales sentimientos. Así mismo advertí a mi hija que debía procurar alejarse cuanto pudiera de su hermano. Convencido mi hijo de que su hermana seguía amándole como él a ella, con el pretexto de construir una tumba, se preparó este asilo subterráneo, con la esperanza de hallar un día ocasión de robar al objeto de su amor culpable y conducirlo aquí.

Dicho esto, el rey prorrumpió en sollozos, y salimos de aquel lugar funesto.

Poco rato hacía que estábamos de vuelta en palacio cuando percibimos un confuso ruido de trompetas, tambores, timbales y otros instrumentos guerreros. Era que el mismo visir que había depuesto a mi padre y usurpado su trono venía a apoderarse también de mi tío, acompañado de un numeroso ejército. Como el rey, mi tío, sólo disponía de su guardia ordinaria, no pudo resistir a tantos enemigos. Oprimido por el dolor y perseguido por la fortuna, recurrí a una estratagema, único medio de salvar mi vida. Me hice afeitar la barba y las cejas y, vestido de calenda, salí de la ciudad sin ser reconocido.

Finalmente, después de muchos meses de viaje, he llegado hoy a la puerta de esta ciudad, y habiéndome detenido al caer la tarde para reponer mis fuerzas con un breve descanso, encontré a este calenda que está a mi lado y nos saludamos mutuamente. Al verle le dije que parecía extranjero como yo, y me contestó que no me había engañado. En aquel instante llegó el otro calenda. Vinimos aquí y nos habéis tratado con tanta bondad que no encuentro frases para significaros nuestra gratitud.

—Está bien —replicó Zobeida—, podéis retiraros en libertad adonde más os plazca.

El primer calenda suplicó a Zobeida que le permitiera permanecer allí hasta oír la historia de sus dos compañeros, y habiendo accedido la joven de buen grado, dio principio el otro calenda a su historia:

Historia del segundo calenda, hijo de rey

APENAS salí de la infancia el rey, mi padre, puesto que yo he nacido príncipe también, me dedicó al estudio de las ciencias y de las bellas artes, deseoso de cultivar las disposiciones intelectuales de que me había dotado el cielo.

Cuando supe leer y escribir, aprendí de memoria el Corán entero, base de nuestra religión, y los comentarios de los autores más ilustres, dedicándome al propio tiempo a la historia, a la geografía y a la literatura, en la que hice tales progresos que mi fama, aunque inmerecida, superó a la de los más célebres escritores. Llegó mi nombradía hasta la corte de las Indias, cuyo poderoso monarca quiso conocerme, y envió a mi padre embajadores con ricos presentes, invitándole a que me permitiera viajar por aquellos países. Marché, pues, en compañía de los embajadores, y ya llevábamos un mes de camino cuando un día descubrimos a lo lejos una nube de polvo, y luego cincuenta jinetes bien armados que se dirigían hacia nosotros a galope tendido. Éramos muy inferiores en número, y no pudimos rechazar la fuerza con la fuerza. Sin embargo, se emprendió la pelea, hasta que yo, herido y viendo por tierra al embajador y a los suyos, me alejé de ellos. Los ladrones, sin duda, contentos por el botín, no se cuidaron de perseguirme. Me encontré solo, herido y sin recursos en un país nuevo para mí, donde, después de vendar mi herida, que no era peligrosa, me puse a caminar, temiendo siempre volver a ser atacado por los malhechores. Llegué a una gruta, y allí pasé la noche y comí las pocas frutas que había cogido de los árboles.

Un mes duró mi triste peregrinación, y al cabo de ese tiempo descubrí una populosa ciudad situada en un valle fertilizado por varios ríos y en donde se gozaba de un clima primaveral. El aspecto sonriente de la población disipó algo mi tristeza, y ya en las calles me dirigí a la tienda de un sastre para preguntarle el nombre del país en que me encontraba. Mi juventud y mis maneras estaban, sin duda alguna, en contradicción con lo miserable y destrozado de mis vestidos, porque el sastre me hizo sentar y me trató con tanta bondad que no tuve inconveniente en manifestarle cuáles eran mi condición, mi rango y mis aventuras.

—Guardaos bien —me dijo— de confiar a nadie lo que acabáis de revelarme a mí, porque el príncipe que aquí reina es enemigo acérrimo de vuestro padre, y os podría suceder una gran desgracia.

Di gracias al sastre por su amistoso aviso y me alojé en su casa, descansando de las fatigas de la caminata. Al cabo de algunos días me preguntó el sastre si sabía yo hacer algo para mantenerme de mi trabajo, y le contesté que poseía ambos derechos, y que era, además, escritor, gramático y poeta.

—De nada sirven aquí esos conocimientos —replicó el sastre—, y me parece lo mejor que vayáis al monte próximo a hacer carbón, cuya venta os producirá en la ciudad alguna ganancia. Así podréis esperar a mejores tiempos, y yo os proveeré de los instrumentos necesarios para vuestra nueva ocupación.

A pesar de lo penoso del trabajo, no tuve más remedio que resignarme, y en pocos días, gracias a la escasez de leñadores carboneros, gané una cantidad decente y pude devolver al sastre lo que me había adelantado.

Viví un año de aquella manera, y cierto día, ocupado en dar hachazos a los árboles, descubrí en el tronco de uno de ellos una argolla de hierro adherida a una plancha de metal. Tiré y vi una escalera estrecha que me condujo a un vasto palacio iluminado como si fuera por la luz del sol, aunque estaba bajo tierra. Una dama de noble aspecto se adelantó hacia mí por una galería de columnas cuyos capiteles eran de oro esmaltado, y me preguntó:

—¿Sois hombre o genio?

—Soy hombre, señora —le respondí, haciendo una reverencia.

—¿Y por qué casualidad os halláis aquí? Hace veinticinco años que habito este palacio y vos sois el primer hombre que veo.

Entonces le referí minuciosamente mi vida y mis aventuras, hasta el instante en que descubrí la entrada de aquella magnifica prisión.

—¡Ah, príncipe! —exclamó suspirando con tristeza—, esta prisión es magnífica, como muy bien decís, pero enojosa e insoportable, como sucede siempre con todo sitio en que se reside por fuerza. Ya habréis oído hablar del gran Epitamaros, rey de la isla de Ébano, llamada así por la abundancia que en ella hay de madera tan preciosa. Yo soy la princesa, hija de dicho soberano. Iba yo a casarme con un príncipe, primo mío, cuando un genio me arrebató desvanecida en medio de los festejos de la corte de mi padre, y al recobrar los sentidos, me vi en este palacio.

Hace veinticinco años que me encuentro aquí teniendo en abundancia todo lo que es necesario para vivir y aún más de lo que pudiera contentar a un príncipe. Cada diez días viene el genio a pasar una noche a mi lado. No obstante, cuando tengo necesidad de él, sea de noche o de día, toco un talismán que hay en mi aposento y viene al momento el genio. Hace hoy cuatro días que le vi por última vez; por lo tanto, faltan cinco para que vuelva, a menos que yo le llame, y podéis pasarlos en mi compañía.

Yo, que me consideraba dichoso de obtener semejante favor, acepté en seguida. Nos sentamos juntos en un mismo diván, y poco después me sirvió una opípara comida. Así pasamos el día alegremente. A la mañana siguiente le dije:

—Hermosa princesa, hace ya demasiado tiempo que estáis enterrada viva. Seguidme, venid a gozar de la luz del sol, de la que hace tantos años que estáis privada.

—Príncipe —me contestó ella sonriendo—, no hablemos de eso. Nada me importa el mundo ni el sol, si de cada diez días queréis pasar nueve a mi lado.

—Observo, princesa —repliqué—, que el miedo al genio es lo que os hace hablar así. Por mi parte, le temo tan poco que voy a hacer pedazos su talismán. Que venga entonces, pues aquí le espero. Por muy valiente y formidable que sea, le haré sentir la pujanza de mi brazo. Juro que he de exterminar a todos los genios del mundo, y el primero a él.

La princesa, que conocía las consecuencias que podía tener mi temeridad, me suplicó que nada hiciera. Pero el vino se me había subido a la cabeza, sin permitirme razonar, y de un tremendo puntapié hice añicos el talismán maldito. En el acto vaciló el palacio, sus paredes vinieron al suelo con un ruido espantoso, semejante al del trueno, y quedamos sumidos en una horrible oscuridad, interrumpida sólo por la luz fosfórica de los relámpagos.

—¡Salvaos, príncipe —gritó la princesa—, huid pronto si amáis la vida!

Aturdido y lleno de un terror pánico, me precipité a la escalera, dejando olvidadas en el palacio las babuchas y el hacha que había bajado conmigo. Apenas salí yo entró el genio y preguntó encolerizado a la princesa:

—¿Qué os ha sucedido y por qué llamáis?

—Un dolor en el corazón —respondió temblando la joven— me hizo ir en busca de esta botella que aquí veis, pero tropecé y caí sobre el talismán, que se rompió al momento.

—Sois una imprudente, y es falso lo que me decís. ¿Por qué se encuentran aquí esa hacha y esas babuchas?

—Es la primera vez que las veo —contestó la princesa—. Como habéis venido tan apresuradamente, tal vez las habéis traído vos mismo sin daros cuenta.

El genio respondió con imprecaciones y golpes. No tuve ánimos para oír los gritos de angustia y los lamentos de la princesa, brutalmente maltratada, y hui de aquel lugar como el más cobarde e ingrato de los hombres.

«Es cierto —me decía a mí mismo— que hace veinticinco años que está encerrada en un subterráneo pero, a excepción de su carencia de libertad, nada le faltaba para ser feliz. Mi desvarío ha destruido su felicidad y la somete a la crueldad de un monstruo despiadado.»

Bajé la plancha, la cubrí con tierra y volví a la ciudad con una carga de leña, profundamente trastornado y afligido. El sastre, mi huésped, me recibió con las mayores demostraciones de contento, pues ya estaba en zozobra por mi ausencia. Le di las gracias por su celo y el cariño que me demostraba, pero no le dije palabra de lo que había sucedido, y me retiré a mi cuarto, maldiciendo mi imprudencia. Estaba aún entregado a mis sombríos pensamientos cuando entró el sastre y me dijo:

—Un anciano que no conozco os trae las babuchas y el hacha que ayer dejasteis olvidadas en el monte. Ha sabido por los otros leñadores donde vivís y quiere daros esas prendas en propia mano.

Comencé a temblar como un azogado, me puse más pálido que un cadáver, y antes de que el sastre pudiese preguntarme el motivo de aquel cambio repentino se entreabrió el suelo de la habitación y apareció el genio que tenía aprisionada a la princesa.

—Yo soy —nos dijo— nieto de Eblis, príncipe de los genios. ¿No es ésta tu hacha y éstas tus babuchas? —añadió dirigiéndose a mí.

Sin darme tiempo a contestar, me asió por medio del cuerpo, y lanzándose a los aires me elevó hasta el cielo con una fuerza y una velocidad espantosas. Después me arrastró a la tierra con igual rapidez y me encontré sin saber cómo en el palacio encantado, delante de la princesa de la isla de Ébano, la cual se hallaba tendida en tierra, bañada en sangre y con los ojos enrojecidos por el llanto. La princesa estaba desnuda, tendida en el suelo, ensangrentada, y parecía más muerta que viva.

—¡Pérfida! —le dijo el genio, presentándome ante ella—, ¿no es éste mi rival?

La princesa me envolvió en una mirada lánguida y triste, y contestó:

—No le conozco.

—Pues bien —repuso el genio desenvainando su alfanje—, si no es cierto, toma esta arma y córtale la cabeza.

—¡Oh! —exclamó ella—. ¿Cómo queréis que haga eso si estoy extenuada y no tengo fuerzas para levantar un brazo? Mas, aunque así no fuese, yo no tendría valor para matar a un hombre que no conozco, a un inocente.

—Esa negativa —repuso el genio— es la mayor prueba de vuestro crimen.

Y dirigiéndose a mí, añadió:

—¿Y tú, la conoces?

Hubiese sido el más vil de los hombres de no haber tenido igual entereza que para salvarme tuvo la princesa. Así pues, contesté al genio:

—No la había visto en mi vida antes de ahora.

—Si eso es cierto, toma este alfanje y córtale la cabeza. Sólo a ese precio te devolveré la libertad y me convenceré de que no has mentido.

—Con mucho gusto —respondí, y cogiendo el alfanje me acerqué a la princesa.

Claro está que hice esto no para acatar lo que el genio me exigía, sino para demostrarle a la princesa que de la misma manera que ella no vacilaba en sacrificar su vida por mi amor, yo le sacrificaba la mía. Entonces retrocedí, y arrojando el alfanje a los pies del genio, exclamé:

—Merecería ser maldecido eternamente por los hombres si cometiese la infamia de asesinar a una mujer moribunda. Haced de mí lo que os plazca, puesto que me tenéis en vuestro poder, pero no esperéis de mí que cumpla tan bárbaro mandato.

—Veo perfectamente que ambos os burláis de mí insultando mis celos —repuso el genio—. Pero vais a ver de lo que soy capaz.

Dicho esto, tomó el alfanje y cortó una mano a la princesa, que apenas tuvo tiempo de levantar la otra para darme un adiós eterno. A la vista de tanta crueldad, me desmayé. Cuando recobré los sentidos me dijo el genio:

—Ya has visto cómo tratan los genios a las mujeres sospechosas de infidelidad. Ella te ha recibido aquí, esto es indudable, pero si estuviera seguro de que el ultraje había sido mayor, te mataría ahora mismo. Así pues, me contentaré con transformarte en perro, en asno, en león o en pájaro.

—¡Oh genio! —le repliqué sintiendo alguna esperanza—. Moderad vuestro furor y perdonadme, como el mejor de los hombres perdonó a uno de sus vecinos que le tenía una terrible envidia.

—¿Y qué les sucedió a esos dos hombres?

—Escuchad, pues.

Y le conté lo siguiente:

Historia del envidioso y el envidiado

EN UNA inmensa ciudad vivían dos hombres cuyas casas estaban la una inmediata a la otra. Uno de ellos concibió tal envidia de su vecino que éste determinó mudar de habitación. Pero no fue bastante para disminuir el odio de su rival, y así es que vendió la casa y con el poco dinero que pudo reunir se trasladó a la corte del reino y en ella compró una pequeña quinta con jardín, en cuyo centro había una cisterna profunda, de la que nadie hacía uso. El buen hombre tomó el hábito de derviche para hacer una vida retirada e hizo en la casa varias celdas a fin de alojar a otros derviches. Así es que la quinta se vio convertida en poco tiempo en una numerosa comunidad visitada por todo el pueblo y por los señores principales de la corte, que ya conocían las virtudes del nuevo derviche. La fama de su reputación llegó a oídos del antiguo y envidioso vecino, quien determinó ir a la capital a tramar la pérdida y la ruina del objeto de su odio. Fue al convento, que así podía llamársele a la quinta, y dijo al superior que iba a comunicarle asuntos secretos de la mayor importancia. El derviche le recibió con agrado, mandó a los demás que se retirasen a sus celdas, puesto que era una hora avanzada de la noche, y a instancia del envidioso infame bajó solo con él al jardín. Empezaron a dar paseos y, al llegar junto a la cisterna, empujó el hombre perverso al honrado derviche, y éste quedó sepultado en el fondo sin que nadie presenciase acción tan criminal. Huyó el envidioso fuera del convento apresurándose a regresar a su pueblo, bien convencido de que su antiguo amigo ya no existía. Pero la cisterna estaba habitada por hadas y por genios, que socorrieron al derviche de un modo tan eficaz que ni siquiera se hizo daño con el tremendo golpe de la caída. Pronto oyó una voz que decía:

—¿Sabéis quién es ese hombre que acaba de caer en la cisterna?

—No —respondieron otras.

—Pues bien —continuó la primera—, es una persona caritativa que abandonó la ciudad en que vivía con objeto de curar a uno de sus vecinos de la envidia que le devoraba el alma. El envidioso, lleno de ira al conocer la justa estimación de que su rival goza en este país, vino a él para darle muerte, lo cual hubiese conseguido de no ser por el auxilio que hemos prestado a ese excelente hombre. Su fama es tan grande que el sultán debe llegar mañana para recomendarle a su hija, que está poseída de espíritus malignos.

—¿Y qué es lo que hará el derviche para librar de ellos a la princesa?

—Voy a decíroslo —replicó la primera voz—. Hay en el convento un gato negro con una pequeña mancha blanca en la cola. Si se arrancan siete pelos blancos y después de quemarlos se perfuma con su olor la cabeza de la joven, ésta se verá para siempre libre del mal.

No perdió el buen derviche ni una sola palabra de la extraña conferencia de los genios y las hadas, que guardaron un silencio profundo el resto de la noche. Al día siguiente vio el derviche un agujero por donde pudo salir con facilidad, y refirió en el convento a sus compañeros el crimen que se había querido perpetrar. Se retiró luego a su celda, y cuando entró el gato negro, le arrancó de la mancha los siete pelos blancos, de los que se serviría en caso de necesidad.

Llegó, en efecto, el sultán acompañado de la princesa, su hija, y de una brillante comitiva, y el derviche hizo puntualmente lo que había oído decir a las hadas en la cisterna, y con tal acierto y eficacia que los espíritus diabólicos salieron del cuerpo de la princesa que, loca de contenta al verse libre, se arrojó en brazos de su padre. Éste besó con respeto la mano del derviche y preguntó, volviéndose a los cortesanos:

—¿Qué recompensa merece el hombre que ha curado a mi hija?

—Ser su esposo —contestaron todos.

—Eso es justamente lo que yo pensaba —continuó el sultán—, y la boda se celebrará en este instante.

Poco tiempo después murió el primer visir, a quien sustituyó el derviche, y muerto también el sultán sin dejar hijos varones, fue nombrado su yerno por aclamación para reemplazarle en el trono.

Iba un día por la calle seguido de su corte y vio el envidioso entre la muchedumbre que se agolpaba a su paso.

—Traedme aquí a ese hombre —dijo en voz baja a uno de los visires—, y cuidad de no intimidarlo.

Obedeció el visir, y cuando el envidioso estuvo ante el sultán, le dijo éste:

—Amigo mío, tengo una gran satisfacción en volver a veros —y dirigiéndose a uno de sus oficiales, continuó—: que se le den a este hombre mil toneladas de oro, veinte camellos cargados de ricas mercaderías y una guardia que le acompañe y escolte hasta su casa con toda seguridad.

Y despidiéndose del envidioso, prosiguió su interrumpida marcha.

Cuando hube acabado de contar la historia, le dije al genio:

—Ya veis cómo el generoso sultán perdonó e incluso colmó de beneficios al hombre que había atentado contra su vida. Perdonadme vos a mí y seguid tan noble ejemplo.

—Todo lo que puedo hacer por ti —me respondió— es no darte muerte, pero sentirás de otro modo el influjo de mi poderío.

Y asiendo mi cuerpo con violencia me transportó a lo alto de una montaña. Tomó un puñado de tierra, que me arrojó al rostro murmurando unas palabras que no comprendí, y me dijo:

—Deja de ser hombre y conviértete en mono.

Así ocurrió en el acto, puntualmente, y me vi solo, lleno de dolor, bajo aquella forma extraña en mi país, desconocido para todos y sin saber si estaba lejos de los dominios del rey, mi padre. Bajé de la montaña y al cabo de un mes de viaje llegué al borde del mar, desde donde vi un buque que estaría a una media legua de la playa. No había tiempo que perder, arranqué la rama de un árbol y montado en ella, sirviéndome de dos palos para remar, llegué al barco, cuya tripulación y pasajeros me contemplaron con asombro al ver la ligereza con que me encaramé cuerdas arriba. Algunas personas supersticiosas creyeron que mi presencia en el buque era un mal presagio y que debía perecer instantáneamente, pero el capitán, sensible a las lágrimas que vertían mis ojos, me tomó bajo su protección, me hizo mil caricias, librándome de una muerte segura.

A los cincuenta días de navegación echamos el ancla en la bahía de la capital de un Estado poderoso, y entre los que fueron a visitar el buque y dar a todos la enhorabuena por la feliz llegada iban varios oficiales del sultán con la pretensión de que los pasajeros de a bordo escribiesen algunas líneas en un pergamino.

—Habéis de saber —dijeron para explicar lo extraño de su misión— que el sultán, nuestro amo, ha perdido a su primer visir, hombre de gran capacidad y que escribía de un modo admirable. El sultán ha hecho juramento de no nombrar en su reemplazo más que a la persona que escriba con tanta perfección como el difunto, y hasta ahora no se ha encontrado a nadie capaz de sustituirlo.

Cuando los pasajeros acabaron de escribir me adelanté hacia la mesa. Creyeron al principio que iba a destrozar el pergamino, pero yo les tranquilicé haciendo señas de que quería escribir como ellos. Tomé la pluma en medio de la risa burlesca de la concurrencia y escribí las seis clases de letra que usan los árabes, y cada muestra consistía en un dístico o redondilla improvisada en alabanza del sultán. Los oficiales presentaron el pergamino al sultán, quien al ver mi letra dijo a sus servidores:

—Tomad el caballo más hermoso que poseo, adornado de ricos arneses, llevad trajes de oro y de damasco para revestir a la persona que ha escrito esto y traédmela aquí en seguida.

Los oficiales se echaron a reír acordándose de mí, y el sultán, irritado, se disponía a castigarlos por tamaño atrevimiento, cuando le dijeron que no se trataba de un hombre, sino de un mono que habían encontrado a bordo del barco. Esta noticia aumentó la sorpresa del sultán, que ratificó su orden para que fuese ejecutada sin demora. Desembarqué, pues, aquel mismo día, y montado en el caballo del sultán, comenzó la marcha de la comitiva. El puerto, las calles, las plazas públicas, las ventanas y azoteas de las casas, todo estaba lleno de una inmensa multitud ansiosa de verme, porque cundió con la celeridad del rayo la noticia de que el sultán había elegido a un mono por gran visir. Al llegar a palacio, entre los gritos y las aclamaciones del pueblo, encontré al sultán sentado en su trono y rodeado de la corte, sorprendida al notar las reverencias que yo hacía como un hombre que no ignoraba el homenaje debido al sultán. Concluida la ceremonia de recepción, me quedé solo con el soberano, con el jefe de los eunucos y con un joven esclavo que me miraba con ojos de extrañeza. Nos pusimos a comer y después escribí algunos versos que llenaron de entusiasmo al sultán, y luego el relato exacto de mis desventuras. Jugamos tres partidas de ajedrez, de las cuales gané las dos últimas, suceso que contrarió un poco a mi real adversario, y para consolarlo escribí unos versos en los que dije que dos ejércitos poderosos se habían batido un día con arrojo y ardimiento, pero que al caer la tarde se hizo la paz y juntos pasaron la noche tranquilamente en el mismo campo de batalla. Todo esto redoblaba la admiración del sultán hacia mi ingenio y quiso que su hija, hermosa joven a quien llamaba Sol de la Mañana, presenciase también el prodigio de mi inteligencia.

Vino la princesa, y sin quitarse el velo que cubría su semblante le dijo al sultán:

—No comprendo, señor, por qué me hacéis comparecer delante de los hombres con olvido de nuestras leyes y costumbres. Ese mono, a pesar de su apariencia, es un príncipe, hijo de un gran rey, y ha sido convertido por arte de encantamiento. Un genio nieto de Eblis le ha hecho ese mal después de arrebatar cruelmente la vida a la princesa de la isla de Ébano, hija del rey Epitamaros.

Admirado el sultán, se volvió hacia mí como para preguntarme si era cierto lo que su hija decía, y yo contesté que sí por señas, poniéndome la mano en la cabeza.

—¿Y cómo sabes tú todo eso, hija mía? —preguntó el sultán.

—Señor —respondió Sol de la Mañana—, en la época de mi infancia tuve a mi lado a una señora, maga muy hábil, que me enseñó setenta reglas de su ciencia en virtud de la cual podría, si quisiese, trasladar esta capital al monte Cáucaso o en medio del océano. Conozco también a todas las personas que están encantadas y, por consiguiente, no debéis extrañaros que haya reconocido al príncipe.

—Entonces —replicó el sultán—, te ruego, si puedes, que le hagas recobrar su primitiva forma.

—Estoy dispuesta a obedecer vuestras órdenes.

La princesa fue a su habitación y trajo un cuchillo en cuya hoja se veían grabadas palabras misteriosas. Bajamos todos a un patio secreto de palacio, y dejándonos en una galería avanzó al centro donde describió un gran círculo trazando en él algunos caracteres llamados de Cleopatra. Entró luego en dicho círculo a recitar algunos versículos, e insensiblemente se oscureció la atmósfera de tal modo que casi nos vimos envueltos en las tinieblas de la noche. De repente, apareció el genio que me había encantado bajo la forma de un león de espantosa magnitud.

—Monstruo —le dijo la princesa—, en vez de humillarte ante de mí, te presentas con esa horrible apariencia queriendo intimidarme.

—Y tú —replicó el león—, ¿no temes faltar al convenio que hemos hecho de no estorbarnos el uno al otro?

Y abrió una boca enorme, dispuesto a devorar a la joven, pero ésta tuvo tiempo de arrancarse un cabello de la cabeza, cabello que transformó en hacha, con la cual dividió al león de un golpe en dos pedazos. Sólo quedó de la fiera la cabeza, que al momento se convirtió en escorpión, entonces la princesa tomó la forma de serpiente y se trabó un rudo combate, cuya peor parte fue para el escorpión, que huyó convertido en águila. La joven, convertida también en águila, le siguió al espacio con rápido vuelo, y los perdimos completamente de vista.

Pocos minutos después se entreabrió la tierra y salió de ella un gato negro y blanco, traía el pelo erizado y maullaba de una manera triste. Perseguíale un lobo con tal pertinacia que el animal se transformó en gusano, y fue a parar junto a una granada, en la que se ocultó. La fruta aumentó de tamaño, elevándose hasta el techo de la galería, desde el cual cayó al suelo y se hizo pedazos. El lobo, transformado ya en gallo, empezó a comer los granos de la granada, y cuando no vio ninguno se dirigió hacia nosotros con las alas abiertas, pero al volverse vio que había quedado un grano a la orilla de un canal que por allí pasaba. Lanzóse a cogerlo con la rapidez del relámpago, pero el grano cayó en el canal convertido en pescado. Tomó el gallo igual forma, y ambos permanecieron en el agua dos horas enteras, hasta que oímos unos gritos tan horribles que se nos heló la sangre en las venas, y el genio y la princesa se presentaron en el patio rodeados el uno y la otra de humo negro y de unas llamas que amenazaban incendiar todo el palacio. El genio, en una de las peripecias de la lucha, vino hacia nosotros arrojándonos torbellinos de fuego, y hubiéramos perecido de no ser por el socorro de la princesa, que voló en seguida en nuestro auxilio. Sin embargo, el sultán perdió achicharrada la barba, el jefe de los eunucos quedó casi asfixiado y una chispa me abrasó a mí el ojo derecho. De pronto vimos a la princesa en su figura natural, gritando: «¡Victoria!» y al genio convertido a sus pies en un montón de cenizas. Sol de la Mañana pidió al esclavo una taza llena de agua que vertió sobre mi cabeza, y en el acto volví a mi primera forma, pero con un ojo de menos. Di gracias a la princesa, y ésta, en vez de responderme, dijo a su padre con tono de amargura:

—He conseguido un triunfo que me cuesta muy caro, porque me quedan pocos momentos de vida y es imposible que se celebre la boda que proyectáis. Si hubiera visto el grano de granada, comiéndolo a semejanza de los demás cuando estaba convertida en gallo, nada habría que temer; pero el genio se refugió en él y tuve que recurrir al fuego para vencer al monstruo, como lo he conseguido. A pesar de mi superioridad, ha entrado en mi cuerpo una chispa que me está devorando las entrañas, y siento que se acerca mi última hora.

El sultán y yo comenzamos a llorar y la princesa a gritar con angustia: «¡Socorro! ¡Que me abraso! ¡Socorro!», hasta que después de horribles convulsiones y sacudidas exhaló el último suspiro quedando, como el genio, reducida a un montón de cenizas.

Hubiera querido permanecer mono toda mi vida mejor que presenciar aquel horrible espectáculo, cuyo pavor aumentaban los gritos del sultán, loco de dolor por la pérdida de su adorada hija. Acudieron los oficiales y los señores de la corte, por la cual se esparció al instante la noticia de la catástrofe, y el pueblo afligido vistió siete días de luto por la muerte de Sol de la Mañana, cuyas cenizas fueron puestas en un soberbio mausoleo colocado en el sitio en que pereció la princesa, mi bienhechora.

El sultán, después de un mes enfermo por la muerte de su hija, me dijo un día que hasta entonces había sido un hombre feliz, y que desde mi llegada a la corte comenzaba la serie de desventuras, por lo cual me ordenaba salir de su reino sin pérdida de tiempo si en algo estimaba conservar la vida. Quise replicar y no pude, su resolución era irrevocable.

Antes de salir de la ciudad me hice afeitar la cabeza y la barba, y tomé el hábito de calenda para venir a Bagdad y presentarme a su gran califa, generoso y noble como ninguno. Aquí encontré al otro hermano calenda que acaba de hablar, y ya sabéis, señora, la causa de hallarme en vuestro palacio.

—Está bien —dijo Zobeida—, os perdonamos y podéis retiraros.

Entonces el otro calenda tomó la palabra, y comenzó de esta manera:

Historia del tercer calenda, hijo de rey

LO QUE voy a referir —dijo— es muy diferente de lo que habéis oído. Los dos príncipes que acaban de contar su respectiva historia han perdido cada uno un ojo por efecto de causas imprevistas e involuntarias, pero yo lo he perdido por mi culpa, como tendréis ocasión de convenceros con el relato que voy a hacer.

Mi nombre es Agib y soy hijo de un rey que se llamaba Cassib, a quien después de su muerte sustituí en el trono. Mi capital estaba situada a orillas del mar y era un puerto seguro y magnífico, con un arsenal en que se hubieran podido equipar más de cien buques de alto bordo. Visité las provincias del reino, me dediqué luego con preferencia a armar una escuadra para satisfacer la ambición que tenía de descubrir nuevas tierras, y apenas estuvo todo dispuesto, me di a la vela con diez buques de escolta en la expedición.

La travesía fue dichosa, pero al cabo de un mes empezaron a reinar vientos contrarios, y los barcos eran juguete de las embravecidas olas. Se apaciguó un poco el huracán que nos puso en tan grave peligro, aunque noté fácilmente que los pilotos no sabían dónde estábamos. El marinero de vigía en lo alto del mástil dijo que distinguía por la parte de proa una gran extensión de tierra ennegrecida. La tripulación cambió de color, y el piloto, pálido como un difunto, exclamó:

—¡Ah, señor, estamos perdidos y no hay poder humano capaz de salvarnos! Eso que ha visto el vigía es la Montaña Negra, compuesta toda de un imán que atrae a los barcos a causa del mucho herraje de que constan sus piezas. La fuerza del imán será mañana tan terrible que todos los clavos se saldrán de su sitio y nos iremos a pique sin remedio. Como el imán tiene la virtud de atraer al hierro, fortificándose por medio de él, la montaña está cubierta de clavos por el lado de la costa, procedentes de los millares de buques que han perecido en estas aguas. La montaña es muy escarpada, en la cima hay una cúpula de bronce, sostenida por columnas del mismo metal, y encima de todo un caballo, también de bronce, montado por un caballero con un peto de plomo, en el cual se ven grabados signos cabalísticos. Dice la tradición que esa estatua es causa de la pérdida de tantos buques y tantas criaturas como han perecido aquí, y añade que no cesará de ser funesta hasta ser derribada del sitio que ocupa.

El piloto y la tripulación rompieron en amargo llanto, y cada cual hizo sus últimas disposiciones, preparándose para la muerte que nos aguardaba.

Al día siguiente vimos, en efecto, la horrible Montaña Negra, erizada de clavos, tal como el piloto había dicho, y atraídos irresistiblemente hacia ella fueron los barcos a romperse a la costa con espantoso estruendo. Toda mi gente se ahogó, pero Dios tuvo piedad de mí, y permitió que me salvase agarrado a una tabla, con cuyo auxilio pude llegar sano y salvo al pie de una escalera proyectada en la roca. Era estrecha y peligrosa, y a cada instante me vi próximo a caer al mar, hasta que, después de mucho trabajo, conseguí llegar a la cúpula de la cima, donde di gracias al cielo antes de dormir un poco para reponerme de la pasada fatiga.

Mientras dormía, se me apareció un anciano de venerable aspecto y me dijo:

—Escucha, Agib, cuando te despiertes cava en la tierra que está junto a ti, y hallarás un arco de bronce y tres flechas de plomo fabricadas expresamente para liberar al género humano de los males que le amenazan. Dispáralas contra la estatua, que caerá al mar, y el caballo al lado tuyo. Entierra a este último en el mismo sitio donde encuentres el arco, y la mar subirá en seguida hasta el nivel de esta cúpula; verás una chalupa tripulada por un hombre de bronce y con un remo en cada mano. Embárcate, sin pronunciar por ningún motivo el nombre de Dios, y ve confiado adonde te lleve, que será seguramente a un sitio desde el cual podrás ir con facilidad a tus dominios.

Cuando me desperté, hice lo que me había mandado el anciano. Cayó la estatua al mar, se presentó el remero de bronce, salté dentro de la barquilla y navegamos nueve días, hasta que vi unas islas que creí reconocer como pertenecientes a mis estados.

Entonces, en el exceso de mi alegría por verme fuera de peligro, no pude contenerme y exclamé, olvidando el consejo del anciano:

—¡Dios mío! ¡Bendito seas!

Aún no había acabado de pronunciar la última frase y ya la barca estaba con el hombre de bronce sumergida en las aguas. Nadé hacia la costa que creí más cercana; sobrevino la noche, ya las fuerzas me abandonaban, rendido de mover los brazos y las piernas, hasta que una ola enorme me echó a tierra, donde esperé la salida del sol. Con su luz vi que era una isla desierta aquélla en la que me encontraba, pero muy fértil y llena de árboles frutales con los que me alimenté aquella mañana. Por la tarde distinguí una embarcación que se dirigía a la playa a toda vela, y en la incertidumbre de quiénes serían los navegantes me subí a un árbol para ver con seguridad lo que sucediera. Desembarcaron diez esclavos provistos de palas y otros instrumentos con que remover la tierra, y de una gran cantidad de provisiones y enseres, que depositaron en una trampa o agujero, lo cual me demostró que allí había algún subterráneo. Poco después desembarcó también un anciano acompañado de un joven de catorce o quince años. Ambos fueron a la trampa, y después de permanecer en ella media hora, cubrieron de tierra la superficie a fin de disimular la entrada, volviendo a bordo el anciano y los esclavos, pero no el joven, circunstancia que me llamó mucho la atención.

Cuando el barco estuvo a gran distancia, bajé del árbol y levanté la tapadera de la trampa. Una escalera de piedra se ofreció a mi vista, y por ella entré en una lujosa habitación, donde en un sofá estaba el joven con un abanico en la mano. Éste pareció sorprendido y asustado al verme, y para tranquilizarle me apresuré a decirle:

—Nada temáis señor, quienquiera que seáis. Un rey e hijo de reyes no es capaz de haceros el daño más insignificante.

Tranquilizóse, en efecto, el joven al oír estas palabras, y rogándome, sonriendo, que me sentase a su lado, me dijo luego:

—Príncipe, os voy a referir algo tan singular y sorprendente que os dejará maravillado. Hacía muchos años que estaba casado mi padre sin tener sucesión cuando fue advertido en sueños que engendraría un hijo cuya vida no sería de larga duración, y esto le causó honda pena. Algunos días después le anunció mi madre que estaba encinta, y el tiempo en que le parecía haber concebido correspondía a la noche del sueño. Me dio a luz, y mi nacimiento llenó de júbilo a toda la familia. Mi padre, que no podía olvidar su sueño, consultó a los astrólogos, que le dijeron:

—Vuestro hijo vivirá sin peligro hasta la edad de quince años, en cuya época le será muy difícil escapar del riesgo que le amenaza. Si logra evitarlo, su existencia se prolongará mucho, pero en este tiempo, dicen los astros, el príncipe Agib derribará la estatua ecuestre de la Montaña Negra, y cincuenta días después debe perecer vuestro hijo a manos del referido príncipe. Este año cumplo los quince años de edad, y hace poco tiempo supo mi padre que la estatua había sido derribada al fin, y lleno de terror me ha traído a este lugar recóndito preparado expresamente para ver si pasan los cincuenta días sin que perezca, como vaticinan los astrólogos. Yo creo que el príncipe Agib no vendrá a buscarme a este subterráneo en una isla desierta, y tengo esperanzas de salvar la vida. Esto es, señor, todo lo que tengo que deciros.

Mientras el niño habló me burlaba yo interiormente de las predicciones de los astrólogos, y tan lejos estaba en mi ánimo de matar a aquella inocente criatura que le dije:

—Nada temáis y tened confianza en la bondad de Dios, como si ya estuvierais fuera de peligro. No os abandonaré durante los cuarenta días que quedan hasta los cincuenta de plazo desde que fue derribada la estatua, y pasado el término me aprovecharé del buque de vuestro padre para volver a mi reino, donde os daré nuevas pruebas de mi amistad y cariño.

Pasaron treinta y nueve días de la manera más agradable en aquel subterráneo y ni en sueños siquiera se me ocurrió el criminal pensamiento de dar muerte al inocente niño.

Llegó el día fatal. El joven se despertó al amanecer y me dijo loco de contento:

—Se acerca la hora y no he muerto, gracias al cielo y a vuestra buena compañía. Mi padre, en justo agradecimiento, os acompañará a vuestros estados, pero entretanto os ruego que pongáis a calentar un poco de agua para lavarme el cuerpo, pues quiero cambiarme de ropa para recibir a mi padre.

Puse el agua al fuego, y cuando estuvo tibia llené un barreño y lavé y sequé con mis propias manos al muchacho. Cuando hube terminado, le coloqué de nuevo en el lecho, arropándole cuidadosamente. Durmió unos momentos, y al despertar me dijo:

—Príncipe, tened la bondad de traerme un melón.

En el acto me apresuré a complacerle, y como no tenía cuchillo, le pedí uno al joven.

—Encontraréis uno —me respondió— en esta cornisa que está sobre mi cama.

Efectivamente allí se encontraba, pero después de cogerlo quise bajar del lecho donde me había subido con tanta prisa que se me liaron los pies en las ropas de la cama y caí desgraciadamente sobre el niño hundiéndole el cuchillo en el corazón. La muerte fue instantánea, y mi desesperación no tuvo límites en presencia de aquel joven a quien había sacrificado de una manera tan involuntaria. Hubiera querido yo morir también pero, sin embargo, un sentimiento de egoísmo natural me hizo pensar en el peligro que corría si era sorprendido allí por el padre de la víctima. Salí del subterráneo, cuya entrada tapé con esmero, y apenas acabada la operación distinguí en la mar el buque del anciano, el cual se aproximaba con tal rapidez que casi me faltó tiempo para ocultarme entre las hojas de un árbol.

Renuncio a describir la escena que tuvo lugar al descubrir el padre la muerte de su querido hijo, de su única esperanza y su mayor consuelo en el mundo. Todavía me parece que oigo sus gritos, que siento la humedad de sus lágrimas y que veo la ceremonia del entierro que improvisaron allí mismo los esclavos.

Volvieron todos al buque y al poco tiempo lo perdí de vista. Un mes permanecí solo en la isla, y quizá hubiera estado siempre sin poder salir de ella a no ser porque las mareas empezaron a bajar por un lado y a acercarse la tierra firme por otro. Al menos tal me lo pareció, y con el agua hasta la rodilla emprendí una caminata que me dejó rendido de cansancio. Al fin, llegué a un extenso país, y ya bastante lejos de la mar vi una gran claridad que al principio tomé por un incendio, y que no era más que un castillo de cobre enrojecido por los ardientes rayos del sol. Me detuve para contemplarlo cuando vi a diez jóvenes, tuertos todos del ojo derecho y acompañados de un anciano de alta estatura. Se acercaron a mí con apresuramiento y me preguntaron el objeto de mi visita, a lo cual les contesté con el relato de mi historia, la que les interesó de tal modo que no volvían en sí de su sorpresa. A sus ruegos, entré con ellos en el castillo hasta un gran salón donde se veían diez pequeños sofás de color azul, muebles que lo mismo servían para sentarse que para dormir cómodamente. Cada uno de los jóvenes tomó asiento en el suyo, y el anciano fue a colocarse en otro sofá de igual color situado en el centro.

—Sentaos en la alfombra —me dijo uno de los jóvenes—, y no llevéis vuestra curiosidad hasta el punto de preguntar nada acerca de nosotros ni del motivo que nos ha hecho tuertos del ojo derecho.

El anciano nos sirvió la cena, dándonos a cada uno una taza de vino, y después trajo unos almohadones azules y unas jofainas llenas de ceniza, hollín y polvos de carbón, presentándolas a los jóvenes. Éstos se frotaron y tiznaron la cara con aquella mezcla, que los puso en un estado lamentable, y hecho esto, comenzaron a llorar y a darse golpes de pecho diciendo a gritos:

—Éste es el fruto de nuestra ociosidad y de nuestros desórdenes!

Así pasó toda la noche, y cerca del amanecer se entregaron al sueño después de haberse lavado las manos y el rostro. Yo no sabía qué pensar de tan extraño espectáculo, pero no pude hacer ni una sola pregunta. Al día siguiente y todos los sucesivos se repitió la misma operación, e impaciente por descubrir el misterio, no me pude contener y pedí que me revelasen el secreto de su conducta.

—Si no lo hemos hecho hasta hoy —dijo uno de los jóvenes— es por no exponeros a sufrir el mismo mal que nosotros.

—No importa —repliqué—. Estoy decidido a todo.

—Sabed entonces que apenas hayáis perdido el ojo derecho saldréis de aquí, porque nuestro número está completo y no puede ser aumentado.

—Me someto a todas las condiciones —respondí con firmeza.

Viendo lo inquebrantable de mi resolución, tomaron los jóvenes un carnero, degollándolo en seguida, y me dieron el cuchillo que sirvió para la operación, diciéndome:

—Os servirá dentro de poco tiempo, entretanto envolveos con la piel que le hemos quitado al carnero y quedaos solo en este departamento. Se os aparecerá un pájaro enorme que, al creer que sois carnero, os arrebatará al espacio, pero no tengáis miedo y veréis, tan pronto como os deje en la cima de una elevada montaña, que desaparece como aire en cuanto rompáis la piel con ese cuchillo. Caminad entonces hasta llegar a un castillo inmenso cubierto de planchas de oro incrustadas de esmeraldas y piedras preciosas. La puerta está siempre abierta. Entrad, pues, y lo que veréis os costará el ojo derecho, como a nosotros nos ha sucedido.

Todo tuvo lugar como los jóvenes lo habían anunciado. El pájaro era blanco y de mayor fuerza y magnitud que los elefantes de la India. Entré en el patio del castillo y vi, maravillado, noventa y nueve puertas de sándalo y de áloe, y una de oro macizo, cien puertas que conducían a jardines y a habitaciones amuebladas con sorprendente magnificencia. Vi una puerta abierta, y entré por ella a un salón donde había cuarenta jóvenes de una hermosura que no puede idear ni el pincel del mejor artista. Todas se levantaron al verme, y me dijeron:

—¡Bienvenido, señor, bienvenido!

—Hace tiempo —continuó una de ellas— que esperábamos a un caballero tan apuesto como vos, y creemos que no hallaréis desagradable nuestra compañía. Venid, sentaos a nuestro lado, y desde este momento somos esclavas vuestras, dispuestas a obedecer lo que queráis ordenarnos.

Dicho esto, una de las jóvenes me presentó perfumes de exquisito aroma, otra un magnífico vestido, otra el vino y los manjares, sirviéndome las demás como si realmente hubiesen sido mis esclavas. Comí y bebí y luego conté mi aventura a aquellas hermosas jóvenes. Cuando hube terminado, varias de ellas se me acercaron más para distraerme, mientras otras fueron a buscar lámparas encendidas, y volvieron con tantas que la sala parecía iluminada por la luz del sol.

Entretanto otras prepararon un banquete de frutas secas, dulces, vinos y licores exquisitos y algunas aparecieron provistas de instrumentos musicales. Cuando todo estuvo preparado, me invitaron a ocupar mi sitio.

Terminados el banquete, los conciertos y las danzas, me dijo una de ellas:

—Estáis cansado a consecuencia del viaje que habéis hecho, y hora es ya de que toméis algún reposo. Vuestro aposento está preparado; mas, antes de retiraros, escoged entre nosotras una para que os sirva.

Era forzoso ceder, tendí mi mano a la que había hablado en nombre de sus compañeras, y ella me condujo al dormitorio.

Así transcurrió la noche, y apenas brilló el sol del nuevo día, las restantes treinta y nueve jóvenes entraron en mi aposento ataviadas con trajes diferentes de los que lucieron la víspera. Me condujeron al baño y, a pesar de mi resistencia, ellas mismas me prestaron todos los servicios del caso y me vistieron con un traje mucho más rico y espléndido que el primero. Pasamos casi todo el día sentados a la mesa y, llegada la noche, me rogaron que hiciera como la precedente.

Así transcurrió un año... Al final de este tiempo entraron en mi habitación las jóvenes y me dijeron con los ojos bañados en llanto:

—Adiós, querido príncipe, es forzoso que os abandonemos.

Sus lágrimas me conmovieron y les rogué que me explicasen la causa de su dolor y de la separación de que me hablaban.

—La causa de nuestro llanto —me respondieron— no es otra que la pena que nos ocasiona separarnos de vos ¡Tal vez no volveremos a vernos jamás! Sin embargo, esto puede evitarse si vos lo queréis y tenéis bastante dominio de vos mismo.

—No comprendo lo que me decís —contesté— y os suplico que os expliquéis claramente.

—Pues bien —dijo una de ellas—, sabed que todas somos princesas hijas de reyes. Vivimos aquí con la alegría que habéis visto, pero al fin de cada año estamos obligadas a separarnos por cuarenta días, para ciertos asuntos que no podemos revelaros. El año terminó ayer y es preciso que os dejemos, ya sabéis cuál es la causa de nuestra aflicción. Mas, antes de salir, os dejaremos todas las llaves del palacio, pero os recomendamos por vuestro bien que no abráis la puerta de oro, pues, de lo contrario, no volveréis a vernos.

Prometí obedecerlas y nos despedimos con lágrimas en los ojos. Su partida me afligió sobremanera, y aunque la ausencia sólo debía durar cuarenta días, me parecía que habían de ser siglos los que de ellas estaría separado. Yo me prometí no olvidar la advertencia que me hicieron acerca de la puerta de oro; pero como, salvo aquella excepción, me estaba permitido satisfacer mi curiosidad, tomé, según el orden que estaban colocadas, la primera llave. Abrí una puerta y me encontré en un jardín frondosísimo, lleno de árboles frutales, tan asombrosamente espléndido, que no osaría compararlo ni aun con el que, después de la muerte, nos promete nuestra religión. La simetría, la elegancia, la disposición admirable de los árboles, la abundancia y la diversidad de los frutos, su frescura, su belleza... todo él, en fin, me fascinaba. Lo abandoné con el alma encantada y abrí otra puerta. En vez de un jardín de frutos me hallé en un vergel de flores. Imposible me sería narraros todas las maravillas que vi en los días sucesivos, sólo os diré que necesité treinta y nueve días para abrir las noventa y nueve puertas y admirar todo lo que se ofrecía a mi vista.

Llegado, finalmente, el cuadragésimo día de la partida de las hermosas mujeres, si no hubiera perdido el dominio de mi propia voluntad sería hoy el más feliz de todos los hombres, mientras que soy, por el contrario, el más desdichado. La curiosidad triunfó sobre la solemne promesa que hice y penetré en mala hora en el sitio prohibido. Abrí la puerta fatal y sentí un olor agradable, aunque contrario a mi temperamento, que me quitó la razón y caí al suelo desmayado. Vuelto en mí, no supe aprovecharme de esta especie de advertencia, y seguí adelante hasta poner el pie en una habitación alumbrada por mil bujías, que exhalaban un olor muy aromático. El pavimento estaba cubierto de azafrán, y en el centro vi un magnífico caballo negro que por la belleza de la forma y por el lujo oriental de los arneses superaba a cuanto pueda pensarse. Lo saqué al patio por la brida para contemplarlo mejor, lo monté con objeto de que marchase, pero se quedó inmóvil como una piedra. Irritado entonces le apreté los ijares y el animal desplegó unas alas que yo no había visto, y relinchando de un modo horrible se remontó conmigo al espacio, mientras mi sangre se helaba de terror. Luego bajó desde una altura inmensa y se detuvo en la azotea de un castillo donde, sin darme tiempo de echar pie a tierra, me sacudió con tal violencia que caí al suelo. El caballo me sacudió con la punta de la cola en el rostro y me saltó el ojo derecho, en seguida emprendió su vuelo, desapareciendo de mi vista. Muy afligido con la pérdida del ojo, y transido de dolor, bajé al salón del edificio y en él me encontré a los diez jóvenes tuertos con el anciano, que al parecer no se sorprendieron al contemplarme en aquella triste situación, puesto que lo mismo les había sucedido a ellos, y yo, a pesar de saberlo, no quise eludir el peligro.

—Quisiéramos que permanecieseis aquí —me dijeron—, pero ya sabéis las razones que nos lo impiden. Id a la corte de Bagdad y allí encontraréis al que debe decidir vuestra suerte futura.

Por el camino me afeité la cabeza y la barba, y tomé el hábito de calenda para entrar en esta ciudad, donde he sido recibido por vosotras, en unión de mis compañeros, con tanta generosidad como apresuramiento.

Concluida la historia, dijo Zobeida a los tres calendas que estaban perdonados, y añadió, volviéndose a los fingidos mercaderes:

—Contadnos ahora vuestra historia.

—Muy sencilla es, señora —respondió el gran visir Giafar—. Somos mercaderes de Mosul y hemos venido a Bagdad, a la venta de los efectos aquí almacenados. Hoy comimos con varios compañeros, luego se cantó, y tal fue el estrépito y el barullo de nuestras voces que entró una ronda en la posada y cada cual escapó por donde pudo. Nos fue imposible a los tres entrar en nuestro alojamiento por lo avanzado de la hora, y la casualidad nos condujo a la puerta de esta casa, atraídos por las armonías de la música. Tal es nuestra simple historia.

Zobeida perdonó también la vida a los mercaderes, como a los calendas y al mandadero, y con un gesto imperioso les ordenó a todos que saliesen inmediatamente del palacio. La presencia de los siete esclavos armados hizo que cumpliesen la orden más que de prisa.

Una vez en la calle, el califa dijo a los calendas, sin darse a conocer:

—Y vosotros, que sois extranjeros recién llegados a esta ciudad, ¿adónde pensáis dirigiros?

—Señor, eso es precisamente lo que nos preocupa.

—Pues, seguidnos —repuso el califa—, y os sacaremos de apuros.

Y dirigiéndose al visir, añadió:

—Lleváoslos a vuestra casa, y mañana temprano los conducís a mi presencia, quiero que escriban sus historias, dignas de figurar en los anales del reino.

El gran visir Giafar se llevó consigo a los tres calendas, el mandadero se fue a su casa, y el califa, acompañado de Masrur, volvió a palacio.

A la mañana siguiente, en cuanto se levantó, se sentó en su trono y a los pocos momentos compareció el visir.

—Giafar —le dijo el califa—, los asuntos de que hoy hemos de tratar no son importantes ni urgentes, más interesantes son las tres mujeres y los dos perros. Así pues, id por ellos y conducid al mismo tiempo a los tres calendas.

El visir se apresuró a obedecer.

El califa, para mantener las prácticas establecidas, y en consideración a que en la sala del trono se hallaban muchos cortesanos, ordenó que las mujeres permaneciesen detrás del tapiz que ocultaba la entrada de su dormitorio y que los tres calendas se colocasen a su diestra. Hecho esto, el califa dijo, dirigiéndose al sitio donde se ocultaban las tres mujeres:

—Señoras, voy sin duda a alarmaros cuando os diga que anoche me introduje en vuestra casa disfrazado de mercader; pero nada temáis, puesto que estoy satisfecho de vuestra conducta y del recibimiento que me hicisteis. Soy Harún al-Raschid, quinto califa de la gloriosa dinastía de Abbas, que reemplaza a nuestro gran profeta, y os ruego me digáis quiénes sois, la causa de haber maltratado anoche a las perras negras, llorando luego con ellas, y por qué una de vosotras está cubierta de cicatrices.

Zobeida hizo una reverencia, y en seguida habló en estos términos:

Historia de Zobeida

¡COMENDADOR de los creyentes! La historia que voy a referir a vuestra majestad es de las más sorprendentes que existen. Las dos perras negras y yo somos tres hermanas de madre y padre, y os diré por qué circunstancia viven hoy bajo forma tan extraña.

Las dos jóvenes que viven conmigo, y están aquí presentes, son hermanas mías también, pero de otra madre. La que tiene las cicatrices se llama Amina, la otra Sofía y yo Zobeida. Al morir nuestro padre dividimos por partes iguales la herencia. Mis dos hermanas fueron a vivir con su madre, y nosotras tres nos quedamos en compañía de la nuestra, que al morir nos dejó mil cequíes a cada una. Las dos mayores, pues yo soy la menor, se casaron y me quedé sola. El marido de la primera se fue con su esposa a África, donde no tardó en morir casi en la miseria. La viuda volvió a Bagdad y se refugió en mi casa, al verla yo en tan horrible estado le abrí mis brazos y mi corazón, y así vivimos en tan buena inteligencia hasta que llegó mi segunda hermana en situación igual a la de la mayor, pues su difunto marido la había dejado reducida a pedir limosna. Poco tiempo después me dijeron ambas que para no serme gravosas tenían el proyecto de contraer segundas nupcias. Las disuadí con trabajo de tan absurdo plan, exponiéndoles las amarguras del primer matrimonio, y continuamos juntas como antes, y pasado un año fui con ellas a Basora con objeto de emprender un negocio comercial, y dándonos a la vela con un viento favorable salimos pronto al golfo Pérsico. A los veinte días de navegación echamos el ancla frente a una gran ciudad de las Indias, y en mi impaciencia desembarqué sola, dejando a bordo a mis hermanas. Vi a muchas personas sentadas y a otras en pie, pero todas de repugnante apariencia e inmóviles por completo. Me acerqué y noté con asombro que estaban petrificadas, de la misma manera que los hombres, las mujeres y los niños que encontraba por calles y plazas. En el centro de la ciudad vi un soberbio palacio que, a juzgar por su magnificencia, debía ser la residencia del soberano. Los patios, las antecámaras y los salones, todo estaba lleno de cortesanos, de oficiales y de servidores convertidos en estatuas de piedra, y movida por la curiosidad recorrí las habitaciones, incluso un espléndido gabinete en el que vi una dama adornada de joyas, con una corona de oro en la cabeza y recostada en un magnífico sofá. Pero lo que más me llamó la atención fue la sala del trono, dispuesta con un lujo imponderable. En el lugar del trono distinguí un gran lecho rodeado de una luz vivísima producida por dos candelabros de oro, puestos a la cabecera, y por uno pequeño formado por un solo diamante, el más puro y hermoso que quizás haya en el mundo. Extraviada, y sin saber por dónde salir de aquel laberinto, resolví pasar allí la noche, no sin ciertas dudas y temores.

A las doce en punto vi a un hombre leer el Corán, como se lee en nuestros templos, y gozosa por encontrar, al fin, a un ser viviente en medio de tanta soledad y tristeza, fui hasta el sitio de donde partía la voz, y vi en una especie de oratorio a un joven de buen aspecto que, sentado sobre un tapiz, recitaba los versículos del gran libro. Como la puerta estaba entornada, la acabé de abrir y desde el umbral hice esta oración: «Gracias sean dadas a Dios que nos ha favorecido con tan feliz navegación. Plegue a Él protegernos hasta que lleguemos a nuestro país. Escuchad, Señor, escuchad mi plegaria». El joven, al verme entrar en el oratorio, me dijo con dulzura:

—Os ruego, señora, que me digáis quién sois y la causa que os ha traído a esta ciudad, donde reinan la desolación y el espanto. En recompensa os contaré quién soy yo y por qué están petrificados todos los seres que me rodean.

Me hizo sentar a su lado, y antes de que comenzase su discurso no pude por menos que decirle:

—Hablad, os lo ruego. Explicadme por qué sois vos el único que conserva la vida en medio de tantas personas muertas de un modo tan inaudito.

—Esta ciudad era la capital de un poderoso reino, que llevaba el nombre del rey, mi padre. Este príncipe, su corte y todos los habitantes de la ciudad eran magos, adoradores del gran fuego de Nardum, antiguo rey de los gigantes rebeldes a Dios. Aunque nacido de padres idólatras, tuve la fortuna de que mi aya supiese de memoria el Corán y que me lo explicase muy bien. Me enseñó a leer el árabe, dándome el Corán para que me ejercitase en la lectura. Murió mi aya, pero no sin que antes me hubiese instruido suficientemente en la religión musulmana, así es que odiaba yo cordialmente al falso dios Nardum. Habían transcurrido tres años y algunos meses cuando se dejó oír en el aire una voz tonante que decía estas palabras: «Habitantes, abandonad el culto de Nardum, adorad al Dios único y misericordioso». La misma voz se dejó oír durante tres días seguidos en distintos puntos; pero no habiéndose convertido ninguno, a las cuatro de la mañana, todos los habitantes quedaron convertidos en piedra. A mi padre cupo igual desgracia, lo mismo que a mi madre, quedando transformados en estatuas de mármol negro. Yo soy el único a quien Dios preservó de tan tremendo castigo. Desde entonces continúo sirviéndole con más fervor que antes, y estoy convencido, mi bella señora, de que os ha enviado para mi consuelo.

Conmovida con este relato, ofrecí al príncipe llevarle a Bagdad, proposición que aceptó inmediatamente, y así es que al amanecer nos dirigimos al buque. El capitán y mis hermanas estaban con inquietud sin saber qué pensar de mi ausencia, pero pronto los tranquilicé refiriéndoles lo sucedido, y no sin haber embarcado lo que se pudo de las inmensas riquezas que existían en la ciudad, nos volvimos a Basora. El príncipe se enamoró de mí durante la travesía, y me pidió formalmente mi mano, lo cual hizo palidecer a mis celosas hermanas, quienes desde aquel momento formaron el criminal proyecto de arrojarnos al príncipe y a mí, como lo ejecutaron, a las aguas del golfo Pérsico. El infortunado príncipe se ahogó, pero yo pude por milagro sobrenadar un poco hasta que encontré fondo y arribé a una isla situada a veinte millas de Basora.

Descansaba de mis fatigas al amanecer bajo la sombra de un árbol cuando vi una enorme serpiente alada que se dirigía hacia mí sacando una lengua semejante a la hoja del más puntiagudo puñal. La serpiente iba seguida de otra mayor que hacía esfuerzos sobrenaturales para devorarla por la cola. En vez de huir, tuve el valor suficiente para arrojar una piedra a la serpiente mayor, y le aplasté en el acto la cabeza. La otra, al verse libre, echó a volar, y yo me dormí tranquilamente, viéndome fuera de peligro. Considerad cuál sería mi sorpresa cuando al despertar encontré a mi lado a una mujer negra con dos perras del mismo color.

—Yo soy —me dijo— la serpiente a la que acabáis de libertar de su más cruel enemigo, y en recompensa os traigo convertidas en perras a vuestras traidoras hermanas, con la condición de que todas las noches habéis de dar a cada una cien latigazos para castigarlas por su infame conducta. Si faltáis a esta condición, vos misma seréis convertida en perra y sufriréis grandes martirios.

Ofrecí cumplir lo que me imponía aquella mujer, que era un hada, y en el acto nos trasladó a nuestra casa de Bagdad. Desde entonces trato a mis hermanas de la manera que habéis visto, y les manifiesto con mi llanto la pena que me causa obedecer la orden cruel de que antes he hablado. Ésta es mi historia.

El califa, después de haber escuchado a Zobeida con admiración, dijo al visir que rogase a Amina que les explicara por qué tenía los pechos llenos de cicatrices.

Historia de Amina

ME CASÓ mi madre con uno de los más ricos propietarios de esta ciudad entregándome a la vez los bienes que me había dejado mi padre. No había transcurrido aún el primer año de nuestro matrimonio cuando me quedé viuda y en posesión de toda la fortuna de mi marido, que ascendía a noventa mil cequíes. Sólo la renta de este capital bastaba para que llevase yo una vida muy regalada.

Un día que estaba yo sola, me anunciaron que una mujer deseaba hablarme, y mandé que la hiciesen pasar en seguida. Era una mujer de edad avanzada, la cual me saludó tocando el suelo con la frente, y me dijo, permaneciendo arrodillada:

—Mi buena señora, os ruego que me perdonéis la libertad que me tomo de venir a importunaros. La confianza que tengo en vuestros buenos sentimientos me ha animado a ello. Tengo una hija, la cual ha de casarse hoy. Ella y yo somos extranjeras y no tenemos, por consiguiente, ninguna amiga en esta ciudad. Así pues, mi buena señora, si os dignáis honrar con vuestra presencia esa boda, nuestra gratitud hacia vos será eterna.

—Buena anciana —le respondí, conmovida—, no os aflijáis, haré gustosa lo que me pedís.

No pude impedir que la vieja, enajenada de alegría, me besase los pies.

—Señora —dijo luego, poniéndose en pie—, Dios os recompensará por la bondad que dispensáis a su sierva y llenará de gozo vuestro corazón, como lo está el mío. No es preciso —añadió— que os molestéis todavía, basta que os dignéis acompañarme cuando, al anochecer, vuelva a por vos.

En efecto, al caer de la noche se me presentó nuevamente con aire placentero, y besándome la mano me dijo:

—Señora, los parientes de mi yerno, que son las principales familias de la ciudad, están ya reunidos. Si os place seguirme, yo os serviré de guía.

Salimos en seguida y al poco rato nos detuvimos ante una puerta iluminada por un fanal a cuya luz pude leer la siguiente inscripción en letras de oro: «Ésta es la eterna mansión de los placeres y de la alegría».

La vieja llamó y al momento se abrió la puerta. Tras atravesar un gran patio, me encontré con una joven de incomparable belleza, la cual, después de haberme besado, me hizo sentar a su lado en un diván junto a un trono de maderas preciosas y adornado de diamantes.

—Señora —me dijo—, habéis sido invitada para asistir a una boda y espero que será diferente de lo que imagináis. Tengo un hermano que es el más bello y cumplido de los hombres, y entusiasmado por el retrato que de vuestros encantos se le ha hecho, se ha enamorado perdidamente de vos y, si no tenéis compasión de él, será el más desgraciado del mundo.

Desde que enviudé no había pensado jamás en volver a casarme pero, en aquel momento, no pude resistir a los ruegos de una dama tan hermosa y amable. Accedí, pues, con una inclinación de cabeza, dio mi interlocutora una palmada y se abrió inmediatamente la puerta de un aposento para dejar paso a un joven tan majestuoso y extraordinariamente bello que me felicité, entusiasmada, por haber consentido en ser su esposa. Se sentó a mi lado y comprendí, por su conversación, que mi marido era muy superior a los elogios que de él había hecho su hermana. Cuando vio ésta que estábamos contentos uno del otro, dio una nueva palmada y al momento apareció un cadí que extendió nuestro contrato de matrimonio, lo firmó e hizo que lo suscribieran cuatro testigos que le acompañaban. La única cosa que mi nuevo esposo exigía era que, excepto con él, no debía hablar con ningún otro hombre.

Un mes después de mi casamiento, teniendo necesidad de comprar algunas telas, pedí permiso a mi marido para salir a adquirirlas, y él me lo concedió.

—Mi buena señora —dijo la vieja que me acompañaba, en cuanto estuvimos en la calle—, puesto que deseáis magníficas telas, deberíamos ir a casa de un joven mercader a quien yo conozco.

Me dejé conducir por ella, y cuando estuvimos en la tienda pedí al hermoso mercader, por conducto de la vieja, que me enseñase las mejores telas que tuviera. Mostróme el mercader una que me gustó sobremanera, y mandé a la vieja que le preguntase el precio.

—No la vendo, pero la regalaré gustoso a la señora si me permite que la bese en las mejillas.

Ordené a la vieja que dijese al mercader que era un atrevido y un desvergonzado; pero aquélla, en vez de obedecerme, trató de persuadirme de que no tenía importancia lo que el joven pedía, pues sólo se trataba de que le presentara yo una mejilla. Tan encaprichada estaba yo de aquella tela que seguí el consejo de la vieja. Pero el mercader, en lugar de besarme, me dio un tremendo mordisco que hizo brotar la sangre de mi

mejilla. El dolor y la sorpresa me hicieron caer desvanecida, y cuando volví en mí noté que tenía toda la cara ensangrentada. La vieja que me acompañaba, sumamente afligida por mi desgracia, trató de consolarme y me dijo:

—Mi buena señora, perdonadme, yo tengo la culpa de lo que os ha sucedido. Os conduje a casa de ese mercader porque es de mi país y no podía sospechar que fuese capaz de semejante maldad. Pero yo os daré un remedio que os curará por completo al cabo de tres días, sin que quede ni huella del mordisco.

En cuanto estuve en casa volví a desmayarme. La vieja, entretanto, me aplicó su remedio y cuando me recobré me metí en cama. A la noche volvió mi marido, y viendo que yo tenía la cabeza vendada, me preguntó la causa. Le respondí que era jaqueca, pero no le convenció mi excusa; encendió una luz, y al ver que estaba herida en la mejilla, me dijo:

—¿Quién te ha hecho esto?

No me atreví a confesarle la verdad y le contesté que venía detrás de mí un hombre conduciendo un borrico cargado de escobas y que al volverme distraídamente me causé yo misma la herida al chocar con la carga y caer al suelo.

—Antes de que salga el sol —dijo entonces mi marido— el gran visir Giafar tendrá conocimiento de este atropello, y estoy seguro de que hará ejecutar a todos los vendedores de escobas que haya en la ciudad.

—En nombre de Dios, señor, os suplico que no hagáis eso, ellos no son culpables...

—¿Cómo se entiende? —me interrumpió—. ¿Qué es lo que debo creer? Vamos, explicaos.

—Pues bien, la verdad es que sentí un desvanecimiento y caí...

—¡Ah, basta ya de mentiras!

Dicho esto, dio unas palmadas y entraron tres esclavos.

—Sacadla del lecho —les dijo— y tendedla en medio del aposento.

Obedecieron los esclavos, y mientras uno me sujetaba por la cabeza y otro por los pies, mandó al tercero que fuera por un alfanje. Y cuando éste estuvo de vuelta, añadió:

—Córtale la cabeza y arrójala al Tigris, para que sirva de pasto a los peces. Éste es el castigo que impongo a las personas a quienes entrego mi corazón y me son infieles.

En aquel momento entró la anciana, que había sido nodriza de mi esposo, y arrojándose a sus pies para aplacarlo, le dijo:

—En recompensa de haberte nutrido a mis pechos, te pido gracia para esta mujer. Piensa que sólo se debe matar al que mata.

—Pues bien —repuso él—, por el cariño que os tengo le hago merced de la vida, pero quiero señalarla para que siempre recuerde su falta.

Y acto seguido ordeno a un esclavo que me azotase con una caña flexible, sobre todo en el pecho, pero con tal crueldad que me arrancase jirones de piel. Yo perdí el conocimiento, y cuando me recobré me encontré en casa de la vieja, la cual me asistió con los más solícitos cuidados y a los tres meses estuve curada, pero me quedaron las cicatrices. En cuanto pude caminar, volví a casa de mi marido, pero habiéndola encontrado destruida, recurrí a mi hermana Zobeida, la cual me acogió con su bondad habitual.

Muy contento el califa con haberlo oído y deseoso de dar a los príncipes calendas una muestra de su grandeza y de su generosidad, dijo a Zobeida:

—¿Y esa hada, señora, que se os apareció en forma de serpiente, no os dijo dónde residía ni prometió restituir a vuestras hermanas a su primer estado?

—Comendador de los creyentes —replicó Zobeida—, he olvidado decir a vuestra majestad que el hada me dio un rizo de cabellos para que quemase dos de ellos si algún día tenía necesidad de su presencia, y aquel rizo está aquí, porque siempre lo llevo conmigo.

—Pues bien —dijo a su vez el califa—, deseo que llaméis al hada cuanto antes.

Zobeida quemó dos cabellos a la luz de una bujía y en el instante se apareció el hada bajo la figura de una mujer hermosa lujosamente vestida.

—Señor —dijo al califa—, aquí estoy dispuesta a obedecer vuestras órdenes. La joven que me llama me hizo un servicio importante, en premio del cual castigué a sus ingratas hermanas, pero si vuestra majestad lo desea las restituiré a su forma natural.

—Eso es justamente lo que iba a pediros —dijo el califa dirigiéndose al hada.

Trajeron las perras de casa de Zobeida y el hada vertió sobre ellas y sobre Amina una taza de agua clara que borró las cicatrices de ésta, efecto de los malos tratos de su marido, y convirtió a los animales en jóvenes de sorprendente hermosura.

—Señor —dijo el hada al califa—, el hombre que ha maltratado así a Amina es vuestro hijo mayor, el príncipe Amin, casado secretamente con ella. Ahora, vuestra majestad hará lo que crea justo.

Y al pronunciar estas palabras desapareció.

Harún al-Raschid no sólo aprobó el casamiento de su hijo, a quien reprendió severamente por su conducta hacia Amina, sino que dio su corazón y su mano a Zobeida e hizo que los tres calendas se enlazasen con las tres hermanas restantes, otorgando a cada matrimonio, en dote, un palacio suntuoso en la misma capital de Bagdad, y de esta manera hizo el famoso califa la felicidad de todas aquellas personas tan perseguidas por la desgracia.

Muchas noches habían pasado sin que el sultán Schariar se acordase de quitar la vida a Scheznarda. Por el contrario, cada vez escuchaba con más gusto los cuentos de la sultana, quien dio principio sin detenerse a la historia siguiente:

Historia de Simbad el Marino

EN EL reinado del mismo califa de quien acabo de hablar vivía en Bagdad un pobre mandadero que se llamaba Himbad. Fatigado un día de gran calor con el peso de su carga, se paró en una calle estrecha donde reinaba un fresco agradable y perfumado que convidaba a tomar algunos momentos de descanso. Se sentó junto a un gran edificio, en el que se celebraba sin duda algún festín, a juzgar por los instrumentos musicales que se oían en unión de ese ruido especial que produce siempre la alegría de los convidados. Quiso el buen mandadero averiguar lo que sucedía, y dirigiéndose a uno de los criados que estaban en el pórtico le preguntó el nombre del dueño de la casa:

—¿Es posible —exclamó el criado— que vos, vecino de Bagdad, ignoréis que vive en este palacio el célebre Simbad el Marino, ese famoso viajero que ha recorrido todos los mares que alumbra el sol?

El mandadero había oído, en efecto, hablar de la opulencia del señor Simbad, y no pudo prescindir de comparar las riquezas y el bienestar de éste con la miseria a que él se veía reducido y los afanes que le costaba mantener a su numerosa familia. Nuestro hombre, entregado a un acceso de desesperación, vio salir del palacio a un criado:

—Seguidme —dijo el criado—. Mi amo, el señor Simbad, quiere hablaros al momento.

Así pues, condujo al asombrado Himbad a una gran sala donde estaban varias personas alrededor de la mesa del banquete, compuesto de exquisitos manjares. Veíase en el sitio de honor a un hombre grave, de aspecto respetable y de larga barba blanca. Era Simbad el Marino quien, al notar la turbación natural del mandadero, se acercó a él, le sirvió de comer y de beber con el mayor agrado, tratándole de hermano, según la costumbre de los árabes. Concluida la comida, dijo Simbad al mandadero que había escuchado sus exclamaciones desde la ventana, y que iba a sacarle del error en que se encontraba, al creer, sin duda, que había adquirido sus riquezas sin trabajos ni penalidades de ninguna especie.

—Sí, señores —continuó Simbad dirigiéndose a los convidados, después que el pobre mandadero murmurase algunas palabras de excusa—, he sufrido mucho durante una larga serie de años, y los peligros de mis aventuras en los siete viajes que he hecho exceden a cuanto pueda concebir la imaginación. Voy a relataros mi historia para que sirva de recreo y de enseñanza al hermano Himbad, que hace poco se lamentaba de su triste suerte:

Primer viaje de Simbad el Marino

HEREDERO en mi juventud de una brillante fortuna, derroché la mayor parte en el lujo y los placeres, sin acordarme de cuán transitorias son las cosas mundanas ni de la necesidad en que todos estamos de gastar con orden para no vernos en la vejez reducidos a la escasez y a la miseria. Pero llegó un día en el que reflexioné con juicio, y resuelto a abandonar la senda de perdición que había emprendido, reuní el poco dinero que me quedaba y salí de Basora con algunos mercaderes en un buque fletado a nuestras expensas.

Fuimos a diversos países, tomando y dejando mercancías, y una mañana vimos una isla semejante a una pradera por su fertilidad y su aspecto. Cuatro pasajeros desembarcamos para comer y beber en tierra, libres del balanceo del barco, cuando la isla tembló de repente con ruda y violenta sacudida. Nos gritaron de a bordo que estábamos sobre el lomo de una ballena, y cada cual se salvó como pudo, uno a nado y otros en la chalupa, dejándome a mí sobre el monstruoso animal, que al instante se hundió en el abismo de los mares. Me así a un pedazo de madera que habíamos llevado para hacer fuego, y vi con dolor que el buque se alejaba a toda vela creyéndome muerto.

Dos días estuve a merced de las olas en la situación más angustiosa del mundo, hasta que las aguas mismas me arrojaron a una isla de pintoresca apariencia. Bebí el agua cristalina de un manantial que encontré junto a unos árboles frutales, y repuestas un poco mis aniquiladas fuerzas, avancé hasta una llanura donde pacía una yegua atada a un poste de madera. Me acerqué a contemplar la belleza del cuadrúpedo, y mientras lo examinaba salió un hombre del centro de la tierra y me preguntó quién era. Le referí mi aventura, y entonces, tomándome de la mano, me llevó a una gruta donde había varios hombres que me dijeron ser palafreneros del rey Mihrage, soberano de la isla, y que iban a aquel prado todos los años a que pastaran las yeguas de su señor.

Al otro día fui con ellos a la capital, y el rey Mihrage me recibió a las mil maravillas y dio orden de que no me faltase nada de lo necesario. Visité a los mercaderes, por si encontraba el medio de regresar a Bagdad, y frecuenté el trato de los sabios de la India y el de los señores de la corte, a fin de instruirme en las ciencias y en las costumbres del país.

Un día entró un buque en el puerto y comenzó a descargar mercancías sobre las que reconocí mi propia marca, y convencido de que aquel barco era el mío, pregunté al capitán que a quién pertenecían los géneros. El capitán me respondió:

—Teníamos a bordo un mercader de Bagdad, llamado Simbad, que desembarcó con cuatro hombres en lo que al principio se creyó isla, pero que no era más que una ballena colosal dormida en la superficie. Encendieron fuego los expedicionarios para asar un poco de carne, y la ballena, martirizada por el dolor, se hundió en las profundidades del mar. Todos pudieron salvarse a excepción de Simbad, cuyas mercancías traigo aquí a fin de venderlas y entregar luego el importe con los beneficios a la familia del desgraciado náufrago.

—Capitán —le dije—, yo soy Simbad, por consiguiente, podéis entregarme los géneros que me pertenecen.

Y le referí el verdadero milagro de mi salvación, pero no quiso creerme, sospechando si sería algún impostor que tomaba el nombre de Simbad para hacerme dueño de las mercancías, hasta que desembarcaron varios tripulantes que me reconocieron en seguida. El capitán, confuso, me pidió perdón y dio gracias al cielo por haberme preservado de la muerte.

Hice presentes al rey Mihrage de lo más selecto que poseía, a cuyo obsequio correspondió con regalos de gran valor, y me embarqué en el buque, no sin una abundante provisión de sándalo, de alcanfor, pimientas y cuantos frutos producía la isla, por valor de cien mil cequíes. Llegué, al fin, a Basora, y con las ganancias de mi primer viaje compré tierras, esclavos y una casa magnífica para establecerme, resuelto a olvidar los pasados peligros.

Simbad se detuvo al llegar a este punto, sirvió de beber a sus convidados y, dando una bolsa con cien cequíes al mandadero, le dijo:

—Tomad y volved mañana a oír el resto de las aventuras.

Lleno de gozo, el pobre Himbad dio aquella suma a su familia, y al día siguiente fue puntualmente a la cita del ilustre viajero quien, terminada la comida, habló en estos términos:

Segundo viaje de Simbad el Marino

HABÍA resuelto pasar tranquilamente el resto de mis días en Bagdad, pero pronto me cansé de una vida tan ociosa y sentí vehementes deseos de navegar y de traficar. Así pues, emprendí mi segundo viaje en compañía de otros honrados mercaderes. Cierto día desembarqué con otros compañeros en un islote, y mientras ellos se entretenían cogiendo flores y frutas, yo tomé las provisiones que había llevado conmigo y fui a sentarme a la sombra de un árbol que se erguía junto a un arroyuelo. Comí con buen apetito y, sin poder evitarlo, me dormí. Cuando me desperté, ya no vi el buque anclado. Os dejo imaginar mi dolorosa sorpresa, creí que moriría de dolor. Al fin, me sometí a la voluntad de Dios, y sin saber lo que me estaría reservado, me encaramé a la copa de un árbol y miré a todos lados para ver algo que me hiciese concebir esperanzas de salvación. Por la parte del mar, sólo agua y cielo se ofrecía a mi vista, mas, al pasear mi mirada por el interior de la isla, descubrí un objeto blanco que llamó mi atención. Bajé del árbol, tomé las escasas provisiones que me quedaban, y dirigí hacia allá mis pasos. Cuando estuve cerca, observé que aquel objeto blanco era un globo de enormes dimensiones. Me acerqué más aún, lo toqué, di vueltas alrededor, por ver si encontraba alguna abertura o si había medio de poder escalarlo, pero todo fue en vano. Era ya la hora del crepúsculo vespertino, pero la atmósfera se oscureció de repente, como si negros nubarrones encapotasen el cielo, y al levantar la cabeza para averiguar la causa de aquel fenómeno que tanta sorpresa me había causado, vi a un pájaro enorme que avanzaba volando hacia mí. Me acordé entonces de un ave llamada *roc,* de la que había oído hablar con frecuencia a los marineros, y comprendí entonces que aquel globo blanco no era más que un huevo de aquel pájaro. Al verlo venir, me apreté cuanto pude al huevo, y cuando el ave extendió sus alas sobre éste, vi que sus garras parecían grandes ramas de la más vieja encina. Sin pérdida de tiempo me até a ellas con mi turbante, con la esperanza de que cuando el *roc* levantase el vuelo me transportaría lejos de aquella isla desierta. En efecto, pasé así toda la noche, pero en cuanto salió el sol, el pájaro me remontó hasta las nubes, tan alto que no se divisaba la tierra, y descendió luego con tal rapidez que yo no tenía conciencia de mí mismo. Apenas toqué con el pie terreno firme me desaté del pájaro, el cual apresó una descomunal serpiente y levantó de nuevo el vuelo llevándola en el pico.

El sitio en que me encontraba era un valle profundo, rodeado de montañas altas y escarpadas que lo circundaban como una terrible muralla. El suelo se veía cubierto de magníficos diamantes, y los árboles llenos de serpientes tan monstruosas que la más pequeña hubiera podido devorar a un elefante. Vino la noche y, aterrorizado, me refugié en una gruta, cuya entrada tapé con piedras para defenderme de los reptiles que lanzaban horribles silbidos, irritados sin duda porque no podían penetrar en mi retiro. Al amanecer se fueron y yo me dormí, pero me despertó pronto el ruido causado por la caída de varios pedazos de carne fresca arrojados de lo alto de las peñas. Yo había oído decir que los mercaderes de diamantes iban a aquel valle en la época que las águilas tienen crías. Echaban carne en las grutas, se agarraban a ella los diamantes, y luego las águilas sacaban la carne para llevarla a sus hijuelos a la cima de las montañas, donde los hombres se apoderaban de las piedras preciosas, valiéndose de tal astucia porque es imposible penetrar en el valle.

Entonces comprendí que estaba en una especie de tumba, y comencé a imaginar los medios de que me valdría para salir de ella. Hice una rica provisión de diamantes, me até al pedazo de carne mayor que vi a mi alrededor, y apenas me puse boca abajo para esperar, vinieron dos águilas gigantescas en busca de provisiones, y la más poderosa me llevó consigo a su nido en lo alto de una roca. Los mercaderes que allí había comenzaron a gritar para que el águila se espantase, y grande fue el asombro de todos al verme a mí, contra quien se irritaron después, suponiendo que había ido al valle a privarles de sus beneficios. Les referí mis aventuras y para contentarlos les di parte de los diamantes que había cogido en la gruta, que eran de tal tamaño y valor que se mostraron muy reconocidos a mi generosa conducta. Después de una peligrosa caminata llegamos al primer puerto, y después a la isla de Roba, donde existe el árbol del alcanfor, el cual es tan frondoso que más de cien hombres pueden tomar sombra bajo sus espesas y extendidas ramas. El jugo que se forma del alcanfor corre por una abertura que se practica en el tronco, y al caer en un vaso se congela y toma consistencia, y apenas se extrae dicho jugo, el árbol se seca y muere al momento.

Al fin, llegué a Bagdad, más rico que antes, a causa de las muchas piedras preciosas de que me había apoderado a cambio de tantas penalidades y peligros, y mandé dar a los pobres de la ciudad una abundante limosna.

Simbad terminó así el relato de su segundo viaje, hizo entregar otros cien cequíes al mandadero quien, con los demás convidados, volvió a las veinticuatro horas para oír de boca del noble anciano la relación del nuevo viaje.

Tercer viaje de Simbad el Marino

LA VIDA inactiva y perezosa me mataba —dijo Simbad—, y lo aventurero de mi carácter, unido a mis pocos años, hizo que saliese de Bagdad otra vez en busca de nuevos riesgos a países desconocidos.

Estábamos en plena mar y una fuerte tempestad nos arrojó a las costas de una isla que, según dijo el capitán, estaba habitada por salvajes muy velludos que no tardarían en acometernos, y aunque todos eran enanos, no podíamos oponerles resistencia. Si matábamos a algunos, nos aniquilarían sin remedio, porque su número era mayor que el de una plaga de langostas. En efecto, una nube de hombrecillos de dos pies de altura y de aspecto repugnante rodearon, nadando, el buque, y se subieron por todas partes con la ligereza de los monos, sin cesar de dirigirnos la palabra en un idioma que no comprendimos. Envalentonados con nuestra pacífica actitud, nos obligaron a desembarcar, llevándose el buque a otra isla y, tristes y desesperados, nos pusimos en marcha hasta llegar a un gran palacio, cuyo vestíbulo nos causó espanto al ver esparcidos por el suelo huesos y fragmentos de miembros humanos. La puerta de la habitación se abrió de improviso y apareció un hombre negro de horrible figura, y alto como un pino. Tenía un solo ojo en medio de la frente, inflamado y rojo como un ascua encendida, los dientes afilados como los de una fiera, las enormes orejas le caían sobre los hombros, y las uñas largas, puntiagudas y semejantes a las garras de las aves de rapiña. A la vista del gigante nos quedamos muertos de terror. El monstruo me asió por la cintura con la misma facilidad que si hubiera sido una costilla de carnero, y al verme tan flaco me soltó, examinando sucesivamente a los demás compañeros de infortunio. El que más le agradó fue el capitán, a quien atravesó el cuerpo con un pincho de hierro, encendió fuego, lo asó como a un pajarito y se lo cenó con las mayores demostraciones de agrado. En seguida se puso a dormir, y el bramar del viento y el rugir de la tempestad no son nada en comparación con sus ronquidos.

Tan horrible nos pareció a todos nuestra situación que muchos de mis compañeros estuvieron a punto de ir a arrojarse al mar, antes que esperar una muerte tan horrible como la que les estaba reservada. Entonces dijo uno de ellos:

—Nos está prohibido quitarnos la vida por nuestra propia mano pero, aunque nos estuviese permitido, ¿no es más razonable que nos deshagamos de ese monstruo?

—¡Cómo no se nos ha ocurrido antes! —exclamé yo.

Todos los compañeros aprobaron la idea.

—Queridos hermanos —les dije—, en la playa hay mucha madera, construyamos barcazas, y cuando las tengamos terminadas aprovechemos una ocasión para huir. Entretanto, pongamos en ejecución el proyecto de librarnos del gigante. Si lo conseguimos, podemos esperar que llegue un barco que nos saque de este lugar maldito, y si nos falla el golpe, ganamos las barcazas y nos ponemos a salvo.

A todos agradó mi plan y construimos en seguida varias barcazas, capaces para transportar tres personas.

Al caer la tarde volvimos al palacio. El gigante llegó poco después. Forzoso nos fue presenciar cómo se comía a otro compañero nuestro, pero aquella misma noche nos vengamos de su crueldad. Cuando terminó su detestable cena, se acostó en posición supina y no tardó en dormirse. Apenas le oímos roncar, pusimos al fuego una barra de hierro puntiaguda y cuando estuvo al rojo vivo le atravesamos con ella el ojo. El dolor que experimentó le hizo lanzar un grito espantoso. Se levantó como una fiera con los brazos extendidos, tratando de coger a alguno de nosotros para desahogar su rabia. Vanos resultaron, sin embargo, sus intentos y entonces buscó a tientas la puerta y salió del palacio, aullando horrorosamente. Salimos tras él y a todo correr nos dirigimos a la playa, al lugar donde teníamos las barcazas que en seguida botamos al agua, y embarcamos a la espera de que despuntase el día. Mas, a los pocos momentos, aparecieron numerosos gigantes, y mientras nosotros bogábamos con todas nuestras fuerzas, ellos nos arrojaban enormes piedras y hacían naufragar todas las barcazas, excepto en la que yo me hallaba, y todos los hombres que transportaban perecieron ahogados. Mis dos compañeros y yo logramos llegar a alta mar, y entonces nos vimos a merced de las olas y en grave riesgo de perecer también. Pasamos todo el día y la noche siguiente en una cruel incertidumbre acerca de nuestro destino, mas al salir el sol conseguimos tomar tierra en una isla en la que encontramos exquisitas frutas con las que pudimos reponer las fuerzas perdidas. Nos dormimos luego en la playa, pero en seguida nos despertó el silbido de una serpiente. Estaba tan cerca de nosotros que se tragó a uno, a pesar de nuestros gritos y de los esfuerzos que aquél hacía para escapar de la muerte. Mi otro compañero y yo emprendimos la fuga, y nos refugiamos en la copa de un árbol elevadísimo, donde pensábamos pasar la noche. No tardamos, sin embargo, en oír de nuevo a la serpiente que se enroscó en el tronco del árbol y agarrando a mi compañero lo devoró también.

Cuando fue de día bajé del árbol más muerto que vivo, pues estaba convencido de que me esperaba una muerte horrible. Cansado y con la desesperación en el alma, me alejé del árbol y me dirigí a la playa, con ánimo de arrojarme al mar, pero Dios tuvo compasión de mí, y en el momento que iba a realizar mi culpable designio, vi un buque en lontananza. Grité con toda la fuerza de mis pulmones para ser oído y agité al aire mi blanco turbante con objeto de que me vieran. Felizmente, toda la tripulación vio las señas que yo hacía y el capitán envió una chalupa para recogerme.

Cuando estuve a bordo, los mercaderes y los marineros me preguntaron cómo era que me hallaba en aquella isla desierta, y cuando les hube contado lo que me había sucedido, los más viejos me dijeron que habían oído hablar muchas veces de los gigantes que habitaban aquella isla y sabían que eran antropófagos. Acerca de las serpientes afirmaron que abundaban en aquel lugar.

Llegamos a un puerto y, mientras los mercaderes desembarcaban sus mercancías para venderlas o cambiarlas, el capitán, llamándome aparte, me dijo:

—Hermano, tengo en depósito algunas mercancías que pertenecían a un mercader que viajaba en este buque. Como supongo que ese mercader ha muerto, trafico con los géneros que dejó para que así produzcan algo, tanto, que pueda entregarlos a sus herederos, junto con los beneficios. Así pues, espero que querréis encargaros de esas mercancías y comerciar con ellas, con la condición de que nuestro trabajo ha de ser recompensado.

Acepté gustoso, porque me ofrecía ocasión para no estar ocioso.

El escribano de a bordo iba registrando las mercaderías y anotando el nombre de sus dueños.

—¿Con qué nombre he de registrar los géneros que se me confíen? —pregunté al capitán.

—Con el de Simbad el Marino —me contestó.

Al oír pronunciar mi propio nombre me estremecí de pies a cabeza, y mirando fijamente al capitán reconocí en él a quien en mi segundo viaje me había abandonado en la isla mientras yo dormía junto a un arroyo. Al principio no pude reconocerle a causa del cambio que se había operado en toda su persona. No es de extrañar, pues, que tampoco él me reconociera, tanto más cuanto que me tenía por muerto.

—Capitán —le pregunté—, ¿es cierto que el mercader cuyos géneros son éstos se llamaba Simbad?

—Sí —me contestó—, ése era su nombre. Natural de Bagdad, se embarcó en mi buque en el puerto de Basora. Un día que tomamos tierra en una isla para hacer agua y provisiones no sé cómo me hice a la vela sin darme cuenta, hasta cuatro horas después, de que el mercader no había vuelto a bordo con sus compañeros. Teníamos el viento en popa y tan fuerte que nos impedía virar para ir a recogerlo.

—Así pues, ¿creéis que ha muerto?

—Ciertamente.

—Pues os engañáis, capitán. Abrid bien los ojos y ved si tengo algún parecido con el Simbad que dejasteis abandonado en la isla desierta.

El capitán me miró de hito en hito, y, reconociéndome al fin, exclamó mientras me abrazaba:

—¡Bendito sea Dios que ha reparado así mi falta! Ésas son vuestras mercaderías, que os las devuelvo mucho más gustoso que a vuestros herederos.

Yo me hice cargo de ellas, renuncié a los beneficios que con su tráfico había logrado el capitán y demostrando a éste como pude mi profundo agradecimiento, volví a Bagdad con tantas riquezas que yo mismo no sabía su valor exacto.

Cuarto viaje de Simbad el Marino

EL CUARTO viaje —continuó Simbad— lo emprendí hacia Persia, y con tan mala fortuna al principio que un huracán deshizo nuestra embarcación, se llevó las mercancías y sólo seis hombres pudimos salvarnos en una isla, donde nos vimos rodeados de una multitud de negros que nos sirvieron cierta hierba para comer. Mis compañeros, acosados por el hambre, la comieron, en efecto, con avidez, pero yo, llevado por un presentimiento fatal, no quise probarla. A ellos se les turbó en seguida la razón, que era lo que deseaban los negros antropófagos para devorarlos en seguida, como así lo hicieron, mientras yo huía siempre por sitios extraviados para no caer en manos de aquellos caníbales. Al séptimo día de la marcha, llegué a la orilla del mar y vi una porción de blancos como yo, ocupados en coger pimienta de los árboles, y después de contarles mi naufragio me embarqué con ellos y fui a la isla de la que procedían, donde me presentaron a su rey, que era excelente príncipe. Tanto me distinguió con sus favores que al poco tiempo fui considerado, no como extranjero, sino como favorito del bondadoso soberano.

Todos los hombres, en aquel país, montaban a caballo sin brida, sin estribos y sin silla, objetos que les eran desconocidos por completo. Los hice construir a propósito y, admirados el rey y los señores de la corte de aquello que creían un invento mío, me colmaron de regalos y de riquezas.

Como yo frecuentaba la corte con mucha asiduidad, cierto día me dijo el rey:

—Simbad, yo te estimo y quiero que todos mis vasallos te conozcan y quieran como yo. Así pues, te ruego que te cases a fin de que el matrimonio te retenga en mis estados y no pienses en volver a tu patria.

No podía yo oponerme a semejante ruego, y me dio por esposa a una joven de su corte, noble, hermosa, prudente y rica. Terminada la ceremonia nupcial me establecí en la casa de mi esposa, con la cual viví algún tiempo en la más perfecta armonía.

Enfermó la mujer de un vecino nuestro, al que me unía muy estrecha amistad, y no me separé de su lado hasta que aquélla murió. El pobre marido parecía no poder sobrevivir al dolor que semejante pérdida le producía, y le dije para consolarlo:

—Dad gracias a Dios que os conserve la vida y pedidle que os la prolongue por muchos años, para pensar en la amada difunta.

—¡Ay! —exclamó—. ¿Cómo queréis que pida semejante gracia, si apenas me queda una hora de vida?

—Vamos, desechad tan sombríos pensamientos. Sois joven, gozáis de excelente salud y...

—A pesar de eso —me interrumpió— moriré, pues dentro de una hora me enterrarán junto con mi esposa. Tal es la costumbre establecida por nuestros antepasados: el marido debe seguir a la tumba a la mujer y la mujer al marido, enterrando vivo al superviviente.

Semejante noticia me llenó de terror. Poco después acudían a la casa mortuoria los parientes, amigos y vecinos de los esposos para asistir a las exequias. Amortajaron al cadáver con sus más ricos vestidos y joyas y, colocándolo en el ataúd, se organizó el cortejo, que iba presidido por el viudo. Llegados a la cima de una alta montaña, levantaron una piedra que cubría la boca de un pozo, y bajaron el cadáver. Hecho esto, el marido abrazó a sus parientes y amigos, y sin oponer resistencia dejó que le tendieran en un ataúd, en el que colocaron un cántaro de agua y siete panecillos, y lo bajaron al pozo, como habían hecho con el cadáver. Terminada la ceremonia, cerraron nuevamente el pozo con la losa que lo cubría y cada cual volvió a su casa.

No pude disimular al rey mis impresiones.

—Señor —le dije—, estoy profundamente asombrado por la costumbre que existe en vuestros estados de enterrar a los vivos con los muertos.

—¡Qué quieres, Simbad! —me respondió—. Es una ley de la que yo mismo no puedo eximirme. Si la reina, mi esposa, muriese antes que yo...

—Pero, señor —le interrumpí—, supongo que los extranjeros no están obligados a observar esa costumbre.

—Te engañas, Simbad —me contestó el rey sonriendo.

Volví a mi casa apenado por tan tremenda noticia. El temor de que mi esposa muriese antes que yo y que me sepultaran vivo con ella hacía que me entregase a tristes reflexiones. Temblaba de pies a cabeza a la menor indisposición de mi mujer y suplicaba a Dios fervorosamente que me la conservara pero ¡ay!, enfermó al fin gravemente y murió en pocos días. ¡Imaginaos lo que pasaría por mi cabeza!

El rey, acompañado de toda su corte, quiso honrar con su presencia la fúnebre comitiva, y las personas más notables de la ciudad me hicieron el honor de asistir al sepelio.

Se procedió conmigo y con mi mujer de la misma manera que en el entierro de que os he hablado. A medida que, dentro de mi ataúd, en el que habían colocado las provisiones de costumbre, descendía al fondo del pozo, iba examinando, a favor de la luz que entraba desde arriba, la disposición del subterráneo, que era una gruta vastísima. Bien pronto sentí un hedor insoportable, exhalado por los numerosos cadáveres que yacían por todas partes. En cuanto llegué al fondo, salí del ataúd y me alejé de aquellos cuerpos putrefactos. Pude sostenerme algunos días con los panes y el agua que me dejaron, pero una vez agotadas mis provisiones me dispuse a morir.

Sólo esperaba ya la muerte, cuando observé que levantaban la piedra del pozo y dejaban caer un cadáver y una persona viva. El muerto era un hombre. Me acerqué cautelosamente al sitio donde había quedado el ataúd de la mujer y, provisto de un hueso, descargué sobre la cabeza de ésta tan terrible golpe que no pudo lanzar ni un quejido. Con sus provisiones pude sostenerme unos días más.

Repetía esta operación con otra desventurada cuando percibí un ligero ruido y, al volverme, vi un bulto que huía. Seguí a aquella sombra durante mucho rato y distinguí a lo lejos una luz que se asemejaba a una estrella. Continué avanzando hacia aquella luz y descubrí, finalmente, que penetraba por una hendedura de la roca lo bastante ancha para dejar paso al cuerpo de un hombre. Embargado por la emoción que tal descubrimiento me produjo, quedé un momento como aturdido. Me repuse en seguida, pasé por la hendidura y me encontré en la orilla del mar. Os dejo pensar cuál sería mi alborozo. Cuando, después de un breve descanso y respirando a plenos pulmones, fui dueño por completo de mis sentidos, comprendí que el bulto que yo había visto y seguido no era otra cosa que un ave de rapiña que penetraba en el subterráneo para devorar los cadáveres. Volví a entrar en el cementerio, tomé los panes y el agua, comí con avidez a la luz del sol y me dediqué luego a despojar a los cadáveres de sus joyas y de sus ricos vestidos, todo lo cual amontonaba en la playa para hacer un gran fardo, valiéndome de las cuerdas que habían servido para bajar los ataúdes.

Al cabo de tres días divisé un buque que pasaba a corta distancia del lugar donde me encontraba, y vistas las señales que yo hacía con mi turbante, al mismo tiempo que gritaba con todas mis fuerzas, el capitán envió una chalupa para recogerme.

Contesté a las preguntas que me hicieron los marineros diciéndoles que dos días antes me había salvado de un naufragio, juntamente con mis mercancías, y cuando estuvimos a bordo el capitán rehusó las joyas que yo quería regalarle por el auxilio que me había prestado.

Pasamos por delante de muchas islas, entre ellas la de la Campana, distante diez jornadas de la isla de Ceilán, con viento favorable, y seis de la isla de Kela, en cuyo puerto echamos el ancla. Realizamos allí magníficos negocios comerciales y nos hicimos nuevamente a la vela con rumbo a otros puertos, en los que continuamos nuestro tráfico, con mucho provecho.

Por último, llegué felizmente a Bagdad, poseedor de inmensas riquezas y resuelto a darme la mejor vida de los hombres de mi clase y condición.

Quinto viaje de Simbad el Marino

LOS PLACERES a que me entregué no me hicieron olvidar las penalidades que había sufrido, mas tampoco me hacían renunciar al vivísimo deseo que experimentaba de realizar otros viajes. Así pues, adquirí numerosas mercancías y, haciendo colocar los fardos en un carro, me encaminé al puerto de mar más próximo. Pero una vez allí, para no depender de un capitán y tener un buque en que yo solo mandase, compré una nave que equipé a mi gusto con tripulantes elegidos por mí mismo. Con viento favorable nos hicimos a la mar.

El primer puerto en que echamos el ancla, tras muchos días de navegación, fue en el de una isla desierta en la que hallamos un huevo de *roc* de dimensiones tan colosales como el otro del que ya os he hablado. Contenía

un pollo de *roc,* próximo ya a romper el cascarón, y los mercaderes, que habían desembarcado de mi buque, acabando de romper el huevo a fuerza de hachazos, se apoderaron del pollo, que hubieron de sacar a pedazos, y se lo merendaron alegremente después de haberlo asado. Mas, apenas habían terminado su sabrosa comida, divisáronse a lo lejos en el horizonte dos gruesas nubes, y el capitán a quien había confiado yo la dirección de mi buque, sabiendo lo que aquello significaba, me dijo que eran los padres del *roc* muerto y que era preciso que volviésemos a bordo si queríamos escapar del peligro que nos amenazaba. Los dos enormes pájaros se cernieron sobre nuestras cabezas y, con gran sorpresa por nuestra parte, retrocedieron por donde habían venido, cuando ya nos creíamos perdidos sin remedio. No duró mucho, sin embargo, nuestra alegría, pues a los pocos momentos reaparecieron, llevando cada uno en las garras dos peñascos que parecían montañas. Revolotearon sobre la nave unos instantes, y cuando creyeron que no podía fallarles el golpe dejaron caer uno de los peñascos, pero la habilidad del timonel, que viró rápidamente, nos libró de aquel peligro. Mas, por desgracia, el otro *roc* dejó caer también la mole que transportaba, y dando de lleno en el centro del buque, lo sumergió, con toda la tripulación y pasajeros. Yo pude salir a flote tras no pocos esfuerzos y agarrado a una tabla fui arrastrado por las olas hasta la costa de la isla. Me senté sobre la hierba para descansar y tomar aliento, y me interné luego en la isla para reconocer el terreno. De pronto divisé, sentado sobre la margen de un río, a un viejo que, al parecer, estaba muy enfermo. Suponiendo, al primer momento, que era un pobre náufrago como yo, me acerqué a él, saludándole con una inclinación de cabeza.

—¿Qué hacéis aquí? —le pregunté.

En vez de contestarme, me hizo señas de que me lo cargase a las espaldas y le pasase a la otra orilla del río, donde se proponía, según creí entender, coger algunas frutas. Así lo hice, y cuando hube llegado a la margen opuesta le dije, inclinándome para que pudiera hacerlo con más facilidad:

—Bajad ahora, puesto que ya estáis servido.

Pero aquel viejo, que me había parecido tan enfermo y decrépito, cruzó sus piernas sobre mi pecho y asiéndome con ambas manos por el cuello me apretó con tal fuerza que casi me asfixió. Aflojó luego el anillo de hierro que eran sus manos, y dándome fuertes golpes en el pecho me obligó a enderezarme y a proseguir mi camino, con él a cuestas, a través de los árboles, haciendo que me detuviera para que él comiera la fruta que iba cogiendo. Llegó la noche, y creí que al fin me soltaría, pero me engañé. Permitió, sí, que me echara en tierra para dormir, pero continuó montado sobre mis espaldas.

Transcurrieron de esta forma varios días, hasta que, en cierta ocasión, encontré en mi camino varias calabazas secas. Tomé la de mayor tamaño, y después de haberla limpiado cuidadosamente, comencé a exprimir en ella racimos de uva, pues en aquella isla abundan extraordinariamente las viñas. Hecho esto, deposité la calabaza en un lugar a propósito para que fermentara el líquido, y pasados varios días me las ingenié de modo que el viejo me condujese hasta allí. Tomé entonces la calabaza y bebí con fruición un vino exquisito, que me hizo olvidar por un momento mi triste situación. Notó el viejo el efecto producido por aquella bebida y cogiendo la calabaza apuró con avidez su contenido, que no era escaso, pues había la cantidad suficiente para emborrachar a dos hombres. No tardó el vino en subírsele a la cabeza. Comenzó a cantar a su manera y a golpearme en la cabeza, pero con menos fuerzas que de costumbre, hasta que, por fin, se le aflojaron las piernas, se desprendió de mi cuello y cayó pesadamente sobre la hierba, privado de los sentidos. Entonces cogí con ambas manos un peñasco y le aplasté su maldita cabeza. Contentísimo de verme libre del cruel anciano, me encaminé a la playa, donde encontré a varios tripulantes de un buque que acababa de fondear para proveerse de agua, los cuales, cuando les hube contado mi aventura, me condujeron a bordo.

Salí de la isla en compañía de aquellos hombres, y de arribada a un puerto de gran comercio, nos dedicamos a coger cocos, fruto muy abundante en el país. Llegamos a un espeso bosque compuesto de árboles altos, rectos, y de tronco tan liso que, a pesar de nuestros esfuerzos, no nos fue posible subir hasta las ramas como lo hizo, con sorprendente agilidad, una bandada de monos, chicos y grandes, huyendo de nosotros apenas nos presentamos en el bosque.

Como la necesidad es madre de la ciencia, apedreamos con furor a los monos, y los animales, que comprendieron sin duda nuestro designio, cogían cocos, arrojándolos con unos gestos y unas contorsiones que demostraban bien a las claras su justa cólera. Así es que, en pocos minutos, llenamos nuestros sacos, cuando de otro modo nos hubiera sido imposible conseguirlo. Se repitió la operación que me produjo considerable ganancia, pues luego en la isla de Camari cambié los cocos por madera de áloe, y me consagré día y noche a la pesca de perlas, que allí tanto abundan.

Dueño de una fortuna inmensa, regresé a Bagdad donde, por espacio de dos meses, descansé de las fatigas de mi larga excursión, antes de emprender la siguiente, que voy a referiros:

Sexto viaje de Simbad el Marino

CINCO naufragios había experimentado en mis viajes —continuó Simbad— pero, a pesar de ellos y de las súplicas de mis parientes y amigos, no me fue posible contener los impulsos de mi carácter, y partí por sexta vez a las Indias, resuelto a hacer una extensa navegación.

Grande fue, en efecto, y un día, perdido el rumbo y sin saber dónde estábamos, nos anunció el capitán del barco, en medio de la mayor desolación, que íbamos arrastrados por una poderosa corriente a chocar contra la costa y por lo tanto nuestra pérdida era inevitable. Cada cual encomendó su alma a Dios y, en efecto, a los pocos minutos fuimos a dar al pie de una montaña inaccesible, aunque la divina providencia nos permitió desembarcar los víveres y el cargamento de mercancías. Después nos dijo el capitán:

—Ya sólo nos resta cavar cada uno nuestro sepulcro, porque estamos en un sitio tan funesto que nadie de cuantos en él han puesto la planta ha logrado salvarse.

Y así debía ser, en efecto, porque todos aquellos lugares estaban llenos de huesos humanos y de despojos de buques naufragados al pie de la fatal montaña, cuyos peñascos tenían la particularidad de ser de cristal de roca, de rubíes y de otras piedras de gran valor. La cima era elevadísima y, afligidos, sin poder dar un solo paso para salir de tan cruel encierro, permanecimos en la playa, consumiendo las pocas provisiones que nos quedaban. Concluidas éstas, vino el hambre, y después la muerte, que se llevó uno por uno a todos mis compañeros, y yo me quedé solo, y en tal tribulación, que un día pensé ya en quitarme la vida.

Dios tuvo compasión de mí, inspirándome la idea de ir a la entrada de cierta gruta por donde corrían las aguas de un río caudaloso, al parecer. Supuse, en seguida, que forzosamente debería conducir a tierras habitadas y formé el proyecto de construir una barca con gruesos maderos para embarcarme en ella y dejar que me arrastrase la corriente. Así lo hice sin pérdida de tiempo, y después de poner en la barca un cargamento de ámbar, telas y piedras preciosas, comencé a remar en la oscuridad de la gruta, cuya bóveda era tan baja en ciertos sitios que los peñascos herían mi cabeza.

Al cabo de cuatro días y agotadas mis escasas provisiones se apoderó de todo mi ser un sueño semejante al más profundo letargo. No sé cuánto tiempo estuve durmiendo, pero sí que al despertar me encontré en medio de fértiles campiñas, junto a un río donde estaba amarrada la barca, y rodeado de muchos negros, los cuales me hablaban en un idioma desconocido para mí. Uno de ellos, que sabía árabe, me dijo entonces:

—Hermano mío, no te cause sorpresa verte entre nosotros. Habitamos esta campiña, y al venir hoy a regarla con las aguas del río que sale de la montaña, te vimos dormido en esa embarcación que está ahí atada, deteniéndola para esperar a que despertases y nos contases tu historia.

Les referí lo sucedido con toda exactitud, y tan sorprendente les pareció, que quisieron que repitiese delante del rey de aquel país el relato de mi naufragio.

Monté en un caballo que me trajeron y, seguido de los negros que conducían a hombros la barca con su cargamento, hice mi entrada en la ciudad de Ceilán, residencia del soberano a quien fui presentado en el acto. El príncipe me recibió con extrema benevolencia y, maravillado de lo extraordinario de mis aventuras, las hizo escribir en letras de oro para conservarlas en los archivos del reino. No menos lleno de admiración se mostró al ver las piedras preciosas y las mercancías de las que yo era portador y, lejos de aceptar una parte de ellas, como le propuse, me dijo que iba, por el contrario, a aumentar con sus dones mi riqueza.

La isla de Ceilán está situada en la línea equinoccial, por consiguiente, son iguales de duración los días y las noches. Abunda en ricos frutos y en perlas, y allí existe la altísima montaña adonde fue a refugiarse Adán después de ser expulsado del paraíso terrenal. Al fin, supliqué al rey que me permitiese volver a mi patria. Me lo concedió bondadosamente, y cuando fui a despedirme de él, me hizo grandes regalos, entregándome a la vez un mensaje para mi soberano, acompañado de un riquísimo presente.

—Tomad —me dijo—, y entregadlo al califa Harún al-Raschid, comendador de los creyentes, como prueba de mi amistad.

Los regalos que me hizo consistían en lo siguiente:

1.º Una copa tallada en un enorme rubí, llena de perlas, cada una de las cuales pesaba medio dracma;

2.º Una piel de serpiente, cuyas escamas eran del tamaño de las monedas de oro ordinarias y cuyas propiedades consistían en que preservaba de toda clase de enfermedades al que se acostaba sobre ella;

3.º Cincuenta mil dracmas de madera de áloe y treinta granos de alcanfor del tamaño de pistachos.

Y todo esto acompañado de una bellísima esclava, cuyos vestidos estaban cubiertos de piedras preciosas.

El califa, lleno de curiosidad por saber si eran ciertas las fabulosas riquezas que se atribuían al rey de Ceilán, me preguntó qué había visto en la isla, y le respondí que, en efecto, el rey de las Indias poseía mil elefantes, un palacio cubierto con una techumbre en la que brillaban cien mil rubíes, que tenía veinte mil coronas enriquecidas con diamantes, y que eran de oro y de esmeraldas las lanzas y las armas todas de los servidores de su espléndida corte.

Terminada la ceremonia de recepción —añadió Simbad—, me despidió el califa, y yo me retiré a mi casa a disfrutar de los cuantiosos bienes que la providencia me había concedido.

Al día siguiente continuó en estos términos:

Séptimo y último viaje de Simbad el Marino

CUANDO regresé de mi sexto viaje, formé el decidido propósito de no volver a embarcarme. Pero cierto día que daba un banquete a varios amigos para festejar mi regreso, me anunciaron que un oficial del califa deseaba hablarme. Abandoné de inmediato la mesa y salí a su encuentro.

—El califa —me dijo el mensajero— me ha ordenado que os conduzca a palacio.

Seguí al oficial, y cuando estuve en presencia del soberano me postré a sus pies.

—Simbad —me dijo el califa—, tengo necesidad de vuestros servicios. Es preciso que vayáis a llevar mi contestación y mis presentes al rey de Ceilán, pues es muy justo que corresponda a sus finezas para conmigo.

El mandato del califa cayó sobre mí como un rayo. En pocos días estuve, sin embargo, en disposición de ponerme en camino, y habiéndome hecho cargo del mensaje y de los regalos que el comendador de los creyentes enviaba al rey de Ceilán, partí hacia Basora, en cuyo puerto me embarqué.

La travesía fue de lo más feliz que puede desearse. Llegado a la isla de Ceilán expuse a los ministros del rey el encargo que se me había confiado, y les rogué que me consiguieran una audiencia del soberano. Así lo hicieron, y al día siguiente fui conducido con toda pompa ante el rey quien, al reconocerme, dio señales de la más viva alegría.

—¡Oh, Simbad, bienvenido seáis! —me dijo—. Os juro que, desde vuestra marcha, he pensado frecuentemente en vos. Bendigo este día porque os vuelvo a ver.

Le agradecí con frases salidas del corazón sus bondades y le entregué la carta y los regalos de que era portador. El rey de Ceilán recibió con visibles demostraciones de íntima satisfacción aquellas muestras de amistad del califa, y me despedí de la corte, cumplida mi comisión, cargado de presentes que me hizo el soberano. Me embarqué nuevamente con la intención de regresar en seguida a Bagdad, pero el destino lo dispuso de otra manera y llegué más tarde de lo que hubiese querido.

A los cuatro días de navegación fuimos atacados por unos corsarios que mataron sin piedad a los pocos que quisieron oponerles resistencia, vendiéndonos a los demás como esclavos en una isla de la que yo no tenía noticia. Caí en manos de un opulento mercader, el cual me preguntó si sabía algún oficio. Le dije que mi profesión era la del comercio y que los corsarios se habían apoderado de cuanto poseía.

—¡Pero, al menos, sabréis manejar el arco y las flechas! —exclamó.

—Sí —respondí—, ése era mi ejercicio favorito de la juventud.

Entonces me dio dichos instrumentos, llevándome a un bosque para que, subido en un árbol, diera caza a los elefantes. Una vez en aquel sitio me dejó solo, hasta que al amanecer del día siguiente apareció una manada, y tuve la suerte de matar uno de los más hermosos. Al momento lo noticié a mi amo, y juntos enterramos al elefante para precipitar la putrefacción y sacarle luego los colmillos, que era con lo que comerciaba el mercader.

Dos meses estuve dedicado a la caza, y apenas pasaba un día que no diese muerte a uno de los referidos animales, con gran satisfacción para mi amo, pero una tarde los elefantes, lejos de pasar junto al árbol en que los acechaba, se detuvieron haciendo horroroso ruido, y uno de ellos, el más poderoso, derribó con la trompa el árbol, cual si hubiera sido una débil caña. En seguida me montó sobre su joroba al verme caído en tierra, y me paseó triunfalmente a la cabeza de los demás animales. Luego me hizo bajar con el auxilio de la trompa, y todos se retiraron, dejándome asombrado de aquella rareza, pues yo creí haber llegado al último día de mi vida. Me encontré en una colina cubierta de huesos de elefante, y no dudé que estos animales, con su prodigioso instinto, me habían llevado a su cementerio para que hiciese buena provisión de colmillos y cesara de perseguirlos.

Así concluyó Simbad, diciendo al mandadero Himbad que no volviera a quejarse con tanta amargura de su suerte, porque los hombres que parecen más dichosos y opulentos han adquirido su fortuna, a veces, a costa de penalidades, trabajos y fatigas. Simbad dio al mandadero mil cequíes de oro, admitiéndole en el número de sus amigos, para que después de abandonar su humilde profesión conservase un eterno recuerdo de las peligrosas aventuras de Simbad el Marino.

Las tres manzanas

UN DÍA el califa Harún al-Raschid avisó al gran visir Giafar para que se hallara en palacio la noche siguiente.

—Visir —le dijo—, quiero dar una vuelta por la ciudad y saber lo que se dice, y sobre todo enterarme de si están o no contentos de los oficiales encargados de administrar justicia. Si hay alguno de quien haya motivo de queja, lo depondremos y sustituiremos por otro que cumpla mejor sus obligaciones. Si, por el contrario, los hay dignos de elogio, guardaremos con ellos los miramientos que merecen.

El gran visir se presentó en palacio a la hora señalada. El califa, él y Masrur, jefe de los eunucos, se disfrazaron para no ser conocidos y salieron los tres juntos. Pasaron por varias plazas y mercados, y al entrar en una callejuela vieron, a la claridad de la luna, a un anciano con barba cana, de estatura aventajada, que llevaba unas redes sobre la cabeza y asía con una mano un cesto de hojas de palmeras y un palo nudoso.

—Al parecer, este anciano está menesteroso —dijo el califa—. Acerquémonos y preguntémosle cuál es su suerte.

—Buen hombre —le dijo el visir—, ¿quién eres?

—Señor —le respondió el anciano—, soy pescador, pero el más escaso y desdichado de mi profesión. He salido de casa a pescar a las doce del mediodía, y desde entonces hasta ahora ni siquiera he logrado capturar un solo pez. Sin embargo, tengo esposa e hijos menores, y no me quedan recursos para mantenerlos.

El califa, movido a compasión, dijo al pescador:

—¿Tendrías ánimo para volver atrás y echar las redes una sola vez? Te daremos cien cequíes por lo que saques.

Con esta propuesta, el pescador olvidó el cansancio del día, tomó al califa la palabra y volvió hacia el Tigris con él, Giafar y Masrur, diciendo para sí mismo: «Estos señores parecen muy honrados y discretos como para que no me gratifiquen por mi trabajo, y aun cuando no me dieran más que la centésima parte de lo que me prometen, ya sería mucho para mí».

Llegaron a la orilla del Tigris, el pescador echó las redes, y habiéndolas retirado, sacó un cofre muy cerrado y pesadísimo.

El califa mandó al momento al gran visir que le contara cien cequíes y le despidió. Masrur se echó al hombro el cofre por orden de su amo, que volvió rápidamente a palacio, ansioso de saber lo que había dentro. Allí abrieron el cofre, y hallaron un gran cesto de hojas de palmera cerrado y cosido con hilo de lana encarnada. Para satisfacer la impaciencia del califa, no se tomaron la molestia de descoserlo, cortaron rápidamente el hilo con un cuchillo y sacaron del cesto un lío envuelto en una mala alfombra y atado con cuerdas. Desatadas éstas y desenvuelto el lío, se horrorizaron con la vista de un cuerpo de mujer, más blanco que la nieve y descuartizado.

Considérese cuál sería el asombro del califa ante un espectáculo tan pavoroso. Pero su pasmo dio lugar a la ira, y echando al visir miradas enfurecidas:

—¡Ah, desastrado! —le dijo—. ¿Así estás celando las acciones de mis pueblos? ¡Se están cometiendo asesinatos a mansalva en mi capital y arrojan a mis súbditos al Tigris para que clamen allá venganza contra mí el día del juicio final! Si no vengas rápidamente la muerte de esta mujer con el suplicio de su asesino, juro por el sagrado nombre de Dios que te mandaré ahorcar con cuarenta de tus parientes.

—Comendador de los creyentes —le dijo el visir—, ruego a vuestra majestad que me conceda algún tiempo para hacer mis pesquisas.

—Te doy tres días —repuso el califa—, recapacita bien lo que haces.

El visir Giafar se retiró a su casa confuso y apesadumbrado.

—¡Ay de mí! —decía— ¿Cómo podré yo hallar al asesino en una ciudad tan populosa como Bagdad, cuando probablemente habrá cometido este crimen sin testigos, y quizá ya está fuera de la población? Otro en mi lugar sacaría de la cárcel a un desdichado y le mandaría dar muerte para contentar al califa, pero yo no quiero manchar mi conciencia con este delito, y prefiero morir a salvarme en tales condiciones.

Mandó a los oficiales de policía y justicia que estaban a sus órdenes que hicieran una pesquisa esmerada del reo. Éstos pusieron en movimiento a su gente, e incluso salieron ellos mismos, creyéndose tan interesados como el visir en aquel asunto, pero todos sus afanes fueron infructuosos, y por grande que fuese su diligencia, no lograron descubrir al autor del asesinato, y el visir juzgó que, a no ser por un favor del cielo, estaba perdido.

En efecto, cumplidos los tres días llegó un ujier a casa del desgraciado ministro y le instó a que le siguiera. Obedeció éste y el califa le preguntó dónde estaba el asesino.

—Comendador de los creyentes —le respondió Giafar todo lloroso—, nadie ha podido darme la menor noticia.

El califa le amonestó con mucho enojo y mandó que le ahorcaran delante de la puerta del palacio, y con él a cuarenta de los barmáquidas.

Mientras estaban levantando las horcas y prendían en sus casas a los cuarenta barmáquidas, un pregonero recorrió por orden del califa todos los barrios de la ciudad gritando:

—El que quiera tener el gusto de ver ahorcar al gran visir Giafar y cuarenta barmáquidas, sus parientes, acuda a la plaza que está delante del palacio.

Cuando estuvo ya todo dispuesto, el juez de lo criminal y gran número de guardias del palacio trajeron al gran visir con los cuarenta barmáquidas, los colocaron cada uno al pie de la horca que les estaba destinada y les pasaron alrededor del cuello el dogal correspondiente. El pueblo, que se agolpaba en la plaza, no pudo presenciar tan lastimoso espectáculo sin amargura y sin derramar lágrimas, porque el gran visir Giafar y los barmáquidas eran muy queridos por su honradez, generosidad y desinterés, no sólo en Bagdad, sino también en todo el imperio del califa.

Nada podía estorbar la ejecución de la orden de aquel príncipe adusto en demasía, e iban a quitar la vida a los hombres más honrados de la ciudad cuando un joven, de agradable aspecto y bien vestido, atravesó la muchedumbre, se allegó al visir y, después de haberle besado la mano, le dijo:

—Soberano visir, comendador de los emires de esta corte, refugio de los pobres, no sois reo del crimen por el que os traen aquí. Retiraos y dejadme purgar la muerte de la dama arrojada al Tigris. Yo soy su asesino y merezco ser castigado.

Aunque esta arenga causase suma alegría al visir, no por eso dejó de apiadarse del joven, cuya fisonomía, en vez de ser aciaga, tenía sumo aliciente, e iba a responderle cuando un hombre, alto y de edad avanzada, se abrió paso por medio del concurso y, acercándose al visir, le dijo:

—Señor, no deis crédito a lo que os está diciendo ese joven. Yo fui el que maté a la dama hallada en el cofre, y sólo sobre mí debe recaer el castigo. En nombre de Dios, os ruego que no castiguéis al inocente por el culpable.

—Señor —repuso el joven encarándose con el visir—, os juro que yo fui el que cometí esa maldad, y que nadie en el mundo fue cómplice en ella.

—Hijo mío —interrumpió el anciano—, la desesperación os ha traído aquí y queréis anticipar vuestro destino. En cuanto a mí, hace tiempo que estoy en el mundo y debo no tenerle ya apego. Dejadme, pues, sacrificar mi vida por la vuestra. Señor —añadió volviéndose al visir—, os repito de nuevo que yo soy el asesino, mandadme dar muerte sin tardanza.

La pugna entre el anciano y el joven obligó al visir Giafar a llevarlos a ambos ante el califa, con el beneplácito del juez de lo criminal, que se complacía en favorecerle. Cuando estuvo en presencia de aquel príncipe, besó siete veces el suelo y habló de este modo:

—Comendador de los creyentes, traigo a vuestra majestad este anciano y este joven, que se culpan cada cual del asesinato de la dama.

Entonces el califa preguntó a los delincuentes cuál de los dos había asesinado tan cruelmente a la dama y la había arrojado al Tigris. El joven aseguró que era él, pero el anciano sostenía por su parte lo contrario.

—Llevadlos —dijo el califa al gran visir— y que los ahorquen a ambos.

—Pero, señor —dijo el visir—, si uno solo es delincuente, fuera injusto matar al otro.

Tras estas palabras, el joven prosiguió:

—Juro por el Dios Todopoderoso que ha levantado los cielos a la altura en que se hallan que yo fui el que mató a la dama y la arrojó al Tigris cuatro días atrás. No quiero participar con los justos del día del juicio final, si lo que digo no es cierto. Así, yo soy el que debo ser castigado.

El califa quedó atónito con aquel juramento, y le dio más crédito cuando el anciano nada replicó, y por lo tanto, encarándose con el joven, le dijo:

—Desastrado, ¿por qué razón cometiste un crimen tan horroroso? ¿Y qué motivo puedes tener para haberte presentado a recibir la muerte?

—Comendador de los creyentes —respondió—, si se escribiera todo lo que ha ocurrido entre esa dama y yo, sería una historia que pudiera ser utilísima a los hombres.

—Refiérela, pues —replicó el califa—, yo te lo mando.

El joven obedeció y empezó así su narración:

Historia de la dama asesinada y del joven su marido

COMENDADOR de los creyentes, ha de saber vuestra majestad que la dama asesinada era mi esposa, hija de este anciano, que es mi tío paterno. Apenas había cumplido doce años, cuando me la dio en matrimonio, y desde entonces han mediado otros once. Tuve de ella tres hijos, que están vivos, y debo hacerle la justicia de que nunca me dio el menor disgusto, pues era juiciosa, de buenas costumbres y cifraba todo su afán en complacerme. Por mi parte, yo la amaba mucho y me anticipaba a todos sus deseos, muy lejos de contrariarlos. Hace dos meses cayó enferma, la asistí con cuanto esmero cupo en mi cariño, echando el resto para proporcionarle prontísima curación. Al cabo de un mes empezó a hallarse mejor y quiso ir al baño. Antes de salir de casa, me dijo:

—Primo (porque siempre me llamaba así), tengo deseo de comer manzanas, y me darías mucho gusto si pudieras proporcionarme alguna. Hace tiempo que tenía este antojo, y te confieso que ha llegado a ser tan vehemente, que temo me suceda alguna desgracia si no queda pronto satisfecho.

—Haré cuanto pueda para complacerte —le respondí.

Al momento fui en busca de manzanas a todas las plazas y tiendas, pero no pude hallar una sola, aunque ofrecía por ella un cequí. Volví a casa, desazonado de haberme tomado inútilmente tanta molestia, y en cuanto a mi esposa, cuando volvió del baño y no vio las manzanas, sintió un pesar que no la dejó dormir en toda la noche. Madrugué y recorrí todos los huertos, pero con tan poco éxito como el día anterior. Encontré únicamente a un labrador anciano, quien me dijo que, por mucha molestia que me diese, no las hallaría sino en el huerto de vuestra majestad en Basora.

Como yo amaba entrañablemente a mi mujer y no quería culparme de no echar el resto en complacerla, tomé un traje de viajero, y después de haberle explicado mi intento, marché a Basora. Me di tanta prisa, que estuve de vuelta a los quince días y traje tres manzanas que me habían costado un cequí cada una. Eran las únicas que había en el huerto, y el hortelano no había querido dármelas más baratas. Al llegar se las presenté a mi esposa, pero me hallé con que ya se le había pasado el antojo, así que se contentó con recibirlas y ponerlas junto a ella. Continuaba, sin embargo, enferma, y no sabía qué remedio aplicar a su dolencia.

A los pocos días de mi llegada, hallándome sentado en mi tienda, en el paraje público donde se venden toda clase de ricas telas, vi entrar un gran esclavo negro, de muy mala catadura, llevando en la mano una manzana que reconocí como una de las tres que yo había traído de Basora. No podía dudarlo porque sabía que no había ninguna en Bagdad ni en todos los huertos de los alrededores. Llamé al esclavo.

—Buen esclavo —le dije—, infórmame de dónde has cogido esa manzana.

—Es un regalo que me ha hecho mi querida —respondió sonriéndose—. Hoy fui a verla y la hallé algo enferma. Vi que tenía allí tres manzanas, y le pregunté dónde las había conseguido, y me respondió que su marido había emprendido un viaje de quince días sólo para ir a buscárselas, y que se las había traído él. Cenamos juntos, y al marcharme he cargado con ésta.

Semejante suceso me causó un trastorno indecible. Me levanté, y después de haber cerrado la tienda, corrí ansioso a mi casa y subí al aposento de mi mujer. Miré al momento si estaban las tres manzanas, y no viendo más que dos, pregunté qué se había hecho de la otra. Entonces mi mujer, volviendo la cabeza hacia donde estaban las manzanas, y no viendo sino dos, me contestó con despego:

—Primo, yo no sé lo que se habrá hecho.

A semejante respuesta creí, desde luego, que era cierto lo que me había dicho el esclavo, y, enfurecido por los celos, desenvainé un cuchillo que llevaba en la cintura y lo clavé en la garganta de aquella desdichada. Luego le corté la cabeza, la descuarticé y formé un lío que oculté en un cesto, y después de haberlo cosido con hilo de lana encarnada, lo encerré en un cofre que me eché al hombro después de anochecer y lo arrojé al Tigris.

Mis dos hijos menores estaban ya acostados y dormían, y el tercero estaba fuera. A la vuelta le hallé sentado junto a la puerta y llorando amargamente. Le pregunté la causa de su llanto.

—Padre —me dijo—, esta mañana le tomé a mi madre, sin que lo advirtiera, una de las tres manzanas que le trajisteis. La he guardado mucho rato, pero cuando estaba jugando en la calle con mis hermanos, un esclavo alto que pasaba me la ha quitado, y como se la llevaba, he corrido tras él pidiéndosela mil veces, pero por más que le dije que era de mi madre que estaba enferma y que vos habíais hecho un viaje de quince días en su busca, no ha querido devolvérmela, y como yo le seguía clamando, se ha vuelto, me ha pegado, y luego ha echado a correr por varias calles extraviadas, de modo que le he perdido de vista. Desde entonces he ido a pasearme fuera de la ciudad aguardando que volvieseis para rogaros, padre, que no le digáis nada a mi madre, por temor de que esto empeore su dolencia. Al acabar estas palabras, se puso a llorar de nuevo.

La declaración ingenua de mi hijo me causó una aflicción indecible. Conocí entonces lo sumo de mi maldad, y me arrepentí, pero demasiado tarde, de haber dado crédito a las imposturas de aquel desastrado esclavo, quien había fraguado, sobre lo que le había dicho mi hijo, la funesta fábula que yo había tenido por una verdad. Mi tío, que está aquí presente, llegó en aquel momento. Venía a ver a su hija, pero, en lugar de hallarla con vida, vino a saber por mí que ya no existía, porque no le oculté nada, y sin aguardar a que me condenara, me declaré el más criminal de todos los hombres. Sin embargo, en vez de hacerme justas reconvenciones, juntó sus lágrimas con las mías y estuvimos llorando a la par tres días continuos; él la pérdida de una hija que siempre había amado entrañablemente, y yo la de una mujer que estaba idolatrando y de que me había privado por un término tan cruel y dando crédito con sobrada ligereza a las mentiras de un esclavo.

Ésta es, Comendador de los creyentes, la sincera confesión que vuestra majestad ha exigido de mí. Ya sabéis todas las circunstancias de mi crimen, y os ruego humildemente que dispongáis mi castigo. Por riguroso que sea, no me quejaré de él y lo consideraré muy benigno.

El califa quedó absorto con lo que el joven acababa de contarle, pero aquel príncipe justiciero, juzgando que era más digno de compasión que delincuente, abogó por él.

—La acción de este joven —dijo— es disculpable ante Dios y tolerable entre los hombres. El pícaro esclavo es el único causante de este asesinato, y él debe ser castigado. Por lo tanto —añadió encarándose con el gran visir—, te doy tres días para buscarlo, y si al cabo de ellos no me lo traes, sufrirás la muerte en su lugar.

El desgraciado Giafar, que se había creído fuera de peligro, quedó aterrado con esta nueva orden del califa, pero como no se atrevía a replicar al príncipe, cuyo genio conocía, se alejó de su presencia y se retiró a su casa bañados los ojos en lágrimas, convencido de que sólo le quedaban tres días de vida. Estaba tan convencido de que no hallaría al esclavo, que no hizo la más mínima pesquisa

—Es imposible —decía— que en una ciudad como Bagdad, en donde hay un sinnúmero de esclavos negros, encuentre al que buscamos. A menos que Dios me lo dé a conocer del mismo modo que me descubrió al asesino nada puede salvarme.

Pasó los dos primeros días inconsolable con su familia, que lloraba alrededor de él, quejándose de la severidad del califa, y habiendo llegado el tercero, se dispuso para morir con entereza como un ministro íntegro al que nada tenía que echarse en cara. Mandó llamar cadíes y testigos, que firmaron el testamento hecho en su presencia, y después abrazó a su mujer e hijos, y les dio el último adiós. Toda su familia se deshacía en llanto, formando una escena sumamente trágica. Al fin llegó un palaciego, quien le dijo que el sultán se empeñaba más y más en saber noticias suyas y del esclavo negro que le había mandado buscar.

—Tengo orden —añadió— de llevaros ante su trono.

El visir, afligido, se disponía a seguirle, pero, cuando iba a salir, le trajeron a la menor de sus hijas, que podía tener cinco o seis años. Las mujeres que la cuidaban venían a presentársela a su padre para que la viera por última vez. Como la quería entrañablemente, pidió al palaciego que se detuviera un momento, y acercándose a su hija, la tomó en brazos y besó repetidas veces. Al besarla advirtió que tenía en el pecho un bultito que despedía olor.

—Hija mía —le dijo—, ¿qué traes en el pecho?

—Querido padre —le respondió—, es una manzana sobre la cual está escrito el nombre del califa nuestro señor y amo. Nuestro esclavo Rian me la vendió por dos cequíes.

Al oír las palabras manzana y esclavo, el gran visir Giafar prorrumpió en un alarido de asombro con arrebatos de júbilo, y metiendo al momento la mano en el pecho de su hija, sacó la manzana. Mandó llamar al esclavo, que no estaba lejos, se encaró con él y le dijo:

—Bribón, ¿de dónde cogiste esta manzana?

—Señor —respondió el esclavo—, os juro que no la he robado en vuestra casa ni en el huerto del califa. El otro día, al pasar por una calle junto a unos niños que jugaban, vi que uno la tenía en la mano, se la quité y me la llevé. El niño vino corriendo detrás de mí diciéndome que la manzana no era suya, sino de su madre, que estaba enferma; que su padre había emprendido un largo viaje para satisfacer el deseo que tenía, y había traído tres, y que aquélla era una de tantas que le había quitado a su madre sin que lo advirtiera. Por más que me rogó que se la devolviera, no quise hacerlo. La traje a casa y la vendí por dos cequíes a vuestra hija menor. Esto es cuanto tengo que deciros.

Giafar estaba atónito, sin alcanzar a entender cómo la bellaquería de un esclavo había sido causa de la muerte de una mujer inocente y casi de la suya. Llevó consigo al esclavo, y cuando estuvo delante del califa, le hizo a este príncipe una puntual narración de lo ocurrido.

Indecible fue la extrañeza del califa, y no pudo contenerse, prorrumpiendo en carcajadas. Al fin recobró un aspecto grave, y le dijo al visir que ya que su esclavo había causado semejante desmán, merecía un castigo ejemplar.

—Convengo en ello, señor —respondió el visir—, pero su crimen no es irremisible. Sé una historia todavía más peregrina de un visir del Cairo, llamado Nuredin Alí, y de Bedredin-Hasán de Basora. Como vuestra majestad se deleita en oír otras parecidas, estoy dispuesto a referírsela, con la condición de que, si se le hace más preciosa que la recién sucedida, indultéis a mi esclavo.

—Consiento en ello —replicó el califa—, pero os empeñáis en una ardua empresa, y no creo que podáis salvar a vuestro esclavo, porque la historia de las manzanas es muy extraordinaria.

Giafar tomó la palabra y empezó su narración en estos términos:

Historia de Nuredin Alí y Bedredin Hasán

COMENDADOR de los creyentes, había en otro tiempo en Egipto un sultán sumamente justiciero, y al propio tiempo benéfico, misericordioso, desprendido y cuyo valor causaba grandísimo respeto a sus vecinos. Amaba a los pobres y apadrinaba a los sabios encumbrándolos a los primeros cargos del Estado. El visir de aquel sultán era varón cuerdo, instruido, perspicaz y consumado en todas las ciencias. Este ministro tenía dos hijos muy hermosos y que seguían sus propias huellas. El mayor se llamaba Chemsedin Mohamed, y el menor Nuredin Alí. Este segundo atesoraba principalmente cuantas cualidades son posibles en el hombre. Muerto el visir, su padre, el sultán envió por ellos, y habiendo mandado que los revistiesen con una túnica de visir, les dijo:

—Siento en el alma la pérdida que acabáis de tener. Me causa tanto desconsuelo como a vosotros mismos, y para manifestaros mi aprecio, ya que vivís juntos y estáis perfectamente hermanados, os revisto a ambos con la dignidad. Id, e imitad a vuestro padre.

Los dos nuevos visires dieron gracias al sultán por su nombramiento y se retiraron a su casa, en donde acogieron las exequias del padre. Al cabo de un mes hicieron su primera salida y fueron al Consejo del sultán, y desde entonces continuaron asistiendo puntualmente los días que se reunían. Siempre que el sultán iba a cazar, uno de los dos hermanos le acompañaba y lograban alternativamente aquella distinción. Un día que conversaban después de cenar sobre diferentes asuntos, la víspera de una cacería en que el mayor debía acompañar al sultán, aquel joven dijo a su segundo:

—Hermano mío, ya que todavía no nos hemos casado y vivimos tan unidos, se me ocurre una idea: casémonos ambos un mismo día con dos hermanas escogidas de cualquier familia que nos corresponda. ¿Qué dices de mi propuesta?

—Digo, hermano —respondió Nuredin Alí—, que es digna de nuestra amistad. Es un pensamiento excelente, y por mi parte estoy dispuesto a hacer cuanto quieras.

—¡Oh! Aún más —repuso Chemsedin Mohamed—, mi fantasía es muy volátil: suponiendo que nuestras mujeres conciban la primera noche de nuestras bodas, y que luego den a luz en un mismo día, la tuya un hijo y la mía una hija, los casaremos una con otro cuando lleguen a la edad competente.

—¡Ah!, en cuanto a eso —exclamó Nuredin Alí— es menester confesar que la intención es preciosísima. Ese casamiento estrechará nuestros lazos fraternales, y te doy gustoso mi consentimiento. Pero, hermano —añadió—, si sucediera que hiciésemos este casamiento, ¿exigirías que mi hijo diese una dote a tu hija?

—No hay dificultad en ello —replicó el mayor—, y estoy convencido de que además de los pactos corrientes del contrato matrimonial, no dejarías de conceder en su nombre por lo menos tres mil cequíes, tres buenas haciendas y tres esclavos.

—En eso no convengo —dijo el menor—. ¿No somos hermanos y compañeros, revestidos ambos con la misma dignidad? Además, ¿no sabemos, tanto tú como yo, lo que es justo? Siendo el varón más noble que la hembra, ¿no te correspondería a ti dar una crecida dote a tu hija? Por lo que veo, quieres mejorar tu caudal a costa ajena.

Aunque Nuredin Alí decía estas palabras en tono de chanza, su hermano, que era un tanto caviloso, se mostró agraviado.

—¡Pobre hijo tuyo —contestó con enfado—, ya que te atreves a preferirle a mi hija! Me extraña esa osadía tuya de conceptuarlo como el único digno de sus prendas. Debes haber perdido el juicio para quererte comparar conmigo, diciendo que somos compañeros. Has de saber, loco, que después de tu desvergüenza no quisiera casar a mi hija con tu hijo aun cuando le dieras más riquezas de las que tienes.

Esta chistosa contienda de los dos hermanos sobre el matrimonio de sus hijos, que aún no habían nacido, trascendió mucho más de lo regular. Chemsedin Mohamed se acaloró hasta amenazar a su hermano.

—Si no tuviera que acompañar mañana al sultán —dijo— te trataría como mereces, pero a la vuelta te desengañarás de que un hermano menor no debe hablar al mayor con esa insolencia como acabas de hacer.

Con estas palabras, se retiró a su habitación, y su hermano fue a acostarse en la suya. Chemsedin Mohamed se levantó al día siguiente de madrugada, y marchó a palacio, de donde salió con el sultán, quien siguió el camino de El Cairo hasta la parte de las pirámides. En cuanto a Nuredin Alí, había pasado la noche sumamente desazonado, y después de haber considerado que no le era posible vivir por más tiempo con un hermano que le trataba con tanta altivez, tomó pronto una determinación. Mandó que le dispusieran una buena mula, se pertrechó de dinero, joyas y algunos víveres y, habiendo dicho a sus criados que iba a hacer un viaje de dos o tres días y que debía emprenderlo solo, se marchó.

Cuando estuvo fuera de El Cairo marchó por el desierto hacia Arabia pero, muriéndosele la mula en el camino, tuvo que proseguir su viaje a pie. Afortunadamente, un correo que iba a Basora lo encontró y lo llevó a la grupa. Cuando llegó a la ciudad, Nuredin Alí se apeó y le dio gracias por el favor que le había hecho. Yendo por las calles en busca de un alojamiento, vio venir hacia él un señor acompañado de crecido séquito y a quien todos los habitantes tributaban grandes obsequios, deteniéndose rendidamente hasta que hubiera pasado. Nuredin Alí se paró como los demás, y vio que era el gran visir del sultán de Basora, que recorría la ciudad para mantener con su presencia el orden y el sosiego.

Aquel ministro fijó por casualidad los ojos en el joven, y le pareció de fisonomía agraciada. Le miró con afecto, y viendo al pasar a su lado que llevaba traje de viandante, se detuvo para preguntarle quién era y de dónde venía.

—Señor —le respondió Nuredin Alí—, soy egipcio, natural de El Cairo, y he abandonado mi país, tan justamente enojado contra un pariente, que estoy decidido a viajar por todo el mundo y a morir antes que volver allá.

El gran visir, que era un venerable anciano, al oír estas palabras le dijo:

—Hijo mío, guárdate de ejecutar tu intento. No hay más que desdicha por el mundo, y tú ignoras las penalidades que habrías de sufrir. Vente conmigo, y quizá te haré olvidar el motivo que te llevó a dejar tu país.

Nuredin Alí acompañó al gran visir de Basora quien, habiendo pronto conocido sus relevantes cualidades, le cobró afecto, de modo que un día, hablando con él en particular, le dijo:

—Hijo mío, ya ves que me hallo en edad muy avanzada, y que, según las apariencias, no viviré mucho tiempo. El cielo me ha concedido una hija única, no menos hermosa que tú, y que se halla ahora en edad casadera. Varios señores de esta corte me la han pedido ya para sus hijos, pero no he podido determinarme a concedérsela. En cuanto a ti, te amo y te hallo tan digno de mi parentesco que, prefiriéndote a todos los que me la han pedido, estoy decidido a aceptarte por yerno. Si admites gustoso el ofrecimiento que te hago, le declararé al sultán, mi señor, que te adopto con este casamiento, y le suplicaré que te conceda la herencia de mi dignidad de gran visir en el reino de Basora. Al mismo tiempo, como necesito ya sosiego en la edad que tengo, te traspasaré no sólo el régimen de todos mis bienes, sino también la administración de los negocios del Estado.

Aún no había acabado el gran visir de Basora estas razones, tan halagüeñas y generosas, cuando Nuredin Alí se arrojó a sus plantas, y con expresiones que manifestaban el alborozo y reconocimiento que rebosaban de su corazón, le respondió que estaba dispuesto a hacer cuanto le mandase. Entonces el gran visir llamó a los principales empleados de su casa y les mandó que dispusieran la sala principal y preparasen un gran banquete. Luego mandó recado a casa de todos los señores de la corte y de la ciudad para que se tomaran la molestia de avistarse con él, y cuando estuvieron todos juntos, informado por Nuredin Alí de su linaje, dijo a estos señores, juzgando oportuno hablar así para satisfacer a aquellos cuyo entronque había rehusado:

—Voy a comunicaros, señores, un asunto que he guardado reservado hasta el día de hoy. Tengo un hermano que es gran visir del sultán en Egipto, así como me cabe a mí la honra de serlo del sultán de este reino. Este hermano tiene un hijo único, que no ha querido enlazar en la corte de Egipto y me lo ha enviado para casarse con mi hija y estrechar más y más nuestra intimidad. Este hijo, a quien he reconocido como sobrino a su llegada, y a quien elijo por yerno, es este joven que aquí veis y que os presento. Me congratulo de que le haréis el honor de asistir a su desposorio que he determinado celebrar en este día.

Ninguno de aquellos señores podía llevar a mal que hubiera preferido su sobrino a todos los grandes partidos que se le habían ido presentando, y así todos respondieron que obraba como debía efectuando aquel casamiento, que asistirían gustosos a la ceremonia y deseaban que Dios le concediera muchos años de vida para ver los frutos de aquella venturosa unión.

Apenas los señores que se habían reunido en casa del gran visir de Basora hubieron manifestado a aquel ministro la complacencia que les cabía por el enlace de su hija con Nuredin Alí, se sentaron a la mesa. En los postres sirvieron dulces, de los que, según costumbre, tomó cada cual lo que pudo llevarse, y entraron los cadíes con el contrato matrimonial. Los principales señores lo firmaron, y hecho esto, se retiraron los convidados.

No habiendo quedado sino los de casa, el gran visir encargó a los que cuidaban del baño que había mandado preparar que llevasen a Nuredin Alí. Éste halló la ropa que aún no había utilizado de una finura y aseo que hechizaban, como también todo lo demás necesario en el baño. Cuando hubieron limpiado, lavado y frotado al esposo, quiso volverse a vestir el traje que acababa de quitarse, pero le presentaron otro de mayor magnificencia. En tal estado, y perfumado con las más exquisitas esencias, se volvió a la presencia del gran visir, su suegro, quien quedó prendado de su hermosura, y habiéndole hecho sentar a su lado, le dijo:

—Hijo mío, me has declarado quién eres y el lugar que ocupas en la corte de Egipto. Me dijiste también que has tenido una contienda con tu hermano, y que por eso te ausentaste de tu país. Te ruego me demuestres entera franqueza y me digas cuál fue el motivo de vuestra disputa. Debes tener ahora toda tu confianza en mí, y no ocultarme nada.

Nuredin Alí le refirió todas las circunstancias de su desavenencia con el hermano, y el gran visir no pudo oírlas sin reírse.

—¡Vaya una aprensión extraña! —le dijo—. ¿Es posible, hijo mío, que vuestra disputa haya llegado hasta ese punto por un casamiento imaginario? Siento que te hayas indispuesto con tu hermano por una causa tan frívola. Veo, sin embargo, que él tuvo culpa en ofenderse de lo que dijiste chanceándote, y debo dar gracias al cielo de una desavenencia que me proporciona un yerno como tú. Pero ya es tarde —añadió el anciano—, y es hora de que te retires. Vete, hijo mío, tu esposa te aguarda. Mañana te presentaré al sultán, y espero que te recibirá en términos muy satisfactorios para ambos.

Nuredin Alí se desvió del ya suegro para pasar al aposento de su esposa.

Lo más extraño es —prosiguió el visir Giafar— que el mismo día que se celebraba su boda en Basora, Chemsedin Mohamed se casaba también en El Cairo, y he aquí las circunstancias de su desposorio.

Cuando Nuredin Alí se hubo marchado de El Cairo, con ánimo de no volver jamás, Chemsedin Mohamed, el mayor, que había ido a cazar con el sultán de Egipto, habiendo vuelto al cabo de un mes, porque el sultán se había dejado llevar por su afición a la caza, estado ausente todo aquel tiempo corrió al aposento de Nuredin Alí y se quedó atónito al saber que se había marchado en una mula el mismo día de la caza del sultán, pretextando un viaje de tres días, y que desde entonces no se le había vuelto a ver. Lo sintió más, puesto que no dudó que la dureza con que le había hablado era causa de su ausencia. Despachó un correo, que pasó por Damasco y llegó hasta Alepo, pero Nuredin se hallaba entonces en Basora. Cuando regresó el correo diciendo que no había podido adquirir noticia alguna de su paradero, Chemsedin Mohamed determinó buscarle por otra parte, y entretanto tomó la determinación de casarse. Celebró su desposorio con la hija de uno de los principales y más poderosos señores de El Cairo, el mismo día que su hermano se casó con la hija del gran visir de Basora.

Aún sucedió más. Comendador de los creyentes —prosiguió Giafar—, al cabo de los nueve meses la mujer de Chemsedin Mohamed dio a luz una niña en El Cairo, y el mismo día la de Nuredin parió en Basora un niño, que fue llamado Bedredin Hasán. El gran visir de Basora manifestó su regocijo con grandes limosnas y funciones públicas que mandó hacer por el nacimiento de su nieto. Luego, para dar a su yerno una prueba de lo satisfecho que estaba con él, fue a palacio a pedir humildemente al sultán que le concediera a Nuredin Alí la herencia de su empleo, para que tuviera, antes de morir, el consuelo de ver a su yerno gran visir en su lugar.

El sultán, que había visto con suma complacencia a Nuredin Alí cuando se lo habían presentado después de su casamiento, y que desde entonces había oído hablar siempre de él con muchos elogios, concedió la gracia que se le pedía con todo el agrado que podía desearse, y mandó revestirlo en su presencia con el manto de gran visir. El suegro rebosaba de júbilo al día siguiente, cuando vio a su yerno presidiendo el Consejo en su lugar y desempeñando todas las funciones de gran visir. Nuredin Alí las ejecutó tan cumplidamente que parecía haber estado ejerciendo toda su vida aquel cargo. Continuó posteriormente asistiendo al Consejo, cuando los achaques de la vejez no permitieron la asistencia de su suegro. Este buen anciano falleció cuatro años después de aquel desposorio, con la satisfacción de ver un vástago de su familia que prometía sostenerla por mucho tiempo con lucimiento.

Nuredin Alí le tributó los últimos deberes con todo el cariño y reconocimiento debidos, y cuando Bedredin Hasán, su hijo, cumplió siete años, lo entregó a un excelente ayo, quien empezó a darle una educación digna de su nacimiento. Es cierto que halló en el niño un entendimiento despejado, perspicaz y abarcador de cuantas lecciones le suministraban.

Dos años fue encargado Bedredin Hasán al maestro que le enseñó a leer con perfección, y con él aprendió el Corán de memoria. Su padre Nuredin Alí le proporcionó después otros profesores, que cultivaron de tal modo su entendimiento, que a los doce años ya no los necesitaba. Entonces, como se habían formado ya sus facciones, causaba admiración a cuantos le miraban.

Hasta entonces Nuredin Alí no había pensado sino en hacerle estudiar, y no le había presentado en público. Le llevó a palacio para proporcionarle el honor de saludar al sultán, quien le recibió con distinción. Los primeros que le vieron en la calle quedaron tan prendados de su hermosura que les produjo arrebatos de entusiasmo y le dieron mil bendiciones.

Como su padre trataba de hacerle capaz de ocupar un día su puesto, nada dispensó en el empeño, y le hizo tomar parte en los más arduos negocios, para aplicarle, desde luego, en su desempeño. Finalmente, hacía cuanto cabe para el adelantamiento de un hijo que le era tan querido, y empezaba ya a disfrutar del fruto de sus afanes, cuando le acometió de repente una enfermedad, cuya violencia fue tal que supo que no estaba muy distante de su última hora. Así que no quiso hacerse ilusiones, y se dispuso a morir como un verdadero musulmán. En aquel preciso momento no se olvidó de su querido hijo Bedredin, lo mandó llamar y le dijo:

—Hijo mío, ya ves que el mundo es perecedero, sólo aquél adonde voy a pasar es el duradero por los siglos de los siglos. Menester es que empieces desde ahora a seguir las mismas disposiciones que yo, prepárate a hacer este viaje sin sentimiento y sin que tu conciencia pueda remorderte por nada tocante a las obligaciones de un musulmán ni a las de un hombre honrado. En cuanto a tu religión, estás bastante instruido con lo que te han enseñado tus maestros y con lo que has leído. Por lo que toca al hombre de bien, voy a darte algunas instrucciones de las que procurarás aprovecharte. Como es necesario conocerse a sí mismo y no puedes tener de esto un conocimiento cabal sin saber quién soy. Voy a comunicártelo: nací en Egipto, y mi padre, tu abuelo, era primer ministro del sultán de aquel reino. Yo mismo obtuve el honor de ser uno de los visires del mismo sultán, con mi hermano, tu tío, que aún vive, supongo, que se llama Chemsedin Mohamed. Tuve que separarme de él y vine a este país, donde llegué al encumbrado puesto que hasta ahora he ocupado. Pero sabrás todas estas particularidades más circunstanciadamente por un cuadernito que tengo que darte.

Al decir esto, Nuredin Alí sacó aquel cuaderno escrito de su puño y que llevaba siempre consigo, y dándoselo a Bedredin Hasán le dijo:

—Toma, lo leerás muy despacio. Hallarás, entre varios asuntos, el día de mi matrimonio y el de tu nacimiento. Son circunstancias de las que necesitarás quizá en lo sucesivo, y que deben obligarte a guardarlo cuidadosamente.

Bedredin Hasán, entrañablemente condolido al ver a su padre en aquel estado, y conmovido con sus razones, recibió el cuaderno con los ojos anegados en lágrimas y prometiéndole no desprenderse nunca de él.

En aquel momento le sobrevino a Nuredin Alí un desmayo, que hizo creer que iba a expirar, pero volvió en sí, y recobrando el habla le dijo:

—Hijo mío, la primera máxima que debo enseñarte es que no te entregues fácilmente a intimidades con toda clase de personas. El medio de vivir seguro es comunicarse consigo mismo y ser reservado con los demás.

»La segunda, no cometer violencia con nadie porque, en tal caso, todos se levantarían contra ti, y debes mirar el mundo como un acreedor que tiene derecho a tu moderación, compasión y tolerancia.

»La tercera, no contestar palabra cuando te injurien. Cuando uno guarda silencio, dice el refrán, está fuera de peligro. En semejante ocasión debes particularmente practicarlo. También sabes que con este motivo un poeta nuestro dijo que el silencio es la gala y salvaguardia de la vida, y que nunca debemos parecernos al hablar a la lluvia de una tormenta que todo lo destruye. Nunca se arrepintió nadie de haber callado y sí muchas veces de haber hablado.

»La cuarta, no beber vino, porque es el origen de todos los vicios.

»La quinta, economizar tus bienes. Si no los malgastas, te servirán para precaverte de la necesidad, no por eso hay que acaudalar en demasía y ser avaricioso, por pocos haberes que tengas, como los gastes cuando convenga, tendrás muchos amigos y, por el contrario, si tienes muchas riquezas y haces mal uso de ellas, todos se apartarán de ti y te abandonarán.

Finalmente, Nuredin Alí continuó dando buenos consejos a su hijo hasta el último momento de su vida, y cuando hubo muerto, se le hicieron magnificas exequias.

Enterraron a Nuredin Alí con todos los honores debidos a su dignidad. Bedredin Hasán de Basora, que así le apellidaron, porque había nacido en aquella ciudad, sintió entrañable desconsuelo con la muerte de su padre. En vez de contar un mes, según costumbre, pasó dos llorando y solitario, sin ver a nadie, ni aun salir para rendir acatamientos al sultán de Basora, el cual, enojado por tamaña desatención y mirándolo como un menosprecio a su corte y persona, se dejó arrebatar por la ira. Mandó llamar enfurecido al nuevo gran visir, porque había nombrado uno tras la muerte de Nuredin Alí, y le ordenó que pasara por casa del difunto y la confiscara, como también todas las haciendas y bienes, sin dejar nada para Bedredin Hasán, mandando que se apoderase de su persona.

El nuevo gran visir, acompañado de gran número de palaciegos, ministros de justicia y otros empleados, no tardó en ponerse en camino para desempeñar su comisión. Un esclavo de Bedredin Hasán, que se hallaba casualmente entre el concurso, apenas supo la intención del visir se adelantó y corrió a avisar a su amo. Lo halló sentado en el umbral de su casa, tan afligido como si su padre acabase de morir, y arrojándose a sus pies, sin aliento, después de haberle besado el extremo de la túnica le dijo:

—Huid, señor, huid rápidamente.

—¿Qué ocurre? —le preguntó Bedredin alzando la cabeza—, ¿qué noticias me traes?

—Señor —respondió el esclavo—, no hay que perder un instante. El sultán está furioso contra vos, vienen por orden suya a confiscar cuanto tenéis y aun a apoderarse de vuestra persona.

Las razones de aquel esclavo fiel turbaron el ánimo de Bedredin Hasán.

—¿Pero no tengo tiempo para entrar en mi aposento y tomar algún dinero y algunas joyas?

—No, señor —replicó el esclavo—. El gran visir estará aquí dentro de un momento. Marchaos inmediatamente, huid.

Bedredin Hasán se levantó atropelladamente de su asiento, se calzó las chinelas y se cubrió la cabeza con el extremo de su vestido para ocultar su rostro, sin saber hacia dónde encaminaría sus pasos para librarse del peligro que le amenazaba. La primera idea que se le ocurrió fue llegar a la puerta más inmediata de la ciudad. Corrió sin detenerse hasta el cementerio público, y como se acercaba la noche, determinó pasarla en el sepulcro de su padre. Era un edificio bastante aparatoso, en forma de cúpula, que Nuredin Alí había mandado construir durante su vida, pero encontró en el camino un judío muy rico, que era banquero y mercader de profesión. Volvía de un pueblo donde había tenido negocios y regresaba a la ciudad. Este judío reconoció a Bedredin y, parándose, le saludó atentamente, y después de haberle besado la mano, le dijo:

—Señor, ¿me atreveré a preguntaros adónde vais a estas horas solo y tan azorado? ¿Tenéis alguna pesadumbre?

—Sí —respondió Bedredin—, me he quedado dormido hace poco y mi padre se me ha aparecido en sueños. Me dirigía terribles miradas, como si estuviese enojado conmigo. Me he despertado con sobresalto y pavor y he venido al instante a orar sobre su sepulcro.

—Señor —replicó el judío, que no podía saber por qué Bedredin Hasán había salido de la ciudad—, como el difunto gran visir, vuestro padre y mi señor, de dichosa memoria, habían cargado con mercancías varios buques que están en el mar y que ahora os pertenecen, os ruego que me deis la preferencia sobre los demás mercaderes. Me hallo en estado de comprar al contado los cargamentos de todos vuestros buques, y para empezar, si queréis cederme el del primero que llegue a salvo, estoy dispuesto a contaros mil cequíes, los traigo aquí en una bolsa y os los entregaré por adelantado.

Y diciendo esto, sacó un bolsón que llevaba bajo el brazo, oculto con el vestido, y se lo enseñó, sellado con su sello.

En el estado en que se hallaba Bedredin Hasán, echado de su casa y despojado de todo cuanto poseía en el mundo, consideró la propuesta del judío como un favor del cielo, y no dejó de aceptarla con suma alegría.

—Señor —le dijo entonces el judío—, ¿me dais, pues, por mil cequíes el cargamento del primero de vuestros buques que llegue a este puerto?

—Sí, te lo vendo en mil cequíes —respondió Bedredin Hasán—, y es negocio concluido.

Al momento, el judío le entregó la bolsa de los mil cequíes, ofreciéndose a contarlos, pero Bedredin le excusó la molestia, diciéndole que se fiaba de él.

—Ahora, pues —repuso el judío—, tened, señor, la bondad de darme un recibo que exprese el ajuste que acabamos de hacer.

Y diciendo esto, sacó su tintero que llevaba en la cintura, y tomando de él un cálamo muy bien cortado, se lo presentó con un pedazo de papel que halló en su cartera, y mientras tenía en la mano el tintero, Bedredin Hasán escribió estas palabras:

> «Este documento sirve para dar testimonio de que Bedredin Hasán de Basora vendió al judío Isaac, por la cantidad de mil cequíes, que he recibido, el cargamento del primero de sus bajeles que llegue a este puerto.
>
> »Bedredin Hasán de Basora.»

Después de haber firmado este escrito se lo entregó al judío, quien lo metió en su cartera y se despidió. Mientras Isaac proseguía su rumbo hacia la ciudad, Bedredin Hasán se encaminó hacia el sepulcro de su padre Nuredin Alí. Al llegar, se postró con el rostro contra el suelo, y anegados los ojos en lágrimas, empezó a lamentarse de su desdicha.

—¡Ay de mí! —decía—. ¿Qué será de ti, desgraciado Bedredin? ¿Adónde irás en busca de asilo contra el injusto príncipe que te persigue? ¿No bastaba tener que llorar la muerte de un padre tan querido? ¿Era preciso que la fortuna añadiese una nueva desventura a mi justísimo quebranto?

Permaneció mucho tiempo en aquel estado pero, al fin, se levantó, y habiendo apoyado la cabeza contra el sepulcro de su padre, se renovó su dolor con mayor vehemencia que antes y no cesó de suspirar y quejarse hasta que, rendido al sueño, alzó la cabeza, y tendiéndose a lo largo sobre el enlosado se quedó dormido.

Apenas gozaba el regalo de aquel sosiego cuando un genio que había fijado aquel día su residencia en el cementerio, disponiéndose a recorrer el mundo por la noche, según su costumbre, observó aquel joven tendido en el sepulcro de Nuredin Alí. Entró, y como Bedredin estaba echado de espaldas, quedó absorto y pasmado con su hermosura.

Cuando el genio hubo considerado atentamente a Bedredin Hasán, habló así consigo mismo: «Si se ha de juzgar a esta criatura por su buen aspecto, no puede menos que ser un ángel del paraíso terrenal que Dios envía para encender los corazones con su belleza».

Finalmente, después de haberle mirado con asombro, se alzó por los aires y encontró casualmente un hada. Se saludaron recíprocamente, y luego el genio le dijo:

—Os ruego que bajéis conmigo al cementerio donde tengo mi residencia, y os haré ver un portento de hermosura, no menos digno de vuestra admiración que de la mía.

Consintió el hada y se apearon ambos en un instante, y al asomar sobre el sepulcro:

—¿Qué tal? —dijo el genio al hada, enseñándole a Bedredin Hasán—. ¿Habéis visto alguna vez un joven tan peregrino como éste?

El hada contempló atentamente a Bedredin, y luego volviéndose al genio le respondió:

—Os confieso que es un portento, pero acabo de ver en El Cairo algo aún más asombroso, de lo que voy a hablaros, si queréis escucharme.

—Me daréis mucho gusto —replicó el genio.

—Habéis de saber —dijo el hada—, porque voy a tomar mi narración de muy atrás, que el sultán de Egipto tiene un visir llamado Chemsedin Mohamed, padre de una hija que ha cumplido veinte años. Es la mujer más hermosa y cabal que se haya visto ni oído. El sultán, enterado por la voz pública de la belleza de esta joven, mandó llamar al visir su padre y le dijo:

—He sabido que tenéis una hija en edad de tomar estado, estoy en ánimo de casarme con ella, ¿queréis concedérmela?

El visir, que no esperaba semejante propuesta, se quedó algo cortado; pero vuelto en sí, en vez de aceptar gozoso lo que otros no hubieran dejado de hacer en su lugar, respondió al sultán:

—Señor, no soy digno del honor que vuestra majestad quiere dispensarme, y le ruego humildemente que no lleve a mal si me opongo a su intento. Ya sabéis que tenía un hermano llamado Nuredin Alí, distinguido como yo con la dignidad de visir vuestro. Tuvimos una disputa, que dio motivos a que se ausentase, y desde entonces no he tenido noticia suya hasta hace cuatro días, que he sabido que murió en Basora, honrado con el alto cargo de gran visir de aquel reino. Ha dejado un hijo, y como en otro tiempo nos comprometimos a casar los que uno y otro tuviésemos, siendo de diferente sexo, estoy convencido de que ha muerto con el ánimo de celebrar este enlace. Por mi parte, yo quisiera cumplir mi promesa, y suplico a vuestra majestad que me conceda esta gracia. Otros muchos señores hay en esta corte que tienen hijas como yo, y a quienes podéis honrar con vuestro parentesco.

Grande fue el enojo del sultán de Egipto contra Chemsedin Mohamed, y le dijo en un arrebato de cólera que no pudo contener:

—¿Así correspondéis a las mercedes que os dispenso, humillándome hasta el punto de equipararme con vuestro linaje? Sabré vengarme de la preferencia que os atrevéis a dar a otros, y juro que vuestra hija no tendrá por marido sino el más vil y contrahecho de todos mis esclavos.

Al decir estas palabras, despidió rápidamente al visir, quien se retiró a su casa confuso y en extremo apesadumbrado.

Hoy el sultán ha mandado llamar a uno de sus palafreneros, que es jorobado y tan feo que horroriza y, después de haber dado orden a Chemsedin Mohamed que consienta en el casamiento de su hija con este asqueroso esclavo, ha mandado extender y firmar el contrato matrimonial por varios testigos en su presencia. Están concluidos los preparativos de este desposorio extravagante, y ahora mismo todos los esclavos de los señores pertenecientes a la corte de Egipto se hallan a la puerta de un baño, cada uno con su hachón en la mano. Aguardan que el palafrenero jorobado, que está dentro, se haya lavado y salga para llevarle a casa de su esposa quien, por su parte, está ya peinada y vestida. Cuando salí de El Cairo las damas reunidas se disponían a acompañarla con todas las galas nupciales a la sala en donde debe recibir al jorobado y le está ahora aguardando. La he visto, y os aseguro que no cabe mirarla sin embeleso.

Cuando el hada hubo dejado de hablar, el genio le dijo:

—Por mucho que digáis no puedo creer que la hermosura de esa joven aventaje a la de este mozo.

—No quiero disputar con vos —replicó el hada—. Confieso que mereciera casarse con la hermosa doncella destinada al jorobado, y me parece que haríamos una acción digna de nosotros si, oponiéndonos a la justicia del sultán de Egipto, pudiéramos sustituir al esclavo por este joven.

—Tenéis razón —respondió el genio—, no podéis creer cuánto os agradezco esa idea. Burlemos la venganza del sultán de Egipto, consolemos a un padre afligido y hagamos a su hija tan dichosa como desgraciada se está contemplando. Vamos, pues, a echar el resto en el intento, estoy convencido de que por vuestra parte haréis otro tanto. Yo me encargo de llevarle a El Cairo sin que se despierte, y dejo a vuestro cargo trasladarle a otra parte cuando hayamos ejecutado nuestro proyecto.

Cuando el genio y el hada tuvieron dispuesto cuanto necesitaban para su fin, el genio arrebató suavemente a Bedredin, y llevándolo por los aires con increíble velocidad lo dejó en la puerta de una hostería inmediata al baño de donde iba a salir el jorobado con el séquito de esclavos que le aguardaban. Bedredin Hasán se despertó en aquel instante y quedó atónito viéndose en medio de una ciudad que le era del todo desconocida. Quiso preguntar dónde se hallaba, pero el genio le dio una palmada en el hombro, le avisó que no dijera palabra y, entregándole un hachón, le dijo:

—Vete, júntate con aquellas gentes que ves en la puerta de aquel baño, y sigue con ellas hasta que entres en una sala donde se van a celebrar ciertas bodas. El novio es un jorobado que fácilmente conocerás. Ponte a su derecha al entrar, y desde ahora abre la bolsa de cequíes que tienes en el pecho, y ve distribuyéndolos entre los músicos, bailarines y bailarinas. Cuando llegues a la sala, no dejes de dar también a las esclavas que verás junto a la novia, al acercarse a ti. Pero siempre que metas la mano en la bolsa, sácala llena de cequíes y guárdate de economizarlos. Haz puntualmente cuanto te digo con mucha presencia de ánimo. No te asombres de nada, a nadie temas, y confía en cuanto a lo demás en una potestad superior que dispone de tu suerte.

El joven Bedredin, enterado de lo que debía hacer, se adelantó hacia la puerta del baño. Su primera diligencia fue encender su hachón con el de un esclavo, revuelto luego con los demás, como si perteneciera a algún señor de El Cairo, siguió con ellos y acompañó al jorobado, quien salió del baño y montó en un caballo de la caballeriza del sultán. Bedredin Hasán, confundido con los músicos, bailarines y bailarinas que iban delante del jorobado, sacaba de cuando en cuando de la bolsa puñados de cequíes que iba distribuyendo. Como iba repartiendo su dinero con indecible gracejo, todos los que participaban de sus generosidades volvían los ojos hacia él, y después de haberle mirado, le estimaban tan donoso y guapo que ya no podían apartar de él la vista.

Llegaron, al fin, a la puerta del visir Chemsedin Mohamed, tío de Bedredin Hasán, quien estaba muy lejos de imaginarse que tenía tan cerca a su sobrino. Los palaciegos, para evitar toda confusión, detuvieron a los esclavos que llevaban hachones y no quisieron dejarlos entrar. También rechazaron a Bedredin Hasán; pero los músicos, que tenían entrada libre, se pararon protestando que no entrarían si no le dejaban pasar con ellos.

—No es un esclavo —decían—, basta mirarle para conocerlo. Sin duda, es un forastero que quiere ver por curiosidad las ceremonias que se observan en los desposorios de esta ciudad.

Y diciendo esto, lo colocaron en medio de ellos y le hicieron entrar a pesar de los palaciegos. Le quitaron el hachón, que dieron al primero que se presentó, y después de haberle introducido en la sala lo colocaron a la derecha del jorobado, que se sentó en un trono magníficamente adornado, junto a la hija del visir.

Se hallaba ésta lujosamente ataviada, pero se veía en su rostro una languidez o mortal tristeza cuya causa no era difícil adivinar, viendo a su lado a un marido tan contrahecho y poquísimo acreedor de su cariño. El tropel de mujeres de los emires, visires y palaciegos, con otras muchas damas de la corte y de la ciudad, estaban sentadas a ambos lados, algo más abajo, cada una según su categoría, y todas vestidas con tanta magnificencia que formaban una perspectiva vistosísima. Tenían todas hachones encendidos. Cuando vieron entrar a Bedredin Hasán clavaron sobre él los ojos y, pasmadas por su hermosura, no podían dejar de mirarlo. Cuando estuvo sentado, no hubo una que no dejara su asiento para arrimarse a él y contemplarle más de cerca, y fueron pocas las que, al retirarse para ocupar otra vez sus asientos, no se sintiesen conmovidas entrañablemente.

La diferencia que había entre Bedredin Hasán y el jorobado, cuyo aspecto repugnaba, promovió quejas en el concurso.

—A ese hermoso joven —dijeron las damas— hay que entregar la novia, y no a ese horroroso jorobado.

No pararon en esto, pues se atrevieron a prorrumpir en censuras contra el sultán quien, abusando de su potestad absoluta, enlazaba así a la fealdad con la hermosura. También llenaron de improperios al jorobado y le dejaron muy confuso, para satisfacción de los circunstantes, cuyas rechiflas interrumpieron por un rato la música que resonaba en el salón. Al fin, los músicos volvieron a proseguir sus conciertos, y las mujeres que habían vestido a la novia se acercaron a ella.

Cada vez que la novia mudaba de traje, se levantaba de su asiento y, seguida de las mujeres, pasaba por delante del jorobado sin dignarse a mirarle siquiera, e iba a presentarse a Bedredin Hasán para mostrarse a él con sus nuevos atavíos. Entonces Bedredin Hasán, siguiendo el consejo que le había dado el genio, no dejaba de meter la mano en la bolsa y sacar puñados de cequíes, distribuyéndolos entre las mujeres que acompañaban a la novia, tampoco se olvidaba de los músicos y bailarines, y era una diversión ver cómo se empujaban unos a otros para recogerlos, se le manifestaban agradecidísimos, y le estaban denotando con señas cuánto deseaban que la novia fuera para él y no para el jorobado. Las mujeres que le rodeaban le decían lo mismo y se recataban muy poco de que el jorobado las oyese, haciéndole mil escarnios, lo cual tenía muy divertidos a los circunstantes.

Cuando estuvo ya concluida la ceremonia nupcial, los músicos dejaron de tocar y se retiraron haciendo señas a Bedredin Hasán para que se quedara. Otro tanto hacían las damas al marcharse con todos los que no eran de la casa. La novia entró en un gabinete, donde sus doncellas la siguieron para desnudarla, y no quedaron en la sala sino el jorobado, Bedredin Hasán y algunos criados. El jorobado, enfurecido contra Bedredin, le miró de reojo y le dijo:

—¿Qué aguardas? ¿Por qué no te retiras como los demás? Vete de aquí.

Como Bedredin no tenía ningún pretexto para quedarse allí, salió, en efecto; pero apenas estaba fuera de la sala, el genio y el hada se presentaron ante él y le detuvieron.

—¿Adónde vas? —le dijo el genio—. Quédate, el jorobado no está ya en la sala, pues ha salido para cierta necesidad. Entra y métete hasta el aposento de la novia. Cuando estés solo con ella, dile osadamente que eres su novio, que el ánimo del sultán era reírse del jorobado, y que para consolar a este supuesto marido le has mandado disponer un plato de crema en la caballeriza. Luego dile cuanto se te ocurra para persuadirla, lo cual no te será difícil con una presencia tan aventajada, y quedará prendada de que la hayan engañado por un rumbo tan halagüeño. Entretanto voy a disponer todo para que el jorobado no vuelva y no te estorbe para pasar la noche con tu esposa, porque es la tuya, y no la de él.

Mientras que el genio estaba así alentando a Bedredin, explicándole cuanto debía practicar, el jorobado había salido de la sala. El genio entró donde estaba, y tomando la forma de un gran gato negro empezó a maullar horrorosamente. El jorobado echó a correr tras el gato, dando palmadas para sacarlo de allí, pero el gato, en vez de retirarse, se estiró con ojos centelleantes, encarándose atrevidamente con el jorobado, dando maullidos más espantosos que antes, y creciendo de modo que pronto fue del tamaño de un asno. Entonces el jorobado quiso pedir auxilio, pero era tal el pavor que le tenía poseído que se quedó con la boca abierta sin poder articular palabra. El genio, sin darle tiempo para volver en sí, se transformó al momento en un enorme búfalo, y bajo esta forma le gritó con una voz que aumentó su espanto:

—Asqueroso jorobado.

Al oír estas palabras, el aterrado palafrenero fue a parar al suelo, y cubriéndose la cabeza con la falda de su vestido, por no ver aquel espantoso animal, le respondió temblando:

—Príncipe soberano de los búfalos, ¿qué quieres de mí?

—Desdichado bicho —le replicó el genio—, ¿tienes la temeridad de pensar en casarte con mi amante?

—Señor —dijo el jorobado—, os suplico que me perdonéis. Si soy delincuente, es por ignorancia, no sabía que esta dama tuviera un novio búfalo. Mandad cuanto queráis, y os juro que estoy decidido a obedeceros.

—Por vida mía —repuso el genio— que, si sales de aquí, o no te estás callado hasta que salga el sol, si dices una sola palabra, te aplasto la cabeza. Entonces te permitiré que salgas de esta casa, pero con la condición de que te marches sin mirar atrás, y si te atreves a volver a ella, te costará la vida.

Dichas estas palabras, el genio se transformó en hombre, asió al jorobado por los pies, y habiéndolo arrimado a la pared cabeza abajo añadió:

—Si te mueves antes que salga el sol, como ya te dije, te cogeré por los pies y te estrellaré la cabeza contra la pared.

En cuanto a Bedredin Hasán, alentado éste por el genio y la presencia del hada, se había introducido en el aposento nupcial, y sentado, aguardó el desenlace de su aventura. Al cabo de algún tiempo, llegó la novia acompañada por una buena anciana, que se detuvo en la puerta exhortando al marido a que cumpliera con sus obligaciones, sin parar atención en si era el jorobado o no, y luego cerró la puerta y se retiró.

La novia se quedó atónita, viendo, en vez del jorobado, a Bedredin Hasán, que se acercó a ella con ademán halagüeño.

—¿Cómo os halláis aquí a estas horas? —le preguntó—. Sin duda, sois un compañero de mi marido.

—No, señora —respondió Bedredin—, soy de otra clase que ese asqueroso jorobado.

—¿Qué es lo que decís? —repuso la novia—. ¿Cómo os atrevéis a hablar así de mi esposo?

—¿Él vuestro esposo, señora? —replicó Bedredin—. ¿Cómo podéis manteneros tanto tiempo con esa idea? Desengañaos de una vez, tantos primores no quedarán sacrificados al más despreciable de todos los hombres. Yo soy, señora, el venturoso mortal a quien están destinados. El sultán ha querido divertirse engañando así al visir, vuestro padre, y me ha elegido por vuestro verdadero esposo. Ya habéis podido notar cuánto se divertían con esta comedia las damas, los músicos y bailarines, vuestras criadas y demás sirvientes de casa. Hemos despedido al infeliz jorobado, que se está comiendo ahora una fuente de crema en la caballeriza, y podéis contar con que no volverá a presentarse ante de vuestros hermosos ojos.

Con estas palabras la hija del visir, que había entrado en el aposento nupcial más muerta que viva, mudó de semblante, derramándosele por el rostro un júbilo que le dio nuevo realce a los ojos de Bedredin.

—No me esperaba yo —le dijo— una sorpresa tan agradable, y ya me creía condenada a ser infeliz por todos los días de mi vida, pero mi ventura es mayor puesto que voy a poseer un hombre digno de mi ternura.

Cuando los dos esposos se hubieron dormido, el genio, que se había juntado con el hada, le dijo que era hora de acabar lo que habían empezado tan bien y dirigido hasta entonces.

—No nos dejemos sorprender por el día, que asomará pronto —dijo—. Id y arrebatad al joven sin despertarle.

El hada entró en el aposento de los esposos, que dormían profundamente. Arrebató por los aires a Bedredin Hasán en el estado en que se hallaba, esto es, en camisa y calzoncillos, y volando con el genio a gran velocidad hasta la puerta de Damasco, en Siria, llegaron precisamente en el momento en que los ministros de las mezquitas llamaban al pueblo en alta voz a la oración del amanecer. El hada depositó a Bedredin en el suelo, y dejándole junto a la puerta se alejó con el genio.

Se abrieron las puertas de la ciudad, y la gente, que estaba ya reunida para salir, quedó sumamente admirada viendo a Bedredin Hasán tendido en el suelo, en camisa y calzoncillos.

—¡Mirad —decían algunos— a lo que está uno expuesto! ¡Habrá pasado una parte de la noche bebiendo con sus amigos, se habrá embriagado, y luego, habiendo salido para alguna urgencia, en vez de volver a la casa, habrá venido hasta aquí sin saber lo que hacía y le habrá sobrevenido el sueño!

Otros hablaban diversamente, y nadie podía adivinar por qué motivo se hallaba allí. Un vientecillo que empezó a soplar le levantó la camisa y dejó ver un pecho más blanco que la nieve. Quedaron tan atónitos con aquella blancura, que dieron un grito de admiración y despertaron al joven. Su asombro no fue menor que el de ellos, y viéndose en la puerta de una ciudad en donde nunca había estado, y rodeado de un sinnúmero de gente que le estaba mirando atentamente, dijo:

—Señores, decidme, por favor, en qué lugar me hallo y lo que queréis de mí.

Uno de ellos tomó la palabra y le respondió:

—Joven, acaban de abrir la puerta de esta ciudad, y al salir os hemos hallado tendido en el suelo en el que estáis, y nos hemos parado a miraros. ¿Habéis pasado aquí la noche y no sabéis que os halláis en una de las puertas de Damasco?

—¡En Damasco! —replicó Bedredin—. ¡Os burláis de mí! Anoche, al acostarme, me hallaba en El Cairo.

Al oír estas palabras, algunos, movidos por la compasión, dijeron que era lástima que un joven tan hermoso hubiese perdido el juicio. Prosiguieron su camino.

—Hijo mío—le dijo un buen anciano—, ¿qué estáis diciendo? Ya que os halláis esta mañana en Damasco, ¿cómo podíais estar anoche en El Cairo? Eso no es posible.

—Sin embargo, no hay duda de que así es —repuso Bedredin—, y os juro que pasé todo el día de ayer en Basora.

Apenas hubo dicho estas palabras, cuando todos prorrumpieron en carcajadas y empezaron a gritar:

—Está loco, está loco.

No obstante, algunos le compadecían por su juventud, y uno de los circunstantes le dijo:

—Hijo mío, debéis de haber perdido el juicio, no pensáis en lo que decís. ¿Cómo puede ser que un hombre pase el día en Basora, la noche en El Cairo, y esté a la mañana siguiente en Damasco? Sin duda que aún no estáis despierto: volved en vos.

—Lo que digo —repuso Bedredin Hasán— es tan cierto como que anoche me casé en la ciudad de El Cairo.

Todos los que antes se reían volvieron a burlarse al oír estas palabras.

—Cuidado —le dijo el mismo que acababa de hablar—, habréis soñado todo eso, y la ilusión tiene embargada vuestra mente.

—Yo sé muy bien lo que digo —respondió el joven—, decidme vos mismo cómo es posible que haya ido en sueños a El Cairo, donde estoy convencido que efectivamente estuve, donde trajeron siete veces delante de mí a mi esposa vestida cada vez con un traje nuevo, y donde, finalmente, vi a un asqueroso jorobado con quien querían casarla. Decidme, además, qué se ha hecho de mi vestido, mi turbante y la bolsa de cequíes que tenía en El Cairo.

Aunque aseguraba que todo esto era cierto, las personas que le escuchaban no hicieron más que reírse, lo cual le causó tanto trastorno que él mismo no sabía ya qué pensar de todo lo que le había sucedido.

Cuando Bedredin Hasán se levantó para entrar en la ciudad, todos le siguieron voceando:

—¡Está loco, loco, está loco!

Con estos gritos, unos se asomaron a las ventanas, otros salieron a las puertas, y algunos, juntándose con los que seguían a Bedredin, voceaban también que estaba loco, sin saber de quién se trataba. El joven, confuso, llegó a casa de un pastelero que abría su tienda, y entró dentro para salvarse de aquel griterío.

Aquel pastelero había sido en otro tiempo capitán de una cuadrilla de salteadores que robaban las caravanas, y aunque, desde que se había avecindado en Damasco, no daba motivo de queja contra él, no dejaba de ser temido de cuantos le conocían. Por eso, desde la primera mirada que echó a la plebe que acompañaba a Bedredin, consiguió alejarla. El pastelero, viendo que ya no quedaba nadie, hizo varias preguntas al joven, inquiriendo quién era y lo que le había traído a Damasco. Bedredin Hasán no le ocultó su nacimiento ni la muerte del gran visir, su padre. Luego le refirió de qué modo había salido de Basora, y cómo, habiéndose dormido la noche anterior sobre el sepulcro de su padre, se había hallado al despertarse en El Cairo, en donde se había casado. Finalmente, le manifestó la extrañeza que le causaba hallarse en Damasco, sin poder comprender tantas maravillas.

—Vuestra historia es en extremo portentosa —le dijo el pastelero—, pero, si queréis seguir mis consejos, no confiéis a nadie cuanto acabáis de decirme, y aguardad con paciencia que el cielo se digne terminar las desgracias que permite que os aquejen. Quedaos conmigo hasta entonces, y como no tengo hijos, estoy dispuesto a reconoceros como tal, si consentís en ello. Cuando yo os haya adoptado, iréis libremente por la ciudad y no estaréis expuesto a los insultos de la plebe.

Aunque esta adopción no fuese muy honrosa para el hijo de un gran visir, Bedredin no dejó de admitir la proposición del pastelero, conceptuando que era el mejor partido que debía tomar en su situación. El pastelero le dio un vestido, tomó testigos y fue a declarar ante de un cadí que le reconocía por hijo, y desde entonces Bedredin vivió en su casa bajo el nombre de Hasán y aprendió a hacer pasteles.

Mientras que esto sucedía en Damasco, la hija de Chemsedin se despertó, y no hallando a Bedredin a su lado, creyó que se había levantado sin querer interrumpir su sueño, y que pronto volvería. Aguardaba su vuelta cuando el visir Chemsedin, su padre, hondamente apesadumbrado con la afrenta que creía haber recibido del sultán de Egipto, llamó a la puerta de su aposento para llorar con ella su triste suerte. La llamó por su nombre, y apenas hubo oído su voz, se levantó para abrirle la puerta. Le besó la mano y lo recibió con ademán tan satisfecho que el visir, que esperaba hallarla anegada en llanto y tan afligida como él, quedó sumamente admirado.

—¡Desastrada! —le dijo enojado—, ¿así te presentas delante de mí? ¿Puedes estar contenta después del espantoso sacrificio que acabas de hacer?

Cuando la recién casada vio que su padre la amonestaba por el contento que manifestaba, le dijo:

—Señor, no me hagáis, por favor, tan injusta amonestación; no me casé con el jorobado, que aborrezco más que a la muerte, no es mi esposo aquel monstruo, pues todos le rechiflaron de tal modo que tuvo que esconderse, sino un joven hermosísimo, a quien tuvo que ceder su lugar y que es mi verdadero marido.

—¿Con qué cuentos me vienes? —contestó adustamente Chemsedin Mohamed—. ¡Cómo! ¿No pasó la noche contigo el jorobado?

—No, señor —respondió la joven—, no he dormido sino con el mozo de que os hablo, que tiene unos ojos rasgados y grandes cejas negras.

Al oír estas palabras el visir perdió la paciencia y se enfureció con su hija.

—¡Ah, bribona! —le dijo—. ¿Quieres que pierda el juicio con lo que me estás diciendo?

—Sois vos, padre mío —replicó la hija—, quien me volvéis loca con vuestra incredulidad. Dejémonos del jorobado, ¡mal haya él! Es terrible empeño que siempre me han de estar hablando de ese jorobado. Vuelvo a repetiros, padre mío, que pasé la noche con el querido esposo que ya os dije, y que debe de estar cerca de aquí.

Chemsedin Mohamed salió para buscarle, pero se quedó muy atónito al encontrar en su lugar al jorobado, que estaba arrimado a la pared cabeza abajo, en la misma posición en que le había colocado el genio.

—¿Qué significa eso? —le dijo—. ¿Y quién te ha puesto así?

El jorobado conoció al visir y le respondió:

—¡Ah! ¿Sois vos el que me queríais casar con la amante de un búfalo, la dama de un horroroso genio? No me cogeréis ni seré ya vuestro dominguillo.

Chemsedin Mohamed creyó que el jorobado deliraba cuando le oyó hablar así, y le dijo:

—Quítate de ahí y ponte en pie.

—No haré tal cosa —replicó el jorobado—, a menos que haya salido el sol. Habéis de saber que habiendo venido aquí anoche, se me apareció de repente un gato negro, que se fue volviendo del tamaño de un búfalo, no me he olvidado de lo que me dijo, por lo tanto, id a vuestros quehaceres y dejadme en paz.

El visir, en vez de retirarse, cogió al jorobado por los pies y le obligó a quedarse derecho. Entonces el jorobado echó a correr fuera de sí y, sin mirar atrás, llegó a palacio, se presentó al sultán de Egipto y le entretuvo mucho refiriéndole cómo le había tratado el genio.

Chemsedin Mohamed volvió al aposento de su hija más azorado que nunca sobre lo que estaba deseando saber.

—Hija alucinada —le dijo—, ¿no puedes aclararme más una aventura que me tiene atónito y caviloso?

—Señor —respondió la joven—, nada más puedo añadir sino lo que ya tuve el honor de deciros. Pero aquí están —añadió— los vestidos de mi esposo que ha dejado en este asiento, quizá os despejarán vuestras confusiones.

Y diciendo estas palabras, presentó el turbante de Bedredin al visir, quien lo cogió, y habiéndolo examinado muy a fondo, dijo:

—Se parece al turbante de un visir, si no fuera a la moda de Mosul.

Pero advirtiendo que había algo cosido entre tela y forro, pidió unas tijeras, y halló unos papeles plegados. Era el cuaderno que Nuredin Alí había dado al morir a su hijo Bedredin, quien lo había ocultado allí para conservarlo mejor. Chemsedin Mohamed abrió el cuaderno, reconoció la letra de su hermano Nuredin Alí y leyó este título: *Para mi hijo Bedredin Hasán.*

Antes que pudiera hacer reflexión alguna, su hija le puso en la mano la bolsa que había hallado debajo del vestido. La abrió también, y, como ya dije, estaba llena de cequíes porque, a pesar de las liberalidades de Bedredin Hasán, siempre había quedado llena por voluntad del genio y del hada. Y leyó estas palabras, rotuladas sobre la bolsa: *Mil cequíes pertenecientes al judío Isaac,* y debajo éstas que el judío había escrito antes de separarse de Bedredin Hasán: *Entregados a Bedredin Hasán por el cargamento que me ha vendido del primero de los buques de las pertenencias del difunto Nuredin Alí, su padre, de feliz recordación, cuando hayan llegado a este puerto.*

Apenas acabó esta lectura, prorrumpió en un grito y se desmayó.

Cuando el visir Chemsedin Mohamed se recuperó de su desmayo con auxilio de su hija y de las esclavas que había llamado, le dijo:

—Hija mía, no extrañes cuanto acaba de sucederme. La causa es tal que apenas podrás darle crédito. Ese esposo que ha pasado la noche contigo es tu primo, el hijo de Nuredin Alí. Los mil cequíes que están en esta bolsa me traen a la memoria la contienda que trabé con aquel hermano del alma, sin duda es el regalo de boda que te hace. Loado sea Dios en todo y por todo, y particularmente por esta maravillosa aventura que evidencia tan extremadamente su poderío.

Luego miró la letra de su hermano y la besó repetidas veces, derramando copiosas lágrimas.

—¿Por qué no me es dado —decía— ver también aquí al mismo Nuredin y reconciliarme con él?

Leyó el cuaderno de cabo a rabo. Halló las fechas de la llegada de su hermano a Basora, de su casamiento, del nacimiento de Bedredin Hasán y cuando, después de haber confrontado estas fechas con las de su enlace y las del nacimiento de su hija en El Cairo, hubo admirado la relación que mediaba entre ellas, y puesto que su sobrino era su yerno, se exaltó con ímpetus de sumo regocijo. Tomó el cuaderno y el rótulo de la bolsa y fue a enseñárselos al sultán, quien le perdonó lo pasado, y quedó tan pasmado con aquella historia que la mandó poner por escrito con todas sus circunstancias para que pasara a la posteridad. Sin embargo, el visir Chemsedin Mohamed no podía comprender por qué su sobrino había desaparecido. No obstante, esperaba verle llegar a cada momento, y le aguardaba con la mayor impaciencia para abrazarle. Después de haberle aguardado en balde por espacio de siete días, le hizo buscar por todo El Cairo; pero no pudo adquirir noticia alguna por muchas pesquisas que hizo, lo cual le causó extremo desasosiego.

—He aquí —exclamaba— una aventura muy extraña. A nadie le sucedió cosa igual.

Con la incertidumbre de lo que podía suceder más adelante, considerando el caso, decidió poner por escrito en qué estado se hallaba entonces su casa, cómo se había celebrado la boda y estaban alhajadas la sala y la habitación de su hija. Hizo también un lío con el turbante, la bolsa y el vestido de Bedredin, y lo guardó bajo llave.

Al cabo de algunos días, la hija del visir Chemsedin Mohamed advirtió hallarse embarazada y, en efecto, dio a luz un hijo terminados los nueve meses. Suministraron una nodriza al niño otras mujeres y esclavas para servirle, y su abuelo le llamó Ajib. Cuando el niño llegó a los siete años, el visir Chemsedin Mohamed, en vez de hacerle aprender a leer en casa, lo envió a la escuela con un maestro que merecía gran reputación, y dos esclavos estaban encargados de llevarle e ir a por él todos los días. Ajib jugaba con sus compañeros, y como eran todos de una clase inferior a la suya, guardaban con él el mayor miramiento, guiándose en esto por su maestro, quien le pasaba por alto cualquier desliz que no solía perdonar a los demás. La ciega condescendencia que tenían con Ajib le vició en gran manera, volviéndose altivo e insolente y queriendo que sus compañeros le consintiesen todo, sin que él les consintiese nada. Dominaba siempre, y si alguno se atrevía a oponerse a su voluntad, le decía mil baldones, y a veces no paraba hasta darle golpes. Al fin, llegó a ser insufrible para todos sus compañeros, quienes se quejaron de él al maestro. Éste les encargó al principio que tuvieran paciencia, pero cuando vio que no servía más que para insolentar de remate al niño Ajib, aburrido él mismo de las molestias que le daba, les dijo:

—Hijos míos, ya ven que Ajib es un insolente. Ya os enseñaré el medio de escarmentarle para que no vuelva a molestaros, y aun creo que no volverá más a la escuela. Mañana, cuando llegue y estéis jugando con él, rodeadle todos, y diga uno en voz alta: «Queremos jugar, pero con la condición de que los que jueguen digan su nombre y el de sus padres. Miraremos como bastardos a todos los que rehúsen hacerlo, y no permitiremos que juegue con nosotros».

El maestro les dio a entender el empacho que iban a causar al niño con aquel arbitrio y se retiraron a sus casas muy contentos. Al día siguiente, hallándose todos reunidos, no dejaron de hacer lo que el maestro les había encargado. Rodearon a Ajib, y tomando uno de ellos la palabra, dijo:

—Juguemos a un juego, pero con la condición de que no jugare el que no pueda decir su nombre y el de sus padres.

Asintieron todos, e incluso el mismo Ajib accedió. Entonces el que había hablado les fue preguntando uno por uno, y todos respondieron a satisfacción, excepto Ajib, que dijo:

—Me llamo Ajib, mi madre se llama Reina de Hermosura, y mi padre Chemsedin Mohamed, visir del sultán.

A estas palabras, todos los niños exclamaron:

—¿Qué es lo que dices? Ajib, ése no es el nombre de tu padre, sino el de tu abuelo.

—Malditos seáis de Dios —replicó Ajib enojado—, ¿cómo os atrevéis a decir que el visir Chemsedin Mohamed no es mi padre?

Los niños prorrumpieron en grandes carcajadas:

—No, no, es tu abuelo, y no jugarás con nosotros, y nos guardaremos de acercarnos a ti.

Y al decir esto, se separaron de él con mil mofas y continuaron riendo más y más entre ellos. Ajib quedó muy apesadumbrado con sus burlas y se echó a llorar.

El maestro, que estaba escuchando y lo había oído todo, entró en aquel momento y encarándose con Ajib:

—¿No sabes todavía —le dijo— que el visir Chemsedin Mohamed no es tu padre? Es tu abuelo, padre de tu madre Reina de Hermosura. Ignoramos como tú el nombre de tu padre, y sólo sabemos que el sultán quería casar a tu madre con un palafrenero jorobado pero que un genio pasó con ella la noche. Esto te amarga, y así debe enseñarte a tratar a tus compañeros con menos altivez de la que hasta ahora has usado.

Ajib, apesadumbrado con el escarnio de sus compañeros, se marchó de la escuela y volvió a casa llorando. Corrió al aposento de su madre, Reina de Hermosura, la cual, sobresaltada al verle tan desconsolado, le preguntó el motivo de su pena. No pudo contestarle sino con medias palabras y con sollozos, tan en extremo angustiado estaba con su pesar, y sólo tras repetidos intentos pudo referir la causa de su dolor. Cuando hubo acabado, añadió:

—En nombre de Dios, madre, decidme quién es mi padre.

—Hijo mío —le respondió—, tu padre es el visir Chemsedin Mohamed que te está abrazando todos los días.

—No me decís la verdad —repuso el niño—; no es mi padre, sino el vuestro, pero yo, ¿de quién soy hijo?

A esta pregunta, Reina de Hermosura, trayendo a la memoria la noche de sus desposorios seguida de tan larga viudez, empezó a derramar lágrimas, lamentándose amargamente de la pérdida de un esposo tan peregrino como Bedredin.

Mientras Reina de Hermosura lloraba por una parte y Ajib por otra, el visir Chemsedin entró y quiso saber la causa de su desconsuelo. Reina de Hermosura se la dijo, y le refirió el malísimo rato que Ajib había pasado en la escuela. Aquella narración conmovió entrañablemente al visir, quien mezcló su propio llanto con aquellas lágrimas, y juzgando que todos hablaban en iguales términos del honor de su hija, prorrumpió en ímpetus desesperados. Con aquella emoción tan amarga y vehemente marchó al palacio del sultán y, habiéndose postrado a sus pies, le suplicó humildemente que le permitiera hacer un viaje por las provincias del Levante, y particularmente a Basora, en busca de su sobrino Bedredin Hasán, diciendo que se le hacía insufrible el rumor de la ciudad sobre que un genio hubiese dormido con su hija, Reina de Hermosura. El sultán acompañó al visir en su pesar, aprobó su determinación y le permitió ejecutarla, y aun le hizo extender un pliego, rogando en los términos más corteses a los príncipes y señores de los lugares en donde pudiera hallarse Bedredin, que consintieran en que el visir se lo llevase consigo.

Chemsedin Mohamed no halló palabras bastante expresivas para dar gracias al sultán por su condescendencia. Se contentó con postrarse ante el príncipe por segunda vez, pero las lágrimas que corrían por sus mejillas manifestaron bastante su reconocimiento. Por fin se despidió del sultán, después de haberle deseado toda clase de prosperidades, y de vuelta a su casa, no pensó más que en disponerse para el viaje. Los preparativos se hicieron con tanta prontitud que al cabo de cuatro días marchó acompañado de su hija, Reina de Hermosura, y de su nietecito Ajib.

Chemsedin Mohamed tomó el rumbo de Damasco con su hija Reina de Hermosura y su nieto Ajib. Caminaron diecinueve días seguidos sin detenerse en sitio alguno; pero el vigésimo, habiendo llegado a una hermosísima pradera poco distante de las puertas de Damasco, se apearon y dieron orden para que se levantaran las tiendas a orillas de un río que pasa por la ciudad y ameniza sus alrededores.

El visir Chemsedin Mohamed manifestó que deseaba permanecer dos días en aquel precioso paraje, y que al tercero proseguirían su viaje. No obstante, permitió a los que le acompañaban que fueran a Damasco. Casi todos se valieron de aquel permiso, unos llevados por la curiosidad de ver una ciudad de la que habían oído hablar con tanto elogio, y otros para vender mercancías de Egipto que llevaban consigo, o comprar telas y curiosidades del país. Reina de Hermosura, deseando que su hijo Ajib tuviera también la satisfacción de pasearse por aquella ciudad famosa, mandó al eunuco negro que servía de ayo al niño que le acompañara y tuviera cuidado de que no le sucediera nada desagradable.

Ajib, magníficamente vestido, marchó con el eunuco, quien llevaba en la mano un grueso bastón. Apenas hubieron entrado en la ciudad Ajib, que era como un sol, llamó la atención de todos. Unos salían de sus casas para verle más de cerca, otros se asomaban a las ventanas, y los que pasaban por las calles no se contentaban con detenerse a mirarle, sino que le acompañaban para lograr el gusto de contemplarle por más tiempo. Finalmente, no había uno que no le admirase y echase mil bendiciones a los padres que tan hermoso niño habían engendrado. El eunuco y él llegaron por casualidad al umbral de la tienda de Bedredin Hasán y allí se vieron rodeados de tal gentío que les fue forzoso detenerse.

El pastelero que había adoptado a Bedredin Hasán había muerto años atrás, dejándole, como a su heredero, la tienda y todos sus bienes. Bedredin era entonces amo de la tienda y ejercía tan primorosamente la profesión de pastelero que gozaba de mucha reputación en Damasco. Viendo que tanta gente reunida delante de su puerta miraba atentamente a Ajib y al eunuco negro, se puso también a mirarlos.

Bedredin Hasán, habiendo echado una mirada a Ajib, se sintió conmovido sin saber por qué. No le pasmaba como a los demás la peregrina hermosura de aquel niño. Su turbación provenía de otra causa, para él muy recóndita, era la fuerza de la sangre que obraba en aquel tierno padre, el cual, dejando sus quehaceres, se acercó a Ajib y le dijo en tono persuasivo:

—Señor mío, hacedme el favor de entrar a mi tienda y comer algo, para que tenga el gusto de contemplaros a mi placer.

Pronunció estas palabras con tanta ternura que le asomaron las lágrimas a los ojos, Ajib se sintió enternecido y, volviéndose al eunuco, le dijo:

—Este buen hombre tiene una fisonomía que me cautiva, y me habla de un modo tan cariñoso que no puedo sino complacerle. Entremos en su casa y comamos de sus pasteles.

—¡Por cierto —le dijo el esclavo—, que sería bonito ver al hijo de un visir comiendo en la tienda de un pastelero! No permitiré semejante desdoro.

—Sinceramente, señor —exclamó entonces Bedredin Hasán—, muy crueles son los que os confían a un hombre que os trata con tanto despego.

Luego, encarándose con el eunuco, añadió:

—Amigo mío, no estorbéis a este joven el que me conceda el favor que le pido. No me deis tan malísimo rato. Hacedme el honor de entrar vos mismo con él en mi tienda, y así manifestaréis que, si en el exterior sois moreno como una castaña, sois interiormente blanquísimo como ella. ¿Sabéis —prosiguió— que tengo un secreto para volveros de negro a blanco?

Al oír estas palabras, el eunuco se echó a reír y preguntó a Bedredin qué secreto era aquél.

—Voy a decíroslo —respondió.

Y al momento le recitó unos versos en alabanza de los eunucos negros, diciendo que por su ministerio estaba seguro el honor de los sultanes, príncipes y grandes. El eunuco quedó prendado de aquellos versos, y cediendo a los ruegos de Bedredin, dejó que Ajib entrara en la tienda, acompañándole él mismo.

Gozosísimo Hasán con su logro, volviéndose a su faena les dijo:

—Estaba haciendo pasteles de crema. Es preciso que los probéis, y estoy seguro de que los hallaréis excelentes, porque mi madre, que era primorosa en este particular, me enseñó a hacerlos y todas las casas de esta ciudad se surten de mi tienda.

Tras estas palabras, sacó del horno un pastel de crema, y después de haberlo salpicado de granada y azúcar, se lo sirvió a Ajib, que lo encontró exquisito. El eunuco, a quien Bedredin presentó otro, fue del mismo parecer.

Mientras estaban ambos comiendo, Bedredin Hasán contemplaba atentamente a Ajib, y representándosele, al mirarle, que acaso tenía un hijo semejante de la bella esposa de quien había sido tan pronta y cruelmente separado, aquella emoción le hizo prorrumpir en lágrimas. Trataba de ir haciendo preguntas relativas a su viaje a Damasco, pero el niño no tuvo tiempo de satisfacer su curiosidad, porque el eunuco, que le instaba a que volviera a las tiendas de su abuelo, se lo llevó cuando acabó de comer. Bedredin Hasán no se contentó con seguirlos con la vista, cerró su tienda rápidamente y marchó tras ellos.

Corrió, pues, en pos de Ajib y el eunuco, y los alcanzó antes que hubiesen llegado a la puerta de la ciudad. El eunuco, advirtiendo que los seguía, le mostró su extrañeza:

—Inoportuno sois ya —le dijo enojado—, ¿qué queréis?

—Mi buen amigo —le respondió Bedredin—, no os enfadéis, tengo fuera de la ciudad cierta diligencia pendiente, de la que ahora me he acordado, y a la que es preciso que acuda.

Esta respuesta no satisfizo al eunuco, quien volviéndose a Ajib, le dijo:

—Vos tenéis la culpa de todo, ya preveía yo que me arrepentiría de mi condescendencia. Habéis querido entrar en la tienda de este hombre, y yo fui un imprudente en permitíroslo.

—Cabe —dijo Ajib— que, en efecto, tenga algún negocio fuera de la ciudad, y los caminos están abiertos para todos.

Al decir esto, siguieron andando sin mirar atrás, hasta que, habiendo llegado junto a las tiendas del visir, se volvieron para ver si Bedredin los iba siguiendo todavía. Entonces Ajib, observando que estaba a dos pasos de él, se coloreó alternativamente de encarnado y pálido, según los varios movimientos que le azoraban. Temía que el visir, su abuelo, llegase a saber que había entrado en la tienda de un pastelero y que había comido pasteles, y así, cogiendo una piedra bastante gruesa que se hallaba cerca, se la tiró, y acertándole en la frente le cubrió de sangre; luego, echando a correr, se escapó a las tiendas con el eunuco, quien dijo a Bedredin Hasán que no debía quejarse de aquella desgracia, pues la tenía merecida y él mismo se la había acarreado.

Bedredin tomó el camino de la ciudad, cortando la sangre de la herida con el mandil que llevaba ceñido.

«Hice mal —se decía a sí mismo— en desamparar mi casa para molestar a este niño; sólo me ha maltratado al pensar que yo ideaba algún proyecto en su contra.»

Habiendo llegado a su casa, se hizo curar y se consoló de aquella ocurrencia, reflexionando que había en la tierra gente mucho más desgraciada que él.

Bedredin continuó ejerciendo la profesión de pastelero en Damasco, y su tío Chemsedin Mohamed se marchó de allí tres días después de su llegada. Tomó el camino de Homs, pasó a Hama y desde allí fue a Alepo, donde se detuvo durante dos días. Desde Alepo cruzó el Éufrates, entró en Mesopotamia, y habiendo atravesado Mardin, Mosul, Senier, Diarbekir y otras muchas ciudades, llegó finalmente a Basora y pidió audiencia al sultán, que se la concedió cuando supo la encumbrada jerarquía de Chemsedin Mohamed. Le acogió amistosamente y le preguntó la causa de su viaje a Basora.

—Señor —respondió el visir Chemsedin Mohamed—, he venido en busca de noticias relativas al hijo de Nuredin Alí, mi hermano, que tuvo el honor de servir a vuestra majestad.

—Hace tiempo que falleció Nuredin Alí —replicó el sultán—. Por lo que respecta a su hijo, todo cuanto podrán deciros es que, a los dos meses de la muerte de su padre, desapareció de repente, y que nadie le ha visto desde entonces, por grande que haya sido el afán con que le he hecho buscar; pero su madre, que es hija de uno de mis visires, vive todavía.

Chemsedin Mohamed le pidió permiso para verla y llevarla consigo a Egipto, y consintiendo en ello el sultán, no quiso aplazar para el día siguiente tener aquella satisfacción, y haciendo que le mostrasen su vivienda, pasó en seguida a ella, acompañado de su hija y de su nieto.

La viuda de Nuredin Alí residía en la casa donde había vivido su marido hasta su muerte. Era un hermoso edificio, elegantemente construido y adornado con columnas de mármol, pero Chemsedin Mohamed no se paró a considerarlo. A su llegada besó la puerta y una lápida en la que estaba estampado en letras de oro el nombre de su hermano. Preguntó por su cuñada, y los criados le dijeron que se hallaba en un pequeño edificio en forma de cúpula, en medio de un patio espacioso.

En efecto, aquella tierna madre solía pasar la mayor parte del día y de la noche en el edificio que había mandado construir para representar el sepulcro de Bedredin Hasán, a quien creía muerto después de haberle aguardado en balde durante tanto tiempo.

Hallábase entonces ocupada en llorar a aquel hijo querido, y Chemsedin Mohamed la encontró sumida en amarguísimo desconsuelo. La saludó con todo acatamiento y, habiéndole suplicado que suspendiera sus lágrimas,

ALMA CLÁSICOS ILUSTRADOS

978-84-18395-79-6

978-84-18395-87-1

978-84-18395-67-3

978-84-18395-27-7

978-84-18933-01-1

978-84-18395-80-2

978-84-18395-55-0

978-84-18395-68-0

978-84-17430-10-8

978-84-18008-94-8

978-84-18008-95-5

978-84-18395-13-0

978-84-18395-62-8

978-84-18395-14-7

978-84-18008-09-2

978-84-18395-18-5

Alma Clásicos Ilustrados ofrece una selección de la mejor literatura universal; desde Shakespeare a Poe, de Jane Austen a Tolstoi o los hermanos Grimm, esta colección ofrece clásicos para entretener e iluminar a lectores de todas las edades e intereses.

Esperamos que estas magníficas ediciones ilustradas te inspiren para recuperar ese libro que siempre has querido leer, releer ese clásico que te entusiasmó o dar una nueva oportunidad a uno que quizás no tanto. Libros cuidadosamente editados, traducidos e ilustrados para disfrutar del placer de la lectura con todos los sentidos.

www.editorialalma.com

@Almaeditorial   @almaeditorial

le dijo que era su cuñado y el motivo que le había obligado a marchar a El Cairo y pasar a Basora. Chemsedin Mohamed, habiendo explicado a su cuñada lo ocurrido en El Cairo en la noche del desposorio de su hija, y contado la extrañeza que le causaba el hallazgo del cuaderno cosido en el turbante de Bedredin, le presentó a Ajib y a Reina de Hermosura.

Cuando la viuda de Nuredin Alí, que había permanecido sentada como una mujer que ya no tomaba parte en los negocios del mundo, hubo comprendido que el hijo querido que tanto lloraba podía estar aún vivo, se levantó y abrazó a Reina de Hermosura y a su hijo Ajib, en quien reconoció las facciones de Bedredin, prorrumpiendo en lágrimas muy distintas de las que antes derramaba. No podía cansarse de dar besos al niño, quien por su parte recibía sus caricias con todas las demostraciones de regocijo que le eran posibles.

—Señora —dijo Chemsedin Mohamed—, ya es hora que pongáis término a vuestro dolor y que enjuguéis vuestras lágrimas. Preciso es que os dispongáis a venir con nosotros a Egipto. El sultán de Basora me permite que os lleve, y no dudo que os avendréis a mi intento. Vivo esperanzado de hallar, por fin, a vuestro hijo y mi sobrino, y si esto sucede, su historia, la vuestra, la de mi hija y la mía merecerán celebrarse y llegar a la posteridad más remota.

La viuda de Nuredin Alí oyó gustosa aquella propuesta, y mandó, de inmediato, hacer los preparativos de su viaje. Entretanto Chemsedin Mohamed pidió una segunda audiencia, y habiéndose despedido del sultán, quien le honró con mil finuras y le dio un magnífico presente y otro aún más rico para el sultán de Egipto, se marchó de Basora y otra vez siguió el camino de Damasco.

Cuando estuvo cerca de aquella ciudad mandó levantar las tiendas fuera de la puerta por donde debía entrar, y dijo que se detendría tres días para que descansaran las acémilas y comprar cuanto más hallase de peregrino y merecedor de presentarlo al sultán de Egipto.

Mientras estaba ocupado en ir entresacando las más hermosas telas que le habían traído a su tienda los principales mercaderes, Ajib rogó al eunuco negro, su ayo, que le llevara a pasear por la ciudad, diciendo que deseaba ver cuanto había visto antes muy de paso, y que tendría gusto en saber noticias del pastelero a quien había tirado una piedra. El eunuco convino en ello y marchó con él a la ciudad, obtenido el beneplácito de su madre Reina de Hermosura.

Entraron en Damasco por la puerta del Paraíso, que era la más inmediata a las tiendas del visir Chemsedin Mohamed. Recorrieron todas las plazas, sitios públicos y privados en que se vendían las más ricas mercancías, y vieron la antigua mezquita de los Omeyas cuando el gentío se iba agolpando para hacer la oración entre el mediodía y el ocaso. Luego pasaron por delante de la tienda de Bedredin Hasán, a quien hallaron otra vez afanado en hacer pasteles de crema.

—Os saludo —le dijo Ajib—, miradme. ¿Os acordáis de haberme visto?

Tras estas palabras, Bedredin le echó una mirada, y conociéndole (¡oh efecto asombroso del amor paternal!), sintió las mismas corazonadas que la primera vez. Se turbó y, en vez de responder, enmudeció durante largo rato. Sin embargo, habiendo vuelto en sí, le dijo:

—Señor mío, hacedme otra vez la merced de entrar en mi tienda con vuestro ayo, y probaréis otro pastel de crema. Os suplico que me perdonéis la molestia que os causé siguiéndoos fuera de la ciudad. No era dueño de mí ni sabía lo que me decía. Me arrastrabais, sin que pudiera resistir tan entrañable impulso.

Ajib, pasmado al oír lo que le decía Bedredin, respondió:

—Hay exceso en la amistad que me manifestáis y no quiero entrar en vuestra tienda hasta que os hayáis comprometido bajo juramento a no seguirme cuando salga. Si lo prometéis y sois hombre de palabra, os volveré a ver mañana mientras el visir, mi abuelo, compre los regalos para el sultán de Egipto.

—Señor mío —replicó Bedredin Hasán—, haré todo cuanto me mandéis.

Con estas palabras, Ajib y el eunuco entraron en la tienda. Bedredin les sirvió al momento un pastel de crema, que no era menos delicado y exquisito que el anterior.

—Venid —le dijo Ajib—, sentaos junto a mí y comed con nosotros.

Bedredin se sentó y quiso ir a abrazar a Ajib para manifestarle el gozo que le producía verse a su lado, pero Ajib le rechazó diciéndole:

—Estaos quieto, vuestra amistad se enardece en demasía. Contentaos con mirarme y conversar.

Obedeció Bedredin y se puso a entonar una canción, cuya letra compuso de repente, en alabanza de Ajib. No comió y no hizo más que servir a sus huéspedes. Cuando hubieron acabado de comer, les trajo agua para lavarse y una toalla muy blanca para secarse las manos. Después tomó un vaso de sorbete y les preparó una gran taza, en la que puso nieve muy limpia, y presentándosela a Ajib, le dijo:

—Tomad, es un sorbete de rosa y el más delicioso que se puede hallar en toda la ciudad. Nunca habéis probado regalo más precioso.

Ajib bebió con mucho gusto, y luego Bedredin Hasán presentó la taza al eunuco, quien la vació hasta la última gota. Finalmente, Ajib y su ayo, satisfechos, dieron gracias al pastelero por haberlos agasajado con aquel extremo, y se retiraron pronto porque era ya algo tarde. Llegaron a las tiendas de Chemsedin Mohamed y se encaminaron primeramente a la de las damas. La abuela de Ajib se alegró al verle, como tenía siempre en mente a su hijo Bedredin no pudo contener sus lágrimas al abrazar a Ajib.

—¡Ay, hijo mío —le dijo—, mi gozo sería cabal si tuviera el gusto de abrazar a tu padre Bedredin Hasán como te estoy abrazando!

Iba a ponerse entonces a la mesa para cenar. Le hizo sentar a su lado, con muchas preguntas acerca de su paseo, y diciéndole que debía de tener apetito le sirvió un pastel de crema que ella misma había hecho y que era excelente, porque ya se ha dicho que los sabía hacer mejor que los más afamados pasteleros. También le dio un pedazo al eunuco, pero tanto él como Ajib habían comido tanta cantidad en casa de Bedredin que ni siquiera lo probaron.

Ajib apenas tocó el pedazo de pastel que su abuela le había presentado, cuando aparentando no ser de su gusto lo dejó entero, y Chabán, que así se llamaba el eunuco, hizo otro tanto. La viuda de Nuredin Alí advirtió con pesar que su nieto hacía poco caso de su pastel.

—¡Cómo, hijo mío! —le dijo—. ¿Es posible que así desprecies la obra de mis propias manos? Has de saber que nadie en el mundo es capaz de hacer tan buenos pasteles de crema, excepto tu padre Bedredin Hasán, a quien enseñé el arte de hacerlos iguales.

—¡Ah, mi buena abuela! —exclamó Ajib—. Permitid que os diga que, si no los hacéis mejores, hay un pastelero en esta ciudad que os aventaja en ese arte. Acabamos de comer en su tienda uno que estaba mucho mejor que éste.

Al oír estas palabras la abuela, miró de reojo al eunuco y le dijo enojada:

—¡Cómo, Chabán!, ¿os han confiado la custodia de mi nieto para que le llevéis a casa de los pasteleros como un mendigo?

—Señora —respondió el eunuco—, es cierto que hemos estado conversando un rato con un pastelero, pero no hemos comido en su tienda.

—Sí —interrumpió Ajib—, entramos en su casa y comimos un pastel de crema.

La dama, todavía más enojada que antes contra el eunuco, se levantó rápidamente de la mesa y corrió a la tienda de Chemsedin Mohamed, a quien dio parte de la insolencia del eunuco, en términos más propios para enojar al visir contra el delincuente que para hacerle disimular su yerro.

Chemsedin Mohamed, que era naturalmente impetuoso, no perdió tan buena ocasión de encolerizarse. Pasó al instante a la tienda de su cuñada y dijo al eunuco:

—¿Cómo, desastrado, has tenido el atrevimiento de abusar de la confianza que hice de ti?

Chabán, aunque estaba descubierto por el testimonio de Ajib, tomó el partido de negar otra vez el hecho, pero el niño, sosteniendo lo contrario, decía:

—Abuelo, os aseguro que hemos comido tanto que no necesitamos cenar, y aun el pastelero nos ha querido agasajar, además, con una gran taza de sorbete.

—Y bien, pícaro esclavo —exclamó el visir volviéndose al eunuco—, ¿aún no quieres confesar que ambos entrasteis en casa de un pastelero y que habéis comido allí?

Chabán volvió a jurar descaradamente que no era verdad.

—Eres un mentiroso —le dijo entonces el visir—, y doy más crédito a mi nieto que a ti. Sin embargo, si te comes este pastel de crema que está sobre la mesa, quedaré convencido de que dices la verdad.

Aunque Chabán se había llenado hasta el garguero se sometió a esta prueba y tomó un pedazo de pastel, pero tuvo que arrojarlo de la boca, porque le entraron náuseas. No obstante, siguió mintiendo y dijo que había comido tanto la víspera que aún no le había vuelto el apetito. El visir, enojado con las mentiras del eunuco y convencido de que era culpable, mandó que le tendiesen en el suelo y le dieran de palos. El desgraciado lanzó grandes alaridos al sufrir este castigo y confesó la verdad.

—Es cierto —exclamó— que hemos comido un pastel de crema en casa de un pastelero, y era cien veces mejor que el que está en la mesa.

La viuda de Nuredin Alí creyó que Chabán ensalzaba la habilidad del pastelero sólo por enojo contra ella y para apesadumbrarla. Por lo tanto, dirigiéndose a él, dijo:

—No puedo creer que los pasteles de crema de ese pastelero sean más exquisitos que los míos. Quiero cerciorarme de ello. Sabes donde vive, por lo tanto, vete a su casa y tráeme uno inmediatamente.

Dio dinero al eunuco para que comprara el pastel, y éste se marchó a la ciudad. Habiendo llegado a la tienda de Bedredin, le dijo:

—Buen pastelero, dadme un pastel de crema, pues una de nuestras damas desea probarlos.

Casualmente los había que salían del horno en ese mismo momento. Bedredin escogió el mejor y se lo ofreció al eunuco:

—Tomad éste —dijo Bedredin—, os respondo que es excelente, y puedo aseguraros que nadie es capaz de hacerlos iguales, sino mi madre, que quizá vive todavía.

Chabán regresó rápidamente a las tiendas con el pastel de crema y se lo entregó a la viuda de Nuredin, quien lo tomó con afán. Cortó un pedazo para comerlo, pero apenas lo hubo metido en la boca cuando dio un grito y cayó desmayada. Chemsedin Mohamed, que estaba presente, se quedó atónito con lo ocurrido. Roció él mismo con agua el rostro de su cuñada y se afanó en asistirla. Cuando volvió en sí, exclamó:

—¡Oh cielos!, sin duda debe ser mi hijo, mi querido Bedredin, el que hizo este pastel.

Cuando el visir Chemsedin Mohamed oyó decir a su cuñada que debía ser Bedredin Hasán el que había hecho el pastel de crema que el eunuco acababa de traer, sintió una alegría imponderable; pero, reflexionando que era sin fundamento y que, según todas las pruebas, debía de ser equivocada la suposición de la viuda de Nuredin, le dijo:

—Pero, señora, ¿por qué creéis eso? ¿No puede hallarse un pastelero que sepa hacer tan bien los pasteles de crema como vuestro hijo?

—Convengo —respondió la viuda— en que habrá pasteleros capaces de hacerlos tan buenos; pero como yo los hago de un modo particular y nadie sabe el secreto sino mi hijo, fuerza es que sea él quien lo hizo. Alegrémonos, hermano mío —añadió con alborozo—, al fin hemos hallado lo que buscamos y anhelamos desde hace tanto tiempo.

—Señora —replicó el visir—, os ruego que moderéis vuestro ímpetu, pronto sabremos a qué atenernos. Mandaremos buscar al pastelero. Si es Bedredin Hasán fácilmente lo conoceréis, así vos como mi hija. Pero es preciso que ambas os ocultéis y lo veáis sin ser vistas, porque no quiero que nuestro reencuentro se verifique en Damasco. Es mi ánimo dilatarlo hasta que estemos de vuelta en El Cairo, y allí os daré un consejo muy agradable.

Al terminar estas palabras, dejó a las damas en su tienda y pasó a la suya. Allí mandó venir cincuenta sirvientes y les dijo:

—Tomad cada uno un palo y seguid a Chabán, quien os conducirá a casa de un pastelero de esta ciudad. Cuando lleguéis romped y despedazad todo cuanto halléis en su tienda. Si os pregunta por qué cometéis aquel descalabro, preguntadle solamente si es o no quien hizo el pastel de crema que fueron a buscar a su casa. Si os responde que sí, apoderaos de él, atadle y traédmelo, pero guardaos de golpearle ni hacerle el menor daño. Id y no perdáis tiempo.

El visir fue rápidamente obedecido. Sus criados, armados con garrotes y capitaneados por el eunuco negro, llegaron pronto a casa de Bedredin Hasán, donde rompieron platos, cazos, mesas y todos los demás muebles y utensilios que hallaron e inundaron la tienda de sorbete, crema y dulces. Al ver esto Bedredin Hasán, despavorido, les dijo con voz lastimera:

—¿Qué es eso, buenas gentes? ¿Por qué me atropelláis así? ¿De qué se trata, qué he hecho?

—¿No eres tú —le dijeron— el que hiciste el pastel de crema que vendiste a este eunuco?

—Sí, soy yo mismo —respondió—, ¿qué tiene que decir? Desafío a cualquiera a que lo haga mejor.

Pero, en vez de responderle, continuaron rompiéndolo todo, y ni siquiera respetaron el horno.

Sin embargo, los vecinos acudieron al estruendo y pasmados al ver a cincuenta hombres armados cometiendo semejante estrago, preguntaban la causa de tamaña tropelía. Bedredin preguntó otra vez a los desaforados:

—Por favor, decidme, ¿qué crimen he cometido para que rompáis todo cuanto poseo?

—¿No eres tú —respondieron— el que hiciste el pastel de crema vendido a este eunuco?

—Sí, soy yo —repuso Bedredin—, sostengo que era bueno, y no merezco que me tratéis tan injustamente.

Asiéronle sin escucharle, y habiéndole quitado la tela del turbante se valieron de ella para maniatarlo y luego, sacándolo por fuerza de la tienda, se lo llevaron.

La vecindad, agolpada y compadecida de Bedredin, quiso oponerse a lo que intentaban los criados de Chemsedin Mohamed, pero llegaron en aquel momento algunos oficiales del gobernador de la ciudad, que separaron al pueblo y favorecieron la captura de Bedredin porque Chemsedin Mohamed había ido a casa del gobernador de Damasco a informarle de la orden que había dado y a pedirle auxilio, lo cual aquél que mandaba en Siria en nombre del sultán de Egipto no había podido negar al visir de su amo. Se llevaron, pues, a Bedredin, a pesar de sus lágrimas y alaridos.

Por más que Bedredin Hasán preguntaba por el camino a las personas que lo llevaban qué era lo que habían hallado en su pastel de crema, éstas no le contestaban. Al fin llegó a las tiendas, donde le hicieron aguardar hasta que Chemsedin Mohamed volvió de casa del gobernador de Damasco.

Cuando regresó, el visir preguntó por el pastelero y se lo trajeron.

—Señor —le dijo Bedredin, anegados los ojos en llanto—, haced el favor de decirme en qué os ofendí.

—¡Ah desdichado! —respondió el visir—. ¿No eres tú el que hiciste el pastel de crema que me enviaste?

—Confieso que soy yo —repuso Bedredin—, ¿qué crimen hay en ello?

—Te castigaré como mereces —replicó Chemsedin Mohamed— y te costará la vida haber hecho un pastel tan malo.

—¡Cielo santo! —exclamó Bedredin—. ¿Qué es lo que oigo? ¿Es acaso un crimen que merezca la muerte haber hecho un pastel malo?

—Sí —dijo el visir—, y no debes esperar que te trate de otro modo.

Mientras conversaban de este modo las damas, que estaban ocultas, observaban atentamente a Bedredin, a quien no tuvieron dificultad en reconocer, a pesar de los años que habían mediado desde que le habían visto. El gozo que les produjo fue tan extremado que cayeron desmayadas, y cuando hubieron vuelto en sí quisieron ir a arrojarse a los brazos de Bedredin, pero la palabra que habían dado al visir de no presentarse refrenó los impulsos más entrañables de la naturaleza.

Como Chemsedin Mohamed había determinado marcharse aquella misma noche, mandó recoger las tiendas y disponer los carruajes para emprender el viaje, y con respecto a Bedredin mandó que lo metieran en una jaula bien cerrada y lo colocasen encima de un camello. Cuando todo estuvo dispuesto, el visir y su comitiva se pusieron en marcha. Caminaron el resto de la noche y el día siguiente sin detenerse, y sólo hicieron alto a la caída de la tarde. Entonces sacaron a Bedredin Hasán de la jaula para que tomara algún alimento, pero cuidando de tenerle alejado de su madre y de su mujer, y durante veinte días que duró el viaje lo trataron del mismo modo.

Al llegar a El Cairo acamparon fuera de la ciudad por orden del visir Chemsedin Mohamed, quien mandó que le trajeran a Bedredin, delante del cual dijo a un carpintero que había hecho llamar:

—Vete a buscar madera y levanta al instante una horca.

—¡Ay de mí! Señor —dijo Bedredin—, ¿qué queréis hacer con ella?

—Colgarte —replicó el visir—, y luego pasearte por todos los barrios de la ciudad, para que vean en tu persona un indigno pastelero que hace pasteles de crema sin ponerles pimienta.

Al oír estas palabras, Bedredin Hasán exclamó de un modo tan gracioso que Chemsedin Mohamed tuvo trabajo en conservar su formalidad:

—¡Cielo santo! ¡Conque me quieren sentenciar a una muerte tan cruel como ignominiosa por no haber puesto pimienta en un pastel de crema! ¡Cómo! —decía Bedredin—. ¡Me han roto todo cuanto tenía en mi casa, me han metido en una jaula, y finalmente se afanan por colgarme, y todo esto porque no puse pimienta en un pastel de crema! ¡Dios mío! ¿Quién oyó jamás hablar de semejante rareza? ¿Son estas acciones de musulmanes, de personas que se jactan de probidad y justicia y que practican toda clase de obras buenas? —diciendo esto lloraba amargamente y luego, renovando sus quejas, añadía—: No, nunca fue tratado ser vivo alguno con tanta injusticia y atropellamiento. ¿Es posible que haya quien sea capaz de quitar la vida a un hombre por no haber puesto pimienta en un pastel de crema? Malditos sean todos los pasteles y la hora en que nací. ¡Ojalá hubiera muerto en aquel momento!

El inconsolable Bedredin no cesó de lamentarse, y cuando trajeron la horca, prorrumpió en agudísimos gritos.

—¡Oh cielos! —dijo—. ¿Podéis consentir que muera de un modo tan infame y doloroso? Y esto, ¿por qué crimen? No es por haber robado, asesinado o renegado de mi religión, sino por no haber puesto pimienta en un pastel de crema.

Como la noche estaba ya adelantada, el visir Chemsedin Mohamed mandó que volvieran a meter a Bedredin en la jaula y le dijo:

—Quédate ahí hasta mañana. No pasará el día sin que te mande ahorcar.

Se llevaron la jaula y la colocaron sobre el camello que le había traído desde Damasco. Cargaron al mismo tiempo las demás acémilas, y el visir, habiendo montado a caballo, mandó que marchara delante el camello que llevaba a su sobrino, y entró en la ciudad acompañado de su comitiva. Después de haber atravesado varias calles por donde nadie pasaba, porque todo el vecindario estaba ya recogido, llegó a su casa y mandó descargar la jaula, prohibiendo que la abriesen hasta que él lo mandara.

Mientras descargaban las demás acémilas, llamó aparte a la madre de Bedredin Hasán y a su hija, y volviéndose a ésta le dijo:

—Loado sea Dios, hija mía, que nos ha hecho hallar tan afortunadamente a tu primo y marido. Sin duda, te acordarás cómo estaba dispuesto tu

aposento la primera noche de tus bodas. Vete, manda que lo arreglen todo como estaba entonces, y caso de que no te acuerdes, yo supliré con los apuntes que mandé tomar. Por mi parte, voy a cuidarme de lo demás.

Reina de Hermosura fue a ejecutar alborozadamente cuanto su padre acababa de mandarle, y éste empezó a disponerlo todo en la sala del mismo modo que se hallaba cuando Bedredin Hasán había visto al palafrenero jorobado del sultán de Egipto. Al paso que iba leyendo sus apuntes, los criados ponían cada mueble en su lugar. No se olvidaron del trono ni tampoco de los hachones encendidos, y cuando estuvo todo dispuesto en la sala, el visir entró en el aposento de su hija y colocó en un asiento el vestido de Bedredin y la bolsa de los cequíes. Hecho esto, le dijo a Reina de Hermosura:

—Desnúdate, hija mía, y acuéstate, y cuando entre Bedredin, quéjate de que ha estado mucho tiempo fuera y dile que has extrañado sobremanera no hallarle a tu lado al despertarte. Ínstale para que se vuelva a la cama, y mañana nos divertirás contándonos lo que haya ocurrido entre vosotros.

Con estas palabras salió del aposento de su hija y dejó que se acostase. Chemsedin Mohamed mandó que salieran de la sala todos los criados que en ella había, y que se marcharan, excepto dos o tres a quienes mandó quedarse. Les encargó que fueran a sacar a Bedredin de la jaula, que lo pusieran en camisa y calzoncillos y lo llevaran a la sala, en donde le dejarían solo y cerrarían la puerta.

Bedredin Hasán, aunque oprimido de dolor, se había quedado dormido, de modo que los criados del visir llegaron a sacarlo de la jaula y ponerlo en camisa y calzoncillos antes que se despertara, transportándolo a la sala con tanta rapidez que no le dieron tiempo de volver en sí. Cuando se vio solo en la sala extendió la vista por todas partes, y trayéndole a la memoria los objetos que estaba viendo el recuerdo de sus bodas, advirtió con asombro que era la misma sala en que había visto al palafrenero jorobado. Aumentó su pasmo cuando, acercándose a la puerta de un aposento que estaba entreabierta, vio dentro su vestido en el mismo asiento en que se acordaba haberlo dejado la noche de sus bodas.

—¡Cielo santo! —exclamó restregándose los ojos—. ¿Estoy despierto o dormido?

Reina de Hermosura, que estaba observando, después de haberse divertido con sus extrañezas, descorrió de improviso las cortinas de la cama, y asomó la cabeza:

—Mi querido dueño —le dijo con acento cariñoso—, ¿qué hacéis en la puerta? Volved a acostaros. Bastante tiempo habéis estado fuera. Quedé atónita al despertarme y no hallaros a mi lado.

Bedredin Hasán se inmutó cuando supo que la dama que le hablaba era aquella hermosa joven con quien se acordaba haber dormido. Entró en el aposento pero, en vez de encaminarse hacia el lecho, embargado como estaba con las circunstancias de cuanto le había sucedido durante diez años, no pudiendo convencerse de que todos aquellos acontecimientos hubiesen ocurrido en una sola noche, se acercó al asiento en donde estaban sus vestidos y la bolsa de cequíes, y habiéndolos examinado con sumo placer exclamó:

—¡Por Dios vivo, éstas son extrañezas que exceden a mis alcances!

La dama, que se complacía en ver su turbación, le dijo:

—Una vez más os pido, dueño mío, que os volváis a la cama. ¿En qué os entretenéis?

Tras estas palabras, se acercó a Reina de Hermosura.

—Os ruego, señora —le dijo—, que me informéis de si hace mucho tiempo que estoy a vuestro lado.

—¡Qué pregunta me hacéis! —respondió la joven—. Pues qué, ¿no os levantasteis hace poco? Debéis de estar muy absorto.

—Señora —repuso Bedredin—, ciertamente que no estoy muy en mí. A decir verdad, me acuerdo de haber estado a vuestro lado, pero también hago memoria de haber residido, desde entonces, diez años en Damasco. Si efectivamente he pasado aquí esta noche, no puedo haber estado ausente tanto tiempo. Estos dos actos son opuestos, y así, por favor, decidme lo que debo juzgar acerca de ellos, y si mi casamiento es una ilusión, o si mi ausencia es un sueño.

—Sí, señor —repuso Reina de Hermosura—, sin duda soñasteis que habíais estado en Damasco.

—Chistoso lance, por cierto —exclamó Bedredin, riéndose a carcajadas—. Estoy seguro, señora, de que mi sueño va a divertiros mucho.

Imaginaos que me hallé a las puertas de Damasco en camisa y calzoncillos, como estoy ahora; que entré en la ciudad en medio del griterío del populacho que me venía insultando; que me refugié en casa de un pastelero, que me prohijó, enseñó su oficio y dejó a su muerte todos sus bienes, y que desde entonces seguí con la tienda abierta. En suma, señora, me sucedieron tantas aventuras que sería muy largo de contarlas, y cuanto puedo expresar es que hice acertadamente en despertarme, porque iban a colgarme de una horca.

—¿Y qué motivo tenían para trataros con tanta crueldad? —dijo Reina de Hermosura mostrándose admirada—. Sin duda, habíais cometido algún atentado.

—No, por cierto —respondió Bedredin—. Era por la causa más extraña y ridícula del mundo. Todo mi delito se reducía a haber vendido un pastel de crema sin pimienta.

—¡Cómo! ¿Por eso os querían colgar? —dijo Reina de Hermosura—. No cabe duda de que obraban injustísimamente.

—Aún hay más—añadió Bedredin—. Habían roto y hecho pedazos todo lo que tenía mi tienda, por aquel maldito pastel en que me reprochaban no haber puesto pimienta, y maniatándome luego, me enjaularon tan estrechamente que me parece que todavía me siento condolido. Finalmente, habían llamado a un carpintero y le mandaron que levantara una horca para colgarme. ¡Pero bendito sea Dios, ya que todo esto es efecto de un sueño!

Bedredin no pasó la noche con sosiego, despertábase de tanto en tanto y se preguntaba a sí mismo si soñaba o estaba despierto.

Desconfiaba de su felicidad, y procuraba cerciorarse de ella, descorría las cortinas y paseaba la vista por la habitación.

—No me engaño —se decía—, éste es el mismo aposento donde entré en lugar del jorobado, y estoy acostado con la hermosa joven que le estaba destinada.

El día que asomaba no había desvanecido aún su desasosiego cuando el visir Chemsedin Mohamed, su tío, llamó a la puerta y entró casi al mismo tiempo para saludarle.

Grandísimo fue el pasmo de Bedredin Hasán al ver de repente a un hombre que le era tan conocido, pero que ya no tenía el semblante justiciero con que había pronunciado la sentencia de su muerte.

—¡Ah! —exclamó—. ¿Sois vos, el que me trató tan indignamente y me condenó a una muerte que todavía me horroriza por un pastel de crema sin pimienta?

El visir se echó a reír y, para sosegarle de una vez, le refirió cómo había venido a su casa y se había casado en lugar del palafrenero del sultán por la mediación de un genio, porque la narración del jorobado le había hecho adivinar la verdad; también le informó que había descubierto el parentesco que mediaba entre ellos por un cuaderno escrito de puño de Nuredin Alí, y como consecuencia de aquel descubrimiento se había marchado de El Cairo e ido hasta Basora para buscarle y saber noticias suyas.

—Mi querido sobrino —añadió abrazándole con mucha ternura—, espero que me perdones cuanto te hice padecer desde que supe quién eras. He querido traerte a mi casa sin informarte de tu aventura, que debe serte tanto más grata cuanto te ha costado mayores quebrantos. Consuélate de todos tus pesares con el júbilo de verte repuesto con unas personas que deben serte sumamente queridas. Mientras te vistes voy a avisar a tu madre, que está muy ansiosa de abrazarte, y te traerá a tu hijo, a quien viste en Damasco y manifestaste tanta inclinación sin conocerle.

No hay palabras adecuadas para expresar debidamente cuál fue el gozo de Bedredin cuando vio a su madre y a su hijo Ajib. Estas tres personas no cesaban de abrazarse con todas las demostraciones que traen consigo los vínculos de la sangre y del cariño más entrañable. La madre dijo a Bedredin las mayores ternezas, hablándole del pesar que le había estado causando una ausencia tan larga, y del llanto que había derramado. Ajib, en vez de esquivar como en Damasco los abrazos de su padre, los recibía continuamente, y Bedredin Hasán, dividido entre dos objetos tan dignos de su amor, les daba a porfía entrañables pruebas de su cariño.

Mientras que esto ocurría en casa de Chemsedin Mohamed, había este visir ido a palacio para dar cuenta al sultán del éxito venturoso de su viaje. El sultán quedó tan prendado con la narración de aquella historia asombrosa que la mandó escribir para que se conservara esmeradamente en los archivos del reino. Cuando Chemsedin Mohamed volvió a casa, se sentó a la mesa con toda su familia, pues había mandado disponer un magnífico banquete, y toda su servidumbre pasó aquel día en medio de regocijos.

Cuando el visir Giafar hubo terminado la historia de Bedredin Hasán, dijo al califa Harún al-Raschid:

—Comendador de los creyentes, esto es lo que tenía que referir a vuestra majestad.

El califa consideró la historia tan maravillosa que concedió sin titubear el perdón del esclavo Rian, y para consolar al joven del dolor que tenía por haberse privado él mismo de una mujer a quien tanto amaba, aquel príncipe le dio en casamiento una de sus esclavas, le colmó de bienes y le tuvo en suma privanza hasta su muerte.

Historia del jorobadito

ALLÁ EN tiempos remotos vivía en la ciudad de Kasgar, situada en los confines de la Gran Tartaria, un honrado sastre que amaba con delirio a su esposa. Un día se presentó en la puerta de la tienda un jorobadito cantando tan bien al son del tamboril que el sastre le invitó a entrar en la casa para que su mujer le oyese. Después de que el jorobadito cantó lo que sabía, se sentaron los tres a la mesa a cenar un plato de pescado, pero el jorobadito se tragó una espina y a los pocos momentos había dejado de existir. Llenos de pena marido y mujer, y temerosos de que la justicia les castigase como asesinos, resolvieron, después de mil planes y proyectos, llevar al jorobadito a casa de un médico judío que habitaba en la vecindad. Así lo hicieron a una hora avanzada de la noche, depositando el cadáver en lo alto de la escalera. Salió a abrir la puerta un esclavo, a quien dijo el sastre que aquel jorobadito era un pobre enfermo que necesitaba sin tardanza de los auxilios de la ciencia. Puso una moneda de plata en manos del criado para que pagase al médico su trabajo, y salió corriendo de la casa. Se apresuró el médico judío a ir en busca del enfermo, pero con la precipitación se olvidó de la luz y tropezó con el cuerpo del jorobado, que rodó estrepitosamente por las escaleras. Bajó el judío, trajeron luces, reconocieron espantados que el jorobadito ya no existía, y creyeron que había muerto como consecuencia de la caída. El médico, a pesar de su trastorno, tuvo la precaución de cerrar la puerta. Subió el cadáver a su cuarto y pasó toda la noche imaginando los medios de librarse del terrible conflicto. Al amanecer se le ocurrió, al fin, arrojar el cadáver a la chimenea de la casa inmediata, habitada por uno de los proveedores del sultán, chimenea cuyo cañón daba a la azotea del médico judío. Ató, en efecto, al jorobado por debajo de los brazos con una cuerda y lo hizo descender de modo que quedó en pie como si estuviese vivo. El proveedor entró poco después en la habitación, y creyendo que aquel hombre era un ladrón que penetraba en la casa para robarle, se apoderó de un palo y dio repetidos golpes al jorobadito, hasta que notó que el cuerpo no tenía movimiento.

—¡Dios mío —exclamó—, he llevado muy lejos mi venganza quitando la vida a este infeliz! Ahora vendrán a prenderme, y ya mi único porvenir es el cadalso.

Pero el proveedor no era hombre lento en sus resoluciones y tomó en seguida la de sacar el cadáver a la calle, colocándolo de pie junto al umbral de la primera tienda que encontró. Luego, y sin atreverse a volver la cabeza atrás, se refugió en su casa.

Un mercader cristiano que quería aprovechar las primeras horas de la mañana para ir al baño sin ser visto por los musulmanes tropezó en la calle con el jorobado. Creyó que era un malhechor y le derribó al suelo de un puñetazo, gritando: «¡Socorro!». Llegó la guardia, y los soldados, al ver que el jorobadito había muerto a manos de un cristiano, se indignaron en contra del mercader.

—¿Por qué motivo habéis maltratado de esa manera a un musulmán? —le preguntaron.

—Anoche bebí bastante y esta mañana iba a darme un baño para aclararme la cabeza cuando este hombre se abalanzó de improviso sobre mí. Quiso robarme, me cogió por el cuello y...

—¡Le matasteis! —le interrumpieron.

El pobre mercader fue conducido ante el juez de policía quien, enterado del hecho por los guardias, fue a dar cuenta al sultán de lo sucedido.

—No puedo ser clemente —le dijo éste— con los cristianos que matan a los musulmanes. Cumplid, pues, con vuestro deber.

Entretanto se le había disipado la borrachera al mercader, el cual, por más que lo pensaba, no acertaba a comprender cómo se podía matar a un hombre con unos simples pescozones.

El pobre desgraciado fue conducido al patíbulo donde el verdugo ya le estaba echando al cuello el lazo fatal cuando se oyó al proveedor diciendo a gritos:

—¡Deteneos! ¡Deteneos! Yo soy el verdadero criminal y ese hombre es inocente.

Al oír la confesión pública, ratificada dos veces, los guardias mandaron al verdugo que ahorcase al proveedor en vez del mercader cristiano; pero, próxima a consumarse la ejecución, apareció entre la multitud el médico judío, jurando por el Dios de Abraham, de Isaac y de Jacob que él había sido, involuntariamente, el asesino del jorobado.

El juez ordenó que fuera ahorcado el médico en lugar del proveedor; ya tenía aquél la soga al cuello cuando llegó el sastre gritando:

—Señor, ése también es inocente. Si os dignáis oírme pronto sabréis quién mató al jorobadito. Ayer tarde, mientras yo trabajaba en mi tienda, llegó el jorobadito completamente borracho. Después de haber cantado un rato, le propuse que pasara la noche en mi casa, y él aceptó gustosísimo. Nos sentamos a la mesa, y al comerse un pescado, se le atravesó una espina en la garganta y murió en el acto. Afligidos mi mujer y yo, y asustados, a la vez, por temor a que se nos achacase aquella muerte, llevamos el cadáver a casa del médico judío, el cual, al salir de su habitación, tropezó con el cuerpo y lo echó a rodar por las escaleras, y por eso creyó que lo había matado, pero el médico es inocente.

—Deja, pues, en libertad al judío —dijo el juez al verdugo— y ahorca al sastre, ya que confiesa su delito.

El verdugo se disponía a obedecer la orden cuando evitó la ejecución un hecho inesperado. El sultán de Kasgar, que no podía estar un momento separado de su jorobadito, que era su bufón, preguntó a uno de sus oficiales a qué obedecía la prolongada ausencia de aquél.

—Señor —le contestó el oficial—, el jorobadito por quien tanto se preocupa vuestra majestad se emborrachó ayer y, contra su costumbre, salió de palacio y ha sido encontrado muerto esta mañana. Conducido el supuesto asesino ante el juez, éste ordenó que se levantase en seguida el patíbulo.

Al oír estas últimas palabras, el sultán se apresuró a llamar a otro de sus oficiales:

—Id al lugar del suplicio —ordenó el sultán— y decid, de mi parte, al juez de policía que, sin pérdida de tiempo, conduzca aquí al acusado y el cuerpo del jorobadito.

Llegó el mensajero del sultán en el preciso momento en que el verdugo ponía el dogal al cuello del sastre.

El juez, acompañado del mercader, del proveedor, del sastre y del judío y seguido por cuatro hombres que transportaban el cadáver del jorobadito, se dirigió a palacio, se postró a los pies del sultán y, cuando obtuvo permiso para levantarse, contó la historia del bufón.

El sultán la oyó con suma complacencia y apenas el juez terminó su relato, dijo a los circunstantes:

—¿Habéis oído jamás cosas tan sorprendentes como lo ocurrido con el jorobadito?

El mercader cristiano respondió entonces, después de tocar el suelo con la frente:

—Poderoso monarca, yo sé una historia mucho más sorprendente que la que acabáis de oír.

—Pues narradla —le dijo el sultán.

Historia del mercader cristiano

SEÑOR, antes de comenzar el relato ofrecido, os diré que yo soy extranjero en este país, pues nací en Egipto, en la ciudad de El Cairo. Mi padre era corredor y había reunido grandes riquezas. Yo, siguiendo su ejemplo, adopté su profesión. Hallándome un día en El Cairo, se me acercó un joven mercader, montado en un asno, me saludó, y enseñándome una muestra de trigo que llevaba en un pañuelo, me preguntó a cómo se vendía entonces la fanega.

Examiné el trigo y le contesté que la fanega costaba cien dracmas de plata.

—Pues bien —me contestó—, si hay mercaderes que lo compren a ese precio, id a encontrarme en la puerta de la Victoria, a un almacén que veréis aislado del resto de los edificios.

Dicho esto, se marchó, dejándome la muestra de trigo, que yo me apresuré a enseñar a muchos mercaderes, y todos ellos me dijeron que les comprase cuanto pudiese, a razón de ciento diez dracmas la fanega.

Contento con la ganancia que esta operación me proporcionaba, me dirigí a la puerta de la Victoria, donde me esperaba el joven.

Éste me condujo a sus almacenes, que estaban atiborrados de grano, y cargamos varios asnos con ciento cincuenta fanegas de trigo.

—De la cantidad recaudada —me dijo, una vez hecha la venta—, os corresponden quinientas dracmas. El resto, o sea, todo lo que de esa suma me pertenece, os ruego que lo guardéis hasta que os lo reclame.

Al cabo de un mes se me presentó, diciéndome:

—¿Dónde están las cuatro mil quinientas dracmas que me debéis?

—En lugar seguro —le contesté—, y ahora mismo os las voy a entregar.

—No las necesito —replicó—. Ya vendré a recogerlas cuando haya gastado todo lo que poseo ahora. Sé que están en buenas manos.

Y se marchó.

«Bueno —dije para mí—, traficaré con esa cantidad y así podré obtener una buena ganancia.»

Transcurrido un año, volvió a presentárseme, pero observé en él una tristeza que me dio que pensar, y le invité a pasar a mi casa.

—Entraré esta vez —me dijo, apeándose de su burro.

Cuando la comida estuvo preparada nos sentamos a la mesa, y desde los primeros bocados observé que comía con la mano izquierda.

Terminado el banquete y cuando mis servidores hubieron levantado los manteles, nos sentamos ambos en un diván y le presenté un plato de confites para que se endulzase la boca. Noté que también los cogía con la mano izquierda.

—Señor —le dije entonces, intrigado—, ¿sería indiscreción preguntaros por qué no os servís de la mano derecha?

El joven exhaló un largo y hondo suspiro, y sacando el brazo, que hasta entonces había mantenido oculto bajo su túnica, vi que tenía cortada esa mano.

—¿Qué desgracia os ha ocurrido? —le pregunté.

Y él me contó la historia que vais a oír.

Historia del manco

YO NACÍ en Bagdad. Cuando cumplí los doce años, frecuenté la sociedad de varias personas que habían viajado mucho y contaban maravillas de Egipto, y especialmente de El Cairo. Sus conversaciones hicieron nacer en mí deseos irresistibles de imitarlas. Llegado a El Cairo, eché pie a tierra en el almacén llamado de Masrur y me alojé en el mismo almacén alquilado para depositar las mercancías que había traído conmigo transportadas por muchos camellos. Al momento me vi rodeado de multitud de corredores y mercaderes.

—Nosotros —me dijeron— os indicaremos un medio para que podáis vender pronto, sin riesgo, y con positivas ganancias, todas vuestras mercancías.

—¿Qué medio es ése? —pregunté.

—Entregadlas —me dijo un corredor— a varios mercaderes, los cuales venderán al menudeo los géneros, y vos les cobráis, dos veces por semana, las ventas que hayan realizado.

Acepté sus consejos y distribuí las telas que había traído entre varios mercaderes, los cuales me entregaron los correspondientes recibos, firmados por testigos.

Arreglados así mis asuntos, sólo pensé en divertirme. Pasado el primer mes, comencé a visitar a los mercaderes dos veces por semana, según lo convenido, lo cual no impedía que cada día fuese a pasar un rato ora a casa de éste, ora a la tienda de aquél.

Cierto día que visitaba a uno, llamado Bedredin, entró en la tienda una dama y se sentó a mi lado. El exterior de su persona y la gracia avasalladora de su manera de hablar me predispusieron al momento a su favor y sentí un vivo deseo de conocerla íntimamente. Tras unos instantes de conversación sobre asuntos indiferentes, manifestó su deseo de ver unas telas de tisú de oro que sólo, dijo, podía hallar en aquella tienda, porque era la mejor de la ciudad. El mercader le mostró diferentes telas, y la dama preguntó el precio de una que le había gustado sobremanera. Bedredin le pidió mil cien dracmas de plata.

—Está bien —dijo ella—, pero como no traigo esa cantidad, espero que me la fiaréis hasta mañana y permitiréis que me lleve la tela.

—Señora —repuso Bedredin—, accedería con mucho gusto a lo que me pedís si la tela fuese mía, pero sólo puede disponer de ella este señor, que es su dueño.

—¡Pues quedaos con ese trapo! —exclamó la dama, arrojando la rica tela al suelo—. ¡Que Mahoma confunda a vos y a cuantos mercaderes existen en el mundo!

Dicho esto, se levantó y salió enfurecida de la tienda.

Al ver que la joven se retiraba, me sentí conmovido y la llamé diciéndole:

—Señora, hacedme el favor de escucharme, quizá haya un medio de contentar a todos.

Volvió ella, pero sólo por complacerme, según dijo.

—Señor Bedredin —dije yo entonces—, ¿cuánto queréis por esta tela que me pertenece?

—Mil cien dracmas de plata —me contestó—, no puedo darla por menos precio.

—Dejad, pues, a la señora que se la lleve. Yo os daré cien dracmas de ganancia y un recibo del importe de la tela que uniréis a la cuenta de los otros géneros de mi propiedad.

Y cogiendo la tela se la presenté a la señora, diciéndole:

—Os la podéis llevar, señora. En cuanto al dinero, me lo enviaréis mañana u otro día.

—¡Oh señor, que el cielo os bendiga aumentando vuestros bienes y concediéndoos larga vida! —exclamó la dama.

Estas palabras me alentaron para hacer un ruego atrevido.

—Señora —le dije—, en recompensa de este servicio, dejadme admirar vuestro semblante.

Ella se volvió hacia mí y levantándose el velo me dejó ver un rostro encantador. Yo no me hubiera cansado jamás de mirarla pero la joven, temiendo ser observada, volvió a cubrirse rápidamente, tomó la pieza de tela y abandonó la tienda.

No pude conciliar el sueño en toda la noche, y a los primeros albores del día me levanté con la esperanza de volver a ver al objeto amado. Al poco de estar yo en la tienda llegó la dama, acompañada de su esclava, y sin dignarse mirar al mercader, me dijo:

—Señor, vengo expresamente para entregaros la cantidad de que respondisteis por mí.

—Siento que os hayáis molestado, pues no corría prisa.

Y aprovechándome de la ocasión, le hablé del amor intensísimo que por ella sentí desde el primer momento que la oí hablar. Pero la joven se levantó violentamente, como si mi declaración la hubiese ofendido.

Me despedí del mercader y eché a andar a la ventura, absorto en mis amorosos pensamientos. De pronto sentí que me tocaban en el hombro y, al volverme, me encontré con la esclava de la hermosa joven.

—Señor —me dijo—, mi ama quiere deciros dos palabras, tened la bondad de seguirme.

No me lo hice repetir, y a los pocos momentos me hallaba al lado de mi amada en la tienda de un cambista.

Me hizo sentar junto a ella y me habló en estos términos:

—Querido señor, no os sorprenda que os dejase de tal modo desairado, considerando que en presencia de un mercader no podía corresponder de otra manera a la confesión que me hicisteis. Lejos de ofenderme, os digo con franqueza que me halagó, y me considero muy dichosa de ser amada por un hombre de vuestros méritos.

—Señora —exclamé enajenado de amor y de alegría—, vuestras palabras suenan en mis oídos como música celestial.

—No perdamos tiempo con palabras inútiles —me interrumpió—. No dudo de vuestra sinceridad y pronto estaréis convencido de la mía. Hoy es viernes, venid mañana después de la oración del mediodía. Mi casa está situada en la calle de la Devoción. No tenéis más que preguntar por la de Albos Schauma, de sobrenombre Bercur, jefe que fue de los emires, y allí me encontraréis.

El día indicado me levanté más temprano que de costumbre, me puse mi mejor traje, tomé una bolsa con cincuenta monedas de oro y montado en un asno partí acompañado del hombre que me lo había alquilado.

Llegado a la calle de la Devoción, dije a mi guía que preguntase por la casa de Bercur, y cuando se la indicaron me condujo a ella. Le pagué con generosidad, recomendándole que no faltase a la mañana siguiente para recogerme.

Di unos golpecitos en la puerta y al momento aparecieron dos esclavas bellísimas, blancas como la nieve, vestidas con suma riqueza, las cuales me introdujeron en un salón lujosísimo. No hube de esperar mucho rato. La mujer amada hizo su aparición, adornada de perlas y de diamantes, pero más refulgente por el brillo de sus ojos que por los destellos de sus joyas. Prepararon una mesa con los más exquisitos manjares, y al lado de aquella beldad pasé una noche deliciosa.

A la mañana siguiente, después de dejar discretamente la bolsa con las cincuenta monedas de oro en un sitio donde la había de encontrar fácilmente, me despedí de la dama, la cual me preguntó cuándo volvería a verla.

—Señora —le dije—, os juro que vendré esta noche.

Así lo hice, en efecto, y durante varias noches aún, dejándole cada vez una bolsa con cincuenta monedas de oro.

Al fin me quedé sin dinero. En esta situación precaria y presa de la desesperación salí del almacén y me dirigí hasta el castillo, en cuyos alrededores vi mucha gente reunida. Abriéndome paso entre la multitud para indagar de qué se trataba, me hallé junto a un caballero muy bien montado que llevaba sobre el arzón un saco medio abierto del que salía un cordón de seda verde. Puse la mano sobre el saco, y viendo que aquel cordón era el de una bolsa, me apoderé de ésta sin que, al parecer, nadie me viese que la sustraía. Pero el caballero que, sin duda, sospechaba de mí, notó la falta del dinero y me propinó en la cabeza un golpe tan tremendo que me hizo rodar por el suelo.

Los que fueron testigos de esta agresión, injustificada a su juicio, clamaron indignados, y algunos cogieron las bridas del caballo exigiendo al jinete que diese una explicación de semejante violencia.

—Pues la explicación es muy sencilla —repuso aquél—: ¡ese hombre es un ladrón!

El juez de policía, que se hallaba presente, ordenó que me detuviesen y que me registrasen. Naturalmente, me encontraron la bolsa que yo acababa de robar y la mostraron al público.

No pude resistir tanta vergüenza y caí desvanecido. El juez de policía tomó la bolsa y preguntó al jinete si la reconocía como suya y si sabía cuánto dinero encerraba.

—Sí, es mía —contestó el jinete—, y contiene veinte cequíes.

Contaron la cantidad de monedas y, como resultó exacta, devolvieron la bolsa a su dueño.

Entretanto yo me había recobrado.

—Joven —me dijo entonces el juez de policía—, confesadme la verdad. ¿Habéis sido vos el que ha robado la bolsa a este señor? No me obliguéis a emplear el tormento para hacéroslo decir.

Bajé los ojos y me declaré culpable. Apenas hube terminado mi confesión, mandó el juez que me cortaran la mano derecha, y su orden fue ejecutada en el acto. Esto excitó la compasión de algunos espectadores y el jinete, no menos conmovido, se me acercó diciéndome:

—Comprendo que sólo la necesidad os ha obligado a cometer una acción tan vergonzosa e indigna de un joven de vuestras prendas. Tomad esta funesta bolsa, os la regalo y lamento la desgracia que os ha ocurrido.

[...]

El joven de Bagdad terminó su historia diciendo al mercader cristiano:

—He aquí por qué como con la mano izquierda. Os estoy muy agradecido por las atenciones que me habéis dispensado, y como, gracias al cielo, poseo aún grandes riquezas, os ruego que conservéis como vuestra la cantidad que me adeudáis.

—¿No es esta historia más sorprendente que la del jorobadito?

El sultán de Kasgar montó en cólera al escuchar la pregunta del mercader cristiano.

—Eres un temerario —le dijo—, porque me has hecho oír una historia que no merece mi atención. ¿Quieres darme a entender, acaso, que los incidentes de la vida de un joven disoluto son más interesantes que los de mi bufón, el jorobadito? ¡Voy a mandar que te ahorquen para vengar su muerte!

Al oír estas palabras, el proveedor se arrojó a los pies del sultán.

—Señor —le dijo—, suplico a vuestra majestad que se digne escuchar una historia mucho más extraordinaria que la del jorobadito.

—Habla —le contestó el sultán.

Historia del proveedor

SEÑOR, una persona de categoría me invitó ayer a la boda de una de sus hijas. Después de la ceremonia se sirvió un banquete en el que cada cual comió lo que era de su gusto entre los infinitos manjares que nos presentaron.

Pero observamos que uno de los convidados no probaba ninguno de los platos condimentados con ajo, y como le invitamos a seguir nuestros ejemplos nos contestó:

—Me guardaré muy bien de tomar alimentos aliñados con ajo, pues no puedo olvidar lo que me sucedió la última vez que lo hice.

Le rogamos que nos contase el hecho, pero el dueño de la casa, sin darle tiempo para responder, le preguntó:

—¿Es así como hacéis honor a nuestra mesa?

—Señor —contestó el convidado, que era un mercader de Bagdad—, os obedeceré, por no disgustaros; pero con la condición de que, después de comer, me he de lavar las manos cuarenta veces con álcali, cuarenta con ceniza y otras cuarenta con jabón.

—Haced, pues, como mis convidados —repuso el dueño de la casa—, esto es, comed, que álcali, ceniza y jabón no han de faltaros.

El mercader alargó la mano, tomó un bocado y se lo llevó a la boca con visible repugnancia; pero entonces notamos, con la natural sorpresa, que sólo tenía cuatro dedos en la mano.

—¿Cómo habéis perdido el dedo pulgar? —le preguntó el anfitrión.

—Señor —contestó el mercader—, también he perdido el pulgar de la mano derecha, así como el de ambos pies, y estoy cojo por un percance inaudito que os contaré con mucho agrado, si me permitís que antes me lave las manos.

Historia del convidado

SABED, señores, que bajo el reinado del califa Harún al-Raschid, mi padre pasaba por ser uno de los más ricos mercaderes de Bagdad, donde yo nací. Mas, como era hombre dado a los placeres y a la crápula, descuidaba sus negocios, y así, al morir, en vez de una gran fortuna, me dejó infinitas deudas que hube de pagar imponiéndome todo género de privaciones, y poco a poco fui reuniendo un buen capital.

Una mañana, al abrir mi tienda, entró una dama y me rogó que le permitiese descansar hasta que llegasen otros mercaderes. No me opuse, naturalmente, a sus deseos, y entonces me dijo que tenía el propósito de comprar toda clase de telas de las más vistosas y ricas, y me preguntó si podía yo facilitarle algunas de ellas.

—¡Oh señora! —exclamó— Soy un joven mercader recién establecido, no cuento aún con riquezas suficientes para montar una tienda con géneros tan caros, y siento mucho no poder serviros nada de lo que habéis venido a buscar al Bazestein; mas para evitaros que vayáis de tienda en tienda, en cuanto lleguen los otros mercaderes iré a pedirles precio de las telas que deseáis y así podréis adquirirlas sin molestias y con economía.

Así lo hice y compré telas por valor de cinco mil dracmas de plata.

La dama se despidió de mí con mucha amabilidad y abandonó el Bazestein acompañada del eunuco que llevaba el fardo. Yo la seguí con la mirada, y en cuanto la hube perdido de vista, caí en la cuenta de que, trastornado por un amor naciente, la había dejado marchar sin pagarme y sin preguntarle siquiera dónde vivía.

Me encontré, pues deudor de una suma importante a varios mercaderes, y hube de ir dando largas al asunto, hasta reunir la cantidad necesaria, asegurándoles que conocía yo a la dama y que respondía de la deuda.

Llegó, sin embargo, el momento en que los mercaderes perdieron la paciencia, y ya me disponía a entregarles todo lo que poseía en mi tienda cuando llegó la dama, acompañada del mismo eunuco que la vez primera.

—Tomad vuestra balanza —me dijo— y pesad el oro que os traigo.

Estas palabras disiparon mis temores y avivaron mi amor. Antes de entregarme el oro, me dirigió ella varias preguntas, entre otras una referente a mi estado. Le contesté que era soltero. Entonces la dama dijo al eunuco, al mismo tiempo que le daba el oro:

—Emplead toda vuestra destreza para llevar a cabo este negocio.

El eunuco se echó a reír. Llevándome aparte me hizo pesar el oro, y, mientras yo realizaba esta operación, me susurró al oído:

—A primera vista se conoce que estáis enamorado de mi ama, y me sorprende que nos os atreváis a decírselo. Ella os ama mucho más de lo que podéis suponer, y por eso os preguntó si erais casado. Mi ama no tiene necesidad de telas de ninguna clase, y viene a vuestra tienda porque le habéis inspirado una pasión violentísima. De manera que de vos depende hacerla vuestra esposa.

Terminado el peso y mientras colocaba yo las piezas de oro en el saco, el eunuco se acercó a su ama y le dijo que estaba contentísimo. Entonces se retiró la dama, advirtiéndome que me enviaría al eunuco, el cual me hablaría en su nombre.

Pagué a cada mercader lo que le debía y esperé durante varios días, devorado por la impaciencia, al eunuco. Al fin, vino a verme y me apresuré a pedirle noticias de su ama.

—Sois el más afortunado de los amantes —me contestó—. Está enferma de amor. Si fuera dueña de sus actos, hubiera venido personalmente para rogaros que unierais vuestra existencia a la suya.

—Por la elegancia de su porte por la gracia de su decir y por sus maneras distinguidas, he llegado a pensar que se trata de una gran señora.

—No os habéis engañado —me respondió el eunuco—. Es la favorita de Zobeida, esposa del califa, la cual siente por ella un cariño casi maternal, pues la ha criado desde que era niña. Mi ama le ha hablado de que desea casarse, manifestándole que ha puesto sus ojos en vos, y Zobeida le ha asegurado que dará su consentimiento, pero que antes desea conoceros. Así pues os ruego que me acompañéis a palacio, y así podréis tomar una resolución.

—La he tomado ya y estoy dispuesto a seguiros —le contesté yo.

—Perfectamente —objetó el eunuco—, pero como en el departamento de las mujeres no pueden entrar los hombres, es preciso que toméis ciertas precauciones. Así pues apenas anochezca, encaminaos a la mezquita y esperad allí hasta que vayan a buscaros.

Nada tuve que oponer a semejante indicación, y cuando llegó la noche, me dirigí a la mezquita, estremecido de impaciencia. Al cabo de un momento vi llegar un barco del que desembarcaron varios cofres, que llevaron a la mezquita, retirándose en seguida los remeros, excepto uno, en el que reconocí al eunuco que por la mañana me había hablado. También vi entrar a la dama.

—No hay tiempo que perder —me dijo ésta, al mismo tiempo que abriendo uno de los cofres me ordenaba que me metiese dentro—, esto es necesario para mi seguridad.

Cuando yo hube obedecido, el eunuco confidente llamó a sus compañeros y les mandó que llevasen nuevamente los cofres al buque. Embarcó luego la dama, y los eunucos comenzaron a remar con rumbo a los departamentos de Zobeida.

Llegó la embarcación al pie de la puerta de palacio, y en el momento de entrar se oyó una voz que gritaba:

—¡El califa! ¡El califa!

Al oírla creí morir de miedo.

—¿Qué lleváis en esos cofres? —preguntó el califa a la favorita.

—Comendador de los creyentes —repuso aquélla—, son telas que quiere ver la esposa de vuestra majestad.

—Y yo también —contestó el califa—. Abrid esos cofres.

Fue preciso obedecer. Todavía me estremezco al pensar en el pavor que se apoderó de mí.

Se sentó el califa, y la favorita dio orden de que llevasen a su presencia todos los cofres, que fue abriendo lentamente. Como no estaba ella menos interesada que yo en que el juego no se descubriera, iba enseñando al soberano pieza por pieza, ponderando y haciéndole observar la belleza del dibujo y la calidad de cada tela.

Con esta estratagema se proponía ganar tiempo y hacer desistir al califa de su empeño.

—Acabemos —dijo el soberano—. Veamos ahora qué contiene ese cofre —añadió, señalando aquél en el que yo me hallaba encerrado.

Viendo la favorita que el califa estaba firmemente resuelto a llevar a cabo su examen, dijo rápidamente:

—En cuanto a éste, señor, ruego a vuestra majestad que me permita no abrirlo sino en presencia de vuestra esposa Zobeida.

—Perfectamente —repuso el califa—. Haced que transporten todos los cofres al departamento de Zobeida.

Así lo hizo la favorita, pero en cuanto depositaron en su aposento el cofre en que yo estaba temblando, lo abrió apresuradamente y me dijo, señalando una escalera que conducía a las habitaciones del piso superior:

—Subid y esperadme allá

Cuando la favorita se encontró libre, se apresuró a subir al aposento donde la esperaba y me pidió que la perdonase por haber sido la causa involuntaria de los justos temores que me habían asaltado.

Permanecimos largo rato en amorosa conversación, y al fin me dijo la dama:

—Ya es hora de que os retiréis a descansar, mañana os presentaré a Zobeida, sin que haya nada que temer, porque el califa sólo la visita de noche.

Animado por esta seguridad, dormí tranquilamente hasta bien entrado el nuevo día.

La favorita me condujo a un salón de magnificencia y riqueza inconcebibles. No había hecho más que entrar cuando aparecieron veinte esclavas, ya de alguna edad, con vestidos completamente iguales, las cuales fueron a colocarse en dos filas delante de un trono. Zobeida hizo luego su entrada con aire majestuoso, tan cargada de joyas y de piedras preciosas que apenas podía andar. La seguía su favorita.

En cuanto la mujer del califa estuvo sentada en el trono, una de las esclavas me hizo señas de que me acercase. Obedecí al instante y fui a postrarme a los pies de Zobeida. Ésta mandó que me levantara y me hizo el honor de preguntarme mi nombre y el de mis padres, y de informarse del estado de mi fortuna, y otras interioridades, a todas las cuales contesté satisfactoriamente.

—Estoy muy satisfecha —me dijo luego— de que mi hija (así llamaba a su favorita) haya hecho tan acertada elección, y desde luego doy mi consentimiento para que os tome por esposo. Hablaré al califa y estoy segura de que no se opondrá a mis deseos. Entretanto no os ausentéis de este palacio.

Al cabo de diez días,·Zobeida hizo extender el contrato, se verificaron los esponsales, y durante nueve días se celebraron grandes fiestas en el palacio del califa.

Siendo el día décimo el señalado para la ceremonia del matrimonio, la dama favorita fue conducida al baño por una parte y yo por otra, y al atardecer me sirvieron de comer varios manjares condimentados con ajo, entre ellos uno como el que ahora se me obliga a comer. Lo encontré tan sabroso, que apenas probé los otros platos. Mas, para mi desgracia, cuando me levanté de la mesa, me limité a secarme las manos en vez de lavármelas cuidadosamente.

Terminadas, al fin, todas las ceremonias, nos condujeron a la cámara nupcial, y en cuanto nos quedamos solos me acerqué a mi esposa para abrazarla; pero ella, en lugar de corresponder a mis muestras amorosas, me rechazó con violencia y prorrumpió en gritos espantosos, de manera que acudieron todas las damas a nuestro aposento.

—Hermana mía, ¿qué os ha sucedido? —preguntaron las damas a un mismo tiempo a mi esposa—. Contádnoslo todo para que podamos auxiliaros.

—¡Quitad ahora mismo de mi vista a ese hombre grosero! —exclamó mi mujer.

—¡Ah, señora! ¿Qué he hecho para tener la desgracia de incurrir en vuestro enojo?

—¡Sois un grosero! —me respondió con airado acento—. Habéis comido ajo y os presentáis a mí sin haberos lavado las manos. ¿Creéis que podré yo soportar a un hambre tan mal educado? —y añadió, dirigiéndose a las damas—: Tendedlo en el suelo y que me traigan un vergajo.

Al momento fueron cumplidas sus órdenes, y mientras unas me sujetaban por los brazos y las otras por los pies, mi mujer descargaba furiosos golpes sobre mí, hasta que le faltaron las fuerzas para levantar el vergajo.

—Llevadlo al juez de policía —dijo entonces— para que le corten la mano con que ha tocado el manjar de ajo.

—Hermana —objetaron las damas—, lleváis demasiado lejos vuestro resentimiento. Es cierto que no sabe vivir en vuestro ambiente y que ignora vuestra jerarquía y las consideraciones que os son debidas, pero os suplicamos que le perdonéis.

—No estoy satisfecha aún —replicó mi esposa—. Quiero que este hombre aprenda a vivir y que lleve por siempre señales de su grosería, para que no se le vuelva a ocurrir jamás probar el ajo sin lavarse las manos en seguida.

Y dicho esto, hizo que me tendieran de nuevo en el suelo, tomó una navaja de afeitar, con una crueldad inconcebible me cortó los dedos pulgares de las manos y de los pies. Rendido por la emoción y por el dolor, perdí el conocimiento, y cuando volví en mí vi que me habían hecho una cura para contener la sangre que manaba de mis heridas.

—Señora —dije entonces a mi mujer—, si vuelvo a probar guisos condimentados con ajo, os juro que me he de lavar las manos ciento veinte veces con álcali, ceniza y jabón.

—Sólo con esa condición olvidaré el pasado y os permitiré vivir a mi lado —me dijo ella.

Ésta es, señores —prosiguió el mercader de Bagdad, dirigiéndose a los convidados—, la razón que tenía para negarme a comer de ese manjar.

Al cabo de un año mi mujer cayó gravemente enferma y murió en pocos días. Hubiera podido volver a casarme y vivir cómodamente en Bagdad, pero mi manía por recorrer mundo me sugirió otros designios. Vendí mi casa, y después de haber comprado muchas telas, me uní a una caravana de mercaderes y fui a Persia. De allí pasé a Samarcanda, de donde vine para establecerme en esta ciudad.

—Ahora, señor —dijo el proveedor al califa de Kasgar—, ya conocéis la historia del mercader de Bagdad que comió ayer en el banquete al que yo asistí.

—Esa historia —repuso el sultán— encierra, en efecto, algún interés, pero no tanto como la del jorobado.

Entonces se adelantó el médico y, mientras se postraba a los pies del sultán, exclamó:

—Puesto que tanto agradan a vuestra majestad las historias, quisiera contaros una.

—La escucharé gustoso —repuso el soberano—, pero si no es más interesante que la del jorobadito, te mandaré ahorcar.

Historia contada por un médico judío

SEÑOR, en la época en que yo estudiaba medicina en Damasco fui llamado para ver a un enfermo a la casa del gobernador de la ciudad. El paciente era un joven de gallarda presencia, el cual, en vez de la mano derecha, me presentó la izquierda para que le tomase el pulso. No dejó de chocarme esta circunstancia hasta que, al cabo de diez días y curado ya el enfermo, noté que le faltaba la mano derecha. Paseando un día los dos solos por los jardines del gobernador, pregunté al joven el motivo del defecto del que adolecía, y entonces me contó su historia.

—He nacido en Mosul —dijo—, en una de las familias más notables de la ciudad, y fui educado con gran esmero. Mi padre y mis tíos, mercaderes opulentos, determinaron hacer un viaje a Egipto a las orillas del Nilo, de ese río prodigioso cuyas aguas y arenas fertilizan aquellas comarcas, haciéndolas las más ricas del mundo, y yo, mayor ya y apasionado de los viajes, pude conseguir de mi padre que le acompañase, dándome una participación en los negocios que iba a emprender, pero debía quedarme en Damasco mientras mis parientes continuaban su excursión a Egipto. Atravesamos la Mesopotamia y el río Éufrates, y desde Alepo pasamos a Damasco, donde me quedé, según lo convenido, gozando en una casa magnífica de las ganancias obtenidas en la venta de mis mercancías. Una mañana llegaron a mi tienda dos jóvenes damas de la ciudad para hacer algunas compras, cuando una de ellas fue atacada por violentas convulsiones y expiró en mis brazos en medio de la más espantosa agonía. Mientras tanto la otra huyó y tuve sospechas de que hubiese envenenado a su amiga. Con las mayores precauciones hice enterrar el cadáver en el patio de mi casa, después cerré y puse mi sello a las puertas, pagué un año anticipado de alquiler al propietario del edificio y me fui a El Cairo, en busca de mis tíos, con pretexto de negocios urgentes que allí reclamaban mi presencia. Tres años permanecí en El Cairo y en Egipto, y al cabo de ese tiempo regresé a Damasco, hallando mi casa y mis muebles en el mayor orden. En el salón encontré un collar de oro enriquecido de gruesas perlas, alhaja que al instante reconocí, porque era la que llevaba al cuello la joven que había muerto envenenada en mi habitación. Algunos meses después de mi llegada a la ciudad, me vi obligado por las circunstancias a vender el collar, y fui a la tienda de un joyero, el cual me ofreció cincuenta scherifes, aunque reconoció que la prenda valía más de dos mil. Apurado por la escasez de dinero, consentí en recibir tan pequeña suma. Salió a la calle el joyero con el pretexto de buscar metálico en la tienda de un vecino suyo, pero volvió con un oficial de policía a quien me denunció como ladrón, suponiendo que yo le había robado la prenda hacía tres años y que había tenido la osadía de ir a venderla por la miserable cantidad de cincuenta scherifes, aunque valía más de dos mil. El oficial mandó que me diesen cien palos para que confesase la verdad, y la violencia del castigo me hizo declarar que, en efecto, yo había robado el collar de oro. Entonces no hubo remedio, y como castigo a mi supuesto crimen me cortaron la mano derecha. Deshonrado, aborrecido de todos, y sin atreverme a volver a Mosul, permanecí en la mayor aflicción y aislamiento, cuando a los tres días fui conducido entre soldados a la presencia del gobernador de Damasco, porque se había descubierto que el collar de perlas perteneció a una de sus hijas, desaparecida de la ciudad hacía tres años. Es decir, que sobre mi persona recayeron hasta sospechas de que yo fuese autor de un asesinato. Referí al bondadoso gobernador todo lo sucedido con esa sencilla elocuencia que sólo tiene el lenguaje de la verdad. El gobernador, convencido de mi inocencia, me dijo:

»—Hijo mío, permíteme que desde hoy te dé este dulce nombre. Has de saber que he sido el padre más desgraciado del mundo. La mayor de mis hijas, arrebatada por la pasión de los celos, envenenó a su hermana, que es la que fue a morir a tu casa, y los remordimientos le hicieron confesar su delito pocos momentos antes de morir agobiada bajo el peso de la conciencia. En medio del delirio reveló que su víctima llevaba ese collar de perlas el día del

fallecimiento y he mandado hoy traerte aquí para esclarecer el misterio que envolvía el desgraciado fin de mi pobre hija. Todavía me queda otra y te la ofrezco en matrimonio, y como parte de dote los bienes que confiscaré del infame joyero que te ha calumniado.

»Y así se hizo todo. A los ocho días uní mi suerte a la de la hija del gobernador de Damasco, en cuyo palacio vivo dichoso como veis, gozando de la herencia de mis tíos y de mi padre, muerto hace poco en Mosul, después de larga vida.

He aquí la historia del joven —continuó el médico judío— y el origen de la pérdida de la mano derecha.

—Muy bien —exclamó el sultán de Kasgar—, pero el cuento no es tan divertido como el del jorobadito y, por consiguiente, no me encuentro inclinado a concederos la vida.

—Señor —dijo el sastre—, puesto que vuestra majestad gusta de las historias divertidas, voy a referirle una que sin duda llenará sus deseos.

Y, sin esperar respuesta, dio así principio a su cuento con la mayor confianza y casi seguro del éxito.

Historia contada por el sastre

UNO DE mis amigos me convidó días pasados a comer con él y con otras personas a quienes había invitado también para que participasen del festín. Entre los asistentes se contaban un joven cojo y un barbero de la ciudad, y apenas vio el primero al rapabarbas pidió al dueño de la casa permiso para retirarse, porque, según dijo, no podía resistir la presencia del barbero, pues aquel hombre era la causa de su cojera y de sus desgracias.

Todos le rogamos que nos contara la historia y, al fin, cediendo a nuestras súplicas, empezó a hablar de este modo con la espalda vuelta al barbero para no verle.

Historia del joven cojo

MI PADRE tenía en Bagdad una posición que le permitía aspirar a los más elevados cargos, pero prefirió llevar una vida tranquila. No tuvo más hijos que yo, y cuando murió estaba ya capacitado para administrar las muchas riquezas que me legó. Cierto día, hallándome en medio de la calle, vi avanzar hacia mí una turba de mujeres y, para no tropezar con ellas, me subí en el escalón de una puerta. Frente a mí había una ventana, y en el alféizar una maceta de preciosas flores que yo contemplaba con curiosidad, cuando se abrieron los postigos y apareció una joven cuya belleza me deslumbró.

La encantadora joven se fijó en seguida en mí y, al tiempo que acariciaba las flores con una mano más blanca que el alabastro, me envolvió con una mirada, acompañada de una sonrisa, que me hizo sentir por ella tanto amor como aversión había experimentado hasta entonces por todas las mujeres.

Cuando se hubo cansado de acariciar las flores, de abrasarme con sus miradas y de enloquecerme con sus sonrisas, cerró la ventana, pero yo continué largo rato como petrificado en el escalón sin acertar a explicarme lo que me pasaba. Volví a mi casa agitado y me acosté en seguida, presa de una fiebre altísima que alarmó a mis familiares y parientes, los cuales me acosaron inútilmente a preguntas para saber la causa de mi repentina postración. Desesperaban ya de salvarme la vida cuando llegó una vieja que me examinó detenidamente y adivinó la causa de mi enfermedad. Entonces mandó que se retirasen todos los presentes y cuando hubieron salido se sentó a la cabecera de mi lecho y me dijo:

—Hijo mío, os habéis obstinado hasta ahora en ocultar la causa de vuestra dolencia, pero yo no necesito que me la manifestéis. Tengo suficiente experiencia de la vida para captar vuestro secreto y no lo negaréis, seguramente, cuando os diga que vuestra enfermedad es de amor. Yo os puedo curar, si me decís el nombre de la afortunada que ha sabido adueñarse de un corazón tan insensible como el vuestro, pues es fama que no habéis amado nunca a las mujeres. Así, he venido con el exclusivo objeto de curaros, y espero que no rehusaréis mis servicios.

Tanto dijo la vieja y de tal modo insistió, que al fin rompí el silencio y le expliqué detalladamente lo que me había ocurrido.

—Hijo mío —me contestó la anciana—, conozco a la joven de quien me habláis. Es tal como la habéis juzgado, hija del primer cadí de esta ciudad. No me sorprende que os hayáis enamorado de ella, pues es la más bella y amable entre todas las mujeres de Bagdad, pero me disgusta que sea tan severa e inaccesible. Emplearé, sin embargo, toda mi astucia, aunque os prevengo que necesitaré tiempo para lograr mi objeto. Entretanto, no os desaniméis y procurad restableceros cuanto antes.

La vieja volvió al día siguiente, pero comprendí, por la expresión de su rostro, que no tenía nada grato que comunicarme.

—Hijo mío, no me había engañado, la vigilancia de su padre no es el menor obstáculo que he de remover. Se trata de una mujer insensible que goza haciendo sufrir a los que se enamoran de ella. Me escuchó con agrado mientras le hablé de vuestra enfermedad, mas, apenas le insinué que deseabais verla y hablar con ella, me contestó secamente: «Sois demasiado atrevida para hacerme semejante proposición, y os prohíbo que volváis a poner los pies en mi casa si con tales propósitos venís». Pero yo no me desanimo tan fácilmente, y aunque preveo que me ha de costar mucho trabajo, acabaré por conseguir mi objetivo.

Para abreviar la narración, os diré que aquella buena mensajera hizo diversas tentativas cerca de la cruel enemiga de mi reposo, pero todas en vano.

—Hijo mío —me dijo en cierta ocasión la vieja—, no moriréis de ésta y confío en que pronto os veré completamente curado. Ayer volví a casa de vuestra dama y la encontré muy alegre, entonces yo fingí una profunda tristeza, lancé suspiro tras suspiro y acabé por prorrumpir en llanto. «Qué os pasa, abuela? ¿Por qué estáis tan afligida?», me preguntó. Le contesté: «¡Ay, mi buena y respetable señora! Vengo de casa del joven de quien os he hablado, el pobrecito está ya a las puertas de la muerte. ¡Qué pena me produce pensar que vuestra crueldad es la causa de todo esto!».

Suspiró y repuso: «Pues bien, decidle que consentiré en que venga a verme, pero que no espere otros favores y que renuncie a sus esperanzas de ser mi esposo si mi padre se opone a nuestro matrimonio. Así pues, que venga el viernes durante la oración del mediodía. Que aceche la ocasión para acercarse a mi puerta en cuanto salga mi padre, yo le veré desde la ventana y bajaré a abrirle». Hoy es miércoles —prosiguió la vieja—, de aquí al viernes tenéis tiempo suficiente para recobrar vuestras fuerzas y disponeros para hacer esa visita.

A medida que la vieja hablaba, me sentía mejor, y al final de su largo discurso me encontré perfectamente curado.

—Tomad —le dije, entregándole una bolsa llena de oro—, a vos soy deudor de mi curación.

El viernes por la mañana llegó la vieja mientras yo me vestía.

—No os pregunto cómo estáis, pues la ocupación a que os veo entregado me lo dice claramente, ¿pero no os lavaréis antes de ir a la casa de la hija del cadí?

—En eso se emplea mucho tiempo —contesté—. Llamaré a un barbero para que me afeite y me corte los cabellos.

El esclavo a quien envié a buscarlo volvió acompañado del desgraciado barbero aquí presente, el cual, después de haberme saludado, comenzó diciendo:

—Señor, según vuestro aspecto, no gozáis de buena salud.

—En efecto, así es —respondí al barbero—. Estoy convaleciente de una penosa enfermedad.

—Que Dios os libre de todo mal y que siempre os acompañe su protección.

—Muchas gracias.

—He traído las navajas y las lancetas, y espero me digáis si se trata de sangraros o de afeitaros.

—De afeitarme nada más, y despachaos pronto porque tengo que salir precisamente a las doce.

El barbero sacó sus efectos con gran calma, luego un gran astrolabio, y provisto de este instrumento, se fue al centro del patio a consultar el sol. Después entró en mi habitación con la mayor tranquilidad, y me dijo:

—Sabed, señor, que hoy es el viernes decimoctavo de la luna de Safar, año 653 de la retirada de nuestro gran profeta de La Meca a Medina, y por la conjunción de Marte y de Mercurio eso significa que no podéis haber elegido mejor día para haceros afeitar. Sin embargo, hay un signo que demuestra que corréis peligro, no de perder la vida, sino de contraer un defecto que os durará siempre.

—No os he llamado para consultaros sobre astrología —exclamé lleno de ira—, sino para que me afeitéis pronto. De lo contrario, mandaré venir a otro barbero.

—Difícilmente encontraréis uno como yo que sea médico, astrólogo, alquimista, gramático, retórico, matemático, lógico, historiador, poeta y novelista. Además, soy filósofo, arquitecto y abogado, y todas estas prendas y circunstancias me valieron el aprecio de vuestro difunto padre, a quien siempre profesé estimación sin igual y respetuoso cariño.

—Pues todos estos títulos —le respondí— no impiden que seáis un charlatán insoportable, capaz de apurar la paciencia de un santo.

—Tengo seis hermanos que hablan más que yo, y a ésos sí pudieseis acusar de charlatanes; pero no a mí, que soy hombre callado y conciso en mis discursos y peroraciones.

—Dad a este barbero tres monedas de oro y que se marche —dije a mis esclavos en el colmo de la desesperación.

—Vos sois quien me ha mandado venir, y juro a fe de musulmán que no saldré de esta casa sin haberos afeitado a mi gusto.

Y en seguida ensartó un nuevo discurso que duró más de media hora. Entonces empleé las súplicas, que no surtieron efecto, y luego las amenazas. Al fin, se decidió a enjabonarme la cara, pero apenas me puso encima la navaja se detuvo:

—Convaleciente de una enfermedad —dijo— no debierais entregaros a esos arrebatos, que os pueden costar caros y ocasionaros una fatal recaída. Tranquilizaos, pues, tened confianza en mí, y referidme qué asunto os obliga a afeitaros y a salir hoy a las doce, para cuya hora, dicho sea de paso, falta todavía bastante tiempo. Y, a decir verdad, yo soy quien tiene prisa, porque he invitado a comer a varios amigos y no he hecho aún mis compras y preparativos.

Creyendo obligarle por este medio, mandé a mis esclavos que le trajesen de toda clase de frutos, vinos y viandas. Apenas vio los manjares, soltó la navaja y comenzó a examinarlos con una flema que me hizo perder la poca paciencia que me quedaba. Lejos de intimidarse con mis gritos e imprecaciones, se empeñó en que fuese a comer con él y con los amigos que había convidado. Le respondí que me era imposible acceder a su deseo, pero que concluyese ante todo de afeitarme, lo cual hizo refunfuñando y de la peor gana posible. Sin lavarme la cara insistió de nuevo en que fuera con él a su casa, mientras recogía los víveres esparcidos por el suelo, y ya entonces, fuera de mí y con el anhelo de verme libre de sus importunidades, di al barbero un soberbio puntapié que le obligó a bajar los escalones de cuatro en cuatro.

Me vestí apresurado y, al salir a la calle y llegar a la puerta del cadí, vi al barbero, que me había acechado y me esperaba escondido en una puerta. No bien hube entrado en el edificio y dirigido las primeras palabras a la hermosa hija del cadí, entró éste de vuelta de la oración dando de palos a un esclavo infiel, el cual lanzaba gritos agudos arrancados por el dolor. Creyó el maldito barbero que yo era quien me quejaba de tal suerte, y, llevado de un celo indiscreto, corrió a mi casa, armó de garrotes a todos mis criados y fueron en tumulto a casa del cadí con pretexto de libertarme de su furia. Asombrado el cadí, salió al encuentro de aquella turba sin comprender lo que decían, puesto que ignoraba mi presencia allí, y el barbero y mis criados le insultaron, llamándole embustero, lanzándose en mi busca por todas las habitaciones, como una horda de gente desenfrenada.

Yo, que todo lo había oído, me oculté en un cofre vacío, pero el barbero registró hasta los últimos rincones, y al encontrarme en dicho escondite, cargó con el cofre y se dirigió a la calle seguido de la gran multitud atraída por el escándalo del suceso. Pero desgraciadamente se hundió el fondo del cofre con el peso de mi cuerpo, y caí al suelo, rompiéndome una pierna, origen de mi cojera. A pesar del horrible dolor que sentía, eché a correr como un gamo, y el barbero siempre detrás de mí gritándome para que detuviese mis pasos y oyera sus fastidiosas protestas de amistad.

Pude llegar a mi casa solamente dos o tres minutos antes que mi cruel perseguidor, y en seguida cerré la puerta con orden de que no le dejasen entrar a ninguna hora ni del día ni de la noche. Me curé en secreto, para librarme de sus inevitables visitas, y cuando me fue posible andar sin trabajo realicé testamento de mis bienes y abandoné mi familia, mi pueblo y mi patria, temeroso de que ese barbero, que es mi sombra y mi pesadilla, se me apareciese de nuevo a causarme mayores desgracias que las que ya me ha proporcionado. Juzgad ahora, señores, el efecto que me habrá producido su presencia, y si no está justificado el horror que su vista me inspira.

Al terminar de decir estas palabras, el mancebo cojo se levantó y salió del aposento. El amo de la casa le acompañó hasta la puerta, manifestándole cuánto sentía haberle dado tanto motivo de sentimiento, aunque no hubiese sido su culpa.

Cuando el joven se hubo marchado —prosiguió el sastre— nos quedamos todos atónitos con su historia. Volvimos nuestras miradas hacia el barbero, y le dijimos que era muy culpable, en caso de ser cierto lo que acabábamos de oír.

—Señores —nos respondió alzando la cabeza, que hasta entonces había mantenido baja—, el silencio que he guardado mientras ese joven ha estado hablando debe serviros de testimonio de que nada ha dicho en que no convenga con él. Pero como quiera que sea, sostengo que he debido hacer lo que hice, y si no, sed vosotros mismos los jueces, ¿no se había metido en un aprieto del que no hubiera salido tan a salvo sin mi auxilio? Muy afortunado es si le cuesta sólo una pierna lisiada. ¿No me he expuesto yo a un peligro mucho mayor para sacarle de una casa en donde yo creía que le estaban atropellando? ¿Tiene motivo para quejarse de mí e insultarme en términos tan violentos? Esto es lo que se gana con servir a ingratos. Me culpa de ser hablador, ésa es una calumnia. De siete hermanos que éramos, yo soy el que menos hablo y el que tengo más talento, y para que convengáis en ello, señores míos, voy a contaros mi historia y la suya. Favorecedme con vuestra atención.

Historia del barbero

EN EL reinado del califa Mostaser Billah príncipe tan famoso por sus inmensas liberalidades con los pobres, diez salteadores atajaban los caminos en los alrededores de Bagdad y cometían muchos robos y crueldades inauditas. Enterado el califa, hizo llamar al juez de policía pocos días antes de la fiesta del Bairán, y le mandó, so pena de la vida, que se los trajera todos.

El juez de policía practicó sus diligencias y puso tanta gente en campaña que los diez salteadores fueron cogidos el día mismo del Bairán. Casualmente me estaba yo paseando entonces por la orilla del Tigris y vi diez hombres bastante bien vestidos, que se embarcaban en una lancha. Si hubiese reparado en la guardia que los escoltaba, fácilmente hubiera conocido que eran malhechores, pero tan sólo reparé en sus personas, y embargado con la aprensión de que era gente que iba a divertirse y a pasar la fiesta en algún banquete, entré en la barca sin decir palabra, con la esperanza de alternar con ellos en aquel paseo. Bajamos por el Tigris y desembarcamos delante del alcázar del califa. Tuve tiempo para volver en mí y advertir que me había equivocado. Al salir de la barca nos vimos rodeados por una nueva escuadra de guardias, que nos ataron y llevaron a la presencia del califa. Me dejé atar como los demás sin decir palabra, y en efecto, ¿de qué me hubiera servido hablar y oponer resistencia? Esto no hubiera conducido sino a que los guardias me maltrataran sin escucharme, porque son unos bárbaros que en nada reparan. Yo me hallaba con los salteadores, y bastaba esto para que creyesen que debía ser uno de tantos. Cuando estuvimos delante del califa, mandó que se castigara a los diez facinerosos.

—Que les corten la cabeza a esos diez malvados —dijo.

Al momento el verdugo nos puso en línea al alcance de su mano y felizmente me hallé colocado el último. Decapitó a los diez empezando por el primero, y cuando llegó a mí, se paró. El califa, viendo que el verdugo no me tocaba, se enojó.

—¿No te he mandado —le dijo— que cortes la cabeza a diez ladrones? ¿Por qué la cortas sólo a nueve?

—Comendador de los creyentes —respondió el verdugo—, guárdeme Dios de no haber ejecutado la orden de vuestra majestad. Aquí están en el suelo diez cadáveres y otras tantas cabezas cortadas, como puede ver.

Cuando el califa hubo verificado por sí mismo que el verdugo decía la verdad, me miró con extrañeza, y no advirtiéndome fisonomía de salteador, me dijo:

—Buen anciano, ¿por qué casualidad os halláis envuelto con esos desastrados, dignos de mil muertes?

Yo le respondí:

—Comendador de los creyentes, voy a deciros la verdad: he visto esta mañana que entraban en una barca esos diez hombres, cuyo castigo acaba de hacer patente la justicia de vuestra majestad, y embarqué con ellos, convencido de que iban a celebrar este día, que es el más grande de nuestra religión.

El califa no pudo menos que reírse de mi aventura, y obrando de muy diferente modo que ese joven cojo que me trata de hablador, admiró mi discreción y constancia en guardar silencio.

—Comendador de los creyentes —le dije—, no extrañe vuestra majestad que haya callado en un trance en que cualquier otro hubiera tenido ganas de hablar. Hago una profesión particular de callar y por esta virtud he merecido el glorioso título de «el Silencioso», pues así me llaman para distinguirme de los seis hermanos que he tenido. Éste es el fruto que he sacado de mi filosofía, en una palabra: esta virtud constituye toda mi gloria y felicidad.

—Mucho me alegro —me dijo riéndose el califa— que os hayan dado un dictado del que tan buen uso estáis haciendo, pero decidme: ¿qué clase de hombres eran vuestros hermanos? ¿Se os parecían en algo?

—De ningún modo —le repliqué—. Eran todos a cuál más parlanchín, y en cuanto a su persona había también una gran diferencia entre ellos y yo. El primero era jorobado; el segundo, desdentado; el tercero, ciego; el cuarto, tuerto; el quinto, desorejado; y el sexto tenía los labios hendidos. Les han sucedido lances que os harían formar concepto de sus índoles, si vuestra majestad me permitiera referírselos.

Como me pareció que el califa se mostraba deseoso de oírlos, proseguí sin aguardar sus órdenes.

Historia del primer hermano del barbero

SEÑOR mi hermano mayor, llamado Bacbuc el jorobado, era sastre. Cuando hubo acabado su aprendizaje, alquiló una tienda enfrente de un molino, pero como aún no tenía parroquianos, pasaba fatigas; a la vez su vecino el molinero estaba muy acomodado y poseía una hermosísima mujer. Un día que mi hermano estaba trabajando en su tienda, alzó la cabeza y vio a la molinera asomada a la ventana que miraba a la calle. La halló tan hermosa que vino a quedar prendado de ella. En cuanto a la molinera, ningún caso hizo de él. Cerró la ventana y no volvió a asomarse en todo el día. Sin embargo, el pobre sastre no hacía más que alzar la cabeza y los ojos al molino, y mientras se estaba afanando, más de una vez se pinchó los dedos, y su trabajo de aquel día no fue muy cumplido. Por la tarde, cuando hubo de cerrar su tienda, se le hizo cuesta arriba, porque esperaba que la molinera se asomaría otra vez; mas al fin tuvo que cerrarla y retirarse a su habitación, en donde pasó una malísima noche.

Verdad es que por este motivo se levantó más temprano, y que la impaciencia de ver a su amada le llevó antes a la tienda, pero tampoco logró su anhelo en todo el día, pues la molinera no se asomó sino una sola vez, aunque bastó esto para que mi hermano quedase muy enamorado. El tercer día tuvo más motivo de satisfacción que los otros dos, la molinera le echó casualmente una mirada y lo sorprendió con los ojos clavados en ella, con lo cual conoció lo que estaba pasando en su interior.

Comendador de los creyentes, habéis de saber que apenas la molinera se enteró del cariño de mi hermano cuando, en vez de enfadarse, determinó divertirse a costa de él. Le miró con semblante risueño. Mi hermano la miró también, pero de un modo tan chistoso, que la molinera cerró en seguida la ventana por no soltar una carcajada que diera a conocer a mi hermano qué ridículo le parecía. El inocente Bacbuc interpretó esta acción a su favor y no dejó de lisonjearse de que le habían mirado con buenos ojos. La molinera determinó, pues, divertirse más y más a costa de mi hermano. Tenía una pieza de hermosa tela con que trataba de hacerse un vestido. Envolviéndola en un pañuelo bordado de seda, se la envió por medio de una muchacha esclava que tenía. Ésta, muy aplicada, fue a la tienda del sastre y le dijo:

—Mi ama os saluda y ruega que le hagáis un vestido con esta pieza de tela, según el corte de este otro que os envío. Muda de vestido con mucha frecuencia, y será una parroquiana que os tendrá cuenta.

Mi hermano conceptuó que la molinera estaba enamorada de él, e incluso creyó que le enviaba quehacer por lo que había mediado entre ellos, para demostrarle que había calado lo íntimo de su corazón.

Embargado por este afán, encargó a la esclava que dijera a su ama que iba a dejarlo todo para servirla, y que el vestido estaría pronto, para el día siguiente. En efecto, trabajó en él con tanto ahínco que lo acabó aquel mismo día. Al siguiente, la muchacha esclava vino a ver si el vestido estaba acabado, y Bacbuc se lo dio muy bien doblado, diciéndole:

—Estoy muy interesado en dar gusto a vuestra ama como para que me haya olvidado de su vestido. Quiero empeñarla con mi diligencia en no valerse en adelante sino de mí.

Dio la muchacha algunos pasos en ademán de marcharse. Luego, volviéndose, le dijo al oído a mi hermano:

—Ahora que me acuerdo, mi ama me ha encargado que os salude de su parte y que os pregunte cómo habéis pasado la noche. En cuanto a ella, os ama tanto que no ha podido dormir.

—Decidle —respondió enajenado mi hermano mentecato— que estoy ardiendo todo en amor por ella, y que hace cuatro noches que no he cerrado los ojos.

Después de este cumplido por parte de la molinera, se lisonjeó de que no suspiraría mucho tiempo en balde tras sus finezas. Aún no hacía un cuarto de hora que la esclava había dejado a mi hermano cuando la vio volver con una pieza de raso.

—Mi ama —le dijo— está muy satisfecha de su vestido, pues le sienta a las mil maravillas, pero como quiere llevarlo con calzones nuevos, os ruega que le hagáis pronto unos con esta pieza de raso.

—Muy bien —respondió Bacbuc—. Estarán listos hoy mismo, antes que salga de la tienda. Venidlos a buscar antes del anochecer.

La molinera se asomó numerosas veces a la ventana, mostrándose a mi hermano para estimularle en su tarea. Éste trabajaba con afán, y los calzones quedaron pronto acabados. La esclava vino por ellos, pero no le trajo al sastre el dinero que había desembolsado para los forros del vestido y los calzones ni con qué pagar la hechura de uno y otro. Entretanto, aquel desventurado amante, a cuya costa se estaban divirtiendo sin que él lo advirtiera, no había comido nada en todo aquel día, y tuvo que pedir prestadas algunas monedas de cobre para comprar algo que cenar. Al día siguiente, después de abrir la tienda, entró la esclava y le contó que el molinero deseaba hablarle.

—Mi ama —añadió— le ha dicho tantos bienes de vuestro obrar, que desea que trabajéis también para él. Lo ha hecho con intento de que las relaciones que se entablen entre vos y él contribuyan al logro de lo que ambos deseáis.

Mi hermano se dejó persuadir, y fue al molino con la esclava. El molinero le agasajó, y presentándole una pieza de tela le dijo:

—Necesito camisas. Aquí hay tela para ellas, me parece que podéis sacar veinte, y si sobra tela, me la devolveréis.

Mi hermano tuvo quehacer para cinco o seis días con las veinte camisas para el molinero, quien le dio después otra pieza de tela para que le hiciera igual número de calzones. Cuando estuvieron acabados, Bacbuc se los llevó al molinero, quien le preguntó cuánto era su trabajo, a lo que mi hermano le dijo que se contentaría con veinte dracmas de plata. El molinero llamó entonces a la esclava y le dijo que le trajera las balanzas para ver si era de peso el dinero que iba a darle. La esclava, que estaba avisada, miró a mi hermano con enojo, dándole a entender que iba a echarlo a perder todo si recibía dinero. Así lo entendió y rehusó tomarlo, aunque lo necesitaba y me pidió prestado para comprar el hilo con que había cosido camisas y calzones. Al salir de casa del molinero vino a rogarme que le dejara algún dinero, diciéndome que no le pagaban. Le di algunas monedas de cobre que tenía en la bolsa y con esto vivió algunos días, aunque sólo se mantenía de patatas, e incluso de ellas con suma escasez.

Un día entró en casa del molinero, que estaba ocupado en sus quehaceres, y creyendo éste que mi hermano iba a pedirle dinero, se lo ofreció; pero la esclava, que se hallaba presente, le hizo otra vez una seña, lo cual le estorbó admitirlo, respondiendo al molinero que no iba por eso a su casa, sino para informarse de su salud. El molinero se lo agradeció y le dio a hacer otro vestido que Bacbuc llevó hecho al día siguiente. El molinero sacó su bolsa, pero bastó que la esclava echara una mirada a mi hermano para que éste le dijera al molinero:

—Vecino, no es asunto de apuro, ya arreglaremos cuentas cualquier otro día.

Así, aquel pobre tonto se retiró a su tienda con tres grandes achaques, esto es, enamorado, hambriento y sin dinero.

La molinera pecaba de avariciosa y mal intencionada. No se contentó con frustrar a mi hermano de lo que se le debía, sino que movió a su marido para que se vengara del amor que le estaba profesando, y se valieron del siguiente medio: el molinero convidó una noche a Bacbuc a cenar, y después de haberle tratado mal, le dijo:

—Amigo, quedaos aquí, puesto que ya es demasiado tarde para que os retiréis.

Diciendo esto, lo llevó a un lugar del molino en que había una cama. Allí lo dejó y se retiró con su mujer al aposento donde solían dormir. A medianoche, el molinero fue a buscar a mi hermano.

—Vecino —le dijo—, ¿estáis durmiendo? Tengo la mula enferma y mucho trigo que moler, y así me haríais gran favor si dierais vueltas al molino en su lugar.

Bacbuc, deseando manifestarle que era un hombre dispuesto, le respondió que tenía la voluntad de darle gusto y que no tenía más que enseñarle lo que debía hacer. Entonces el molinero lo ató por la cintura como una mula que da vueltas a la tahona, y después, propinándole un latigazo, le dijo:

—Vamos, vecino.

—¿Y por qué me pegáis? —le preguntó mi hermano.

—Es para daros ánimo —le respondió el molinero—, porque, de no ser así, mi mula no camina.

Bacbuc se extrañó de aquel procedimiento, pero no se atrevió a quejarse. Cuando hubo dado cinco o seis vueltas, quiso descansar, pero el molinero le descargó una docena de latigazos, gritándole:

—Ánimo, vecino, no hay que pararse. Caminad sin cobrar aliento, si no, echaríais a perder la harina.

El molinero obligó a mi hermano a dar vueltas a su tahona toda la noche, y al amanecer lo dejó atado, y al fin acudió la esclava y lo desató.

—¡Ah! ¡Cuánto os hemos compadecido mi buena ama y yo! —exclamó la malvada—. Ninguna parte nos cabe en la burla que os ha hecho el amo.

El desventurado Bacbuc nada respondió, tan cansado y molido estaba de los golpes, pero se volvió a casa formando el firme propósito de no pensar más en la molinera.

La narración de esta historia hizo reír al califa.

—Vete —me dijo—, vuélvete a casa, van a darte algo de mi parte para consolarte de haber errado el convite que esperabas.

—Comendador de los creyentes —repliqué—, ruego a vuestra majestad que me permita no recibir nada hasta que le haya referido la historia de mis demás hermanos.

El califa me manifestó con su silencio que estaba dispuesto a escucharme, y así proseguí en estos términos:

Historia del segundo hermano del barbero

MI SEGUNDO hermano, llamado Bakbarah el Desdentado, andando un día por la ciudad topó con cierta vieja en una calle extraviada que se le acercó y le dijo:

—Tengo una palabrita que deciros y os ruego que os paréis un momento.

Mi hermano se paró, preguntándole lo que quería, y ella repuso:

—Si os huelga venir conmigo, os llevaré a un magnífico palacio en donde veréis a una señora más hermosa que la luz. Os admitirá con mucho gusto, y os dará un aperitivo con exquisitos vinos. No necesito explicarme más.

—¿Y es cierto lo que me decís? —replicó mi hermano.

—No soy una mentirosa —repuso la vieja—. Nada os propongo que no sea positivo, pero escuchad lo que os exijo: hay que manifestar cordura, hablar poco y tener infinita condescendencia.

Bakbarah se sujetó a estas condiciones, la anciana echó a andar delante y él la siguió. Llegaron a la puerta de un gran palacio, donde había muchos criados y esclavos que quisieron detener a mi hermano, pero cuando la vieja habló, lo dejaron pasar a sus anchas. Entonces ésta se volvió a mi hermano y le dijo:

—Cuidado, no olvidéis que la señorita a cuya casa os traigo prefiere sobre todo la suavidad y el decoro, y que no quiere que la contradigan. Con tal que le deis gusto en todo, podéis contar con que conseguiréis de ella cuanto podéis apetecer.

Bakbarah le dio las gracias por el consejo y prometió aprovecharse de él. La anciana le hizo entrar en un hermoso edificio que correspondía a la magnificencia del palacio. Había alrededor una galería, y en el centro se veía un precioso jardín. Le dijo que se sentara en un sofá ricamente guarnecido y que aguardara un momento, pues iba a participar su llegada a la dueña.

Mi hermano, que en su vida había entrado en paraje tan suntuoso, se estuvo empapando largo rato en tantísimos primores como atesoraba aquella estancia, y considerando su ventura por la magnificencia que presenciaba, apenas podía contener su alborozo. Pronto oyó un gran bullicio causado por una cuadrilla de esclavas joviales que se acercaron a él dando carcajadas, y en medio de ellas advirtió una señorita de peregrina hermosura, que se daba fácilmente a conocer como ama por los miramientos que merecía a todas. Bakbarah, que se prometía una conversación privada con la dama, se quedó pasmado al verla llegar con tanto acompañamiento. Sin embargo, las esclavas se revistieron de mucha gravedad al acercársele y cuando la beldad estuvo junto al sofá, mi hermano se levantó y le hizo una rendida cortesía. Ocupó la joven el asiento principal, y habiéndole rogado que volviera a sentarse, le dijo con semblante risueño:

—Me alegro mucho de veros, y os deseo cuanta ventura podáis apetecer.

—Señora —le respondió Bakbarah—, ninguna mayor puede caberme que la honra de presentarme ante vuestros ojos.

—Me parece que tenéis el genio festivo —replicó— y que estaréis dispuesto a que pasemos alegremente el tiempo juntos.

Al momento mandó que sirvieran el aperitivo, y cubrieron una mesa con varios canastillos de frutas y dulces. Se sentó con las esclavas y con mi hermano, y como éste se hallaba enfrente de ella, cuando abría la boca para comer la dama advertía que era desdentado, y se lo hacía reparar a las esclavas, que se echaban a reír con ella. Bakbarah, que de cuando en cuando alzaba la cabeza para mirarla y la veía reír, se imaginó que era del alegrón de su venida, y que pronto despediría a sus esclavas para quedarse a solas con él. La joven juzgó cuáles eran sus pensamientos, y complaciéndose de mantenerle en equivocación tan halagüeña, le dijo mil lindezas y le fue presentando con suma fineza lo más exquisito.

Terminado el aperitivo, se levantaron de la mesa. Diez esclavas tomaron instrumentos y se pusieron a tocar y cantar, mientras que otras empezaron a bailar. Mi hermano bailó también para terciar expresivamente en el regocijo, y la señorita lo hizo igualmente. Después de haber bailado algún tiempo, se sentaron para cobrar aliento. La señora mandó que le dieran un vaso de vino y miró a mi hermano con ojos risueños, para denotarle que iba a beber a su salud. Él se levantó y permaneció en pie mientras bebía. Cuando ella hubo acabado, en vez de devolver el vaso, lo mandó llenar y lo presentó a mi hermano para que brindara.

Mi hermano tomó el vaso de mano de la señorita, besándosela, y bebió en pie, reconocido a la distinción que recibía. Luego la joven lo hizo sentar a su lado, le estuvo halagando y le pasó la mano por la espalda dándole palmaditas de tanto en tanto. Embriagado con estas finezas, se creía el más venturoso de todos los hombres y se sentía dispuesto a retozar con aquella hermosa joven, pero no se atrevía a tomarse esta libertad delante de tantas esclavas que tenían los ojos clavados en él, riéndose continuamente con su diversión. La dama siguió dándole palmaditas, y al fin le descargó tal bofetón que le dejó parado. Se sonrojó, y se levantó para alejarse de ellas. Entonces, la anciana que le había traído lo miró de modo que le dio a entender que tenía él la culpa, y que no se acordaba del consejo que le había dado para que fuera condescendiente. Reconoció su yerro y, para enmendarlo, se acercó a la joven, aparentando no haberse desviado de ella por enfado. Ella le tiró del brazo, le hizo sentar otra vez a su lado y continuó haciéndole mil caricias maliciosas. Sus esclavas, que sólo trataban de recrearla, tomaron parte en la diversión. Una le daba al pobre Bakbarah fuertes papirotazos en la nariz, otra le tiraba de las orejas como si quisiera arrancárselas, y algunas le daban bofetones que pasaban de chanza. Mi hermano lo aguantaba todo con asombroso sufrimiento, y aún aparentaba un semblante placentero, y mirando a la anciana con sonrisa forzada, le decía:

—Bien me lo habíais dicho que hallaría una dama buena amable y encantadora. ¡Cuánto os debo!

—Aún eso no es nada —le respondía la vieja—, más veréis dentro de poco.

La joven tomó entonces la palabra, y dijo a mi hermano:

—Sois un hombre honrado y me alegro de hallaros tanta apacibilidad y condescendencia con mis caprichillos, y un genio tan conforme con el mío.

—Señora —repuso Bakbarah, prendado de aquel agasajo—, yo no soy dueño de mí, soy todo vuestro y podéis disponer de mi albedrío.

—¡Qué complacencia me causáis con esa sumisión! Y para manifestároslo, quiero que también la tengáis. Traed —añadió— el perfume y el agua de rosas.

Al oír estas palabras salieron dos esclavas y volvieron al momento, una con un braserillo de plata en el que había madera de áloe de la más exquisita, con la que le perfumó, y la otra con agua de rosas, con la que le roció rostro y manos. Mi hermano estaba fuera de sí, tal era su alborozo al verse tratar tan honoríficamente.

Tras esta ceremonia, la joven mandó a las esclavas que habían tocado y cantado antes que volvieran a proseguir sus conciertos. Obedecieron y, entretanto, la dama llamó a otra esclava y le dio orden de que se llevara a mi hermano, diciéndole:

—Hacedle lo que sabéis, y cuando hayáis acabado, traedle aquí.

Bakbarah, que oyó esta orden, se levantó rápidamente y acercándose a la anciana, que también se había levantado para acompañarle, le rogó que le dijera lo que le querían hacer.

—Nuestra ama está ansiosa —le respondió al oído la vieja— de ver qué facha haríais disfrazado de mujer, y esta esclava tiene encargo de llevaros consigo, pintaros las cejas, afeitaros el bigote y vestiros de mujer.

—Pueden pintarme las cejas, si quieren —replicó mi hermano—, porque podré lavarme, pero en cuanto a dejarme afeitar, ya veis que no debo consentirlo, cómo me atrevería a presentarme sin bigotes?

—No os opongáis a lo que se os pide, pues lo echaríais a perder todo. Os aman, quieren haceros feliz. ¿Estaría bien que malograseis, por unos feos bigotes, las finezas más peregrinas que un hombre puede alcanzar?

Bakbarah se rindió a las razones de la vieja y sin decir palabra se dejó llevar por la esclava a un aposento en donde le pintaron las cejas de encarnado, le afeitaron los bigotes y quisieron cortarle también la barba, pero la docilidad de mi hermano no pudo llegar a tanto.

—¡Oh, en cuanto a mi barba, no consentiré de ninguna manera que me la corten!

Le explicó la esclava que era inútil haberle quitado los bigotes si no quería consentir en que le cortaran la barba, que un rostro barbudo no cuadra con un vestido de mujer, y que se pasmaba de que un hombre se preocupase de su barba cuando iba a casarse con la muchacha más hermosa de Bagdad. La vieja añadió otras razones a las instancias de la esclava y amenazó a mi hermano con el desagrado de la dama. En suma, le hicieron tantos y tales cariños que les dejó hacer todo cuanto quisieron.

Cuando estuvo vestido de mujer, se lo llevaron a la señorita, a quien entró tal tentación de risa que se dejó caer sobre el sofá en que estaba sentada. Otro tanto hicieron las esclavas, palmoteando de modo que mi hermano se quedó sumamente confundido. La dama se incorporó, y sin dejar de reír, le dijo:

—Tras la condescendencia que habéis tenido conmigo, fuera culpable no amándoos de todo corazón, pero es preciso que aún hagáis algo por amor a mí, esto es, que bailéis con ese traje.

Bakbarah obedeció, y así la dama como las esclavas bailaron con él, riendo como unas locas. Después de haber bailado largo rato, se abalanzaron todas sobre el desventurado, y le dieron tantos bofetones, puñetazos y puntapiés, que cayó al suelo casi sin sentido. La anciana le ayudó a levantarse y sin darle tiempo a que se resintiera de los maltratos que acababan de hacerle, le dijo al oído:

—Consolaos. Habéis llegado por fin al término de vuestros padecimientos y vais a recibir la recompensa. No os queda por hacer sino una cosilla, pero sumamente frívola. Habéis de saber que mi ama acostumbra a no dejarse tocar por los que ama, cuando ha bebido un poco como hoy, a menos que estén en camisa. Cuando se han desnudado, toma un poco la delantera y echa a correr por la galería delante de ellos, de un aposento a otro, hasta que la alcanzan. Éste es uno de sus caprichos, pero por mucha ventaja que os lleve, pronto la cogeréis con vuestra ligereza y agilidad. Desnudaos pronto sin ningún reparo.

Mi hermano se había adelantado en demasía para retroceder. Se desnudó y, entretanto, la dama se quitó el vestido y se quedó en ropas menores para poder correr con más ligereza. Cuando estuvieron listos para emprender la carrera, la dama tomó veinte pasos de delantera y echó a correr con velocidad imponderable. Mi hermano la siguió a todo escape, no sin provocar la risa de todas las esclavas que estaban palmoteando. La dama, en lugar de perder la ventaja que al momento le llevaba, iba ganando cada vez más terreno, le hizo dar dos o tres vueltas por la galería, y luego se metió por un pasadizo oscuro, escapándose por una revuelta que tenía muy sabida. Bakbarah, que la seguía siempre, habiéndola perdido de vista en el pasadizo, tuvo que ir más despacio, a causa de la oscuridad. Al fin divisó una luz, hacia la cual se encaminó, y salió por una puerta que al momento se cerró a su espalda. Imaginaos su asombro cuando se halló en una calle de los curtidores. No quedaron éstos menos pasmados al verle en camisa, con las cejas pintadas de encarnado, sin barba ni bigotes. Empezaron a palmotear, a acosarle con gritos, y algunos echaron a correr tras él y le midieron las nalgas con sus pieles. Le detuvieron al fin, y, montándole en un asno que encontraron casualmente, le pasearon por la ciudad en medio de las mofas de toda la plebe.

Para coronar su fracaso, al pasar por delante de la casa del juez de policía este magistrado quiso saber la causa de aquel alboroto, y los curtidores le dijeron que habían visto salir a mi hermano en aquel estado por una puerta del aposento de las mujeres del gran visir, que daba a la calle. Con este motivo, el juez mandó que le dieran cien palos al desgraciado Bakbarah en las plantas de los pies y lo echaron de la ciudad, prohibiéndole volver a ella.

He aquí, comendador de los creyentes, la aventura de mi hermano segundo que deseaba referir a vuestra majestad. Bakbarah ignoraba que las damas de nuestros principales señores en ocasiones se divierten a costa de los jóvenes, quienes son lo bastante mentecatos como para caer en semejantes lazos.

Aquí tuvo que pararse Scheznarda, porque vio asomar el día, y a la noche siguiente prosiguió su narración.

—Señor, el barbero, sin interrumpir su relato, pasó a explicar la historia de su tercer hermano.

Historia del tercer hermano del barbero

COMENDADOR de los creyentes mi tercer hermano se llamaba Bakbac. Era ciego, y como su mala suerte le redujo a mendigar, iba de puerta en puerta pidiendo limosna. Se adiestró tantísimo en ir solo por las calles, que prescindía de lazarillo. Solía llamar a las puertas y no responder hasta que le habían abierto. Un día llamó a la puerta de una casa, y el amo, que se hallaba solo, gritó:

—¿Quién llama?

Mi hermano, en vez de contestar, volvió a llamar, y aunque por segunda vez preguntó el amo de la casa quién estaba allí, tampoco respondió. Bajó, abrió la puerta, y preguntó a mi hermano qué buscaba.

—Que me deis una limosna por Dios —le dijo Bakbac.

—Por lo que parece, sois ciego —repuso el amo de la casa.

—Sí, por desgracia.

—Alargad la mano.

Mi hermano se la alargó creyendo que iba a darle alguna cosa, pero tomándosela el amo, no hizo más que guiarle para subir a su habitación. Creyó Bakbac que le llevaba para darle de comer, como le sucedía en otras partes, con bastante frecuencia; mas, cuando estuvieron en el aposento, el amo le soltó la mano, se fue a su asiento, y le volvió a preguntar qué se le ofrecía.

—Ya os tengo dicho —contestó Bakbac— que os pedía una limosna por Dios.

—Buen ciego, lo más que puedo hacer por vos es rogar a Dios que os restituya la vista.

—Bien podíais haberlo dicho en la puerta —replicó mi hermano— y ahorrarme el trabajo de subir.

—Y vos, simplón, bien podíais responder después de haber llamado, cuando os pregunté quién va, y evitar a los vecinos el trabajo de bajar a abrir, ya que os responden.

—¿Y qué me queréis, pues? —dijo mi hermano.

—Ya lo tengo dicho —respondió el amo—, Dios os ampare.

—Siendo así, ayudadme a bajar, ya que me ayudasteis a subir.

—Delante tenéis la escalera. Bajad solo, si os place.

Empezó a bajar mi hermano, pero se le fue el pie a la mitad de la escalera, y resbaló hasta abajo, lastimándose los riñones y la cabeza. Se levantó con sumo trabajo, y se fue murmurando y quejándose del amo de aquella casa, el cual se quedó riendo a carcajadas.

Al salir, pasaban por allí dos ciegos camaradas suyos que le conocieron la voz, y se detuvieron para preguntarle qué tenía. Les contó lo que le había pasado, les dijo que en todo el día no había hallado cosa alguna, y añadió:

—Os suplico que me acompañéis hasta mi casa para tomar delante de vosotros un poco de dinero del que los tres tenemos en común y comprar algo para cenar.

Convinieron en ello, y se fueron los tres a su casa.

Preciso es advertir que el amo de la casa de donde mi hermano salió tan mal parado era un ladrón, muy sagaz y mal intencionado, el cual, como oyera desde la ventana lo que dijo Bakbac a sus compañeros, les fue siguiendo, y entró con ellos en el miserable albergue de mi hermano. Sentáronse los ciegos, y dijo mi hermano:

—Hermanos, es necesario cerrar la puerta, y asegurarse de que no hay aquí ningún extraño.

Muy apurado se vio el ladrón al oír aquellas palabras, pero notando que había casualmente una cuerda que colgaba del techo, se agarró a ella y se mantuvo encaramado mientras los ciegos cerraban la puerta y tanteaban todo el aposento con sus palos. Tomada esta precaución y sentados otra vez, bajó el de la cuerda y fue a sentarse poquito a poco junto a mi hermano que, pensando estar solo con los ciegos, les dijo:

—Hermanos, puesto que me habéis hecho depositario del dinero que hace tiempo recogemos los tres, voy a probaros que no desmerezco la confianza que en mí tenéis. Ya sabréis que la última vez que contamos teníamos diez mil dracmas, y los pusimos en diez talegos. Ahora veréis que están intactos.

Y alargando la mano por debajo de unos trastos viejos, sacó uno tras otro los talegos, y entregándolos a sus camaradas dijo:

—Aquí están. Por el peso conoceréis que están cabales, o bien, si queréis, vamos a contarlos.

Pero, habiéndole contestado sus camaradas que se fiaban de su honradez, abrió un talego y sacó diez dracmas, sacando igual cantidad cada uno de los demás. En seguida volvió a poner mi hermano los talegos en su lugar, y luego dijo uno de los ciegos que no tenía necesidad de gastar aquel día cosa alguna para cenar, porque él tenía provisiones suficientes para los tres, merced a la caridad de la gente de bien. Con esto sacó de su zurrón pan, queso y algunas frutas. Lo puso todo encima de una mesa y comenzaron a comer. El ladrón estaba a la derecha de mi hermano, e iba escogiendo lo mejor y comiendo con ellos, pero por más que procuraba no hacer ruido, sintió Bakbac cómo mascaba, y voceó al momento:

—¡Estamos perdidos! ¡Entre nosotros hay un extraño!

Y diciendo esto alargó la mano, asió del brazo al ladrón y se le echó encima gritando: «¡Al ladrón!», dándole fuertes puñetazos. Los demás ciegos aumentaron la vocería apaleando al ladrón, quien por su parte se defendió lo mejor que pudo. Como era robusto y tenía la ventaja de ver dónde asestaba sus golpes, los daba muy tremendos, ora al uno, ora al otro, cuando lo dejaban libre para hacerlo, y gritaba también: «¡Ladrones!», aún más fuerte que sus contrarios. Al oír aquel estruendo, acudieron pronto los vecinos, echaron la puerta abajo y les costó sumo trabajo separar a los combatientes, hasta que habiéndolo por fin conseguido les preguntaron la causa de aquella riña.

—Señores —dijo mi hermano sin desasirse del ladrón—, este hombre que aquí tengo es un ladrón que se ha introducido en mi casa para robarnos el poco dinero que tenemos.

El ladrón, en cuanto vio llegar a los vecinos, había cerrado los ojos, y fingiéndose ciego también, dijo:

—Señores, éste es un embustero. Os juro por el nombre de Dios y la vida del califa, que yo estoy asociado con ellos, y se niegan a darme la parte que me toca. Los tres se han declarado contra mí, y pido que se me haga justicia.

Los vecinos no quisieron entrar en su contienda y los llevaron todos ante el juez de policía. Puestos ante el magistrado, el ladrón, sin aguardar a que le preguntasen, y haciéndose siempre el ciego, dijo:

—Señor, puesto que tenéis a vuestro cargo la administración de justicia por parte del califa, cuyo poder haga Dios prosperar, os declararé que mis tres compañeros y yo somos igualmente criminales; pero como estamos comprometidos mediante juramento a no declarar sino a fuerza de palos, en caso de que queráis saber nuestro crimen no tenéis más que mandarnos apalear, empezando por mí.

Mi hermano quería hablar, pero le impusieron silencio, y sujetaron al palo al ladrón. Puesto al palo el ladrón, tuvo bastante constancia para sufrir veinte o treinta golpes, hasta que aparentando que le vencía el dolor, abrió primero un ojo, y después el otro, clamando misericordia y rogando al juez de policía que mandase parar los palos. Quedó el juez admirado de ver que el ladrón le miraba con los ojos abiertos, y le dijo:

—¡Ah, pícaro! ¿Qué viene a ser ese milagro?

—Señor —dijo el ladrón—, voy a descubriros un secreto importante, si prometéis perdonarme y me dais la sortija que tenéis en el dedo y os sirve de sello, estoy dispuesto a aclararos todo el misterio.

El juez mandó suspender el apaleamiento, le entregó la sortija y le ofreció perdonarle.

—Fiado de vuestra promesa —repuso el ladrón— os declaro, señor, que mis camaradas y yo vemos muy claro los cuatro, y nos fingimos ciegos para entrar libremente en las casas y penetrar hasta los aposentos de las mujeres, donde abusamos de su flaqueza. Confieso, además, que con este ardid tenemos ganadas diez mil dracmas en sociedad, y que habiendo en este día pedido a mis cofrades las dos mil quinientas que me corresponden por mi parte, me las han negado, porque les he manifestado que yo quería retirarme, y ellos, por temor a que yo los delatase, se han arrojado sobre mí y me han maltratado del modo que pueden atestiguar las personas que a vuestra presencia nos han traído. Espero, señor, de vuestra justicia, que me haréis restituir las dos mil quinientas dracmas que me pertenecen, y si queréis que mis camaradas confiesen la verdad de lo que yo digo, mandad que les sean aplicados tres veces tantos palos como yo he recibido, y veréis que abren los ojos como yo.

Mi hermano y los otros dos ciegos trataron de sincerarse de tan horrenda impostura, pero el juez ni oírlos quiso siquiera, diciendo:

—Malvados, ¿así os atrevéis a fingiros ciegos para engañar a la gente implorando su caridad y cometer tan perversas acciones?

—Es una impostura —exclamó mi hermano—. Es falso que veamos ninguno de nosotros, a Dios tomamos por testigo.

En balde fue cuanto dijo mi hermano, pues tanto él como sus camaradas recibieron doscientos palos cada uno. El juez estaba esperando que abriesen los ojos, y atribuía a suma terquedad lo que era imposible que sucediese, y entretanto el ladrón iba diciendo a los ciegos:

—Desastrados, abrid los ojos, y no deis lugar a que os maten a palos.

Y en seguida, encarándose con el magistrado, le decía:

—Señor, estoy viendo que llevarán al extremo su maldad y que por más que se haga, no abrirán los ojos, pues sin duda no quieren pasar por la vergüenza de leer su condena en las miradas de los demás. Lo mejor es perdonarlos y hacer que venga alguno conmigo para tomar las diez mil dracmas que tienen escondidas.

El juez, harto crédulo, mandó acompañar por uno de sus dependientes al ladrón, quien trajo los diez talegos, y contándole dos mil quinientos dracmas, se quedó él con los demás, y compadeciéndose de mi hermano y sus compañeros, se contentó con desterrarlos. En cuanto supe yo lo que le había sucedido a mi hermano, corrí en su busca, y habiéndome explicado su desgracia, lo llevé sigilosamente a la ciudad donde me hubiera sido fácil sincerarle ante el juez de policía y hacer castigar al ladrón como merecía; mas no me atreví a ello, por temor a que a mí también me sucediese algún fracaso.

De este modo terminé la triste aventura del bueno de mi hermano ciego, que no dio menos que reír al califa que las demás que había oído contar. Volvió a mandar que me diesen alguna cosa; mas yo, sin esperar la ejecución de su orden, di principio a la historia de mi cuarto hermano.

Historia del cuarto hermano del barbero

ALCUZ era el nombre de mi cuarto hermano, el cual quedó tuerto como consecuencia de lo que tendré el honor de explicar a vuestra majestad, y era cortador de profesión. Tenía habilidad particular para criar y enseñar a luchar a los carneros, por cuyo medio se había granjeado el conocimiento y la amistad de los principales señores, que tienen gusto en ver aquella suerte de peleas, a cuyo objeto crían carneros en su casa. Tenía, por otra parte, muchos parroquianos, porque en su tienda había siempre la mejor carne del mercado pues, como era muy rico, no perdonaba gasto para agenciar el mejor ganado.

Un día que estaba en su tienda se presentó un anciano con barba blanca muy larga, compró seis libras de carne, le entregó el dinero y se marchó. Notando mi hermano que aquel dinero era muy hermoso, muy blanco y muy bien acuñado, lo puso aparte en un cofre. Durante cinco meses ningún día dejó aquel viejo de ir a tomar la misma cantidad de carne, pagándola con la misma moneda, y mi hermano continuó depositándola en un lugar separado.

Al cabo de aquel tiempo, teniendo Alcuz que comprar una manada de carneros y queriendo pagarlos con aquellas lindas monedas, abrió el cofre y quedó extraordinariamente asombrado al ver que, en lugar de ellas, no había más que hojas de papel redondas. Comenzó a darse fuertes golpes en la cabeza, lanzando tales gritos, que al instante atrajeron a los vecinos, quienes quedaron tan admirados como él al saber lo que pasaba.

—¡Quisiera Dios —exclamó llorando mi hermano— que ese maldito viejo se presentara aquí en este momento con su traza hipocritona!

No bien hubo dicho estas palabras cuando lo vio venir a lo lejos, y corriendo hacia él arrebatadamente le echó mano, y gritó cuanto pudo:

—¡Favor, musulmanes, favor! Oíd la picardía que me ha hecho este mal hombre.

Al mismo tiempo contó al gentío que se había agolpado lo mismo que ya había explicado a sus vecinos. Pero, cuando hubo concluido, el viejo le dijo con mucha sorna:

—Mas os valiera que me soltarais y me desagraviaseis con esta acción de la afrenta que me dais delante de tanta gente, evitándome así el disgusto de daros a vos otra mayor.

—¿Qué tenéis que decir de mí? —le replicó mi hermano— Yo soy un hombre que ejerzo honradamente mi profesión, y no os temo.

—¿Conque vos queréis que lo publique? —repuso el anciano en el mismo tono— Pues bien, sabed todos —añadió encarándose con el pueblo— que, en lugar de vender carne de carnero, vende carne humana. Sí, sí, ahora mismo tenéis un hombre degollado y colgado fuera de la tienda como un carnero, no hay más que ir allá y se verá cómo digo verdad.

Antes de abrir el cofre donde estaban las hojas, mi hermano había matado un carnero y lo había colgado, como siempre, fuera de la tienda; protestaba diciendo que era falso cuanto decía el anciano mas, a pesar de sus protestas, el crédulo populacho se dejó alarmar contra un hombre a quien se imputaba un hecho tan atroz, y quiso averiguarlo al instante. Obligaron a mi hermano a soltar al viejo, apoderándose de él, y corrieron furibundos hacia su tienda donde hallaron efectivamente al hombre degollado y colgado, tal como había dicho el acusador, pues es preciso saber que este viejo era mago y los había alucinado a todos, lo mismo que había hecho con mi hermano, haciéndole tomar las hojas por dinero.

Al ver aquello, uno de los que tenían asido a Alcuz, dándole un fuerte puñetazo, le dijo:

—Hola, pícaro, ¿así te atreves a hacernos comer carne humana?

Y el viejo, que tampoco le había dejado, le descargó otro puñetazo con que le quitó un ojo. Tampoco anduvieron escasos en aporrearle todos cuantos le pudieron alcanzar, y no contentos con maltratarle, lo llevaron ante el juez de policía, a quien presentaron el supuesto cadáver como cuerpo del delito.

—Señor —le dijo el mago—, este hombre que aquí os presentamos tiene la barbarie de matar a las personas y vender su carne en vez de la de carnero. El público espera con ansia que hagáis con él un castigo ejemplar.

El juez oyó con paciencia la disculpa de mi hermano, pero le pareció tan inverosímil lo del dinero mudado en hojas de papel que lo trató de impostor, y juzgando por lo que veía, mandó descargarle quinientos palos. En seguida le obligó a decir dónde tenía el dinero, se lo quitó todo y le condenó a destierro perpetuo, después de haberle expuesto a la vergüenza por todo el pueblo hasta tres días repetidos, montado sobre un camello.

Cuando sucedió esta trágica aventura a mi cuarto hermano, yo me hallaba ausente de Bagdad. Se retiró a un paraje recóndito, donde permaneció hasta que tuvo curada la magulladura de los palos que en el espinazo le habían descargado, y cuando se halló en estado de poder andar, se marchó de noche y por caminos desviados a una ciudad donde nadie lo conocía, y allí, en un cuarto que alquiló, se estuvo sin salir casi nunca de día. Cansado por fin de vivir siempre encerrado, fue un día a pasear por un arrabal donde sintió repentinamente un gran estruendo de caballos que venían tras él.

Hallábase casualmente cerca de la puerta de una casa grande, y como consecuencia de lo que le había pasado, todo le sobresaltaba, así que temió que aquellos soldados de a caballo viniesen a prenderle, y así fue como abrió la puerta para esconderse; pero habiéndola vuelto a cerrar y habiéndose metido en un gran patio, le salieron al encuentro dos criados que le agarraron de los cabezones diciéndole:

—Gracias a Dios que vos mismo venís a poneros en nuestras manos, valga por lo que nos habéis dado que hacer en tres noches seguidas que nos habéis tenido sin dormir, y merced a nuestra maña, hemos podido librar nuestras vidas de la dañada intención que traíais.

Imaginad qué atónito quedaría mi hermano con aquella bienvenida.

—Hombres de Dios —les contestó—, ignoro lo que me estáis diciendo, y sin duda me confundís con otro.

—No, no —repusieron—. Ya sabemos que tanto vos como vuestros compinches sois ladrones de profesión, pues no contentos de haber robado a nuestro amo todo lo que tenía y habiéndole reducido a la indigencia, aún armáis asechanzas contra su vida. Y si no, veamos si conserváis la navaja que teníais anoche en la mano cuando nos perseguíais.

Diciendo esto, le registraron minuciosamente y le hallaron encima una navaja.

—¡Qué tal! ¿Aún os atreveréis a negar que sois un ladrón?

—¿Cómo es eso? —replicó mi hermano—. ¿No puede un hombre llevar navaja sin ser ladrón? Escuchad mi historia —añadió—, y estoy seguro de que, en vez de tenerme en tal mal concepto, os compadeceréis de mis desgracias.

Muy ajenos los criados de escucharle, se arrojaron encima de él, le pisotearon, le desnudaron y le rasgaron la camisa, y viendo entonces las cicatrices que en las espaldas tenía, le dijeron sacudiéndole aún más recio:

—¡Ah, perro! Tratabas de hacernos creer que eras un hombre de bien, y tu espinazo nos dice ahora quién eres.

—¡Infeliz de mí! —exclamó mi hermano—, muy graves han de ser mis pecados para que, después de haber sido maltratado tan injustamente, lo tenga que ser otra vez sin más culpa que la primera.

En lugar de ablandarse los dos criados con sus lamentos, lo llevaron al juez de policía, quien le dijo:

—¿Cómo has tenido atrevimiento para entrar en su casa y perseguirlos con la navaja en la mano?

—Señor —respondió el pobre Alcuz—, no hay hombre en el mundo más inocente que yo, y estoy perdido si vos no os dignáis a oírme con paciencia. Creed que soy verdaderamente digno de compasión.

—Señor —dijo interrumpiéndole uno de los criados—, no escuchéis a un ladrón que se introduce en las casas para robar y asesinar a la gente. Si dudáis en creernos, no tenéis más que mirarle el espinazo.

Al decir esto, desnudó las espaldas de mi hermano y las enseñó al juez, el cual mandó sin necesidad de más averiguaciones que acto seguido le diesen cien corbachadas, y que después le paseasen por la ciudad sobre un camello, con un hombre que fuera delante gritando: «Mirad cómo son castigados los que se introducen furtivamente en las casas».

Concluido este paseo, lo echaron fuera de la ciudad, con prohibición de volver a poner los pies en ella, y habiéndome dicho dónde se hallaba unas personas que después de esta desgracia lo encontraron, fui a verle y lo acompañé secretamente a Bagdad, donde le socorrí del mejor modo que me permitían mis cortas facultades.

El califa se rio menos de esta historia que de las pasadas, y tuvo la bondad de compadecerse del desdichado Alcuz.

Quiso otra vez que me diesen alguna cosa para que me marchara; pero, sin dar tiempo a que se llevara a efecto su orden, volví a tomar la palabra, diciendo:

—Mi soberano dueño y señor, ya veis que soy corto en el hablar, y puesto que vuestra majestad me ha hecho la gracia de oírme hasta aquí, le suplico tenga la dignidad de escuchar también las aventuras de mis otros dos hermanos, que no dudo le divertirán tanto como las anteriores. Vuestra majestad podrá redondear con ellas toda una historia, que no creo desdiga de las demás de su librería. Así, tendré el honor de deciros que mi quinto hermano se llamaba Alnaschar...

Accedió el califa, y el barbero siguió hablando en estos términos:

Historia del quinto hermano del barbero

MIENTRAS vivió nuestro padre, Alnaschar fue muy perezoso, pues, en vez de trabajar para ganarse el sustento, no se avergonzaba de ir a mendigarlo por las noches, y al día siguiente se mantenía con lo que había recogido. Murió nuestro padre de vejez, dejándonos por herencia setecientas dracmas de plata, que nos repartimos con igualdad, de modo que nos tocaron cien por parte. Alnaschar, que jamás se había visto con tanto dinero junto, se halló muy apurado en darle empleo, estuvo mucho tiempo cavilando sobre el particular hasta que, por fin, resolvió invertirlo en vasos, botellas y otros enseres de vidriería que fue a comprar a casa de un mercader al por mayor. Colocó toda su mercancía en una canasta, y alquilando una tiendecita se sentó allí, con la canasta delante y de espaldas a la pared, esperando que viniesen los compradores. Hallándose en esta posición, clava la vista sobre su canasta empieza a discurrir, y en medio de sus cavilaciones prorrumpe en las siguientes palabras en voz bastante alta para que las oyese un sastre que tenía por vecino:

—Esta canasta —dijo— me cuesta cien dracmas, y he aquí todo lo que poseo en el mundo. Vendiéndolo al por menor, fácilmente haré doscientas dracmas y volviendo a emplear estas doscientas dracmas en vidriería, juntaré cuatrocientas. Continuando de este modo, reuniré con el tiempo cuatro mil dracmas; de cuatro mil, fácilmente llegaré a ocho mil; y cuando llegue a tener diez mil, dejaré la vidriería y me haré joyero. Negociaré con diamantes, perlas y toda clase de pedrerías, y como atesoraré cuantas riquezas pueda apetecer, compraré una hermosa casa, muchos bienes, esclavos, eunucos, caballos... tendré rica y abundante mesa y haré mucho estruendo en el mundo. Llamaré a mi casa a todos los músicos de la ciudad, bailarines y bailarinas. No pararé aún aquí, pues si Dios es servido, juntaré hasta cien mil dracmas, y cuando posea este capital, me tendré en el mismo grado que un príncipe, y pediré por esposa a la hija del gran visir, mandando decir a este ministro que habré oído contar maravillas de la hermosura, discreción, talento y demás altas prendas de su hija, y finalmente que le daré mil monedas de oro para la primera noche de mi desposorio. Si el visir fuese tan descortés que me negase a su hija, lo que es imposible que suceda, iré a robarla a sus propias barbas y la llevaré a mi casa contra su voluntad. En cuanto esté casado con la hija del gran visir, le compraré diez eunucos negros, los más jóvenes y más gallardos que se encuentren. Vestiré como un príncipe, y montando en un hermoso caballo, con una silla de oro fino y una mantilla de tisú realzada de perlas y diamantes, me pasearé por la ciudad, acompañado de esclavos que irán delante y detrás de mí, y me presentaré en el palacio del visir a la vista de los grandes y pequeños que me tributarán rendidos acatamientos. Me apearé en casa del visir junto a la misma escalera, subiré descollando entre mis criados que en dos filas a derecha e izquierda irán en procesión, y el gran visir me recibirá como a su yerno, cediéndome su asiento y colocándose inferior a mí para darme más realce. Si esto acontece, como no dudo, dos de mis servidores llevarán una bolsa de mil monedas de oro cada uno, y tomaré una, diciendo al presentársela: «Aquí están las mil monedas de oro que prometí para la primera noche de nuestro desposorio». Luego le ofreceré la otra, diciendo: «Tomad, ahí tenéis otras tantas para evidenciaros que sé cumplir mi palabra y que doy más de lo que ofrezco». Con tamaño arranque no se hablará por doquier sino de mi generosidad. Regresaré a mi casa con el mismísimo boato. Mi esposa me mandará algún oficial para cumplimentarme sobre la visita que habré hecho al visir, su padre, y yo regalaré al oficial un precioso vestido, y le despediré con un rico presente. Si ella trata de enviarme otro, no lo aceptaré, y despediré al portador. No permitiré que salga de su aposento con ningún pretexto, por más preciso que parezca, sin mi previo conocimiento, y cuando yo tenga a bien visitarla, lo haré de modo que le infunda respeto mi persona. En una palabra, no habrá casa más entonada que la mía. Yo siempre estaré ricamente vestido. Cuando por la noche me retire con ella, me sentaré en el puesto de honor, y aparentaré ínfulas de gravedad, sin volver la cabeza a derecha ni a izquierda. Hablaré muy poco, y mientras mi mujer, que será hermosa como la luna llena, permanezca en pie delante de mí con todos sus atavíos, yo haré como si no la viese, y sus damas, que estarán en torno a ella, me dirán: «Nuestro querido amo y señor, mirad a vuestra esposa, vuestra humilde servidora, que delante de vos está esperando que la acariciéis. Mirad qué apesadumbrada está porque ni tan siquiera os dignáis mirarla. Ya se halla cansada de permanecer tanto tiempo en pie, decidle por lo menos que se siente». Yo no contestaré la menor palabra a esta arenga, a fin de aumentar su extrañeza y su quebranto. Ellas se arrojarán a mis pies, y cuando hayan pasado largo rato en aquel ademán, suplicándome que me deje ablandar, levantaré finalmente la cabeza, les echaré una mirada distraída y volveré a la misma postura. Considerando ellas que mi mujer no estará bastante bien vestida y acicalada, la acompañarán a su retrete para mudarla, y entretanto yo también me levantaré y me pondré un vestido aún más magnífico que el anterior. Volverán ellas otra vez a la carga, me hablarán en los mismos términos, y yo me complaceré en no mirar a mi mujer hasta que me hayan rogado y suplicado con las mismas instancias y tanto rato como la primera vez. Así, comenzaré desde el primer día del matrimonio a enseñarle el modo con que pienso tratarla todo el tiempo de su vida. Pasadas las ceremonias nupciales, tomaré de la mano de uno de mis criados, que estará a mi lado, una bolsa de quinientas monedas de oro y se la daré a las doncellas para que me dejen solo con mi esposa. Cuando se hayan retirado, mi mujer se acostará primero, y en seguida me acostaré yo, dándole la espalda, y así pasaré toda la noche sin decirle una sola palabra. Al día siguiente no dejará ella de quejarse a su madre, la mujer del gran visir, del poco aprecio que le manifiesto y de mi orgullo, y entonces mi corazón rebosará de placer. Vendrá su madre en mi busca, me besará las manos con respeto y me dirá: «Señor (pues no se atreverá a llamarme yerno por temor de ofenderme hablándome con demasiada familiaridad), ruégoos encarecidamente no os desdeñéis de mirar a mi hija y acercaros a ella, os aseguro que ella no trata sino de agradaros, y os ama con toda su alma». Pero por más que hable mi suegra, yo no le contestaré palabra, y me mantendré cabal en mi gravedad. Entonces ella se arrojará a mis pies, me los besará repetidas veces y me dirá: «Señor, ¿podríais poner en duda el recato de mi hija? Júroos que la he tenido siempre a mi lado, y que sois el primer hombre que le ha visto la cara. Cesad de tenerla tan apesadumbrada, concededle la gracia de mirarla, hablarla y fortalecerla en la buena voluntad que tiene de satisfaceros en todo y por todo». Nada de esto me inmutará, y al verlo, mi suegra tomará un vaso de vino, y poniéndolo en la mano de su hija, le dirá: «Preséntale tú misma este vaso de vino, no es posible que tenga la crueldad de rehusarlo de una mano tan bella». Mi mujer vendrá con el vaso, y permanecerá de pie y temblorosa delante de mí, y cuando vea que yo no me vuelvo a mirarla y me aferro en mi desaire, me dirá, bañados los ojos en lágrimas: «Corazón mío, alma mía, amable señor mío, os ruego, por los favores que el cielo os dispensa, que me hagáis la merced de recibir este vaso de vino de la mano de esta humilde servidora vuestra». Yo, no obstante, tendré buen cuidado de no mirarla todavía ni responderle. «Querido esposo mío —continuará ella, bañada más y más en su llanto, y acercándome el vaso a la boca—, no pararé hasta que haya conseguido que bebáis.» Cansado ya de sus ruegos, le lanzaré una mirada terrible y le daré un bofetón en la cara, repeliéndola con el pie tan fuertemente que irá a caer a la otra parte del sofá.

Tan absorto estaba mi hermano en estas quiméricas ilusiones que representó en vivo la escena con el pie y quiso su mala suerte que le diera tan fuerte a su canasta llena de vidrio que de lo alto de su tienda la echó a la calle, quedando, por consiguiente, toda su mercancía hecha mil pedazos.

El sastre, su vecino, que había oído aquel extravagante soliloquio dio una gran risotada cuando vio caer la canasta.

—¡Oh! ¡Qué malvado eres! —le dijo mi hermano.

—¿No debieras morirte de vergüenza en ajar a una novia que ningún motivo de queja te ha dado? ¡Muy brutal debes de ser para que desoigas el llanto y los halagos de una señorita tan preciosa! Si yo me hallara en el lugar del gran visir, tu suegro, te mandaría dar cien corbachadas, y te haría pasear por la ciudad con las alabanzas que mereces.

Con este fracaso, volvió en sí mi hermano, y viendo que su orgullo insufrible era causa de lo que le hubiese sucedido, se golpeó la cara, se rasgó los vestidos y se puso a llorar dando alaridos, con los que pronto acudieron los vecinos y se detuvieron los transeúntes que iban a la oración del mediodía, los cuales pasaban en mayor número que los demás días, porque casualmente era viernes.

Los unos se compadecieron de Alnaschar, y los otros no hicieron más que reírse de su extravagancia; pero lo cierto es que la vanidad que se le había subido a la cabeza se había disipado con su hacienda, y él seguía llorando amargamente su mala suerte, cuando vino a pasar por allí una señora de posición, montada en una mula ricamente enjaezada. La hizo compadecerse el estado de mi hermano, y preguntando quién era y por qué lloraba, le dijeron únicamente que era un infeliz que había empleado el poco caudal que tenía en la compra de una canasta de vidrio y que ésta se le había caído, rompiéndose toda la vidriería.

Al momento se volvió la señora hacia un eunuco que la acompañaba, y le dijo:

—Dadle lo que llevéis encima.

Obedeció el eunuco, poniendo en manos de mi hermano un bolsillo con quinientas monedas de oro, y fue tal el gozo que recibió con aquel dinero, que dio mi hermano mil bendiciones a la señora, y cerrando la tienda, donde ya no era necesaria su presencia, se marchó a su casa.

Estaba haciendo mil reflexiones sobre la gran ventura que acababa de tener, cuando oyó llamar a la puerta. Antes de abrir preguntó quién era, y conociendo por la voz que era una mujer, abrió y ella le dijo:

—Hijo mío, vengo a pediros un favor. Es la hora de la oración y quisiera lavarme, para poderlo hacer permitidme que entre en vuestra casa a tomar un jarro de agua.

Miró mi hermano a aquella mujer, y aunque no la conoció, viendo que ya era de edad avanzada, le otorgó lo que pedía, dándole un jarro lleno de agua. Volvió en seguida a sentarse, y pensando siempre en su última aventura, puso el dinero en un cinto largo y estrecho. Entretanto hizo la vieja su oración, y después vino a ver a mi hermano, se postró dos veces, dando con la frente en el suelo, como si hubiese querido rogar a Dios, y levantándose en seguida, dijo a mi hermano que le deseaba mil felicidades, en agradecimiento a su urbanidad; pero, como iba vestida muy pobremente, y se humillaba de aquel modo delante de él, creyó que le pedía limosna, y él le entregó dos monedas de oro. Retrocedió entonces la vieja con extrañeza y como ofendida, diciendo:

—¡Gran Dios! ¿Qué significa esto? ¿Acaso me tenéis por una de esas pordioseras que hacen profesión de introducirse descaradamente en las casas para pedir limosna? Guardad el dinero que, a Dios gracias, no me hace falta. Yo pertenezco a una señora joven de esta ciudad, que es muy hermosa y al propio tiempo muy rica, y no permite que yo carezca de cosa alguna.

No hizo caso mi hermano del ardid de la vieja que, si bien había rehusado las dos monedas de oro, era tan sólo con el fin de lograr más, y le preguntó si podía proporcionarle el logro de ver a aquella señora.

—Con mucho gusto —le contestó ella—. Tendrá satisfacción en casarse con vos, y os hará donación de todos sus bienes juntamente con su persona. Tomad vuestro dinero, y seguidme.

Deslumbrado ya con el hallazgo de una gran cantidad de dinero, y casi al mismo tiempo una mujer rica y hermosa, no se detuvo en más consideraciones, y tomando las quinientas monedas de oro se dejó guiar por la vieja.

Iba ella delante, y él la siguió de lejos hasta la puerta de una casa grande, donde se detuvo a llamar, llegando él allí al tiempo que una joven esclava griega abría la puerta. La vieja le hizo entrar primero, atravesando un patio muy bien enlosado le introdujo en un salón cuyos adornos le corroboraron el buen concepto que había formado de la señora de la casa. Mientras, la anciana se fue para avisar a la señora, cuya vista le asombró, no tanto por la riqueza de sus vestidos como por su hermosura.

Se levantó al instante, y la señorita le rogó expresivamente que volviese a sentarse, sentándose ella también a su lado. Le manifestó que estaba muy satisfecha de verle, y tras algunos agasajos, le dijo:

—No nos encontramos aquí con bastante comodidad. Dadme la mano y venid conmigo.

Le dio ella la suya y lo condujo a un aposento retirado, donde estuvo conversando un rato con él, y luego le dejó diciendo:

—Quedaos aquí, estoy con vos al instante.

Quedóse allí esperando, y al poco, en lugar de la dama, vio llegar un esclavo negro muy alto con un sable en la mano que lanzó sobre mi hermano terribles miradas:

—¿Qué haces tú aquí? —le dijo con altivez.

Quedó tan atónito Alnaschar a su vista que ni siquiera tuvo aliento para responder. El esclavo le desnudó, le quitó el oro que llevaba y le descargó algunos sablazos que le magullaron las carnes. Cayó por tierra el infeliz sin movimiento, aunque no había perdido el uso de los sentidos, y creyendo el negro que había muerto, pidió sal, y la trajo en un gran azafate la esclava griega. Frotaron con ella las heridas de mi hermano, quien tuvo bastante fortaleza de ánimo para resistir el intenso dolor que estaba padeciendo, sin dar la menor señal de vida. Habiéndose retirado el negro y la esclava griega, vino la anciana que le había armado aquella asechanza, lo cogió por los pies y lo arrastró hasta un escotillón por donde le dejó caer. Hallóse en un subterráneo con varios cuerpos de personas asesinadas, lo que vio luego, cuando volvió en sí, pues el golpe de la caída le había hecho perder el sentido.

La sal con que le frotaron las heridas le conservó la vida y, poco a poco, fue recobrando el brío necesario para tenerse en pie, hasta que, pasados dos días, abrió de noche el escotillón, y observando que en el patio había un sitio a propósito para esconderse, permaneció allí hasta el amanecer. Entonces vio comparecer a la misma vieja, quien abrió la puerta de la calle y se marchó en busca de otra incauta presa.

Al fin de que ella no le viese, no salió de aquella ladronera hasta pasado un rato que ella hubo salido, y vino a refugiarse en mi casa, donde me contó todas las aventuras que en tan corto tiempo le habían sucedido.

Al cabo de un mes ya estuvo enteramente curado de las heridas, mediante los remedios más eficaces que yo le fui aplicando.

Habiendo resuelto vengarse de la vieja que con tanta crueldad le había engañado fabricó, con este motivo, una bolsa que pudiese contener quinientas monedas de oro y, en vez de monedas, la llenó de trozos de vidrios. Se ató mi hermano el talego de vidrios a modo de ceñidor, se disfrazó de vieja, y se proveyó de un sable que ocultó debajo del vestido.

Un día por la mañana encontró a la vieja, que se paseaba por la ciudad buscando a quien causar algún desmán. Se acercó a ella, y remedando la voz de mujer, le dijo:

—¿Pudierais proporcionarme un pesillo, pues acabo de llegar de Persia, y he traído quinientas monedas de oro, y quisiera ver si están corrientes?

—A nadie podíais encaminaros mejor que a mi —le dijo la anciana—. Venid conmigo a casa de mi hijo, que precisamente es cambista, y él mismo cuidará de pesároslas y os ahorrará ese trabajo, pero es preciso que vayamos pronto para que lo hallemos en casa antes de ir a la tienda.

La siguió mi hermano hasta la casa donde le había introducido la primera vez, y abrió la puerta la esclava griega.

La vieja acompañó a mi hermano a la sala, donde le dijo que esperase un poco, que iba a llamar a su hijo. Se presentó el supuesto hijo bajo la forma de un feísimo esclavo negro, y dijo a mi hermano:

—Vieja maldita, levántate y sígueme.

Diciendo esto, anduvo delante para conducirle al sitio donde quería asesinarle. Se levantó Alnaschar, le siguió, y sacando el sable que tenía debajo del vestido, le clavó una cuchillada por detrás del pescuezo, con tal acierto que le cortó la cabeza. Al instante la cogió con una mano, y con la otra arrastró el cuerpo hasta el subterráneo, donde lo arrojó. La esclava griega, que ya estaba acostumbrada a aquella operación, no tardó en presentarse con el azafate lleno de sal, pero al ver a Alnaschar con el sable en la mano y sin el velo con que tenía cubierta la cara, dejó caer el azafate y echó a correr; mas mi hermano corrió más que ella, la cogió, y le hizo rodar la cabeza de un sablazo. Acudió también al ruido la vieja bribona, y antes de que pudiese escapársele, la agarró, diciendo:

—¡Malvada! ¿Me conoces?

—¡Dios mío! —respondió temblando aquella vieja—. ¿Quién sois, señor? Yo no tengo memoria de haberos visto en mi vida.

Y él contestó:

—Soy aquél en cuya casa entraste el otro día para lavarte y hacer la hipócrita oración, ¿te acuerdas?

Entonces ella se echó de rodillas para pedirle perdón, pero él la descuartizó.

Ya no faltaba más que la señora, la cual ignoraba lo que acababa de suceder en la casa. La buscó y la halló en un aposento, donde estuvo a punto de desmayarse cuando le vio aparecer. Ella le rogó que le perdonase la vida, y él tuvo la generosidad de concedérsela, diciendo:

—Señora, ¿cómo es posible que estéis con tan mala gente como estos malvados de quienes acabo de tomar justa venganza?

Y ella le contestó:

—Yo era mujer de un mercader honrado. La maldita vieja, cuya maldad no conocía, venía a verme algunas veces, y un día me dijo: «Señora, en mi casa estamos de boda, y os divertiréis mucho si queréis honrarnos con vuestra presencia». Me dejé persuadir, tomé el mejor vestido que tenía, y con un bolsillo de cien monedas de oro la seguí y me acompañó a esta casa, donde encontró al negro que me detuvo por fuerza, y hace tres años que estoy aquí deshecha en amargo llanto.

—Según las fechorías de ese negro detestable —repuso mi hermano—, preciso es que tenga recogidas inmensas riquezas.

—Son tantas —respondió ella—, que seréis rico para toda la vida si conseguís llevároslas, seguidme y lo veréis.

Acompañó a Alnaschar a un aposento, donde efectivamente había cofres repletos de oro, y él no podía volver en sí del pasmo que le ocasionó contemplarlos.

—Id en busca de gente —le dijo ella— y volved cuanto antes para llevároslo todo.

Mi hermano no dio lugar a que se lo dijera dos veces, y salió, no estando fuera más que el tiempo necesario para reunir a diez hombres con quienes volvió a la casa, y quedó admirado al hallar la puerta despejada; pero se asombró mucho más cuando, al entrar en el cuarto donde estaban los cofres, vio que no quedaba ninguno.

La señora, más astuta y diligente que él, los había mandado quitar. Pero, a falta de cofres, y no queriendo volverse con las manos vacías, mandó cargar todos los muebles que encontró en las salas y guardarropas, con lo cual había más que suficiente para indemnizarse de las quinientas monedas de oro que le habían robado; pero, al salir de la casa, se olvidó de cerrar la puerta.

Los vecinos, que habían conocido a mi hermano y visto entrar y salir a los mandaderos, fueron corriendo a dar parte al juez de policía de aquella mudanza de muebles que les pareció sospechosa. Alnaschar pasó la noche con bastante sosiego, pero a la mañana siguiente, cuando se disponía a salir de su casa, encontró por sorpresa a veinte dependientes del juez de policía en la puerta:

—Seguidnos —ordenaron los dependientes al unísono—, que el señor juez quiere hablaros.

Mi hermano les rogó que no se diesen tanta prisa, y les ofreció dinero para que lo dejasen huir, pero, en vez de escucharle, le ataron y se lo llevaron por la fuerza. Al pasar por una calle, dieron con un amigo de mi hermano, quien se detuvo para informarse sobre cómo era que le llevaban preso, y también les propuso una buena suma para que le soltaran y dijeran al juez que no le habían hallado; pero nada pudo conseguir, y Alnaschar fue presentado al juez de policía.

Aquel magistrado le dijo:

—Decid dónde tomasteis los muebles que ayer llevasteis a vuestra casa.

—Señor —respondió Alnaschar—, voy a deciros la pura verdad, pero antes permitidme que apele a vuestra clemencia, y os suplico me deis palabra de no castigarme.

—Os la doy —respondió el juez.

Entonces le explicó mi hermano sin disimulo cuanto le había sucedido, y cuanto había ejecutado desde el día en que la anciana había ido a rezar a su casa, hasta que echó de menos a la dama en el cuarto en donde la había dejado después de haber matado al negro, a la esclava griega y a la vieja, y con respecto a lo que se había llevado a su casa suplicó al juez que le dejasen con una parte, por lo menos, para indemnizarse de las quinientas monedas de oro que le habían robado.

El juez, sin prometer cosa alguna a mi hermano, mandó algunos dependientes a su casa para recoger todo lo que en ella había, y cuando le hubieron notificado que ya no quedaba nada y que todo estaba depositado en su guardamuebles, mandó a mi hermano que saliese inmediatamente de la ciudad y que no volviese más a ella en toda su vida, porque temía que no fuese a quejarse de su injusticia al califa.

Salió Alnaschar de la ciudad sin quejarse, y fue a refugiarse a otra. Por el camino tropezó con unos salteadores que le quitaron cuanto llevaba, dejándolo en cueros vivos como el día en que nació, además de cortarle las orejas y la nariz. No bien supe yo esta ocurrencia tan lastimosa, tomé un vestido y fui en su busca, y después de haberle consolado lo mejor que pude, lo llevé conmigo y lo introduje reservadamente en la ciudad donde lo cuidé con el mismo esmero que a los demás hermanos.

Historia del sexto hermano del barbero

YA NO me queda por contar sino la historia de mi sexto hermano, llamado Schacabac el de los Labios Hendidos. Primero tuvo maña para hacer producir muy bien las cien dracmas de plata que le tocaron en dote, lo mismo que a los demás hermanos, de modo que llegó a verse bastante acomodado; pero como consecuencia de un fracaso quedó reducido a la necesidad de pedir limosna para subsistir, oficio que desempeñaba con maestría, pues tenía particular habilidad en proporcionarse entrada en las casas grandes por medio de los oficiales y criados, a fin de llegar a hablar con los amos y excitar su compasión.

Pasaba un día por delante de un magnífico palacio, por cuya elevada puerta se veía un espacioso patio donde había una multitud de lacayos, y acercándose a uno de ellos, le preguntó de quién era aquel palacio.

—¿De dónde sois, buen hombre, que me venís haciendo semejante pregunta? ¿No os da a conocer todo lo que veis que este alcázar es de un barmáquida?

Mi hermano, que estaba ya enterado de la generosidad y liberalidad de los barmáquidas, se fue encarando con los varios porteros que había, y les pidió una limosna, pero ellos le contestaron:

—Pasad adelante, pues nadie os estorba la entrada, y vos mismo ved al señor de la casa, que no os volveréis descontento.

No esperaba mi hermano tanta cortesía, y dando gracias a los porteros, entró con su permiso en el palacio, que por ser tan grandioso tardó mucho tiempo en llegar al aposento del barmáquida.

Entró, finalmente, hasta un gran edificio cuadrado de hermosísima arquitectura, y cruzó por un atrio, tras el cual descubrió un jardín muy delicioso, con caminos de morrillo de varios matices que alegraban la vista. Casi todos los aposentos inferiores que se veían alrededor eran descubiertos. Se cerraban con grandes cortinas que ocultaban los rayos del sol, y se abrían para tomar el fresco cuando aquél se había puesto. Un sitio tan delicioso hubiera causado admiración a mi hermano, de no tener el ánimo tan conturbado. Entró, por fin, en un salón ricamente adornado y pintado de follajes de oro y azul, donde descubrió a un hombre venerable con una larga barba blanca, que estaba sentado en el sitio de honor de un sofá, por lo que juzgó que era el señor de la casa. Efectivamente, era el mismo barmáquida, que le recibió con el mayor afecto, preguntándole qué se le ofrecía.

—Señor —le respondió mi hermano con acento lastimero—, soy un infeliz que necesito la asistencia de las personas poderosas y liberales como vos. A nadie mejor podía haberme encaminado que a un señor dotado de mil prendas relevantes.

El barmáquida se manifestó admirado de la respuesta de mi hermano. Elevando luego sus dos manos al pecho, como para rasgarse el vestido en señal de quebranto, exclamó:

—¿Es posible que estando yo en Bagdad, un hombre de vuestras circunstancias se halle en tal necesidad? Esto no puedo yo consentirlo.

Convencido mi hermano con aquellas demostraciones de que iba a darle una prueba nada equívoca de su liberalidad, le dio mil bendiciones y le dijo que le deseaba toda suerte de prosperidades.

—No quiero que se diga que os he desamparado —repuso el barmáquida— ni consiento en que vos me abandonéis a mí.

—Os juro, señor —replicó mi hermano—, que no he comido cosa alguna en todo el día.

—¿Es cierto —dijo el barmáquida— que a estas horas estéis en ayunas? ¡Pobre hombre! ¡Está muriéndose de hambre! Hola —añadió esforzando la voz—, traigan al momento el agua y la palangana para lavarnos las manos.

Y aunque no compareció criado alguno ni vio mi hermano palangana ni agua, no por esto dejó el barmáquida de restregarse las manos lo mismo que si alguien le hubiese estado echando agua, y mientras aquello hacía, iba diciendo a mi hermano:

—Vaya, venid y lavaos las manos conmigo.

Juzgó mi hermano con aquello que el señor era amigo de chanzas, y como él también era de condición jovial y sabía, por otra parte, que los pobres deben ser complacientes con los ricos, para sacar de ellos buen partido, fue hacia él e hizo lo que él estaba haciendo.

—Vamos —dijo el barmáquida—, traigan la comida pronto que no tengamos que esperar.

Después de haber dicho estas palabras, aunque no habían traído cosa alguna, hizo como si hubiese tomado algo en un plato, y empezó a llevarlo a la boca y a masticar aire, diciendo a mi hermano:

—Comed, buen huésped, comed igual que si estuvierais en vuestra casa. Comed, pues para estar hambriento me parece, amigo, que andáis con muchos cumplimientos.

—Nada de eso, señor —le contestó Schacabac, remedando lo mejor que podía sus muecas—, ya veis que no pierdo el tiempo y que desempeño perfectamente mi papel.

—¿Qué tal os parece este pan? —añadió el barmáquida—, ¿no es verdad que es excelente?

—Ciertamente, señor —respondió mi hermano, sin ver más pan que manjar alguno—, jamás lo había comido tan blanco y exquisito.

—Siendo así —repuso el barmáquida—, saciaos bien de él, que os juro que la panadera que tan buen pan amasa me costó quinientas monedas de oro.

Después de haber hablado de su esclava panadera, y hecho mil alabanzas de su pan, que mi hermano tan sólo estaba comiendo idealmente, gritó:

—Muchacho, tráenos otro plato.

Y aunque ningún muchacho se vio siguió diciendo a mi hermano:

—Vaya, buen huésped, probad de este guiso y decidme si habéis comido jamás carnero hecho con trigo mondado que con éste pueda compararse.

—Riquísimo está —respondió mi hermano—, y como a tal le estoy tratando cual merece.

—¡Me place! —dijo el señor—. Es tal la satisfacción que yo experimento en veros comer con tan excelente apetito, que os suplico no dejéis nada de este plato, puesto que tanto os gusta.

Al poco rato, pidió un ganso con salsa agridulce hecha con vinagre, miel, pasas, garbanzos e higos secos, cuyo guisado fue servido como lo había sido el de carnero.

—¡Ah! ¡Qué gordo está el ganso! —dijo el barmáquida—. Tomad una pierna y una pechuga, pero haced de modo que os quede apetito para los muchos platos que aún faltan.

Pidió, en efecto, otros muchos platos diferentes, y mi hermano, al mismo tiempo que se estaba muriendo de hambre, hizo ademán de comer de todo, ponderó muy particularmente un cordero relleno de pistachos que mandó servir, y lo hizo del mismo modo con los platos anteriores.

—¡Oh! Lo que es este manjar —dijo el señor barmáquida— no se come más que en mi casa, y me daréis gusto si os saciáis bien de él.

Diciendo esto, hizo como si tuviese un pedazo en la mano, y llevándolo a la boca de mi hermano, añadió:

—Tomad, comed este bocado y ya me diréis si tengo razón en alabar ese plato.

Alargó mi hermano la cabeza, abrió la boca y aparentó que tomaba, mascaba y engullía el bocado con sumo placer.

—Bien sabía yo —repuso el barmáquida— que os había de gustar.

—Jamás comí cosa más delicada —contestó entonces mi hermano—, y hay que confesar que es bien espléndida vuestra mesa.

—Traigan ahora el sainete —gritó el barmáquida—. No dudo que ha de contentaros tanto como el cordero. ¿Qué tal, qué os parece?

—Deliciosísimo —respondió Schacabac—, sabe a ámbar, a clavo de especia, a nuez moscada, a jengibre, a pimiento y a las hierbas más olorosas cuyos aromas están proporcionados de modo que el uno no embota al otro, y todos se perciben a un mismo tiempo. ¡Oh, qué placer!

—Veamos, pues, si honráis como se merece este sainete. Comed, comed, os lo ruego. ¡Vamos —añadió esforzando la voz—, traednos otro sainete!

—No más, por Dios —interpuso mi hermano—. Juro, señor, que me es imposible pasar nada más, estoy que reviento.

—Levanten, pues, todo esto —dijo el barmáquida— y traigan ahora las frutas.

Estuvo un rato esperando, como para dar lugar a que los criados sirviesen. Luego, añadió:

—Probad estas almendras, que son buenas y frescas.

Ambos hicieron ademán de mondar las almendras y comerlas. Seguidamente, rogando a mi hermano que tomase otra fruslería, le dijo:

—Ahí tenéis frutas de todas clases, empanadas, confituras secas, compotas; tomad lo que más os agrade.

Y después, alargando la mano como si hubiese presentado alguna cosa, añadió:

—Tomad esta pastilla, que es excelente para facilitar la digestión.

Schacabac aparentó tomarla, diciendo:

—Señor, también tiene almizcle.

—Estas pastillas se hacen en mi casa —respondió el barmáquida—, y tanto en esto como en todo lo que en ella se hace, nada se escatima.

Aún volvió a instar a mi hermano para que comiese:

—Para un hombre que estaba sin desayunar cuando entró en esta casa, me parece, amigo, que habéis comido muy poco —insistió una vez más el barmáquida.

—Juro a vuestra señoría —respondió mi hermano, a quien le dolían las quijadas a fuerza de mascar aire— que me hallo tan lleno que no sabría dónde meter un solo bocado más.

—Ahora, huésped mío —repuso el barmáquida—, preciso es que bebamos, puesto que tan bien hemos comido. Supongo que beberéis vino.

—Su señoría me dispensará de beber vino —dijo mi hermano—, porque es cosa que me está vedada.

—Escrupuloso sois en demasía —replicó el barmáquida—, imitadme a mí.

—Para complaceros lo beberé —dijo Schacabac—, ya que os empeñáis en que nada falte a vuestro banquete, pero como yo no tengo costumbre de beber vino, temo faltar tal vez al respeto que se os debe, por lo que os suplico otra vez que me dispenséis de beber vino, pues yo me contentaré con un trago de agua.

—No, no —se opuso el barmáquida—, vos habéis de beber vino.

Mandó al mismo tiempo que trajeran vino, mas éste no fue más real que los guisados y las frutas. Aparentó servirse y beber primero, y luego, haciendo como si sirviese a mi hermano y le presentase el vaso, dijo:

—Bebed a mi salud, y a ver si me decís qué os parece ese vino.

Simuló mi hermano tomar el vaso, lo miró de cerca como para ver si el vino tenía buen color, se lo acercó a la nariz para juzgar si olía bien, y haciendo en seguida un rendido acatamiento para demostrarle que se tomaba la libertad de beber a su salud, hizo al fin ademán de beber con toda la apariencia de un hombre que está bebiendo regaladamente.

—Señor, hallo excelente este vino, pero, a mi entender, no es lo bastante fuerte.

—Si lo deseáis de más fuerza —respondió el barmáquida— no tenéis más que pedir, pues en mi bodega lo hay de muchas calidades, a ver si éste os gustará.

Con esto hizo ademán de echar de otro vino, primero para sí y luego para mi hermano, y repitió tantas veces la misma operación, que fingiendo Schacabac habérsele calentado la cabeza con la bebida, comenzó a hacerse el borracho, y levantando la mano le dio al barmáquida un golpe tan recio en la cabeza que lo echó por tierra. Iba a descargar más golpes, pero el barmáquida, alzando el brazo para evitarlo, le dijo:

—¿Estáis loco?

Con lo que se contuvo mi hermano, diciéndole:

—Señor, os habéis dignado recibir en vuestra casa a este esclavo, y darle un espléndido banquete, y en vez de limitaros, como debíais, a darle de comer, le habéis hecho beber vino, aunque os dijo que sería fácil que os faltase al respeto debido, lo que siento en el alma, y os pido por ello perdón.

No hubo bien concluido estas palabras cuando, en lugar de encolerizarse, el barmáquida le prorrumpió en carcajadas, diciendo:

—Mucho tiempo hacía que estaba buscando un hombre de vuestro ingenio.

El barmáquida hizo a Schacabac toda clase de obsequios, y le dijo:

—No tan sólo os perdono el golpe que me habéis dado, sino que deseo que en lo sucesivo seamos amigos y no tengáis más casa que la mía; puesto que os habéis acomodado tan bien a mi genio y habéis tenido paciencia para aguantar la broma hasta el fin, ahora vamos realmente a comer.

Al concluir estas palabras dio algunas palmadas, y mandó a varios criados que fueron acudiendo que pusiesen la mesa, en lo que fue rápidamente obedecido, y mi hermano pudo entonces paladear todos los manjares que sólo idealmente había probado.

Después de la comida sirvieron vino, y al mismo tiempo se presentaron muchas esclavas hermosas y ricamente vestidas, las cuales entonaron varias canciones agradables acompañadas de armoniosos instrumentos.

En suma, nada faltó para que Schacabac quedase más que satisfecho de la generosidad y agasajo del barmáquida quien, estando prendado de él, le trató con familiaridad y le mandó dar un vestido de su guardarropa.

Comprendió que mi hermano tenía mucha oficiosidad y discreción para todos los quehaceres, y a los pocos días ya le confió el cuidado de toda su casa y hacienda, cuyo empleo estuvo sirviendo a las mil maravillas por espacio de veinte años.

Al cabo de este tiempo murió el generoso barmáquida, acabado por la vejez, y como no dejara heredero alguno, todos sus bienes fueron confiscados a favor del príncipe, y con ellos todos los que había allegado mi hermano. Al verse éste reducido a su primitivo estado, se unió a una caravana de peregrinos a La Meca, con intento de hacer aquella romería socorrido por sus limosnas, mas, para su desventura, se vio atacada la caravana y robada por un número de beduinos mayor que el de los peregrinos.

Mi hermano quedó esclavo de un beduino que lo apaleó durante muchos días para obligarle a agenciarse el rescate, aunque protestó que era por demás que le maltratase, diciéndole:

—Soy vuestro esclavo, podéis hacer de mí lo que os plazca, pero tened por seguro que estoy sumido en la desdicha, y que carezco de medios para rescatarme.

Por más que dijo mi hermano, manifestándole su pobreza y procurando ablandarle con sus lágrimas, nada pudo conseguir del beduino, antes viendo éste frustrada la esperanza que había concebido de sacar de él una buena cantidad, se enfureció de modo que tomando una navaja le hendió los labios a fin de vengarse con esta inhumanidad del chasco que le había cabido. Después de haberlo guardado algún tiempo, y viendo que no podía sacar ningún provecho de él, lo atormentó bárbaramente, y montándole sobre un camello, lo llevó a la cumbre de una altísima montaña, donde lo dejó desamparado.

Estaba aquella montaña junto al camino de Bagdad, donde lo vieron unos pasajeros y me dieron noticias de que allí estaba. Me trasladé allí a toda prisa, le hallé en el estado más infeliz que cabe imaginar y, dándole los auxilios que necesitaba, lo conduje otra vez a la ciudad.

Esto conté al califa —añadió el barbero—, y aquel príncipe me aplaudió con nuevas carcajadas.

—Ahora sí que ya no dudo —me dijo— de que os dieron con justicia el título de callado, y no habrá quien diga lo contrario. Sin embargo, por ciertas causas que yo me sé, os mando que salgáis inmediatamente de la ciudad, y haced de modo que no oiga hablar más de vos.

Fue preciso obedecer, y pasé muchos años viajando en países lejanos, hasta que al fin supe que había muerto el califa, y por este motivo regresé a Bagdad, donde no hallé vivo a ninguno de mis hermanos.

En esta ocasión fue cuando hice al joven cojo el importante servicio que habéis oído, y sois testigo de su ingratitud y tropelía, prefiriendo apartarse de mí y de su patria más bien que darme pruebas de su reconocimiento.

Cuando supe que se había marchado de Bagdad, puesto que nadie supo decirme seguro dónde se había encaminado, no por esto dejé de ponerme en camino para buscarle, y hace ya mucho tiempo que corro de una a otra provincia, habiéndole encontrado en este día cuando menos lo pensaba. No esperaba, por cierto, hallarle tan enconado contra mí.

[...]

De este modo terminó la sultana Scheznarda esta larga serie de aventuras a que diera ocasión la supuesta muerte del jorobado, y como ya empezaba a rayar el día, guardó silencio. Visto lo cual, se le encaró su querida hermana Diznarda, diciéndole:

—Princesa y sultana mía, la historia que acabáis de contar me complace tanto más cuanto que termina con una novedad para mí inesperada, pues creí absolutamente muerto al jorobado.

—A mí me ha gustado esta extrañeza —dijo Schariar— no menos que las aventuras de los hermanos del barbero.

—También es muy divertida —añadió Diznarda— la historia del cojito de Bagdad.

—Mucho lo celebro, mi querida hermana —dijo la sultana—, y puesto que he tenido la dicha de no fastidiar al sultán, nuestro amo y señor, si su majestad se dignase conservarme todavía la vida, mañana tendría el honor de contarle otra historia.

Historia del príncipe Camaralzamán

A VEINTE días de navegación de las costas de Persia existe una isla llamada de los Niños Calendas, gobernada por un rey llamado Chazamán, el cual tenía cuatro mujeres legítimas, hijas todas de reyes, y setenta concubinas. Chazamán se tenía por el más feliz de los monarcas a causa de la paz y de la prosperidad de su reino. Una sola cosa turbaba su felicidad: la de ser ya viejo y no tener ningún hijo a pesar del número de sus mujeres. Un día, quejándose de esta desgracia, preguntó a su visir si conocía algún medio para remediarla.

—Súbditos tenéis que os aman —repuso el visir—, y creo que debierais repartir limosnas entre ellos para que pidan a Dios que os dé esa satisfacción, porque sólo Dios puede hacerlo.

Chazamán aceptó este consejo, y el cielo le concedió el hijo que deseaba, a quien puso el nombre de Camaralzamán, esto es, *Luna del Siglo.*

El sultán dio a su hijo los mejores preceptores, y cuando el príncipe cumplió los quince años de edad, Chazamán, que tantas pruebas le había dado de su amor, pensó en cederle el trono.

El gran visir, a quien comunicó su proyecto, aunque sabía que nada podría disuadir al sultán de lo que se había propuesto, le dijo:

—Señor, el príncipe es todavía muy joven para soportar la pesada carga del gobierno del Estado. Teme vuestra majestad que el ocio lo pervierta, pues bien, ¿no sería mejor casarlo?

Pareció bien al sultán el consejo y llamó en seguida al príncipe.

—Hijo mío —le dijo—, ¿sabes para lo que te he hecho venir?

—Lo sabré, señor, cuando vuestra majestad tenga la bondad de decírmelo.

—Pues bien, te he llamado para decirte que quiero casarte, ¿qué te parece?

El príncipe contestó, después de un momento de silencio y de turbación manifiesta:

—Señor, como soy tan joven todavía, no esperaba que me hicierais semejante pregunta. No sé —agregó— si podré resolverme algún día a soportar el yugo del matrimonio, no sólo porque las mujeres molestan demasiado, sino también porque he leído en nuestros autores que son maliciosas y pérfidas.

—Debes tener en cuenta, sin embargo —repuso el sultán, desconcertado—, que un príncipe como tú, destinado a gobernar un gran reino, es preciso que piense en tener descendencia que le suceda en el trono.

Dicho esto, le mandó que se retirase. Al cabo de un año lo volvió a llamar y le dijo:

—¿Has pensado en lo que te hablé hoy hace un año, acerca de mis proyectos de casarte?

—Señor —replicó el príncipe—, lo he pensado, y muy seriamente, y estoy firmemente resuelto a no contraer matrimonio.

Dicho esto, de forma irreverente, volvió las espaldas a su padre y salió del aposento.

El sultán, hondamente apenado, se dirigió a las habitaciones de la madre del príncipe para que ésta secundase sus planes, pero su intervención no dio mejores resultados.

—Madre mía —contestó Camaralzamán a las insistencias de aquélla—, no dudo de que existe en el mundo un número muy considerable de mujeres discretas, amables y virtuosas, pero la dificultad consiste en acertar en la elección, y el temor de equivocarme es lo que me retrae. Además, tampoco sería yo libre para elegir la que me agradase más, pues ante todo habría que atender a las conveniencias del Estado. ¿Qué esposa me elegirá el sultán, mi padre? Una princesa, hija de cualquier rey vecino nuestro, y bella o fea tendría que soportarla. Mas suponiendo que mi presunta esposa fuese un dechado de hermosura, ¿quién puede asegurarme que sería a la vez buena, amante, virtuosa? Así pues, repito que jamás me casaré.

Y no hubo medio de persuadir al obstinado príncipe.

Transcurrió otro año, y Camaralzamán volvió a dar una respuesta negativa a los ruegos de su padre, el cual, indignado al fin, le mandó encerrar en una de las torres del palacio sin otra servidumbre que un eunuco.

El príncipe, lejos de apenarse, sintió una gran alegría, porque así tenía tiempo para dedicarse a sus estudios.

En la misma torre que servía de prisión a Camaralzamán existía un pozo que albergaba al hada Maimocene. Cierta noche que el príncipe dormía, salió el hada del pozo y se quedó extasiada contemplando la belleza sin igual del hijo del sultán, y le besó ambas mejillas sin despertarle. En aquel instante sintió un batimiento de alas, y el hada remontó su vuelo hacia donde procedía el rumor y reconoció a un genio llamado Dauhasch.

El genio se estremeció de espanto al ver al hada, pues sabía que ésta tenía sobre él una superioridad incontestable, porque no era rebelde a Dios.

—Maimocene —le dijo con acento suplicante—, si me prometes no hacerme daño, te contaré un hecho sorprendente.

—Habla —contestó el hada—, te prometo lo que pides.

—Pues bien, vengo de China, situada cerca de las últimas islas del mundo, uno de los mayores reinos de la tierra. El rey actual se llama Gaiur y tiene una hija única, la mujer más hermosa que haya existido jamás, de cabellera tan abundante y larga que le llega hasta los pies. Su padre la ama con pasión, y un amante no la guardaría con más cuidado, para evitar que se acerque a ella el que no haya de ser su esposo. A fin de que no pueda aburrirse en el encierro al que la tiene obligada, ha hecho construir siete palacios: el primero de cristal de roca, el segundo de bronce, el tercero de fino acero, el cuarto de otra especie de bronce, el quinto de mármol blanco, el sexto de plata y el séptimo de oro macizo. Extendida la fama de su belleza por todas partes del mundo, los más poderosos reyes han pedido por esposa a la princesa china, pero su padre no quiere violentarla, sino que haga libremente su elección. Finalmente llegaron los embajadores de un rey mucho más poderoso y rico que todos los anteriores, y el rey de China consultó a la princesa en presencia de aquéllos. «Padre mío —le contestó la hermosa joven—, no dudo que al casarme tratáis de asegurarme la dicha, y estos sentimientos no puedo por menos que agradeceroslos. Mas decidme, ¿al lado de qué rey podré tener los tesoros, los palacios, las alegrías de que gozo junto a vuestra majestad? Mas, aunque nada de esto me faltase y tuviese todos los honores que aquí se me rinden como si fuese reina, los hombres quieren siempre mandar y yo no estoy dispuesta a obedecer a nadie, excepción hecha de mi padre. He dicho a vuestra majestad que jamás me casaré, y no obstante insistís en vuestros propósitos. Pues bien, si me volvéis a hablar de matrimonio, me clavaré un puñal en el pecho para librarme de vuestras importunidades». «¡Hija desnaturalizada! —exclamó el rey de China—, estás loca y como tal serás tratada.» Marcháronse los embajadores y el rey mandó que encerrasen a su hija en una reducida habitación de los siete palacios, poniendo a su servicio únicamente dos esclavas, una de las cuales es su nodriza.

—Bella Maimocene —prosiguió el genio—, yo voy todos los días a contemplar esa beldad incomparable, y a pesar de mi maldad instintiva, no me ha pasado jamás por la mente ocasionarle el más ligero daño. Ven conmigo, te lo ruego, vamos a verla.

—¡Has querido burlarte de mí! —exclamó el hada—. Dijiste que me contarías un hecho sorprendente y me sales con una simpleza. ¿Qué dirías, pues, si hubieses visto, como yo, al más hermoso de los príncipes? Y, a propósito, ¿sabes que le ocurre exactamente lo mismo que a la princesa de quien me has hablado? Está encerrado en una torre, de la que acabo de salir después de haberlo contemplado con arrobamiento.

—No quiero contradecirte —repuso el genio—, pero hay un medio para persuadirte de que te he dicho la verdad. Ven conmigo a ver a la princesa y luego me enseñas al príncipe.

—No es preciso que yo me moleste —contestó el hada—, ve por la princesa y tráetela en seguida a la torre.

Dauhasch obedeció, y a los pocos momentos estaba de vuelta transportando a la princesa dormida, que depositó en el mismo lecho donde descansaba el príncipe.

Largo rato discutieron el hada y el genio sobre cuál de los dos jóvenes era el más hermoso, hasta que, impacientada, Maimocene golpeó el suelo con el pie y al momento apareció un genio horrible que fue a postrarse a los pies del hada.

—Levántate, Caschach —le dijo Maimocene—. Te he llamado para que decidas nuestra disputa y digas francamente quién es el más hermoso de estos dos jóvenes, si la mujer o el hombre.

Caschach miró a los durmientes con admiración y estupor.

—Maimocene —repuso luego—, te engañaría y me traicionaría a mí mismo si dijese que encuentro en ellos alguna diferencia. Ambos son incomparablemente hermosos.

El hada se transformó en pulga y picó al príncipe en el cuello. Camaralzamán se llevó la mano a la parte dolorida, y la dejó caer luego sobre la mano de la princesa. Sorprendido de hallar una mujer en su propio lecho, se incorporó vivamente, y al momento quedó prendado de aquella joven tan hermosa. Pero en el momento en que se disponía a despertarla y declararle su amor, le asaltó la sospecha de que aquello era obra del sultán, su padre, para inducirle al matrimonio, y se contuvo. La princesa llevaba sortijas en la diestra y Camaralzamán le quitó una que sustituyó por otra de las suyas. Hecho esto le volvió la espalda y se durmió tranquilamente.

Dauhasch se transformó a su vez en pulga y picó a la princesa, que se despertó sobresaltada, y al ver a un hombre a su lado se quedó de pronto sorprendida, y luego, admirada de la sobrehumana belleza del joven príncipe, exclamó:

—¡Cómo! ¿Sois vos el esposo que me destina mi padre? ¡Cuánto siento no haberlo sabido, pues no hubiera estado privada tanto tiempo de un marido a quien no puedo por menos que amar con todo mi corazón!

Dicho esto, la princesa le tomó la mano procurando no despertarle, vio su anillo en el anular de Camaralzamán, miró el que éste le había puesto, y no teniendo ya dudas de que se trataba de su esposo, volvió a dormirse profundamente.

—Y bien, maldito —dijo el hada a Dauhasch—, ¿estás convencido ya de que el príncipe es más hermoso? —y dirigiéndose al otro genio añadió—: Te doy las gracias por haber acudido a mi evocación. Toma ahora a la princesa y, ayudado por Dauhasch, llévala a China, de donde éste la ha traído.

Los dos genios obedecieron.

A la mañana siguiente, Camaralzamán, ciego de ira al notar que la hermosa dama había desaparecido, dio tales muestras de haber perdido el juicio que no pudo menos que dar aviso al sultán. El pobre anciano, que no había podido prever esta nueva desgracia, se afligió sobremanera, y envió a su gran visir para que se informara de lo que ocurría.

—Me alegro de que hayáis venido —le dijo el príncipe—. ¿Dónde está la mujer que introdujeron anoche aquí por orden de mi padre, suponiendo que me enamoraría de ella? ¡Pronto! ¿Dónde está? ¡Quiero que sea mi esposa!

—Señor —repuso—, no sé una palabra de lo que me decís y temo que se os haya extraviado la razón.

—¿De manera que tú también te has propuesto desesperarme? ¡Pues no te irás sin tu merecido!

Y diciendo esto, el príncipe agarró por las barbas al visir y comenzó a descargarle tremendos puñetazos. Maltrecho y dolorido escapó, al fin, el anciano de manos del príncipe, y dio cuenta al sultán de lo que le había sucedido, asegurando que Camaralzamán estaba loco.

El sultán quiso convencerse por sus propios ojos de la nueva desgracia que le amargaba la existencia y, acompañado del visir, se trasladó a la prisión de su hijo. El príncipe leía tranquilamente un libro, y al ver a su padre se levantó y le acogió con la mayor cordura y respeto.

El sultán cambió con el visir una mirada de alegre sorpresa.

—Veamos, hijo mío, ¿qué es lo que te pasa? —preguntó afablemente al príncipe.

—Señor —contestó éste—, os suplico que me deis la esposa que anoche introdujisteis en este aposento y reposó en mi lecho.

—Has debido de soñarlo, hijo mío —repuso el sultán—. Ni yo conozco a esa mujer de la que hablas ni he tenido jamás semejantes propósitos.

Camaralzamán le hizo entonces un minucioso relato de la escena desarrollada la noche anterior, y terminó diciendo:

—Vuestra majestad conoce todos mis anillos, ved, pues, si éste me ha pertenecido jamás y decidme si estoy loco, como pretende el visir.

El sultán reconoció, al fin, que no había sido un sueño, y lamentándose de no disponer de medios para descubrir el paradero de la amada de su hijo, sacó a éste de la prisión y le devolvió todos sus honores. Mas el desgraciado príncipe enfermó gravemente de amor.

Una escena parecida se desarrollaba al mismo tiempo en la prisión de la princesa, y el rey de China, creyendo que su hija había perdido la razón, mandó que la cargasen de cadenas y que sólo la vigilase su nodriza. Trastornado por el dolor, había publicado al mismo tiempo un bando prometiendo la mano de la princesa al médico o al astrólogo que la curase y conminando con la pena de muerte al que no lo lograse.

Se presentó un astrólogo, y después de examinar atentamente a la princesa, dijo que ésta había perdido realmente el juicio, pero que su locura era de amor. Y el incrédulo rey mandó decapitar al astrólogo. Finalmente se presentó un sabio, hermano de leche de la princesa, hijo de la nodriza que la vigilaba, a quien amaba aquélla entrañablemente, y fue introducido en secreto en la prisión de la joven.

—Hermano mío —le dijo ésta—, ¿creéis realmente que estoy loca? Pues bien, escuchad.

Y le relató minuciosamente lo que le ocurrió en la torre del príncipe, mostrándole luego el anillo.

—Princesa —repuso el joven sabio, que se llamaba Marzabán—, si lo que me habéis dicho es cierto, como creo, no desespero de poder daros la satisfacción que deseáis. Únicamente os ruego que os arméis de paciencia hasta que yo recorra los reinos que aún no he visitado y, cuando sepáis que estoy de vuelta, dad por seguro que aquél a quien amáis está muy cerca de mí.

Dicho esto, se retiró Marzabán, que emprendió su viaje al día siguiente.

Tras una larga y feliz travesía, llegó el joven a la capital del reino de Chazamán, pero a la entrada misma del puerto naufragó el barco que le conducía y estuvo a punto de perecer. No obstante, como era buen nadador, ganó la orilla, precisamente junto al palacio de Chazamán, donde fue recogido y cuidado por expresa orden del rey.

El gran visir, sabiendo que Marzabán era astrólogo, le habló de la enfermedad de Camaralzamán, y el joven expresó su deseo de visitarlo con objeto de ver si había medio de curarle.

El visir condujo al sabio a las habitaciones del príncipe, que estaba a la sazón acompañado de su padre.

—¡Cielos! —exclamó al verle—. ¡Qué parecido tan asombroso! —añadió, recordando a la princesa de China.

Camaralzamán que estaba en el lecho, abrió los ojos y miró fijamente a Marzabán, quien se aprovechó de aquella ocasión aparentemente para saludarlo, pero en realidad para contarle, con frases que sólo él podía comprender, la historia de la princesa y el estado en que ésta se hallaba.

El rostro del enfermo se iba iluminando poco a poco, y cuando Marzabán hubo terminado, suplicó al rey que le dejase a solas con el astrólogo. Chazamán le complació, gozoso por el feliz cambio que se había operado en su hijo.

—Príncipe —dijo Marzabán, cuando hubo salido el rey—, hora es ya de que cesen vuestras penas. Conozco a la mujer que amáis: es la princesa Badoure, hija del rey de China. Ella no sufre menos que vos, y es preciso que la curéis con vuestra presencia. Mas para emprender tan largo viaje, es necesario estar completamente sano, por lo tanto, ahora sólo debéis pensar en curaros.

Al cabo de pocos días, el príncipe se hallaba en disposición de emprender el viaje, y valiéndose de una estratagema para evitar que el rey Chazamán le impidiese ir a China, salió de la capital como si fuese de cacería. Embarcándose en el puerto más próximo en compañía de Marzabán, llegaron felizmente al término de su larga excursión.

Marzabán, en vez de llevar al príncipe a su casa, lo alojó en la posada de los extranjeros, e instruido convenientemente sobre lo que debía hacer y decir, al siguiente día se presentaba Camaralzamán en las puertas de palacio disfrazado de astrólogo.

Presentado ante el soberano, el príncipe se postró a sus pies y dijo, cuando fue autorizado para hablar:

—Señor, soy astrólogo y me propongo curar a la respetable princesa Badoure, hija del alto y poderoso monarca Gaiur, rey de China, conformándome con las condiciones del bando dado por vuestra majestad de morir si fracaso en mi empeño o de ser el esposo de la princesa si a mí debiera su curación.

El rey de China mandó, pues, a un eunuco que acompañase a Camaralzamán a la prisión de Badoure, y cuando estuvieron en el fondo de una galería, aquél, que por su condición de astrólogo llevaba todo lo necesario para escribir, sacó un pliego de papel, la pluma y un tintero, y comenzó a redactar las siguientes líneas:

> «Del príncipe Camaralzamán a la princesa de China:
>
> »Adorada princesa: el amoroso príncipe Camaralzamán no os hablará de los inexpresables dolores que experimenta desde la noche fatal en que vuestra belleza le hizo perder la libertad para mantener la resolución que había tomado de no casarse jamás; pero sí os asegurará que os entregó aquella noche su corazón y al mismo tiempo un anillo que era prenda de su amor, y tomó, a cambio, el vuestro. Hoy os envía ese anillo junto con esta carta. Si os dignáis devolvérmelo, se consideraría el más feliz de los amantes, y si lo conserváis, morirá resignado y contento por cuanto esa muerte será nueva prueba del amor que os profeso. En vuestra antecámara espera la contestación.»

—Toma —dijo al eunuco—. Lleva esta carta a tu ama. Si no se cura en cuanto la haya leído, puedes decir que soy el astrólogo más imprudente del mundo.

En efecto, apenas hubo visto la princesa el anillo, se levantó violentamente, sacudió la cadena con tal fuerza que logró romperla y salió corriendo a la antecámara. Reconoció a la primera mirada al príncipe y se abrazaron con infinita ternura.

—Tened —dijo luego la princesa—, os devuelvo mi anillo, porque quiero conservar el vuestro toda la vida.

El eunuco corrió mientras tanto a poner en conocimiento del rey lo que ocurría.

—Señor —le dijo—, todos los médicos y astrólogos que han visitado a la princesa eran unos ignorantes, mas el que ahora ha venido, sin verla siquiera, la ha curado.

Y le refirió lo que había visto.

Enajenado de alegría corrió el rey a abrazar al príncipe, tomó luego la mano de éste y la puso entre las de su hija:

—Afortunado extranjero —dijo el rey—, quienquiera que seas, te la doy por esposa.

—Y yo lo acepto gustosísima —repuso la princesa.

Entonces Camaralzamán se dio a conocer, diciendo que no era astrólogo, sino príncipe e hijo de reyes.

Se celebraron en seguida las bodas con gran magnificencia y los esposos vivieron algunos meses completamente felices.

Pero una noche soñó Camaralzamán que su padre se hallaba moribundo, y al despertarse, dominado aún por la emoción que su triste sueño le había producido, expresó a su esposa el deseo de trasladarse a la corte de su padre. La princesa se obstinó en acompañarle, y el rey de China, aunque la separación había de resultarle muy dolorosa, consintió en que su hija acompañase a Camaralzamán, a condición, sin embargo, que habían de regresar ambos al cabo de un año.

Emprendieron los esposos el viaje, y a los varios meses de camino llegaron a una espléndida llanura, donde decidieron acampar.

Mientras el príncipe dirigía la colocación de las tiendas de su numeroso séquito, la princesa se retiró a la suya y, para estar más cómoda, se hizo quitar el cinturón por una de sus esclavas. Cuando Camaralzamán volvió a reunirse con su esposa, ésta dormía plácidamente. Viendo el cinturón lo tomó para examinar los brillantes y demás piedras preciosas con las que estaba guarnecido. De pronto observó que entre el forro y la tela había un objeto duro y, excitada su curiosidad, lo descosió para ver de qué se trataba. Era un cuernecillo de coral, un talismán que la reina de China había entregado a su hija para que fuese feliz mientras no se desprendiese de él. Camaralzamán salió de la tienda para examinar mejor el talismán, y tuvo la desgracia de que se le cayera al suelo. En aquel momento descendió un pájaro, se apoderó del cuernecillo y, llevándoselo en el pico, remontó el vuelo, bajando de nuevo al suelo a cada momento.

El príncipe, deseando recobrar el talismán, siguió al pájaro, sin darse cuenta de que se alejaba del campamento. Al undécimo día desapareció el pájaro, pero no por eso dejó de andar y andar el príncipe, hasta que llegó a las puertas de una gran ciudad sobre cuyos muros volvió a ver el pájaro, que en aquel momento se tragaba el talismán. Profundamente afligido, recorrió el príncipe algunas calles de la ciudad y entró, por último, en un huerto cuya puerta estaba abierta. Era el hortelano un hombre de muy nobles sentimientos. Al ver al extranjero abandonó el trabajo se lo llevó a casa, donde le dispensó todas las atenciones de la verdadera hospitalidad, y cuando el príncipe hubo comido y descansado le preguntó el motivo de su llegada.

Camaralzamán le hizo un completo relato de su aventura y acabó preguntándole cuándo y cómo podría regresar a la capital del reino de su padre.

—¡Ah, hijo mío! —le contestó el hortelano—. Desde esta ciudad a los países en que gobiernan los musulmanes hay un año de camino. Por mar se llega en mucho menos tiempo, pero habéis de esperar un año hasta que salga el buque que va a la isla de Ébano, desde donde os podréis trasladar fácilmente a la isla de los Niños Calendas. Entretanto, si queréis esperar todo ese tiempo, os ofrezco mi casa con mucho gusto. El príncipe aceptó el ofrecimiento y se quedó en casa del hortelano. Dejémosle allí para reunirnos con la princesa.

Cuando la hermosa joven se despertó, se sorprendió desagradablemente de no ver en la tienda a su esposo. Luego, viendo que las horas transcurrían sin que el príncipe volviese, comenzó a dejarse vencer por la más honda tristeza, y cuando llegó la noche, sospechando que a su esposo le había ocurrido alguna desgracia, se sobrepuso a su dolor y tomó una resolución poco común en su sexo. Únicamente sus esclavas estaban enteradas de la desaparición del príncipe y esta circunstancia favoreció sus planes. Les prohibió, bajo pena de muerte, que hablasen con nadie de lo que ocurría, se vistió con las ropas de su marido, y en cuanto amaneció el nuevo día montó en un caballo, colocó a una de sus esclavas en la litera y ordenó que se reanudase el viaje. La hermosa jovenenía un parecido tan sorprendente con el príncipe, que nadie en el campamento sospechó la superchería.

Al cabo de varios meses de viaje por tierra y por mar, arribó felizmente el buque que la conducía a la capital de la isla de Ébano. Al instante se propagó la noticia de que acababa de llegar en aquel buque el príncipe Camaralzamán que realizaba un viaje de placer, y apenas llegó el rumor a oídos del rey se trasladó éste al puerto en el momento que desembarcaba el supuesto príncipe. El soberano, que creía ver en Badoure al hijo de un rey poderoso y amigo, le dispensó una acogida cariñosísima, los hospedó en su palacio y mandó que se celebraran festejos en su honor.

Transcurridos tres días, Badoure expresó su deseo de volver a embarcarse para proseguir viaje pero el rey, que estaba encantado del que él suponía príncipe, le dijo:

—Señor, como veis, soy ya muy viejo y Dios no me ha concedido la gracia de darme un hijo que me suceda en el trono. Tengo, sin embargo, una hija bellísima, y digna en todo de un príncipe como vos. Tomadla, pues, por esposa, junto con mi corona que pondré en vuestras manos el mismo día de la boda, y renunciad a abandonar este reino.

La princesa Badoure se quedó un momento perpleja, ¿cómo iba ella a tomar esposa no siendo hombre? Pero, como era pronta en sus resoluciones, pensó que tal vez aseguraría así un reino a su esposo, y contestó sin vacilar:

—Grande es el honor y la merced que me hacéis y sería muy ingrato si los rehusase. Acepto, pues, vuestra hija y vuestra corona, con la condición de que nunca me han de faltar vuestros consejos, cuando de gobernar el reino se trate.

Quedó así convenido, y a los pocos días se celebraba solemnemente la ceremonia del casamiento del supuesto Camaralzamán con la hija del rey de Ébano, que se llamaba Hayatalnefous.

En cuanto los nuevos esposos se hallaron solos en su dormitorio, la princesa Badoure se arrojó a los pies de su *esposa* y le dijo:

—Amable y bellísima princesa, reconozco toda la gravedad de mi falta y me culpo y condeno a mí misma; pero confío en vuestra bondad y en que cuando conozcáis mi desgracia, me perdonaréis y no revelaréis jamás el secreto de lo que voy a deciros.

Y le hizo un minucioso relato de su vida.

—Princesa —repuso Hayatalnefous—, cruel ha sido el destino separándoos tan pronto de un marido tan amante y tan amado, y hago votos por que os volváis a reunir cuanto antes. Entretanto, os juro que guardaré vuestro secreto, con la confianza de que seguiréis gobernando el reino tan dignamente como habéis comenzado. Os pedía un amor que no podéis otorgarme, pero me consideraré feliz si no me consideráis indigna de vuestra amistad.

Dicho esto, las dos princesas se abrazaron y besaron con ternura.

Entretanto, el príncipe Camaralzamán continuaba en la ciudad de los idólatras, en casa del hortelano, cultivando la tierra. Cierta mañana que, como de costumbre, se dirigía a su trabajo, le obligaron a levantar la cabeza los chillidos de dos pájaros que reñían en lo alto de un árbol. Al cabo de un momento caía al suelo uno de ellos herido de muerte, y mientras su enemigo remontaba el vuelo, otros dos pájaros, de mayor tamaño, se precipitaron sobre el caído y en un abrir y cerrar de ojos lo transportaron a un hoyo que hicieron con sus garras, en el que le dieron sepultura. Hecho esto, volvieron a volar y reaparecieron a los pocos instantes llevando prisionero al pájaro asesino y depositándolo sobre la tumba de su compañero le quitaron la vida, destrozándolo horriblemente.

Camaralzamán quedó sumamente sorprendido de aquel espectáculo y cuando desaparecieron los vengadores se acercó al destrozado cadáver y se le ocurrió examinar su interior. ¡Cuál no sería su sorpresa al encontrar en el abierto estómago del pájaro el talismán de la princesa de China!

Repuesto de su emoción, comenzó su trabajo, que consistía aquel día en cortar un árbol. Otra sorpresa le aguardaba. Al descargar el primer hachazo en las raíces, oyó un ruido metálico y el arma rebotó. Intrigado por este hecho, el príncipe apartó cuidadosamente la tierra, dejando al descubierto una plancha de bronce que ocultaba la entrada de un subterráneo. Bajó resueltamente los diez escalones que se ofrecieron a su vista al levantar la plancha y se encontró en una vasta cueva que encerraba cincuenta grandes ánforas llenas de polvo de oro. Salió de la cueva, alborozado por el descubrimiento que acababa de hacer, y se apresuró a ponerlo en conocimiento del hortelano.

Éste había sabido la víspera que el buque que hacía la travesía a la isla de Ébano zarparía dentro de pocos días, y apenas vio al joven le dijo alegremente:

—Hijo mío, preparaos para regresar a vuestra patria en el término de tres días.

—Nada más grato podíais anunciarme en el estado en que me encuentro.

Y le habló de su hallazgo y de su propósito de entregárselo.

El buen hortelano se opuso a aceptar aquel tesoro; pero, al fin, tras una larga discusión, se avino a quedarse con veinticinco de las cincuenta ánforas llenas de polvo de oro.

Inmediatamente se hicieron los preparativos para la partida del príncipe, y para evitar la codicia de los ladrones y los riesgos que podía correr el tesoro si se traslucía siquiera el contenido de las ánforas, decidieron colocar el polvo de oro en cincuenta vasijas recubiertas de aceitunas, que era un fruto muy estimado en Ébano, donde escaseaban siempre. Así lo hicieron, y temeroso Camaralzamán de que se le perdiese el talismán, lo ocultó entre el oro de una de las vasijas.

El pobre hortelano, sea porque hubiese trabajado demasiado aquel día, por la emoción o a causa de su edad avanzada, pasó muy mala noche, y al tercer día estaba gravemente enfermo.

El capitán del buque y varios marineros se presentaron en el huerto para hacerse cargo de las mercancías y prevenir al viajero.

—¿Quién es el pasajero que ha de embarcar? —preguntó el capitán al príncipe.

—Soy yo —repuso éste—. El hortelano que os habló no puede recibiros porque está muy enfermo, pero esto no impide que llevéis a bordo esas vasijas de aceitunas, que son las mercancías que llevaré a Ébano.

Los marineros cargaron con los bultos y el capitán dijo, al tiempo de retirarse:

—Venid en seguida porque el viento es favorable y sólo os espero a vos para hacerme a la vela.

Cuando el príncipe volvió a entrar en el aposento del hortelano, éste agonizaba y a los pocos instantes dejaba de existir.

Camaralzamán se apresuró a lavar el cadáver y darle sepultura en el mismo huerto; pero, por mucha prisa que se dio, cuando llegó al puerto el buque habíase hecho a la mar.

El desgraciado príncipe hubo de volver a casa del hortelano, que le había hecho donación de sus bienes, resignado a esperar un año más cultivando la tierra.

El buque, con viento favorable durante toda la travesía, llegó felizmente a Ébano. El nuevo rey o, mejor dicho, la princesa Badoure, había ordenado que ninguna nave desembarcara las mercancías que transportase sin que el capitán se presentase antes en palacio. Así pues, en cuanto echó el ancla el buque que debía haber conducido a Camaralzamán, su capitán se apresuró a cumplir el bando.

El supuesto rey hizo al marino diferentes preguntas acerca de los pasajeros y de las mercancías, y en cuanto oyó decir que entre éstas había cincuenta vasijas de aceitunas, fruto que le gustaba sobremanera, dijo al capitán:

—Las compro todas, pero haced que las desembarquen en seguida para que nos arreglemos sobre el precio.

—Señor —repuso el marino—, esas cincuenta vasijas pertenecen a un mercader que se quedó en tierra por no haber llegado a tiempo.

—¿Qué importa? —replicó la princesa—. Haced que las desembarquen, puesto que he de pagar por ellas su justo precio.

El capitán envió la chalupa al buque para recoger las cincuenta vasijas.

Como la noche estaba ya próxima, Badoure se retiró a las habitaciones de la princesa Hayatalnefous, e hizo llevar allí las aceitunas. Abrió una de las vasijas y, al observar que las aceitunas estaban cubiertas de polvo de oro, no pudo contener una exclamación de sorpresa. Mandó entonces a las esclavas que volcasen todas las vasijas, y cuando le tocó el turno a aquélla en la que Camaralzamán había ocultado el talismán, lanzó un grito y estuvo a punto de desmayarse. Pero se repuso en seguida, besó repetidas veces el talismán y se retiró a sus habitaciones, después de ordenar que a la mañana siguiente se le presentase el capitán del buque.

—Dadme —le dijo, cuando fue conducido a su presencia— noticias más concretas y precisas del mercader dueño de las aceitunas que compré ayer.

—Señor —repuso el capitán—, yo había convenido su embarque con un hortelano de edad avanzada, el cual me dijo que le encontraría siempre en su huerto y me indicó el lugar donde trabajaba.

—Pues siendo así —interrumpió la princesa—, debéis haceros a la vela hoy mismo con rumbo a la ciudad de los idólatras y me traéis al joven hortelano, de lo contrario, confiscaré vuestro buque con todo lo que contiene.

El capitán nada tuvo que oponer a semejante mandato y se hizo al momento a la mar. La travesía fue muy feliz y arribó de noche al término de su viaje. El capitán desembarcó sin pérdida de tiempo, y acompañado de seis marineros se encaminó al huerto. El propio Camaralzamán salió a abrirles la puerta, y antes de que éste pudiera darse cuenta de nada, los marineros se apoderaron de él y lo condujeron a bordo. El buque levó en seguida anclas, y tras una travesía no menos feliz que a la ida, fondeó en la isla de Ébano. El capitán, a pesar de ser ya noche muy avanzada, desembarcó en la isla para acompañar al príncipe a palacio.

En cuanto Badoure tuvo noticias de la llegada de su marido, de acuerdo con Hayatalnefous sobre lo que habían de hacer en lo sucesivo, se despojó de su traje femenino e hizo entrar a Camaralzamán en su aposento. El príncipe la reconoció en seguida pese a su disfraz y se arrojó a sus brazos loco de contento.

Pasadas las primeras muestras de su amor desbordante, se sentaron uno al lado del otro en un diván y la princesa le contó a su esposo todo lo que había ocurrido desde el día en que se separaron. El príncipe, a su vez, le hizo una relación minuciosa de sus aventuras y, como era ya muy tarde cuando terminó, se retiraron a dormir.

A la mañana siguiente, la princesa mandó rogar al rey, su *suegro,* que se dignase pasar a sus habitaciones.

Se apresuró Armanos, que tal era el nombre del monarca, a complacer a su *yerno* y se quedó sorprendido al ver una mujer en compañía de un extranjero.

—Señor —le dijo la princesa—, ayer era yo el rey, pero ahora soy la princesa de China, mujer del verdadero príncipe Camaralzamán, aquí presente. Si vuestra majestad se digna tener paciencia para oír mi historia, espero que no me condenaréis por haberos engañado.

El rey escuchó, yendo de sorpresa en sorpresa, el relato de la princesa.

—Señor —dijo ésta al terminar—, aunque satisface muy poco a las mujeres la libertad que nuestra religión concede a los maridos para tener varias esposas, si vuestra majestad consiente en dar a su hija por esposa al príncipe Camaralzamán, yo cedo a Hayatalnefous todas las preeminencias que me corresponden.

—Hijo mío —dijo entonces el rey, dirigiéndose al príncipe—, puesto que vuestra consorte, a la que hasta ahora, y sin motivo de queja, he tenido por yerno mío, asegura que verá sin disgusto que compartáis el tálamo conyugal con mi hija, os la doy por esposa, al mismo tiempo que os cedo el trono.

Camaralzamán fue proclamado rey, y, casado el mismo día con Hayatalnefous, quedó encantado de la belleza y de la gracia de su nueva esposa. Las dos princesas continuaron viviendo juntas en la mejor armonía, y el mismo año hicieron a Camaralzamán padre de dos hijos.

Los dos principitos fueron criados con amorosos cuidados, tuvieron los mismos profesores e idénticas preeminencias, y a medida que crecían aumentaba el afecto que mutuamente se profesaban. Como ambos eran igualmente hermosos, las dos reinas concibieron por ellos una ternura indecible que pronto degeneró en pasión culpable. Badoure se prendó de Assad, hijo de la reina Hayatalnefous, y ésta se enamoró perdidamente de Amgiad, hijo de Badoure.

Pero no atreviéndose a declararles de viva voz su pasión criminal, les escribieron separadamente, y sin comunicárselo la una a la otra, dos cartas citándolos en sus respectivos aposentos la misma noche. Horrorizados los jóvenes príncipes de lo que se les proponía, dieron muerte a los eunucos que les habían entregado las cartas, pero no dejaron de acudir a las citas, aunque con el exclusivo objeto de recriminar a las dos madres su insensata pasión.

Encolerizadas ambas por la tremenda repulsa, decidieron sacrificar sus hijos a su odio, y con crueldad inconcebible acusaron ante el rey a los dos príncipes de haber intentado abusar de ellas.

Camaralzamán, ciego de ira y sin tomarse la molestia de averiguar si había algo de verdad en tan infame acusación, ordenó a un eunuco que condujese a los dos jóvenes al campo y les cortase la cabeza. Afortunadamente, el encargado de ejecutar tan bárbara orden tuvo compasión de los príncipes y, en vez de matarlos, se limitó a despojarles de sus vestiduras que, manchadas con la sangre de un animal, entregó al rey.

—¿Has cumplido fielmente mi mandato? —le preguntó Camaralzamán.

—Señor —repuso el eunuco—, aquí tiene vuestra majestad la prueba. Con admirable valor y suprema resignación han sufrido el castigo protestando de su inocencia y perdonando al rey, su padre, quien, según afirmaron, había sido engañado.

Hondamente conmovido por el relato del eunuco, Camaralzamán registró los vestidos de sus dos hijos y encontró las cartas que, acompañadas de un rizo de cabellos, les habían enviado Badoure y Hayatalnefous. Comprendió entonces el desventurado rey la perfidia de sus esposas, y mandó que fuesen encerradas de por vida en dos prisiones distintas, jurando que nunca jamás volvería a verlas.

Entretanto los jóvenes príncipes caminaron a la ventura, y al cabo de un mes llegaron a la vista de una ciudad, pero Amgiad estaba de tal modo rendido por el cansancio que no pudo dar un paso más.

—Hermano mío —le dijo entonces Assad—, mientras tú te repones, iré yo a la ciudad, y cuando sepa en qué país nos encontramos y haya preparado nuestro alojamiento, volveré para recogerte.

Así lo hicieron, pero en cuanto Assad hubo llegado a las puertas de la ciudad, le salió al encuentro un anciano que le ofreció hospitalidad en su propia casa. El príncipe aceptó el ofrecimiento y siguió al viejo; pero apenas entró en la casa de éste y vio otros cuarenta ancianos sentados en torno a un hogar, comprendió que había caído en poder de los Adoradores del Fuego, y se dio por perdido.

—Hoy es un gran día para nosotros —dijo el anciano que había engañado al príncipe— porque tenemos una víctima que sacrificar a nuestra divinidad —y añadió dirigiéndose a un esclavo—: acompaña a ese hombre y di a mis hijas que cumplan con su deber.

Obedeció el esclavo, y Assad fue conducido a una cárcel subterránea donde las hijas del anciano, ayudadas por el esclavo, le desnudaron y comenzaron a azotarle hasta que el pobre joven perdió el sentido.

Amgiad, lleno de zozobra por la tardanza de su hermano, pasó una noche horrorosa y apenas despuntó el día, no pudiendo contener su ansiedad, se encaminó a la ciudad y recorrió al azar varias calles, sorprendido de ver tan escaso número de musulmanes.

—Ésta es la ciudad de los Magos —le contestó un sastre, satisfaciendo su curiosidad—, llamada así porque abundan mucho los Adoradores del Fuego.

Prosiguió su camino y al llegar a la plaza pública fue detenido por el juez de policía, sospechando que fuese el autor de un asesinato cometido en la persona de una joven, perpetrado por un extranjero.

Amgiad hizo tan vehementes protestas de su inocencia que el juez de policía se creyó obligado a conducirlo a palacio del rey de los Magos, y una vez en presencia del monarca, Amgiad le contó su historia y la de su hermano.

—Príncipe —le dijo el rey de los Magos cuando éste hubo terminado—, me alegro de haberos conocido, y para reparar en parte el mal que os ha hecho vuestro padre, os nombro mi gran visir. En cuanto al príncipe Assad, os permito que uséis de toda la autoridad que os concedo para encontrarlo.

Entretanto, Assad había sido conducido a bordo de un buque que se hizo a la mar con rumbo a la Montaña del Fuego, donde debía ser sacrificado a la divinidad de sus aprehensores. Mas a los pocos días de navegación se desencadenó una furiosa tempestad y el buque fue impelido hacia la costa y tuvo que echar el ancla en la capital de la reina Margiana, la cual, como musulmana, era enemiga de los Adoradores del Fuego. Apenas hubo fondeado el barco, la reina Margiana envió a decir al capitán que se presentase en seguida en palacio, y aquél (que no era otro que el anciano adorador que engañó al príncipe) bajó a tierra acompañado de Assad que iba vestido de esclavo y obligado a decir que era secretario de Bherán, su amo. Margiana se quedó al instante prendada de Assad, y sabiendo que era esclavo se propuso comprarlo.

—¿Cómo te llamas? —preguntó al príncipe.

—¡Ay! En otro tiempo me llamaban Assad el Gloriosísimo, ahora soy Matar y me destinan al sacrificio.

La reina no comprendió el significado de aquellas palabras, y agregó:

—Puesto que sois secretario, debéis saber escribir. Quiero ver vuestra letra.

Assad tomó una pluma y escribió en un pergamino lo siguiente:

«El ciego se aparta del abismo en que cae el clarividente.

»La ignorancia triunfa con frases que no dicen nada.

»El sabio yace en el polvo a pesar de su elocuencia.

»El musulmán es miserable con todas sus riquezas.

»El infiel triunfa en medio de sus bienes.

»Es inútil esperar que cambien las cosas, porque el Omnipotente ha decretado que permanezcan del mismo modo.»

Assad presentó el pergamino a la reina, la cual se quedó sorprendida no sólo de la letra, sino de la moralidad de la sentencia, e insistió en su deseo de comprar al esclavo.

Pero como Bherán opusiera alguna dificultad, replicó airadamente la reina:

—Puesto que no me lo queréis vender, entiendo que me lo regaláis. Así pues, marchaos en seguida si no queréis que confisque el cargamento y mande quemar el buque.

Bherán obedeció, rebosante de ira, y proyectando su venganza.

Margiana condujo a Assad a sus habitaciones y le obligó a sentarse a su lado en el mismo sofá, diciéndole:

—Ya no sois esclavo. Sentaos, pues, y contadme vuestra historia.

Assad obedeció y le hizo un relato fiel de toda su vida.

—Príncipe —le dijo la reina cuando éste terminó—, a pesar de la aversión que siento por los Adoradores del Fuego, siempre los he tratado con humanidad pero, en vista de los bárbaros tratamientos de que os han hecho objeto, les declaro desde este momento una guerra despiadada.

Margiana sentó al príncipe a su mesa, y cuando terminó la comida, Assad salió a pasear por los alrededores del palacio y descuidadamente se durmió junto a una fuente, donde le sorprendió no sólo la noche, sino los hombres de Bherán, que se apoderaron de él y lo condujeron a bordo. El buque se hizo a la vela inmediatamente, y Assad, cargado de cadenas, fue depositado en la bodega.

Sorprendida la reina por la ausencia de Assad, ordenó a sus esclavos que registrasen el palacio, los jardines y los alrededores, pero el resultado de estas pesquisas no fue otro que el hallazgo de una babucha del príncipe junto a la fuente. Sospechó Margiana la verdad de lo ocurrido y mandó que, sin pérdida de tiempo, saliesen diez buques en persecución de Bherán.

Al cabo de tres días de navegación, lograron dar alcance al barco fugitivo y Bherán, sabiendo cuál era el objeto de aquella persecución, mandó que quitaran las cadenas a Assad y lo arrojasen al mar.

Así lo hicieron, pero como el príncipe sabía nadar, ganó fácilmente la costa, y en cuanto puso el pie en tierra observó con terror que se hallaba en la puerta de la ciudad de los Magos, en la que había sido encarcelado y bárbaramente atormentado por las hijas del anciano adorador.

Como ya era tarde, tomó el partido de refugiarse en uno de los mausoleos del cementerio; pero habiendo desembarcado también Bherán y sus marineros, y no pudiendo entrar en la ciudad por estar las puertas cerradas, se les ocurrió la misma idea que a Assad, y habiéndole descubierto en el cementerio, se apoderaron nuevamente de él.

A la mañana siguiente, el desventurado príncipe fue conducido a la casa de los Adoradores del Fuego, y encerrado de nuevo en la cárcel, las hijas del viejo volvieron a azotarlo con feroz crueldad. Sus lamentos, sus lágrimas, su juventud y su belleza movieron a piedad a una de las hijas y, de verdugo que era, se convirtió repentinamente en protectora de Assad.

Algunos días después, la joven oyó al pregonero vocear el siguiente bando: «El excelente e ilustre gran visir busca personalmente a su hermano Assad que desapareció hace un año. La persona que pueda decir su paradero será largamente recompensada, pero si alguno lo oculta o retiene preso, serán decapitados el secuestrador y su familia y demolidas sus casas».

La joven corrió presurosa, quitó las cadenas a Assad y le dijo:

—Ha terminado vuestro martirio: seguidme sin perder tiempo.

El príncipe obedeció y la hija del adorador le llevó a la calle mostrándole al visir, en el que reconoció a su hermano Amgiad. Éste le reconoció a su vez y, después de abrazarle repetidas veces le condujo a palacio, donde el rey le nombró también visir.

Se celebraron grandes festejos y se pensó en armar una nave para transportar a los dos príncipes al reino de su padre, pero en el momento en que se disponían a partir, llegó un oficial anunciando que avanzaba contra la ciudad un poderoso ejército.

Amgiad montó en un caballo y se dirigió al encuentro del supuesto invasor. Era el ejército de la reina Margiana, mandado por ésta en persona, que iba con el propósito de rescatar a Assad del poder de los Adoradores del Fuego y de saludar, al mismo tiempo al rey de los Magos. Amgiad informó a la reina de la liberación de su hermano y la condujo a palacio. Pero no había tenido tiempo el visir de echar pie a tierra cuando le anunciaron que otro ejército, más poderoso aún que el primero, avanzaba contra la ciudad. Salió Amgiad a su encuentro, y cuando se halló en presencia del que lo mandaba le preguntó cuáles eran sus propósitos.

—Me llamo Gaiur —repuso el jefe del ejército—, y soy rey de China. El deseo de tener nuevas de mi hija Badoure, casada con el príncipe Camaralzamán, hijo del rey de la isla de los Niños Calendas, me ha obligado a salir de mis estados. Yo permití al príncipe que fuese a reunirse con su padre con la condición de hacerme una vista anual, acompañado de mi hija, y hace ya muchos años que ni siquiera he oído hablar de ellos.

—¡Señor y abuelo mío! —exclamó Amgiad— Yo soy hijo de Camaralzamán, hoy rey de la isla de Ébano, y de la reina Badoure.

El rey de China abrazó enternecido a su nieto, dando por bien empleado el largo viaje que había hecho, y se trasladó al palacio del rey de los Magos. Al poco rato anunciaron la llegada de otro ejército y de nuevo salió Amgiad a su encuentro esta vez acompañado de Assad, y supieron, por algunos exploradores, que era el ejército del rey Camaralzamán.

El eunuco que había recibido la orden de matarlos, compadecido del dolor de su señor, le confesó la verdad, y Camaralzamán se puso en seguida a la cabeza de un poderoso ejército con objeto de hallar a sus hijos, llegando a la capital del rey de los Magos el mismo día que el rey de China, su suegro, y la reina Margiana.

Entregados estaban aún a sus embriagues de alegría el padre y los hijos, cuando llegó también otro ejército, mandado por el anciano rey de la isla de los Niños Calendas, que iba en busca de su hijo Camaralzamán.

Permanecieron los tres reyes y la reina Margiana varios días en el palacio del rey de los Magos, al que hicieron riquísimos presentes, y luego regresaron todos a sus reinos respectivos, en los que vivieron muchos años felices.

Historia del príncipe Zeyn Alasmán y del rey de los genios

UN PODEROSO rey de Basora vivía en la mayor aflicción por carecer de un hijo que heredase la corona, cuando el cielo oyó al fin las plegarias del monarca y le concedió el bien que deseaba, o sea, un príncipe que recibió el nombre de Zeyn Alasmán.

Los astrólogos del reino vaticinaron que el recién nacido viviría largos años, aunque no exentos de adversidades y peligros, de los cuales triunfaría con valor y constancia. Murió al poco tiempo el rey de Basora y el joven príncipe Zeyn le sucedió en el trono pero, en vez de seguir los consejos de su difunto padre, se entregó desenfrenadamente a los placeres y a los desórdenes, de tal modo que, después de gastar una cuantiosa fortuna, provocó el descontento de sus pueblos, que estuvieron a punto de sublevarse contra el poder del soberano. Los consejos de la reina madre, que aún vivía, remediaron el mal a tiempo, y el príncipe, avergonzado de su conducta, cayó en una melancolía mortal y en una aflicción de la que nadie pudo consolarle.

Una noche se le apareció en sueños un anciano venerable que le dijo con benévola sonrisa:

—Príncipe Zeyn, si quieres encontrar la felicidad que has perdido, vete a El Cairo donde te espera una gran fortuna.

El príncipe, al despertar, dio a la reina noticia de su extraña aparición, le confió las riendas del poder y salió una noche solo y secretamente de palacio en dirección a Egipto. Al llegar allí se durmió rendido de cansancio junto a una mezquita, y en medio de su sueño se le presentó de nuevo el anciano diciéndole:

—Estoy contento de ti, y si te he hecho venir a Egipto ha sido para poner a prueba tu valor y tu obediencia. Ahora vuelve a tu reino y en tu palacio encontrarás riquezas que te convertirán en el príncipe más poderoso de tu tiempo.

Zeyn Alasmán volvió a Basora con menos ilusiones que aquéllas con las que había ido a Egipto, y refirió a su madre lo poco fructuoso que había sido el viaje que había hecho, pero la reina aconsejó a su hijo que esperase con calma para ver si se realizaban las predicciones del anciano. Se le apareció éste, otra vez, al príncipe y le dijo:

—Apenas despunte el día toma un azadón, ve a cavar al gabinete de tu difunto padre y descubrirás un tesoro inmenso.

Algo más animado el príncipe, y no sin haber participado a su madre la tercera revelación del anciano, fue al sitio designado por éste y, después de un trabajo fatigoso, encontró una losa de mármol blanco que daba entrada, por medio de su correspondiente escalera, a una habitación suntuosísima llena de urnas de pórfido que contenían monedas de oro. Asombrado el príncipe Zeyn a la vista de tantas riquezas, hizo que su madre bajase al subterráneo, y ambos descubrieron una urna menor que contenía una llave de oro, la cual correspondía exactamente a la cerradura de una puerta por la que entraron la reina y el rey, hallándose en un salón donde se veían sobre nueve pedestales de oro macizo ocho estatuas esculpidas cada una de un solo diamante. Aquellas piedras lanzaban unas luces y unos resplandores imposibles de describir.

—¡Cielos! —exclamó Zeyn, sorprendido—. ¿Dónde pudo mi padre encontrar tamaños tesoros?

En el noveno pedestal había un pedazo de raso blanco con estas palabras escritas por el rey: «Hijo mío: Por bellas que te parezcan estas ocho estatuas, la novena, que falta en su pedestal, supera en mérito a las maravillas más sorprendentes de la tierra. Si quieres hacerte dueño de tal riqueza, ve a El Cairo, busca a un esclavo mío que allí vive, llamado Mobarec, cuéntale lo sucedido y él te enseñará el lugar en que se encuentra la sorprendente estatua».

Pasaron pocos días y ya estaba Zeyn Alasmán en El Cairo, en cuya ciudad vio a Mobarec convertido en un gran señor. Le contó su aventura y el antiguo esclavo besó con respeto los pies del hijo de su señor.

—Estoy dispuesto a acceder a vuestros deseos —dijo al príncipe—, pero no debo ocultaros los peligros a los que debéis hacer frente hasta llegar al paraje en que veremos la estatua.

—Todos los desafíos aceptaré —replicó el príncipe—, y que suceda lo que Dios quiera. Estoy dispuesto a soportar resignado la muerte si es preciso.

Mobarec se puso en camino con el príncipe Zeyn, seguidos ambos de un gran acompañamiento de esclavos. Después de muchos días de marcha, llegaron a la orilla de un gran lago, solos completamente, porque Mobarec había ordenado a la comitiva que se quedase a cierta distancia.

—Príncipe —dijo Mobarec—, no os asombre el medio extraordinario que se nos presentará para atravesar el lago, y sobre todo os ruego que guardéis durante la travesía el mayor silencio, porque una sola palabra puede perdernos para siempre.

Al concluir de hablar Mobarec surgió del centro de las aguas un bajel de sándalo. El mástil era de ámbar con una banderola de raso azul, y la cabeza del único barquero que tripulaba el pequeño buque tenía la forma de un elefante y el cuerpo la de un tigre. Aquel monstruo horrible asió con la trompa al rey y luego a Mobarec, los trasladó en su barca a la orilla opuesta y desapareció en seguida

—Estamos —dijo Mobarec— en la isla del rey de los genios, residencia semejante al paraíso que el profeta guarda para los buenos creyentes.

En efecto, Zeyn no se cansaba de admirar los campos maravillosos por donde transitaban, hasta que al fin distinguieron un palacio fabricado de esmeraldas, con puertas de oro, y rodeado de árboles gigantescos que daban sombra y perfume a tan sorprendente edificio. Mobarec conjuró con palabras cabalísticas al rey de los genios, soberano y dueño de aquel palacio, y al momento se cubrió la isla de tinieblas, retumbó el trueno antecedido de relámpagos brilladores, silbó el viento con furia horrible, y entonces se presentó el genio, a quien el príncipe pidió humildemente la novena estatua en la forma que de antemano le había anunciado Mobarec.

—¡Que Dios te proteja! —exclamó el genio al ver al príncipe Zeyn Alasmán—. Yo soy la visión que se te ha presentado en sueños bajo la forma de un anciano, y sabía, por consiguiente, lo que hoy ibas a pedirme. Tendrás la novena estatua que deseas, pero antes de designarte el sitio en que puedas encontrarla, júrame traer a mi presencia a la joven de quince años más bella, más pura y que reúna, en fin, las cualidades que tú buscarías en la mujer que fuese tu esposa. Ningún mal le sucederá y su familia volverá a verla tan poderosa y feliz como puede serlo una reina.

Zeyn prometió al genio llevarle lo que pedía y, en efecto, volvió al poco tiempo con la hija del gran visir, apreciada como la joven más virtuosa del reino.

—Estoy contento —dijo el genio al ver a la doncella—, y ahora regresa a tus estados, baja al gabinete subterráneo, y en el noveno pedestal, vacío hasta hoy, hallarás la estatua de inestimable valor que tanto anhelas.

Y desapareció en compañía de la joven, no sin inquietud por parte del príncipe, que comenzaba a amar a la hermosa hija del visir y que no sabía, además, lo que iba a responder a éste cuando le preguntase por ella. Volvió a la capital triste y taciturno, y en unión de su madre, la reina, se apresuró a bajar al gabinete para ver la novena estatua. Cuál no sería la admiración de ambos al reconocer en el noveno pedestal a la misma joven que había llevado Zeyn al rey de los genios, el cual apareció de repente en el gabinete y dijo:

—Príncipe, he aquí la novena estatua que os estaba reservada, vale más que todos los diamantes y las riquezas de la tierra, y como sé que la amáis, os la dedico para esposa. Sed felices los dos y haced la dicha de vuestros numerosos vasallos.

Sonó un gran trueno, huyó el rey de los genios, y Zeyn hizo proclamar a la hija del visir reina de Basora, donde se celebraron fiestas y regocijos en loor de los jóvenes esposos.

Historia del durmiente despierto

ALLÁ EN los tiempos del califa Harún al-Raschid vivía en Bagdad un rico mercader con su anciana esposa y un hijo único, llamado Abú Hasán, de treinta años de edad.

Murió el mercader, y Abú Hasán, hasta entonces educado con el mayor recogimiento y economía, se vio de improviso poseedor de una gran fortuna, así que disipó la mitad de ella en unión de alegres camaradas en quienes el joven creía tener amigos nobles y consecuentes. Pero desapareció el último cequí. Abú Hasán cesó de dar convites y fiestas en su casa, porque no podía disponer de las fincas dejadas por su padre, y desapareció también de su lado aquella especie de corte que le adulaba bajamente a cambio de los obsequios que recibía.

Terrible fue su desengaño y muchas las lágrimas que derramó, herido por la ingratitud de sus falsos amigos. El infeliz ignoraba que los hombres, por regla general, vuelven la espalda a los pobres y a los desgraciados, por lo mismo que son los que más necesitan de los consuelos divinos de la caridad.

El hijo del mercader juró no sentar a su mesa a ningún vecino de Bagdad, sino a un extranjero cualquiera, que no debería jamás acompañarle a cenar más que una sola vez, fuese quien fuese, y siguió esta conducta durante mucho tiempo con auxilio de la cantidad modesta, pero decente, que debía a la generosidad de su buena madre.

Una tarde estaba Abú Hasán, como de costumbre, en la entrada de uno de los puentes de la ciudad, cuando pasó por allí el califa Harún al-Raschid, disfrazado de mercader y seguido de un esclavo alto y robusto que acompañaba por lo común al soberano en este género de correrías. Abú Hasán, creyéndole efectivamente mercader y extranjero en la ciudad, se acercó al califa y le invitó a cenar en su casa con la condición expresa de que nunca volvería a poner los pies en ella concluida la cena. Aceptó el califa la proposición, que le pareció extraña, y pocos momentos después entraba con su esclavo en la morada de Abú Hasán, quien sirvió a sus huéspedes tres platos suculentos y las mejores frutas y bebidas del país. Harún al-Raschid quiso, en la sobremesa, saber la historia de Abú Hasán, y éste refirió minuciosamente al fingido mercader los crueles desengaños de sus amigos, que le abandonaron con desprecio al creerle reducido a la escasez y la miseria. El califa aprobó absolutamente la sabia resolución del joven, amaestrado con las lecciones de la experiencia.

—Quisiera daros —añadió el califa—, antes de partir, una prueba eficaz de mi gratitud por la hospitalidad que me habéis dispensado. No soy más que un mercader, pero cuento con la influencia de algunos amigos poderosos, y espero saber si necesitáis algo o tenéis algún deseo para hacer en vuestro favor cuanto de mí dependa.

—Os agradezco la voluntad —replicó Abú Hasán—, pero no soy ambicioso. Sin embargo, voy a abriros mi corazón, porque hay una cosa que me produce verdadera pena. El imán que reza las oraciones en la mezquita de nuestro distrito es un viejo miserable, hipócrita y de mala lengua, que se reúne todos los días con cuatro infames viejos como él para murmurar de los vecinos, a quienes calumnian y ofenden del modo más indigno. Quisiera yo ser califa por espacio de veinticuatro horas para mandar que a cada uno de dichos viejos se le diesen cien palos en las plantas de los pies, y ver si entonces dejaban en paz a los habitantes honrados y pacíficos.

—No me parece muy difícil conseguir lo que deseáis, y desde luego os aseguro que interpondré mi influjo para que el califa os ceda un día las riendas del poder.

—Veo que os burláis de mi loca imaginación y de la extravagancia de mi deseo, porque es imposible que acceda a esta ridícula pretensión mía.

—Ya veremos —replicó el supuesto mercader—, pero mientras tanto, permitidme que os sirva de beber antes de irnos a descansar.

Y el califa, con la mayor destreza, vertió unos polvos, que siempre llevaba consigo, en la copa de Abú Hasán. Éste se la bebió de un solo trago, y en el acto cayó al suelo sumido en el más profundo letargo. Llamó el califa al esclavo negro, y poniéndole un dedo en la boca para recomendarle silencio, le mandó que cargase con Abú Hasán, tomando bien las señas de la habitación para retornarlo cuando fuese necesario. Dirigiéronse los tres a palacio y entraron por una puerta secreta, sin ser vistos por nadie a causa de lo avanzado de la hora. El califa ordenó que Abú Hasán fuese despojado del traje que vestía y colocado en su propio lecho. En seguida hizo comparecer ante su presencia al gran visir, a los emires y a los altos oficiales de su corte para decirles que debían considerar a aquel hombre durante veinticuatro horas como a su señor y soberano, obedeciéndole ciegamente en cuanto se sirviera mandarles. Todos comprendieron que el califa, muy aficionado a las aventuras, quería divertirse a costa de Abú Hasán, y se inclinaron profundamente en señal de respeto y sumisión.

El califa, oculto tras una espesa celosía, ansiaba gozar del extraño espectáculo que se preparaba. Al amanecer se acercó al lecho de Masrur, jefe de los eunucos, y frotó con una esponja empapada en vinagre las narices de Abú Hasán, que se despertó al momento. Creyó, al principio, que era víctima de una pesadilla, viéndose en aquella espléndida habitación, rodeado de los señores de la corte, y quiso volverse del otro lado para seguir durmiendo, pero Masrur se lo impidió dirigiéndole la palabra en estos términos:

—¡Comendador de los creyentes! Vuestra majestad me permitirá que le diga que ha llegado la hora de hacer la acostumbrada plegaria. Además, esperan para celebrar el Consejo los generales del ejército, los gobernadores de las provincias y los altos dignatarios de vuestra majestad.

Abú Hasán no podía dar crédito a lo que veía. Preguntó a todos, uno por uno, quién era él, y todos le contestaron que el gran califa de Bagdad, comendador de los creyentes. Luego ordenó a un esclavo que le mordiese un dedo de la mano para convencerse de que no dormía, y el negro cumplió su cometido con tanta exactitud, y sobre todo con tal fuerza, que Abú Hasán lanzó un grito de dolor, convenciéndose hasta la evidencia de que estaba despierto y muy despierto. Entonces se convenció de que Dios había obrado una maravilla, se dejó vestir por los oficiales, y lleno de alegría se presentó en el salón del Consejo, donde Giafar, el gran visir, le dijo, después de hacerle una profunda reverencia:

—¡Comendador de los creyentes! Que Dios colme de favores en vida a vuestra majestad, y que en la otra le reciba en el paraíso y precipite a sus enemigos en las voraces llamas del infierno.

Y sobre la marcha, dio cuenta a Abú Hasán de los negocios del día, negocios que el supuesto califa resolvió con notable acierto, con asombro del mismo Harún al-Raschid, oculto siempre tras su celosía. Concluido el Consejo, mandó Abú Hasán que compareciese ante él el primer magistrado de policía, y le dijo con acento de mando, como si realmente fuese el verdadero califa del reino:

—Id sin pérdida de tiempo a tal calle y tal distrito, apoderaos en la mezquita del imán y de los cuatro ancianos que le acompañan, montadlos en un camello después de vestirlos de harapos, y terminado el paseo por la ciudad le mandaréis dar a cada uno cien palos en las plantas de los pies, como justo castigo por su infame maledicencia.

A las dos horas volvió el jefe de policía a dar parte de que la orden estaba ejecutada, y Abú Hasán mandó al gran visir que llevase una bolsa provista de mil cequíes de oro a casa de un tal Abú Hasán el Pródigo, deseo que también fue satisfecho sin la menor tardanza. La madre del improvisado califa recibió aquel donativo con tan gran sorpresa que ignoraba lo que sucedía en palacio. Concluido el Consejo, visitó Abú Hasán los departamentos de aquel soberbio edificio, verdaderas maravillas por su lujo y esplendorosa riqueza, hasta la hora de la comida, en que se le sirvió, por orden de Masrur, que no lo abandonaba, un suntuoso banquete al compás de músicas y de coros de exquisita melodía. El gran visir le presentó a los postres una copa de oro con vino preparado de antemano, y Abú Hasán, apenas lo hubo probado, cayó al suelo víctima del mismo sueño que la noche precedente. Entonces apareció el califa, y su esclavo, por mandato de éste, vistió a Abú Hasán el traje primitivo y lo llevó a su casa, dejándole aletargado en el lecho. Harún al-Raschid explicó a sus oficiales el objeto que se había propuesto al revestir a aquel hombre del poder supremo por espacio de veinticuatro horas.

Cuando Abú Hasán despertó, llamó a gritos a los oficiales de la corte; acudió su madre a las voces, dándole el dulce título de hijo, pero el joven le manifestó con el mayor desprecio que no la conocía y que él era, no su hijo, sino el califa glorioso de Bagdad, comendador de los creyentes. Ni el lugar en que se hallaba ni las pruebas que le presentó la buena mujer fueron suficientes para disuadirle de su error. Quiso la madre distraer el ánimo de su hijo refiriéndole el castigo público del imán de la mezquita y de los cuatro viejos, como así mismo el donativo que había recibido de parte del califa, relato y circunstancias que contribuyeron a afirmar más y más a Abú Hasán en la idea de que no era víctima de ninguna ilusión. Sin embargo, la madre persistió en su empeño y Abú Hasán, irritado, cogió un bastón para pegar a la respetable anciana que se obstinaba en llamarle por el nombre de su hijo. Al estrépito acudieron los vecinos, y oyendo sus extrañas palabras se convencieron plenamente de que el infeliz estaba loco y, en consecuencia, lo ataron con fuerza de pies y manos para que no maltratase a su buena madre, mientras algunos fueron en busca del jefe del hospital de locos. Vino éste con los loqueros. Abú Hasán, al verlos, quiso oponer resistencia, pero dos o tres azotes lo dejaron inmóvil y afligido, y cargado de cadenas, con grillos y esposas fue llevado a la casa de dementes en medio de una gran muchedumbre que al pasar le injuriaba y escarnecía. Una vez en el hospital, lo encerraron en una enorme jaula de hierro, donde le aplicaban diariamente terribles castigos con unas aceradas disciplinas.

La madre de Abú Hasán iba a verle dos o tres veces al día, siempre con lágrimas en los ojos al ver la triste situación de su hijo, cuando al cabo de un mes confesó éste que había sido juguete de una ilusión, que el mercader era la causa de sus infortunios, y que, en efecto, confesaba ser Abú Hasán y no el califa, como antes pretendiera en el extravío de su perturbada razón.

Estas palabras, repetidas varias veces, y la tranquila apariencia de ánimo, contribuyeron a que el infeliz recobrase la libertad saliendo al fin del hospital de locos, donde tanto martirio había sufrido. Repuesta su salud con los asiduos cuidados de su buena madre, Abú Hasán volvió a su antigua vida, es decir, a invitar a la cena a los extranjeros que veía en las calles de Bagdad.

Estaba una tarde sentado junto a una cerca cuando vio ir hacia él al califa disfrazado de mercader, como en la primera entrevista. Harún al-Raschid, de corazón noble y generoso, supo naturalmente lo acontecido y concibió el proyecto de presentarse de nuevo ante Abú Hasán para indemnizarle de la broma pasada. El joven, lejos de corresponder al saludo del califa Harún al-Raschid, volvió la cabeza con enojo sin responder ni una palabra.

—¿Qué es eso? —exclamó su interlocutor—. ¿No me reconocéis ya? Yo soy...

—Sí, ya sé lo que sois: la causa de todas mis desgracias, el hombre que me ha vuelto loco, extraviando mi razón hasta el punto de ser encerrado como las fieras en una jaula de hierro. Dejadme en paz y que Dios os perdone todo el mal que me habéis hecho.

El califa quiso persuadirle de que estaba en un error, lo abrazó repetidas veces, proclamando su buena amistad, hasta que Abú Hasán, medio enternecido, le refirió su aventura con vivos colores y mostró luego al califa la espalda y los brazos llenos de horribles cicatrices producidas por los golpes de los loqueros. Éste no pudo contemplar sin lástima y horror aquel espectáculo, y rogó por último a Abú Hasán que le llevase a cenar a su casa para beber juntos y consolarle de las penas que le habían atormentado en su encierro.

Abú Hasán consintió al fin, pero con la condición de que al salir el mercader de la casa cerraría bien la puerta para que no entrase otra vez el demonio a turbarle el espíritu y a quitarle el juicio.

Ofreció el califa cumplir el encargo, y pocos momentos después se encontraban uno y otro en la mesa. Concluida la cena de costumbre, empezaron a beber y Harún al-Raschid le ofreció a Abú una copa de vino preparado ya con los polvos, diciéndole:

—Bebamos a vuestra salud y en la celebración de la promesa que os hago de convertiros en el hombre más feliz de la tierra.

Bebió el incauto Abú Hasán y, como consecuencia, cayó al suelo dominado por la fuerza del narcótico. El califa llamó a su esclavo, que esperaba en la antesala, y cargó con el cuerpo inerte del joven, trasladándolo a palacio y al mismo lecho que había ocupado antes. Alrededor de él se colocaron por orden del soberano los señores de la corte y, además, un gran número de músicos, quienes al compás de armoniosos instrumentos entonaron dulcísimas melodías cuando abrió los ojos al amanecer.

—¡Ay! —exclamó el pobre hombre, mirando a uno y a otro lado con asombro y tristeza—. Heme ya de nuevo presa del sueño fatal que tantos palos me ha costado en la casa de locos. De todo ello tiene la culpa un mal hombre a quien anoche recibí en mi morada, cuya puerta dejó sin cerrar el traidor infame para que entrasen los espíritus malignos. Voy a dormir hasta que Satanás quiera conducirme al sitio de donde me ha traído.

Un oficial se acercó a hablarle, dándole los títulos de comendador de los creyentes, vicario del profeta y soberano de todos los musulmanes del mundo.

—¡Huye de mí, Lucifer! —exclamó Abú Hasán cerrando los ojos, mientras el califa se desternillaba de risa al presenciar escena tan cómica y divertida.

Los señores de la corte, con el pretexto de que así lo exigían los asuntos del Estado, levantaron por fuerza a Abú Hasán, mientras éste daba espantosos gritos mezclados con las voces de los músicos que seguían cantando. Los oficiales se pusieron a bailar con grandes contorsiones, y Abú Hasán, en medio del círculo, tomó la resolución de imitarles, dando brincos y saltos de extraordinaria altura y ligereza.

—¡Abú Hasán —exclamó entonces el califa—, deja de bailar porque me voy a morir de risa!

Con la voz del soberano los instrumentos se callaron, cesó la danza, y el silencio más profundo sucedió a la algazara y a la gritería.

Abú Hasán volvió la cabeza, reconoció al califa en la persona del que creía mercader, comprendió en seguida que no era víctima de un sueño y, sin desconcertarse lo más mínimo, dirigió a su señor acerbas quejas por la crueldad de su conducta para con un hombre que ningún daño le había hecho jamás.

—Tienes razón —dijo el califa—, y me arrepiento de mi proceder, pero de hoy en adelante serás mi hermano, vivirás en palacio con una pensión mensual de mil cequíes de oro, te sentarás a mi lado en la mesa y estaré siempre dispuesto a otorgarte lo que me pidas.

Abú Hasán se inclinó delante del califa, dando con efusión por sus bondades las más expresivas gracias, y por bien empleado lo sufrido a cambio de la fortuna de la que era dueño al poseer el favor y la privanza del soberano.

La noticia del suceso corrió muy pronto por la capital y por todas las poblaciones del reino, y Abú Hasán, convertido en hombre célebre, adquiría cada vez mayor prestigio en el ánimo del califa y en el de su esposa Zobeida, a quienes acompañaba asiduamente en palacio y en las fiestas de la corte. La sultana quiso dar una muestra de afecto a Abú Hasán casándole con su esclava favorita, llamada Nuzat Vlaudat, y las bodas se celebraron con gran pompa, gracias a la generosidad del califa y de su esposa, protectores de la afortunada pareja.

Algunos meses vivió Abú Hasán con su mujer en perfecta dicha, pero uno y otro, confiados en la bondad de sus soberanos, gastaron gruesas sumas en el lujo y en los placeres, hasta que llegó un día en que se vieron reducidos al último extremo. No sabían qué partido tomar para salir de aquella precaria situación, porque ni el marido quería abusar del califa ni la mujer recurrir a la sultana en demanda de dinero, cuando le era deudora de tantos favores.

Después de organizar mil planes disparatados, dijo Abú Hasán, dándose un golpe en la frente:

—Ya he pensado el medio que nos va a sacar del conflicto, y que consiste en una farsa que no será infructuosa, es decir, que nos muramos los dos.

—Muérete tú solo si quieres —replicó Nuzat—, porque lo que es yo no estoy de humor para abandonar la vida por ahora.

—Deja que me explique, mujer, y oye hasta que concluya mi pensamiento. No se trata de una muerte verdadera, sino fingida. Yo me moriré primero, tú me amortajarás. Luego comenzarás a gritos a arrancarte el pelo y hacer todo lo que se acostumbra en tales casos. Vendrá aquí la sultana cuando sepa que estás viuda, y entonces le pides una gran cantidad para los gastos de mi entierro. Luego te mueres tú, te amortajo yo, y llorando como un niño voy al momento a ver al califa, le pido dinero, juntamos después ambas partidas y negocio concluido.

Nuzat aprobó el pensamiento, y marido y mujer se pusieron a la obra con verdadero ardor. Así que Abú Hasán estuvo amortajado, la supuesta viuda lanzó unos ayes y unos lamentos capaces de conmover a las piedras. Zobeida, al oírlos, se apresuró a averiguar la causa del dolor de su esclava favorita, y en presencia del fingido cadáver de Abú Hasán unió sus lágrimas a las de Nuzat, haciendo el elogio fúnebre del difunto y consolando en lo posible a la afligida esposa, a quien mandó dar en el acto una pieza de brocado y cien monedas de oro. Recibió Nuzat el generoso donativo con muestras de gratitud, y al verse sola fue en busca de su marido a participarle alegremente el buen resultado de la estratagema.

—Levántate —añadió—, que ahora me toca a mí hacerme la muerta.

Abú Hasán envolvió a su mujer en un sudario, la puso en el mismo sitio que él antes ocupaba, y con la barba revuelta y el turbante en desorden, como un hombre dominado por la pena, fue en busca del califa, quien, en aquel momento, celebraba Consejo con el gran visir y los emires de la corte. Al ver a Abú Hasán, de ordinario tan risueño, en aquel estado de desolación, le preguntó alarmado el motivo de su quebranto, y el supuesto viudo dijo con palabras entrecortadas por los sollozos que acababa de perder para siempre a la más bella y virtuosa de las mujeres.

El califa, el visir y los emires no pudieron contener sus lágrimas, y todos a coro lloraron la muerte de la hermosa esclava Nuzat. El califa, cuando se hubo serenado un poco, mandó que se diesen a Abú Hasán cien monedas de oro para el gasto de los funerales y una pieza de brocado que serviría de mortaja a la difunta.

Abú Hasán dio las gracias al califa, y en seguida fue a celebrar con su mujer el buen éxito de su doble mentira. Apenas concluyó el Consejo se dirigió el califa, acompañado de Masrur, jefe de los eunucos, al departamento de la princesa Zobeida, con objeto de manifestarle su dolor por la muerte de la esclava favorita. Encontró, en efecto, a Zobeida muy afligida por la muerte de Abú Hasán y no por la de su mujer, que gozaba de excelente salud, según había podido comprobar con sus propios ojos, por lo cual dijo al califa que estaba completamente equivocado.

—Vos sois la que os equivocáis, señora —replicó el soberano—. Abú Hasán es quien está bueno y sano, y acabo de verle hace un momento en el salón del Consejo, adonde ha ido a notificarme la nueva fatal, de manera que he mandado que se le entreguen cien monedas de oro para cubrir los gastos de los funerales y una pieza de brocado para envolver el cadáver de la que fue vuestra favorita.

Zobeida se obstinó en asegurar lo contrario. El califa no cedía, por su parte. A las palabras tranquilas y serenas sobrevino la irritación y en la imposibilidad absoluta de entenderse ni de convencerse el uno al otro, enviaron a Masrur a que se informase de lo cierto. El jefe de los eunucos salió a ejecutar la orden.

—Ya veréis—dijo el califa a Zobeida—, como soy yo quien tiene la razón.

—Ya veréis —replicó Zobeida— como Abú Hasán es el fallecido y no su mujer, mi antigua esclava.

Mientras disputaban con tanto calor Abú Hasán, dispuesto para todo lo que pudiera suceder, vio a Masrur venir a su habitación, y no dudó un momento acerca del objeto de la visita. Así es que hizo sin demora que Nuzat se pusiese en el suelo, cubierta con el brocado, sentándose en seguida junto a ella a llorar desconsoladamente. Cuando Masrur entró en el aposento, le dijo:

—Señor, me halláis en el trance más amargo que pudiera ocurrirme con la muerte de mi querida esposa Nuzat, a quien tanto apreciaba en vida la sultana.

Enternecido Masrur al oír estas palabras, alzó un poco el paño mortuorio para ver el rostro de la difunta, dejándolo caer en seguida.

—No hay otro Dios sino Dios —exclamó dando un suspiro—, y todos debemos acatar su voluntad suprema. He venido a convencerme por mis propios ojos de la desgracia que os ocurre, porque nuestra señora Zobeida sostiene que sois el muerto y no vuestra esposa, por más que el califa se empeña en convencerla de lo contrario.

—Pues ya veis que no engañé a su majestad y que es real y verdadero el pesar que me destroza el alma.

—No os dejéis, sin embargo, dominar por el dolor y acordaos de que es preciso vivir para rogar a Dios por la difunta.

Masrur salió a dar cuenta de su pesquisa. Entonces Abú Hasán, temeroso de que volviera, echó el cerrojo a la puerta.

—Ya hemos representado una nueva escena —dijo a su mujer—, pero no será la última, porque la sultana enviará por su parte a otro emisario para que se cerciore de la verdad. Esperemos detrás de las celosías.

Marido y mujer se pusieron al acecho. Entretanto, el califa, llevado por la fogosidad de su carácter, exclamó al ver entrar a Masrur:

—Habla pronto: ¿quién es el que ha muerto? ¿La mujer o el marido?

—Señor —respondió Masrur—, el cadáver es el de Nuzat Vlaudat, y su esposo Abú Hasán sigue tan inconsolable como cuando fue hace poco a presentarse a vuestra majestad.

—Yo no doy crédito a este hombre, que es un necio y no sabe lo que se dice —exclamó irritada Zobeida.

—Señora —replicó Masrur—, os juro por vuestra vida que no miento ni hay falsedad en mis palabras.

—Ahora lo veremos —dijo la princesa enfurecida.

Y llamó a su anciana nodriza para que fuese al momento a la habitación de Abú Hasán a fin de enterarse bien de lo ocurrido.

Abú Hasán, que continuaba de centinela, vio a la nodriza de Zobeida, y sin titubear un solo instante se dispuso a hacerse el muerto. Cuando la buena mujer entró en el aposento, ya estaba Nuzat llorando a lágrima viva junto al cuerpo de su esposo tendido en el suelo. La nodriza, enternecida y contenta al mismo tiempo al ver que su señora tenía razón cuando aseguraba que el muerto era Abú Hasán, se apresuró a volver a las habitaciones del califa, no sin haber alzado un poquito el turbante que cubría el rostro del supuesto difunto y vertido algunas lágrimas en unión de la viuda. Zobeida oyó con aire de triunfo la relación de su nodriza, y Masrur quedó anonadado al verse desmentido de aquel modo tan explícito y fulminante.

—Esa vieja —dijo al fin— es una embustera y está chocheando.

—Vos sí que sois un mentiroso y un falsario rematado —replicó la nodriza llena de cólera.

Zobeida pidió justicia contra el insolente que así se atrevía a insultar a una anciana.

El califa estaba perplejo, sin tomar resolución ninguna, cuando dijo de pronto:

—Ya veo que todos mentimos, y lo mejor es que vayamos nosotros a convencernos con nuestros propios ojos de la verdad del caso. No veo otro medio de aclarar las dudas.

Se pusieron en marcha los soberanos, seguidos de Masrur, de la nodriza y de una gran comitiva, y Nuzat, que los vio por la celosía, dio un grito de espanto.

—¡Estamos perdidos! —exclamó.

—Nada temas —respondió Abú Hasán con la mayor calma—. Finjámonos muertos los dos, como ya lo hicimos por separado, y todo saldrá perfectamente, pues al paso que traen estaremos listos antes de que lleguen a la puerta.

En efecto, envueltos en el brocado del mejor modo posible aguardaron la esclarecida visita que se acercaba. Quedáronse atónitos los recién llegados a la vista del fúnebre espectáculo que se les ofrecía.

Cuando hubo pasado la primera explosión de dolor, comenzaron de nuevo las disputas entre la nodriza y el jefe de los eunucos y el califa y Zobeida, sobre quién de los dos, marido o mujer, había muerto antes. Pasaron algunos momentos de inexplicable confusión, y el califa, deseoso de aclarar el misterio y de vencer a su esposa, se acercó a los cadáveres y dijo con gran oportunidad y sabiduría:

—Juro por el santo nombre de Dios que daré mil monedas de oro a la persona que me diga cuál de los dos murió primero.

Apenas hubo el califa pronunciado estas palabras cuando Abú Hasán pasó la mano por debajo del brocado y exclamó:

—Señor, yo fui quien murió primero, dadme las mil monedas ofrecidas.

Y en unión de su esposa Nuzat ambos se postraron a los pies del califa y de Zobeida, los cuales prorrumpieron en una ruidosa carcajada al verlos desenvolviéndose a escape del ropaje que los cubría. Después de perdonarle el susto y todas las inquietudes pasadas, exigió el califa que Abú Hasán se explicase, y éste refirió con su gracia característica que, estrechados por la escasez, habían imaginado aquel medio para sonsacar el dinero que les hacía falta. Lejos de manifestarse enojados el califa y Zobeida, y contentos por ver buenos y sanos a sus respectivos favoritos, dieron a cada uno mil monedas de oro y magníficos regalos, para que otra vez no se les ocurriese, ni en broma, aparecer como difuntos.

Por este medio, Abú Hasán y su esposa, Nuzat Vlaudat, conservaron largo tiempo la privanza del califa y de Zobeida, viviendo, por consiguiente, en la abundancia durante el resto de sus días.

Mucho complació a Schariar el cuento del durmiente despierto, y Scheznarda dio principio en la siguiente noche a la

Historia de Aladino o de la lámpara maravillosa

EN LA capital de un reino de China, muy rico y de vasto territorio, había un sastre llamado Mustafá, pobre en extremo y cuyo trabajo apenas le daba para mantener a su mujer y a un solo hijo que tenía.

Aladino (tal era el nombre del hijo del sastre) se había educado en el más completo abandono, y por lo tanto adolecía de grandes defectos y de perversas inclinaciones. Desobediente a sus padres y aficionado a la holganza, pasaba los días enteros fuera de su casa, jugando en las calles con vagabundos de su edad y de su especie.

Quiso el padre enseñarle el oficio de manejar la aguja, pero no pudo conseguirlo de grado ni por fuerza, y Mustafá, afligido al ver las malas inclinaciones de su hijo, fue atacado por una enfermedad que al fin lo llevó al sepulcro al cabo de algunos meses.

La madre de Aladino, que conocía la inutilidad de su hijo y su oposición a ejercer el oficio de su padre, cerró la tienda y realizó la venta de los géneros y utensilios, con cuyo importe y el de su trabajo en hilar algodón esperaba pasar una vida modesta, pero tranquila. Con la muerte de Mustafá desapareció la barrera que se oponía, de vez en cuando, a que Aladino siguiese el torrente de sus depravadas aficiones, y a los quince años era el muchacho más travieso y más pervertido del pueblo. Un día estaba jugando en la plaza con otros chicos, según su costumbre, cuando un extranjero, mago africano, que pasaba por allí, se detuvo para contemplarle. Ya fuera que notase en el semblante de Aladino los signos característicos del hombre que necesitase para sus planes, o ya que supiese cuáles eran las disposiciones del muchacho, lo cierto es que el africano llamó a Aladino aparte y le preguntó si era hijo del sastre Mustafá.

—Sí, señor —respondió el joven—, pero mi padre hace mucho tiempo que murió.

Al oír estas palabras se arrojó el mago africano al cuello de Aladino, abrazándole y llorando con amargo desconsuelo. El muchacho le preguntó la causa de su aflicción, y entonces le rogó que reconociese en él a su tío, hermano de Mustafá, y que de regreso de un largo viaje, cuando esperaba verlo, recibía de pronto la noticia de su muerte. El extranjero se informó en seguida del sitio en que vivía la madre de Aladino y dio a éste un puñado de monedas para que se las llevase a la viuda, asegurándole que iría a verla al día siguiente.

Aladino se separó del supuesto tío y fue corriendo a buscar a su madre, a quien refirió la aventura, pero la buena mujer le dijo que no sabía que existiese tal pariente, pues el único hermano que tuvo su difunto esposo había fallecido hacía ya algunos años.

Al día siguiente se le apareció de nuevo a Aladino el mago africano, el cual dio a su sobrino, como le llamaba, algunas monedas de oro para que se las llevase a su madre, con el fin de que dispusiera una comida a la que pensaba asistir. Pidió nuevos informes de la casa de su cuñada. Aladino se la enseñó perfectamente, y el extranjero se alejó con toda lentitud de la plaza donde jugaba nuestro héroe.

La viuda de Mustafá hizo grandes preparativos, y pidió una vajilla prestada para recibir y obsequiar dignamente al hermano de su marido. Apenas estuvo todo preparado, llamaron a la puerta de la casa. Aladino se apresuró a abrir y entró el africano cargado de hermosas frutas y de botellas de vino que depositó sobre una mesa.

Renuncio a describir la escena que tuvo lugar, y las lágrimas que derramó el extranjero al evocar el recuerdo de su hermano, besando el sitio favorito que Mustafá ocupaba en el sofá del recibidor.

Después de dar rienda suelta a su dolor, y cuando se hubo serenado un poco, dijo a la madre de Aladino:

—No extrañes, hermana mía, no haberme visto durante tu matrimonio con Mustafá, de feliz memoria. Hace cuarenta años que salí de este país que es el nuestro. He viajado por Asia y por África, donde he permanecido mucho tiempo, hasta que llegó un día en que sentí vivos deseos de volver a ver mi patria querida y los objetos amados del corazón. Son infinitas las contrariedades y grandes los peligros que he arrostrado hasta alcanzar el término de mi viaje, y figúrate cuál habrá sido mi pena al saber la muerte de mi amado hermano.

El mago africano notó el efecto que estas palabras hacían en la viuda, así es que cambió repentinamente de conversación, preguntando a su sobrino cómo se llamaba.

—Aladino —respondió el muchacho.

—¡Y bien, Aladino! ¿En qué te ocupas? ¿Sabes ya algún oficio?

Bajó Aladino los ojos avergonzado, y entonces su madre tomó la palabra para decir que era un holgazán y un perezoso, que su padre no había podido sacar fruto de sus consejos y de sus castigos, que ella se veía obligada a trabajar de continuo para mantener las obligaciones de la casa y que estaba decidida a cerrar a su hijo las puertas del hogar para que fuese a otra parte a procurarse fortuna.

—Eso que tú haces no es razonable, Aladino —dijo el africano, mientras la pobre viuda lloraba copiosamente—. Es menester arrimar el hombro para ganarse la vida, y yo quisiera darte los medios para que seas hombre de provecho. Hay muchas ocupaciones y diversos oficios, si el de tu padre te disgusta, elige otro, por ejemplo, el de comerciante. Si lo aceptas, estoy dispuesto a ponerte al frente de una tienda de ricas telas, con el dinero que ganes puedes comprar otros géneros nuevos, y de esta manera reunirás con paciencia, honradez y trabajo una fortuna que te aleje de la miseria.

Esta proposición halagó el amor propio de Aladino, que aborrecía, en efecto, toda clase de trabajo manual, y aceptó de buena voluntad la promesa del africano, el cual le ofreció establecer la tienda en el corto plazo de dos días. Gozosa la viuda de Mustafá con el proyecto, no dudó que el mago fuese hermano del difunto al ver el bien que iba a dispensar a su sobrino. La conversación giró sobre el mismo asunto durante la comida, terminada la cual se retiró el mago, quien al día siguiente llevó a Aladino a casa de un mercader para que vistiese al joven con sus más lujosos trajes.

Cuando Aladino se vio transformado con tanta excelencia de los pies a la cabeza, no tenía palabras suficientes para expresar su gratitud al mago, quien lo llevó consigo a casa de los mercaderes más ricos de la ciudad para que lo conociesen, y luego lo condujo a las mezquitas, a los departamentos del palacio del sultán libres para el público. Por último, le hizo entrar en el albergue donde tenía su habitación, y después de obsequiar con esplendidez a su sobrino, lo acompañó a la casa materna. Grande fue el gozo de la viuda al ver a su hijo vestido de aquella suerte, y bendijo mil y mil veces al mago por su generosidad, asegurándole que Aladino sabría corresponder a ella.

El africano aplazó un día más el establecimiento de la tienda prometida con el pretexto de que el viernes estaban todas cerradas, pero añadió que aprovecharía esta circunstancia para pasear con Aladino por los jardines de la ciudad, con el fin de que empezase a acostumbrarse a la vista y al trato con la gente de la alta sociedad.

Así se convino con gran contento del joven que, lleno de impaciencia, se vistió muy de mañana al siguiente día, y al ver al africano corrió apresuradamente a reunirse con él.

—Vamos, hijo mío —le dijo a Aladino—, hoy quiero que veas lo más notable de los alrededores de la ciudad.

Salieron por una puerta que conducía a un paraje poblado de magníficos palacios y pintorescos jardines, y siempre avanzando entraron en un jardín bello como ninguno, sentándose ambos en el borde de un gran estanque para descansar un momento. El astuto africano sacó de un ancho bolsillo frutas y pasteles que dividió con Aladino, y concluido el pequeño refrigerio prosiguieron marchando insensiblemente adelante hasta llegar cerca de unas altas y escarpadas montañas.

Aladino, que nunca había andado tanto, se sintió lleno de cansancio.

—¿Adónde vamos, querido tío? —preguntó al fin con cierta inquietud—. Si avanzamos más, creo que no tendré fuerzas para volver a la ciudad.

—¡Ánimo! —replicó el mago—. Deseo que veas un jardín que supera a todos los que hemos dejado atrás, y ya queda poco camino. Cuando estés dentro de aquel paraíso, olvidarás las fatigas de la marcha.

El joven se dejó persuadir y llegaron a un paraje situado entre dos montañas de mediana altura, divididas por una cañada de corta extensión, paraje elegido por el mago africano para llevar a cabo el gran designio que le había impulsado desde el fondo del África hasta China.

—Quedémonos aquí —dijo a Aladino—. Ahora verás cosas extraordinarias, maravillas tales como nunca se han presentado a los ojos de un mortal. Mientras yo saco fuego del pedernal con el eslabón, reúne tú todas las malezas más secas que encuentres en estos sitios.

Así lo hizo Aladino. El mago le pegó fuego al montón y arrojó a las llamas un perfume, que produjo un humo muy espeso, pronunciando al mismo tiempo unas palabras mágicas que el joven no pudo comprender.

Se estremeció un poco la tierra, se abrió delante del mago y de Aladino, y dejó al descubierto una losa de pie y medio cuadrado, con una gran argolla de bronce en el centro que servía sin duda para levantarla. Asustado Aladino por todo lo que veía, tuvo miedo y quiso emprender la fuga, pero el mago le dio un bofetón tan tremendo que la boca del muchacho se llenó toda de sangre.

El pobre Aladino exclamó temblando y con lágrimas en los ojos:

—¿Qué os he hecho yo para que me castiguéis con tanta crueldad?

—Tengo mis razones para obrar así —replicó el africano—. Además, ocupo el lugar de tu padre y me debes obedecer, pero no tengas cuidado, sobrino mío —añadió dulcificando su voz—, ya ves lo que he ejecutado con la virtud y el poder de mi perfume. Pues bien, debajo de esa piedra existe un tesoro inmenso que te hará más rico y poderoso que todos los reyes de la tierra, y nadie hay en el mundo más que tú a quien sea permitido levantar la losa y entrar dentro del agujero. Si yo lo hiciese nada podría conseguir, y por lo tanto es preciso que ejecutes fielmente lo que yo te mande.

La esperanza del tesoro consoló a Aladino, el cual prometió hacer cuanto le indicase el supuesto tío.

—Ven —le dijo éste—, acércate, pasa la mano por la argolla y alza la piedra.

—Pero, querido tío, no tengo fuerzas para ello y será menester que me ayudéis.

—No, entonces nada lograríamos si yo intervengo. Pronuncia el nombre de tu padre y de tu abuelo, tira de repente, y verás cómo levantas la losa.

Aladino hizo lo que se le ordenaba, y, en efecto, alzó la piedra, bajo la cual se dejó ver una cueva de tres a cuatro pies de profundidad, una puerta muy pequeña, y algunos escalones para ir más abajo.

—Hijo mío —dijo el africano—, oye bien y obedece con exactitud todo lo que voy a decirte. Baja, y cuando llegues al último escalón encontrarás una puerta abierta que te conducirá a un gran salón abovedado y dividido en tres departamentos, a derecha e izquierda verás cuatro jarrones de bronce llenos de oro y plata que te guardarás muy bien de tocar siquiera. Antes de entrar en la primera sala, cuida de recoger y ceñir el traje a tu cuerpo para no rozar con él ni los objetos que encuentres ni las paredes, pues de lo contrario morirás instantáneamente. Atraviesa sin detenerte las tres salas, y al final de la última hallarás una puerta y luego un hermoso jardín con árboles cargados de frutos. Cruza este jardín por un camino que te conducirá a una escalera de cincuenta escalones, por los cuales se sube a una azotea. Así que llegues a ella verás un nicho, y en el nicho una lámpara ardiendo. Apodérate de ella, apágala, y cuando hayas tirado la torcida y el líquido, guárdala en tu seno y tráemela en seguida. A la vuelta, puedes tomar de los árboles del jardín los frutos que más te agraden.

Y el mago, al concluir sus instrucciones, puso una sortija en uno de los dedos de Aladino para preservarle, según dijo, de cualquier mal que pudiese sobrevenirle. El muchacho bajó a la cueva e hizo cuanto el mago le previno con rigurosa exactitud, y dueño ya de la lámpara se detuvo en el jardín lleno de admiración y de asombro. Cada árbol ostentaba frutos de diferentes colores. Los había blancos, que eran perlas; transparentes, que eran brillantes; los verdes, esmeraldas; los encarnados, rubíes; los azules, turquesas; los morados, amatistas; y los amarillos, topacios; y todos de un tamaño y de una perfección admirables.

Mejor hubiera querido Aladino que aquellos frutos fuesen higos, uvas y naranjas, porque desconocía el valor de las piedras preciosas, y creyó que eran cristales de colores; pero el brillo y la diversidad de matices le entusiasmó tanto que cogió una gran cantidad de aquellos frutos, con los cuales llenó todas sus faltriqueras, y en tal situación, y ocupadas las manos con tantas riquezas, se presentó a la entrada de la cueva, donde le aguardaba el mago con impaciencia.

—Dadme la mano para ayudarme a subir —dijo Aladino.

—Mejor es, hijo mío, que tú me des antes la lámpara y te verás libre de ese estorbo y de ese peso.

—No, no me incomoda lo más mínimo, y os la daré cuando suba.

El africano se empeñó en recibir la lámpara, pero Aladino no podía entregársela sin sacar antes las joyas magníficas con las que iba cargado, y así es que se obstinó en su primera negativa. Furioso el mago ante la tenaz resistencia de Aladino, arrojó cierta cantidad de perfume en el fuego de malezas, que continuaba ardiendo, pronunció con rabia dos palabras mágicas, y la piedra de la argolla volvió a su primitivo lugar, y todo quedó en el mismo estado que cuando llegaron el mago y Aladino al sitio misterioso.

El mago no era hermano del sastre Mustafá y, por consiguiente, ningún parentesco tenía con Aladino. Había nacido efectivamente en África, donde se dedicó, desde su juventud, al arte de la magia, que allí se mira con especial predilección. Después de cuarenta años seguidos de encantamientos, de ensayos, de estudios y operaciones, supo que existía en el mundo una lámpara maravillosa que haría a su poseedor más rico y opulento que todos los monarcas juntos del universo. Supo luego el mago, por medio de una operación nigromántica, que la lámpara estaba en un lugar subterráneo de China, y que le era indispensable el auxilio de una segunda persona para apoderarse del objeto precioso, puesto que él solo nada conseguiría.

Por eso eligió a Aladino con objeto que le hiciese tan importante servicio, decidido, apenas tuviese la lámpara en sus manos, a pronunciar las palabras mágicas y sepultar en el centro de la tierra al pobre joven, único testigo del suceso. Pero la suerte dispuso que no se apoderase de la lámpara, y viendo desvanecidas, con la obstinación del muchacho, sus hermosas esperanzas y las ilusiones que se había forjado en sus sueños de ambición, resolvió volver a África, como así hizo ese mismo día, sin pasar por la ciudad, temiendo que le creyesen autor de la desaparición de Aladino.

Era casi seguro que no se sabrían jamás los pormenores del hecho ni se hablaría nunca de Aladino, pero el mago no recordó que le había dado un anillo milagroso, que fue la salvación del infeliz enterrado en vida. Mil veces llamó a gritos a su tío al verse solo en aquella especie de sepulcro, aunque sus voces y sus lamentos no salían de las tinieblas que le rodeaban. Aladino tentó por todas partes con ánimo de volver al jardín y a la azotea; pero no encontró salida ninguna, y redoblando sus quejas y su llanto, se echó al pie de la escalera privado de luz y decidido a esperar la muerte.

Dos días estuvo en aquella situación sin comer ni beber, hasta que al tercero, al dirigir una plegaria a Dios, frotó con una mano el anillo que el mago le había puesto en la otra, sortija cuya virtud desconocía, y se le apareció de repente un genio colosal que dirigió a Aladino estas palabras:

—¿Qué es lo que deseas? Heme aquí dispuesto a obedecer tus órdenes como el más humilde de los esclavos.

Aladino, en otras circunstancias, hubiera tenido miedo ante la aparición sobrenatural pero, preocupado con el peligro que corría, contestó sin vacilar que deseaba, en el acto, salir de aquel oscuro y terrible recinto. Se abrió la tierra al instante, y el joven se vio fuera de la cueva, y justamente en el mismo sitio adonde el mago le había conducido. Escaso de fuerzas, y dando gracias al cielo por verse libre de tan dura prisión, regresó penosamente a la ciudad y llegó al fin a la casa de su madre. La pobre mujer, que consideraba muerto a su hijo, se entregó a los embriagues de la mayor alegría, y esto, unido a la debilidad del cuerpo, por falta de alimento, hizo que Aladino se desmayase en brazos de su madre. Siguiendo los consejos de ésta, se alimentó y bebió poco a poco para no perjudicar su salud en aquel estado de endeblez y ya algo repuesto de las impresiones recibidas durante los tres días, comenzó el relato de su aventura de la que no omitió la más mínima circunstancia, lamentándose de que su madre le hubiera entregado con tanta confianza a manos de un hombre infame y desconocido que había tratado de perderle. La viuda de Mustafá, en los arrebatos de su amor materno, se deshizo en injurias e insultos contra el bárbaro impostor que quiso atentar contra la vida de su hijo, y después de dar este desahogo natural a su indignación, suplicó a Aladino que se acostase para descansar de las penalidades que había sufrido.

Así lo hizo, mientras la viuda colocó en un rincón del sofá las piedras preciosas, cuyo valor desconocía absolutamente lo mismo que su hijo, creyendo ambos que eran cristales de colores. Aladino se despertó muy tarde al día siguiente, pidió de almorzar, y su madre le dijo que se habían agotado en la casa las provisiones, pero que iba a hilar un poco de algodón y a venderlo al momento para procurarse algunas monedas.

No —replicó Aladino—, no quiero que trabajéis hoy, madre mía. Dadme la lámpara que traje ayer, la venderé, y con el dinero que me den tendremos para comer hoy.

—Aquí está la lámpara —contestó la viuda—, pero la veo muy sucia y si la limpio un poco me parece que podrás sacar mejor partido.

Y se puso a limpiarla con agua y arena, cuando de improviso apareció un genio asqueroso y gigantesco, que exclamó con formidable acento:

—¿Qué es lo que deseáis? Heme aquí dispuesto a obedecer como esclavo a todos los que tengan la lámpara en la mano.

La madre de Aladino, sobrecogida de terror, cayó al suelo desmayada, pero el joven, acostumbrado a esta clase de espectáculos, se apoderó de la lámpara y dijo en tono firme y resuelto:

—Tengo hambre, dame de comer.

Desapareció el genio un momento, y volvió después con ricos manjares en platos y vasos de oro y plata que depositó sobre la mesa, huyendo después repentinamente como había venido.

Aladino se ocupó, en primer lugar, de socorrer a su madre, y cuando lo hubo conseguido, rociándole el rostro con agua fría, la invitó a gozar de las ricas viandas. Apenas pudo comprender el milagro la viuda del sastre, admirada de ver aquellos platos, de los que exhalaba un delicioso perfume, e hizo varias preguntas a su hijo, que éste prometió satisfacer al concluir el almuerzo. Sin embargo, los manjares eran tan buenos y abundantes y tan excelente el apetito de la madre y el hijo, que la hora de la comida les sorprendió sentados aún a la mesa, la cual abandonaron al fin, dejando para otra ocasión los manjares que no habían tocado siquiera. Hecho esto, Aladino explicó a su madre lo ocurrido con el genio mientras estaba desmayada, y la buena mujer, que nada comprendía de genios y apariciones, rogó a su hijo que él conservase la lámpara que no quería tocar, si era causa de que aquel monstruo se le presentase. Después, llena de terror aconsejó a Aladino que vendiera la lámpara y el anillo para no tener trato ni comercio con unos genios que eran demonios, según el dicho del profeta. Aladino se opuso a ello, fundado en que los genios podían proporcionarles cuanto quisiesen en el mundo. Dijo, y con razón, que el mago no hubiera emprendido su viaje desde África sin saber de antemano el maravilloso poder de la lámpara, y que sin el anillo no le hubiese sido posible salir del oscuro subterráneo que se abrió delante de él como por encanto. Lo que sí ofreció a su madre fue guardar cuidadosamente ambos objetos y no hacer uso de ellos sino en caso de perentoria necesidad.

Convencida de la fuerza de estas razones, se sometió la viuda al parecer de Aladino, determinada a no meterse en lo que pudiera ocurrir como consecuencia de la determinación de su hijo. Y no volvió a hablar una palabra más del asunto.

Se acabaron, como concluyen todas las cosas de este mundo, los manjares proporcionados por el genio, y Aladino no quiso esperar a que el hambre les atormentara. Tomó una de las fuentes de plata para venderla, proponiendo la compra de ella a un judío que se encontró en la calle.

A primera vista conoció el usurero el valor real de la alhaja y preguntó el precio, pero Aladino no quiso decirlo, porque en realidad no lo sabía, encomendándose a la buena fe del comprador, admirado de la candidez del joven. Por si acaso era ignorancia, sacó el judío, para probarlo, una moneda de oro de su bolsillo, moneda que representaba la sexagésima parte del valor de la fuente. Aladino, al verla, se apoderó de ella y echó a correr tan gozoso y con tal rapidez que el judío, convencido de que no sabía el vendedor el mérito de la alhaja, comenzó también a correr tras él para ofrecerle menos aún de lo que le había dado. Pero le fue imposible alcanzarlo y Aladino, loco de alegría, entregó el dinero a su madre, quien compró abundantes provisiones para seis o siete días.

Los platos fueron vendidos unos después de otros, a medida que lo exigían las necesidades de la casa, y el judío, temeroso de perder tan buen negocio, los pagó todos al mismo precio que el primero, y así transcurrió algún tiempo durante el cual Aladino, acostumbrado a una vida ociosa, se paseó por la localidad, y contrajo relaciones de amistad con algunas personas de distinción.

Pero los recursos se agotaron, y entonces el hijo del sastre frotó la lámpara con menos fuerza que su madre lo había hecho, así es que el genio se le apareció, repitiendo sus primeras palabras con más dulzura:

—Tengo hambre, dame de comer.

El genio se desvaneció y volvió a presentarse de nuevo con manjares y un servicio de mesa parecido al de la vez primera. Avisada la madre de Aladino de que éste pensaba invocar al demonio, como le llamaba, salió de la casa, y regresó a ella cuando el genio hubo huido a su misterioso retiro.

Pasaron algunos días, y apurados los manjares, recurrió Aladino a la venta de los platos y de la fuente, y ya se dirigía a la tienda del judío cuando un platero respetable por su ancianidad y su honradez llamó al joven al verle pasar por la calle, le preguntó qué iba a hacer con aquellas alhajas, y Aladino le refirió lo acontecido con el judío y el precio a que había comprado los platos anteriores. El platero, indignado, pesó uno de ellos delante de Aladino, le enseñó lo que era el marco de plata, y pagó al joven el justo valor del precioso metal, o sea, una cantidad sesenta veces mayor que la satisfecha por el viejo usurero. Aladino dio las gracias de todo corazón al buen platero y se retiró con su tesoro.

A pesar de que tanto Aladino como su madre comprendieron lo inagotable y rico del manantial de prosperidades que la lámpara les suministraba, vivieron siempre sin apariencias de riqueza, y sin permitirse más gastos en público que los proporcionados al trabajo de la viuda. Dos años transcurrieron en esta vida apacible y tranquila. Aladino iba con mucha frecuencia a las tiendas de los mejores y más opulentos joyeros de la ciudad donde no sólo adquirió la costumbre de tratar a las personas de distinción, imitando sus maneras, sino que, al cabo de pocos meses, y a fuerza de ver comprar y vender piedras preciosas, comprendió el inmenso valor de las que había cogido en el jardín del subterráneo, y supo que poseía con ellas un tesoro inestimable. A nadie, ni aun a su madre, reveló el secreto, y esta prudencia fue causa de que la fortuna lo elevase a la altura que veremos después.

Paseábase un día Aladino por las calles de la ciudad cuando oyó publicar en alta voz un bando del sultán en el que ordenaba cerrar las tiendas y que los habitantes todos permaneciesen dentro de sus casas mientras la princesa Brudulbudura, hija del sultán, fuese y regresara del baño.

Esto excitó la curiosidad de Aladino hasta tal punto que, para conocer a la princesa, tuvo la audacia de colocarse en la puerta misma del baño, en cuyo sitio le sería fácil contemplarla frente a frente. La hermosura y regularidad de las facciones de Brudulbudura, la elegancia del talle y el aire majestuoso de su persona causaron gran impresión en el ánimo de Aladino, el cual se retiró a su casa triste y pensativo. Apenas comió ni habló una sola palabra, y su madre, inquieta y afligida, creyéndole enfermo, le hizo diversas preguntas que quedaron sin contestación.

El joven no pudo dormir aquella noche, hasta que a la mañana siguiente confesó a su madre lo que había visto la víspera, diciéndole que estaba enamorado de la princesa y resuelto a pedirla en matrimonio a su padre, el sultán.

Al oír la madre de Aladino la última parte del discurso de su hijo prorrumpió en una carcajada, asegurándole que el amor le había trastornado el juicio.

—Os equivocáis, madre mía —replicó Aladino—, no sólo conservo la razón, sino que he previsto las observaciones que ibais a hacerme. Bien comprendo que soy el hijo de un pobre sastre sin nombre y sin fortuna, que es un atrevimiento en mí poner los ojos en la princesa, y que los sultanes no se dignan conceder la mano de sus hijas sino a príncipes herederos de un trono, pero mi resolución es invariable, y os ruego que vayáis vos misma a pedir al sultán, para vuestro hijo, la mano de la hermosa Brudulbudura.

El asombro de la buena mujer aumentó al enterarse de la extraña pretensión de Aladino.

—Hijo mío —le dijo—, soy tu madre, y no hay en el mundo sacrificio que no esté dispuesta a hacer en obsequio de tu felicidad. Si se tratase de una joven de nuestra clase, trabajaría de corazón hasta conseguir verla enlazada contigo, pero de esto a lograr la mano de la princesa hay una inmensa distancia que tu madre no podrá nunca recorrer. Supongamos que tengo la insolencia de presentarme en palacio para hablar a su majestad, ¿a quién me dirijo diciéndole el objeto de mi conferencia que no me califique de loca y me mande expulsar de palacio? Supongamos también que pueda llegar a la presencia del sultán, ¿qué méritos tienes tú para aspirar a la mano de su hija? ¿De qué palabras me valgo para hacer una petición tan absurda y extravagante? Además, es costumbre llevar algún presente al sultán, a fin de que escuche con alguna benevolencia las reclamaciones de sus súbditos, y nosotros no tenemos posibilidad de adquirir un objeto digno de la grandeza del soberano, y sobre todo que le haga perdonar lo disparatado de mi demanda. Reflexiona con calma y comprenderás que me es imposible acceder a tus locos deseos.

—No os inquiete la dificultad del regalo —respondió Aladino—, porque soy poseedor de una gran cantidad de piedras preciosas de inestimable valor y que hasta ahora habíamos tomado por cristales de colores. Hablo de los frutos que traje del jardín subterráneo, joyas cuyo precio he conocido después de frecuentar durante algún tiempo las tiendas de la ciudad, y no hay en el mundo ningunas que puedan igualarse en tamaño, riqueza y calidad con las que nosotros tenemos. Estoy convencido de que este regalo agradará al sultán, y para ver el efecto, traed una bandeja de porcelana, y vamos a colocarlas según sus diferentes colores.

Así se hizo, y Aladino y su madre, que hasta entonces sólo habían visto las piedras a los resplandores opacos de una lámpara, y no a los rayos del sol del día, quedaron deslumbrados al ver las luces cambiantes de aquellas piedras, dignas de enriquecer la corona del rey más poderoso del universo.

Sin embargo, la viuda empleó parte de la noche en disuadir a su hijo del proyecto, pero Aladino le contestaba que, si la empresa era difícil, con el auxilio de la lámpara maravillosa saldrían felizmente del paso, aunque sobre este talismán debía guardarse siempre el mayor secreto.

Al cabo se dejó persuadir la madre de Aladino, y al día siguiente, después de envolver la bandeja en un lienzo de extraordinaria blancura, se dirigió temblando de miedo y de incertidumbre al palacio del sultán, donde estaban ya reunidos los visires, los señores de la corte y gran número de personas que tenían negocios pendientes en el Diván. La pobre mujer se colocó enfrente del soberano para ser vista por su majestad, pero la audiencia terminó, nadie le dijo una sola palabra, y la mujer salió de palacio con todas las demás personas, fatigada de haber permanecido de pie cerca de dos horas.

Aladino, al ver a su madre regresar con el presente en la mano, creyó que el sultán había rechazado sus pretensiones, y ya se consideraba el hombre más infeliz de la tierra cuando la viuda le refirió lo acontecido, prometiéndole volver a palacio otro día. Así lo hizo, pero obtuvo el mismo resultado, y durante seis días consecutivos repitió su silenciosa visita hasta que el sultán, al ver siempre delante del trono a aquella mujer que no profería una sola palabra, le preguntó, lleno de curiosidad, al gran visir, quién era y lo que solicitaba de la corte, pero el visir supuso que sería alguna mujer de las que iban a palacio a molestar al soberano con quejas de los vendedores de comestibles, y que probablemente llevaba bajo el lienzo la muestra del artículo y la prueba de la culpabilidad del mercader.

No satisfizo al sultán esta respuesta, y así es que al séptimo día ordenó, en la hora de audiencia, que condujesen a las gradas del trono a la madre de Aladino, a la cual dirigió la palabra con bondadoso acento, preguntándole el motivo que la llevaba diariamente a su palacio.

La viuda se arrodilló dos veces, y luego dijo:

—Monarca superior a todos los soberanos del mundo, antes de exponer a vuestra majestad el objeto extraordinario que me conduce hasta aquí, le suplico me perdone el atrevimiento y la audacia de la demanda que voy a hacerle. Sólo al recordarla siento que mis mejillas se tiñen con el color de la vergüenza.

El sultán ordenó que saliesen todos sus servidores del salón para que hablase con más desahogo y libertad la madre de Aladino.

Cuando se quedaron solos, y el sultán prometió a la viuda que ningún mal le sobrevendría por ofensivas o injuriosas que le pareciesen en aquel momento sus palabras, la buena mujer, algo más tranquila, refirió al sultán desde el principio hasta el fin los proyectos de Aladino, su amor hacia la princesa, las reflexiones que le había hecho como madre cariñosa, para que desistiese de sus descabellados planes, y por último la obstinación del joven, que se empeñaba a todo riesgo en ser esposo de la bella y encantadora Brudulbudura.

Oyó el sultán las palabras de la madre de Aladino sin dar señales de cólera ni de burla, y antes de responder le preguntó qué era lo que guardaba con tanto esmero debajo del lienzo blanco. La viuda presentó entonces las piedras preciosas al soberano, quien permaneció inmóvil de sorpresa ante el maravilloso espectáculo que a sus ojos se ofrecía. Al cabo de un rato exclamó muy gozoso:

—¡Oh! Es imposible que haya en el mundo una colección de piedras más ricas, y el presente que me hacéis es digno de la princesa, mi hija, y digno también de ser dueño de su mano el poseedor de tantos tesoros. Hoy nada os digo, buena mujer, pero venid a verme dentro de tres meses, contados desde hoy.

La madre de Aladino, que ni en sueños esperaba tan favorable acogida, volvió a su casa loca de alegría con la esperanza que le había dejado entrever el sultán. Aladino la aguardaba con la mayor ansiedad, y al oír de labios de su madre los pormenores de la entrevista, se creyó el más dichoso entre todos los mortales, dándole gracias por el interés y el cariño con que había desempeñado su difícil comisión.

Pasaron los tres meses del plazo, la madre de Aladino fue a palacio puntualmente, y se colocó en el mismo sitio que el primer día. Apenas la vio el sultán, dejó a un lado el despacho de los asuntos del reino, y mandó a la viuda que se acercase.

—Señor —exclamó la madre de Aladino—, hoy concluye el plazo de tres meses que se sirvió fijar vuestra majestad, y me tomo la libertad de venir a recordarlo al soberano más poderoso en la tierra.

El sultán había diferido tres meses su respuesta con la confianza de que pasado este tiempo no volvería a oír hablar más de un casamiento que juzgaba desigual y poco conveniente para su hija, así es que no supo qué contestar a la viuda. Consultó al efecto con su gran visir, sin ocultarle la repugnancia que sentía en dar la mano de la princesa a un desconocido, y el gran visir, para eludir el compromiso, aconsejó al sultán que pusiese a su hija a tan alto precio, es decir, que exigiera tantas riquezas al aspirante, que ningún hombre, por opulento que fuese, pudiera alcanzar la mano de Brudulbudura.

Siguió el sultán el consejo del gran visir, y volviéndose a la viuda, le dijo:

—Los soberanos deben tener palabra, y yo estoy dispuesto a cumplir con la mía siempre que vuestro hijo me presente cuarenta grandes fuentes de oro macizo llenas de piedras iguales a las de su primer regalo. Esta riqueza deberá ser traída a palacio por cuarenta esclavos negros y cuarenta blancos, que sean hermosos, de buena estatura y vestidos con lujosa magnificencia. Sólo a este precio podrá obtener la mano de la princesa, mi hija.

La madre de Aladino se arrodilló y salió de palacio, riéndose por el camino de la locura de su hijo y de la imposibilidad en que se vería de salir triunfante de las exigencias del sultán. Cuando llegó a su casa, y después de referir a Aladino el éxito de su embajada, quiso convencerle de que debía abandonar su temeraria empresa.

—Nada de eso, madre mía —replicó el joven—. Confieso que esperaba mayores dificultades aún por parte del sultán, pero lo que pide es demasiado poco y muy pronto quedará satisfecho. Dejadme obrar en libertad.

Salió a la calle la viuda en busca de provisiones, y Aladino, apenas se vio solo, frotó la lámpara maravillosa. Se presentó el genio y el enamorado mancebo le dirigió estas palabras:

—Acabo de obtener en matrimonio a la hija del sultán, pero éste me pide que antes le lleve cuarenta fuentes de oro macizo llenas de frutos del jardín donde me apoderé de la lámpara. También exige cuarenta esclavos negros e igual número de blancos, de buena figura y ricamente vestidos. Anda y tráeme todo esto para llevarlo al sultán antes de que acabe el día.

Desapareció el genio, no sin prometer a Aladino que serían cumplidos sus deseos, y volvió pocos momentos después con ochenta hermosos esclavos blancos y negros. Cada uno tenía en sus manos una fuente de oro cincelado llena de perlas, rubíes, brillantes y esmeraldas, y cubierta con un paño de tisú de plata bordado de florones de oro. Los trajes de los esclavos deslumbraban por su elegante magnificencia. Preguntó el genio a Aladino si estaba contento y si deseaba algo más, pero el joven dijo que no, y desapareció de repente con igual misterio que vino.

Volvió la madre de Aladino y al ver a la brillante comitiva no pudo articular ni una palabra, tal fue su estupor y su admiración; pero el impaciente joven le rogó que se dirigiera inmediatamente, seguida de los esclavos, al palacio del sultán, para que éste comprendiese, por la exactitud en enviarle el dote de su hija, el anhelo por el que estaba poseído el corazón del amante de la princesa.

Desfilaron los esclavos y Aladino esperó tranquilo que el sultán se dignase, al fin, a admitirle como yerno.

Apenas salieron los esclavos a la calle, se agolpó a su paso una inmensa muchedumbre, absorta ante el magnífico espectáculo que presentaban con sus ricas vestiduras, que valían cada una más de un millón, y con las fuentes de oro sobre la cabeza, dejando ver el tesoro reluciente que contenían. Llegada la comitiva a palacio en medio del pueblo que la seguía, creyeron los soldados que aquellos hombres eran reyes, y se apresuraron a besar el borde de sus vestiduras, pero el primero de los negros les dijo:

—Nosotros no somos más que esclavos, y nuestro Señor vendrá cuando sea el momento.

El lujo de los departamentos del palacio, el de los trajes de los servidores del sultán, todo se eclipsó ante la riqueza de los recién llegados, los cuales entraron por su orden en el salón del trono, depositando a los pies del sultán las fuentes de las que eran fieles portadores. Después, blancos y negros, cruzaron las manos sobre el pecho con la mayor modestia.

—Señor —exclamó entonces la viuda—, mi hijo Aladino sabe muy bien que estos dones valen menos que la hermosa princesa Brudulbudura, pero confío en que vuestra majestad se dignará concederle su mano después de haber cumplido con la condición de que tuvo a bien imponerle su soberano.

El sultán no oyó siquiera las frases de la madre de Aladino, trastornado como estaba en presencia de aquellas riquezas y de aquellos esclavos, que parecían reyes poderosos por su aspecto, su hermosura y su magnificencia. Al fin, preguntó en alta voz al gran visir si creía digno esposo de su hija al hombre que le enviaba tan soberano presente. El gran visir, aunque lleno de celos al considerar que la princesa iba a desposarse con un desconocido, cuando él aspiraba a unirla con su hijo, no pudo menos que contestar:

—Señor, lejos de creer a Aladino indigno de poseer la mano de la princesa, diría que merece más aún, si no estuviese convencido de que no hay en el mundo tesoro que iguale a la hija de vuestra majestad.

Los señores de la corte demostraron con entusiastas aplausos que participaban de la opinión del gran visir, y ya el sultán, sin informarse de las cualidades de Aladino, y subyugado ante el prestigio de su opulencia, dijo a la viuda de Mustafá:

—Id y decid a vuestro hijo que lo espero con los brazos abiertos para recibirle, y que cuanto mayor sea su diligencia, mayor será mi placer en otorgarle la mano de la princesa.

Concluida la audiencia, quiso el sultán que su hija viera a través de las celosías los regalos y los esclavos que le ofrecía su prometido esposo, como así se hizo, desfilando la comitiva por delante de los ajimeces de la habitación de Brudulbudura.

Voló a su casa la madre de Aladino para dar a su hijo la buena nueva, recomendándole, terminado su relato, que se presentase en la corte rodeado de toda la pompa y del esplendor posible.

Aladino, loco de contento, se retiró a su cuarto y frotó con fuerza la lámpara. El genio se le apareció inmediatamente.

—Quiero —le dijo— darme un baño perfumado, y cuya agua proporcione a mi tez la mayor hermosura. Después necesito un vestido que no tenga igual en el mundo, superior a los de los más poderosos reyes; luego me darás un caballo por el mismo estilo y cuyos arneses valgan más de un millón; cuarenta esclavos, aún mejor vestidos que los que te pedí ayer; seis esclavas, cada una de las cuales traiga un traje suntuoso para mi madre; y por último deseo diez mil monedas de oro repartidas en diez diferentes bolsillos. Ve y vuelve pronto. A los pocos minutos, Aladino era dueño de todo lo que quería. Tomó cuatro bolsillos, o sea, cuatro mil monedas de oro, dando los otros seis a su madre, con los trajes y las esclavas que destinaba a su servicio. Dispuesto el plan, dijo Aladino al genio que podía retirarse y que le llamaría cuando tuviese necesidad de sus servicios. El genio desapareció. Después hizo preguntar al sultán si estaba dispuesto a recibirle, y éste contestó que le aguardaba con impaciencia.

Aladino montó a caballo. Iban delante veinte esclavos arrojando al pueblo puñados de monedas de oro, y otros veinte detrás que servían de rica y vistosa escolta al brillante jinete, que en un momento atrajo las miradas y las bendiciones de toda la ciudad, asombrada de tanta generosidad. Nadie reconoció en Aladino al joven vagabundo que poco antes había jugado por calles y plazas, y la noticia de que iba a casarse con la princesa Brudulbudura dio a su persona un encanto y un prestigio que deslumbró a todos cuantos se apresuraban a presenciar la marcha de la comitiva.

Cuando llegó a palacio, quiso Aladino dejar a la puerta su caballo, según lo exigía la etiqueta de la corte, pero el gran visir se opuso a ello en nombre de su señor, y Aladino obtuvo el favor insigne de ir cabalgando hasta el pórtico del salón del trono entre dos filas de soldados que se inclinaban a su paso.

El semblante y la gallardía de Aladino agradaron tanto al sultán que bajó los escalones del trono para recibirle e impedir que se arrodillase. Lejos de esto, abrazó al joven en testimonio de amistad, sentándole después a su lado.

Aladino describió, con gran elocuencia, lo humilde de su posición, su escaso mérito para aspirar a la mano de la princesa y su atrevimiento en poner los ojos a tanta altura, por lo cual pidió perdón al sultán, dándole las gracias al mismo tiempo, puesto que de aquel enlace dependía la felicidad eterna de su vida.

—Hijo mío —respondió el monarca abrazándole por segunda vez—, no hay para mí honra mayor que la de conceder la mano de mi hija a tan cumplido caballero, y no cambiaría este placer por la posesión de todos mis tesoros unidos con los vuestros.

En seguida, y a los acordes de una música melodiosa, pasaron a otro salón, donde el sultán comió solo con Aladino en presencia de los señores y dignatarios de la corte, admirados, como el sultán, de ver el talento con que el joven sostenía la conversación de su soberano. Éste ordenó al primer cadí de su reino que extendiese el contrato de boda de la princesa con Aladino para que el casamiento se verificara aquel mismo día, pero el afortunado joven rogó al monarca con el mayor respeto que aplazase la ceremonia algunos días que necesitaba para construir un palacio digno de la belleza de Brudulbudura. Accedió a ello el sultán, otorgándole los terrenos que necesitase frente a su propio palacio, con lo cual terminó la conferencia de aquel memorable día.

Aladino regresó a su casa con la misma ostentación y entre iguales aclamaciones que había salido de ella, y cuando se vio solo en su habitación, llamó al genio por el medio conocido.

—Genio —le dijo al verle aparecer—, ante todo te doy las gracias por el celo y la exactitud con que has obedecido hasta aquí mis mandatos, y hoy reclamo más que nunca tu interés y tu diligencia. Quiero que en el menor tiempo posible me construyas, frente al palacio del sultán, otro palacio que le supere en magnificencia para recibir en él a la princesa Brudulbudura, mi esposa. Dejo a tu capricho la elección de los materiales, pero desearía que en lo más alto del palacio fabricases un gran salón con su cúpula de cuatro faces iguales, cimentada en plata y oro macizo, y en cada una de ellas tres ventanas, cuyas celosías, a excepción de una que deberá ser imperfecta, ostentarán transparencias y dibujos hechos con piedras preciosas, de tal manera y con tanto arte que sean la admiración de cuantos las contemplen. Quiero, además, que el palacio tenga patios extensos, frondosos jardines, y sobre todo, un sitio oculto, que me indicarás, lleno de monedas de oro y plata. No te olvides de ningún departamento, de los enseres de caza, palafreneros, y de cuanta servidumbre se necesite para que corresponda a la suntuosidad del edificio. Vete y vuelve cuando hayas rematado la obra.

Al despuntar la aurora del siguiente día se presentó de nuevo el genio, y le dijo a Aladino:

—Señor, el palacio está concluido, venid a ver si estáis contento de mi trabajo.

Fue Aladino al lugar designado, y no pudo menos que confesar al genio que había excedido sus mayores esperanzas. Cuando recorrió admirado todos los departamentos y supo el sitio donde se ocultaba el tesoro, que era inmenso, pidió al genio que colocase una alfombra de terciopelo desde la habitación de la princesa hasta la puerta del palacio del sultán, su padre. El genio obedeció la orden con la rapidez de un relámpago, y desapareció después de acompañar a Aladino a su casa.

Fue saliendo poco a poco a la calle la gente de la ciudad, y al momento se extendió por toda ella y llegó a palacio la noticia de la maravilla hecha por Aladino. El gran visir atribuyó el palacio al arte de encantamiento y de hechicería, pero el sultán no opinó lo mismo, creyendo que un hombre tan poderoso como su futuro yerno se había valido nada más que del auxilio del dinero, que en todos los tiempos y en todos los países del mundo ha hecho siempre verdaderos milagros.

Cuando Aladino volvió a su casa y despidió al genio, hizo que su madre vistiese un rico traje para ir al palacio del sultán y acompañar aquella noche a la princesa, cuando estuviera en disposición de trasladarse al nuevo palacio. Hijo y madre dieron un adiós a la casa que iban a dejar para siempre y, sin olvidar, por supuesto, la lámpara maravillosa, se dirigieron, seguidos de esclavos y servidores, a la residencia del sultán.

El sonido de las trompetas y las armonías de las músicas anunciaron su llegada, y la viuda fue introducida en el departamento de la princesa por el jefe de los eunucos. Brudulbudura la obsequió de una manera espléndida, y cuando llegó la noche se despidió la princesa del sultán, su padre, en medio de lágrimas y de sollozos que no permitieron a una ni a otro proferir una sola palabra.

La joven se puso en marcha con la madre de Aladino, seguida de cien esclavos, cuyos trajes eran de sorprendente magnificencia. Iban las músicas delante, y a los lados cuatrocientos pajes del sultán con antorchas en las manos, lo cual, unido a la iluminación del palacio de Aladino, casi reemplazaba a la claridad del día. Una inmensa muchedumbre acudió a aclamar a la princesa, que fue recibida en el pórtico por el enamorado galán.

—Princesa —le dijo—, en nombre del amor que os profeso perdonadme la osadía de haber aspirado a vuestra mano, pues en ello consiste toda mi felicidad.

—Príncipe —respondió la princesa—, no he hecho más que cumplir con la voluntad de mi padre, y después de haberos visto, confieso que le he obedecido sin repugnancia.

Gozoso Aladino al oír respuesta tan lisonjera, condujo a su esposa a la sala del festín, dispuesto por el genio con el lujo que él solía hacerlo, y está dicho todo. Durante el banquete se oyó un concierto de voces e instrumentos tan delicioso que Brudulbudura aseguró que jamás había oído cosa parecida. Y es que las cantantes eran hadas elegidas por el genio esclavo de la lámpara. Luego dio principio el baile que, al concluir a una hora avanzada de la noche, puso fin a los festejos preparados por Aladino para festejar sus bodas.

Al día siguiente fue a comer el sultán en compañía de los príncipes, sus hijos, y consagró casi todo el tiempo a examinar el palacio, que calificó, por la riqueza y el buen gusto, una de las mayores maravillas de la tierra. Mucho le llamó la atención al entrar en el salón de las celosías que una de ellas estuviese sin acabar cuando las demás eran un modelo de primor y de arte. No podía comprender la causa, y Aladino entonces le dijo:

—Señor, no he querido ex profeso que se perfeccione esa celosía para que vuestra majestad tenga la gloria y me dispense la honra de concluir por sí mismo este palacio.

—Y lo haré altamente complacido —respondió el sultán.

Aquel día dio orden a los joyeros más hábiles de su reino para que, sin levantar la mano, terminasen la celosía, incrustándola de piedras preciosas, pero los joyeros y los diamantistas, después de examinar la riqueza del salón, declararon que no tenían piedras que igualasen siquiera a las otras celosías. El sultán entonces les dio todas las que constituían los presentes de Aladino, el visir y los señores de la corte suministraron las suyas, y, sin embargo, los artífices no podían llegar ni aun a la mitad de la obra. Viendo Aladino que el sultán y todos se esforzaban en vano, frotó una noche la lámpara maravillosa y ordenó al genio que pusiera la celosía idéntica a las demás, como así se evidenció en un abrir y cerrar de ojos.

El asombro y la admiración del sultán no tuvo límites al convencerse más y más del extraordinario poder de Aladino, a quien confió, pasado algún tiempo, el mando de las tropas que iban a castigar a los súbditos que se habían sublevado en los confines del reino. Aladino se condujo como buen soldado y experto general, y la victoria militar aumentó el prestigio de que ya gozaba por su generosidad, su nobleza y su magnificencia.

A pesar del tiempo transcurrido, el mago africano no se había olvidado de Aladino, y aunque tenía el hondo convencimiento de que éste habría muerto en el fondo del subterráneo, consultó, sin embargo, sus signos nigrománticos, y supo con rabia por el horóscopo que el joven vivía rico, feliz, unido a una princesa y respetado por todos. Ya no tuvo duda el infame de que su víctima había hecho uso de la lámpara maravillosa y resuelto a perder a Aladino, se puso en marcha, y sin reposar un instante y lleno el corazón de odio y de venganza, entró al fin una noche en la capital donde Aladino residía. La vista del palacio y las noticias que en todas partes le dieron del esplendor del príncipe y de la magia de su poderío confirmó las sospechas del mago, y ya no pensó en otra cosa más que en apoderarse por cualquier medio de la lámpara, poderoso talismán que operaba tantas maravillas.

Hizo la fatalidad que Aladino estuviese ausente en una partida de caza, y el africano se aprovechó de esta circunstancia para obrar sin demora. Compró en una tienda una docena de lámparas de cobre bruñido, las puso en una cesta, y con ellas debajo del brazo, se dirigió al palacio de Aladino, gritando en la puerta:

—¿Quién quiere cambiar lámparas viejas por lámparas nuevas?

La gente del pueblo, al oír la extraña proposición, creyó que aquel hombre estaba loco de remate, pero el mago siguió gritando con tal fuerza que las esclavas de la princesa le oyeron también y propusieron a su señora cambiar por una nueva la lámpara vieja ya y usada que Aladino tenía colgada en su habitación, y que dejó allí imprudentemente sin confiar a nadie el precioso secreto. Así es que Brudulbudura no tuvo inconveniente en acceder a ello, creyendo complacer a su esposo, y un eunuco bajó en seguida a efectuar el cambio. El mago se apresuró a darle la lámpara mejor que tenía, y temblando de placer porque no dudaba que era dueño al fin del talismán, se alejó del palacio con la lámpara maravillosa; yendo por calles por las que evitaba a la gente, se dirigió al campo a esperar a que la noche cubriese la tierra con su manto. Cuando la oscuridad fue completa, frotó la lámpara, y en el acto se le apareció el genio.

—¿Qué quieres? —le preguntó—. Heme aquí dispuesto a obedecerte.

—Te mando —replicó el mago— que transportes el palacio de Aladino con todo lo que contiene y que me lleves también a mí a África, colocándonos en el lugar de mi residencia.

En el acto se cumplieron los deseos del mago, y no tan sólo desapareció el palacio, sino que no quedó ni la señal más leve de que hubiese nunca existido.

Fácil es comprender el asombro, el estupor del sultán y de la población entera al darse cuenta del hecho. Todos se frotaban los ojos, creyendo que eran juguete de una pesadilla, y el celoso visir aprovechó la ocasión para decir a su soberano que siempre calificó a Aladino de mago hechicero, y que por su opinión jamás se hubiese casado con la princesa un hombre de tan incomprensible conducta y misterioso proceder. Irritado el sultán, y lleno de pena por la desaparición de su querida hija, mandó a los oficiales de palacio que fuesen en busca de Aladino para cortarle la cabeza como impostor y reo de Estado.

Salieron las tropas y a poca distancia de la ciudad encontraron a Aladino dedicado a los placeres de la caza. El príncipe proclamó su inocencia al saber el motivo de la prisión, pero los oficiales, cumpliendo con la orden que tenían, le ataron con una cadena por los brazos y por la cintura, y a pie y en tan humillante situación fue conducido a la ciudad.

La gente del pueblo, que tanto le amaba por los beneficios sin cuento que a todos había dispensado, se amotinó al verle prisionero, trató de sacarle de manos de la fuerza armada, y fue preciso que el oficial de la escolta usase de grandes precauciones para evitar que le arrebatasen a Aladino, que compareció al fin ante el sultán. Éste no quiso oírle, y mandó al verdugo que le diese muerte en el mismo patio del palacio, y ya iba a ser descargado el golpe terrible cuando el pueblo echó abajo las puertas, derribó a los centinelas, y con gritos amenazadores pidió el perdón de su querido príncipe. Acobardado el sultán al ver la actitud de la plebe, hizo al reo gracia de la vida, dejándolo en completa libertad. Sólo entonces se retiraron las masas pacíficamente, y Aladino, con más tranquilidad de espíritu, preguntó al sultán cuál era la causa repentina de su enojo. El soberano le refirió la desaparición del palacio y la de su adorada hija, y Aladino, inocente del suceso, pidió cuarenta días de plazo para encontrar a la princesa, consintiendo en morir si no lo conseguía dentro de dicho término. Loco de dolor, de incertidumbre y sobre todo sin esperanzas de lograr su objetivo, salió de la ciudad, y al cabo de tres días de vagar errante por los campos, se retorcía una noche con desesperación las manos, donde llevaba el anillo que le dio el mago a la entrada del subterráneo, cuando de repente se le aparece el genio diciéndole:

—¿Qué me quieres? Soy el esclavo del anillo, y estoy dispuesto a obedecer tus mandatos.

Aladino, que ni siquiera se acordaba de aquel talismán, quedó agradablemente sorprendido y pidió ser transportado en el acto al sitio en que se encontrase la princesa. Al momento lo llevó a África, colocándole en los mismos jardines de su palacio. Lo reconoció al momento, a pesar de la oscuridad, y no dudó que aquel milagro era obra exclusiva de la lámpara maravillosa, echándose en cara su descuido de haberla dejado a la vista y no guardada como otras veces. Sin embargo, ni sospechó siquiera que el mago africano fuese la causa de sus desventuras.

Poco después de amanecer se levantó la princesa, y desde las ventanas de su habitación vio a Aladino paseando por el jardín. Imposible describir la alegría que experimentaron los esposos al verse cuando se creían separados para la eternidad, pero después de las primeras embriagueces, Aladino se apresuró a preguntar a la princesa qué había sido de la lámpara vieja que en su departamento dejó colgada. Brudulbudura le contó la historia, desgarrando el velo de lo que hasta entonces era un misterio para su esposo, y le dijo que el mago africano llevaba siempre en el seno la lámpara cuidadosamente oculta.

—Es preciso librarnos a toda costa de ese hombre infame —exclamó Aladino—, y cuento con tu auxilio para llevar a cabo el plan que he concebido. ¿El mago africano viene a verte a este palacio?

—Sí, antes no me libraba ningún día de su visita, pero la repugnancia que mostraba al recibirle ha hecho que sólo venga una vez cada semana.

—Pues bien, vas a vestir tus mejores trajes, y adornada con las joyas de más mérito lo admitirás a tu presencia, invitándole a una cena espléndida. Sin que él lo note, arrojarás en su copa de vino estos polvos, que siempre llevo conmigo, cuyo efecto es el de privar instantáneamente del conocimiento a la persona que los toma. Yo estaré escondido en el departamento inmediato, y apenas caiga al suelo el infame, te aseguro que seremos libres y poderosos como en otro tiempo.

La princesa Brudulbudura, que aborrecía al africano y que deseaba naturalmente volver contenta y feliz al lado de su buen padre, accedió gustosa a cuanto Aladino le propuso y, en efecto, a los dos días invitó al mago a cenar con ella. El nigromántico, acostumbrado a los rigores de la princesa, no cabía en sí de puro gozo, y aceptó el convite sin demora. La princesa había preparado de antemano la botella de que el mago debía servirse y, en efecto, apenas vació la primera copa, cayó al suelo como herido por un rayo, a causa de los polvos vertidos en el vino. Salió entonces Aladino por una puerta secreta que abrió instantáneamente Brudulbudura, y rogó a ésta que fuese a esperarle a una habitación inmediata mientras él trabajaba para regresar a China. Así lo hizo la princesa y Aladino, al verse solo, se lanzó hacia el mago africano, que yacía exánime en el suelo, y se apoderó con ansia de la lámpara oculta bajo el traje del hechicero. La frotó como de costumbre, y se presentó el genio.

—Te llamo —le dijo Aladino— para que transportes este palacio a China sin pérdida de tiempo, y lo coloques en el mismo lugar del que fue arrancado.

Dos ligeros estremecimientos, uno al partir y otro al llegar demostraron a Aladino que su orden había sido fielmente cumplida.

El sultán, inconsolable por la pérdida de su hija, que era lo que más adoraba en el mundo, no dejó ningún día de asomarse al amanecer a las ventanas de su habitación con la vana esperanza de ver de nuevo al ídolo de su corazón. Así es que, apenas despuntó la aurora de la mañana en que fue vuelto a su sitio el palacio de Aladino, ya contemplaba el sultán tristemente el paraje que era la tumba de su felicidad y de sus ilusiones, cuando le pareció ver el palacio que surgía entre nubes del centro de la tierra, En un principio creyó que soñaba, y al convencerse de la realidad, no tuvo límites su alegría, y en aras del amor paternal corrió a abrazar a la princesa. No fue menor el gozo de ésta al ver a su padre, a quien refirió con la voz entrecortada por las lágrimas todo lo sucedido, para demostrarle la inocencia de Aladino, y que ella era la única culpable, puesto que cometió la imprudencia de cambiar la lámpara maravillosa, cuyo poder ignoraba, sin consentimiento de su esposo. El sultán, enternecido, abrazó a Aladino, el cual, con objeto de convencerle de la verdad, lo llevó al salón donde estaba el cadáver del africano, causa de sus infortunios, cadáver que fue arrojado a un muladar para que sirviese de pasto a los animales inmundos.

Diez días duraron en la ciudad las magníficas fiestas que ordenó el sultán en celebración del regreso de los príncipes, pero la suerte implacable reservaba a Aladino una nueva desgracia que debía poner en peligro su existencia.

Tenía el mago africano un hermano menor, nigromántico como él, aunque más perverso y de sanguinarios instintos. Alarmado al no recibir noticias de su hermano en el largo intervalo de un año, consultó las estrellas, los signos cabalísticos y cuanto posee la nigromancia para sus experimentos, y averiguó con todos sus pormenores y circunstancias el trágico fin de que el africano había sido víctima. Resuelto a vengarse de Aladino, se puso en marcha, y después de un penoso viaje llegó a China. Entró en la capital, residencia del sultán, y supo por unos y por otros que existía allí una santa mujer, llamada Fátima, que vivía retirada del mundo en una ermita, y que era célebre por sus virtudes y por las curas maravillosas que hacía. Concibió en el acto su detestable plan, y una noche, a las doce, fue a buscar a Fátima a su ermita, cuya puerta pudo abrir sin hacer el más leve ruido. Vio a la santa mujer acostada a la luz de la luna sobre un miserable lecho, y se aproximó a ella con un puñal desnudo en la mano. Fátima se despertó sobresaltada.

—Si gritas —le dijo el mago—, te hundo este cuchillo en el corazón. Guarda silencio, dame tu vestido y píntame la cara como la tuya, para que yo me parezca a ti. Si así lo haces te juro que te perdonaré la vida.

La pobre mujer hizo temblando lo que se le mandaba, y enseñó al mago cómo había de llevar el rosario y cubrirse con el manto cuando fuera a la ciudad para asemejarse a ella. El mago se miró en un espejo, y convencido de que nadie podría reconocerle, faltó a su juramento, estrangulando a la infeliz Fátima, cuyo cadáver arrojó a la cisterna de la ermita. Al día siguiente se dirigió al palacio de Aladino en medio de un gentío inmenso, que lo rodeaba creyendo que era la virtuosa Fátima. Oyó la princesa Brudulbudura el ruido que hacía la gente en derredor de la supuesta curandera, averiguó la causa y ordenó a cuatro eunucos que condujesen a la santa a su presencia. El mago, introducido en el salón de las celosías, entonó una elocuente plegaria por la salud de Brudulbudura quien, encantada al ver la devoción religiosa de la buena mujer, le rogó que se quedase a vivir en el palacio. Fátima, o por mejor decir, el mago, se hizo al principio de rogar, pero luego accedió al fin, siempre que se le permitiese comer en la habitación que iba a destinársele. La princesa accedió a ello, y preguntó a la fingida santa si era de su agrado el salón en que se encontraban.

—No he visto —respondió el mago— nada más bello y admirable en mi vida; pero, para que fuese una verdadera maravilla sin igual en la tierra, deberíais hacer colocar en la cúpula el huevo de un águila blanca de prodigioso tamaño, y que tiene su nido en la más alta cima del Cáucaso.

La princesa no olvidó el consejo del mago, y cuando regresó Aladino de la partida de caza en que se encontraba, se apresuró a decirle que tenía el capricho de que el salón de las celosías ostentase en su techumbre el huevo del águila blanca. Aladino, deseoso siempre de complacer a la princesa, fue a su habitación, frotó la lámpara y dijo al genio, cuando éste hubo aparecido:

—Quiero que inmediatamente coloques en la bóveda de mi salón un huevo del águila blanca que anida en las alturas del Cáucaso.

—¡Miserable! —exclamó el genio dando un grito que conmovió el palacio hasta sus cimientos—. ¿No te basta lo que hemos hecho por ti? ¿Quieres, ingrato, que los esclavos de la lámpara te traigan a su señor, que está encerrado en ese huevo, y lo cuelguen en la bóveda de tu palacio? Lo único que te libra de nuestro furor es que no eres autor directo de esa imprudente demanda, y sí lo es el hermano del mago de África a quien diste la muerte que merecía. Tu nuevo enemigo vive en tu propio palacio, disfrazado con el traje de la virtuosa Fátima, santa mujer a la que acaba de asesinar, y él es quien ha sugerido a la princesa la idea que me has manifestado hace poco. Trata de asesinarte a ti también, y te lo anuncio para que vivas prevenido.

Y desapareció al instante.

Aladino fue a la habitación de su esposa, y sin decirle nada de cuanto le había participado el genio, fingió un fuerte dolor de cabeza. La princesa mandó buscar a Fátima en seguida para que curase a su marido, y refirió a éste los motivos que justificaban la residencia de aquella mujer en el palacio. Llegó el mago disfrazado, se aproximó a Aladino con pretexto de reconocerle la cabeza e instantáneamente sacó un puñal de la cintura para darle muerte; pero Aladino, prevenido ya, se apoderó del arma con ligereza y atravesó el pecho del infame, que rodó sin vida por el pavimento. Seguidamente descubrió todo el misterio a la asustada Brudulbudura, la cual dio gracias al cielo por haber librado a Aladino de la persecución de los dos hermanos magos, sus implacables enemigos.

Pocos años después, murió el sultán sin dejar hijos varones, por cuya razón le sucedió en el trono la princesa Brudulbudura, quien transmitió el supremo poder a su querido esposo Aladino. Ambos reinaron largo tiempo, dejando al morir una ilustre y memorable descendencia.

—Señor —dijo Scheznarda cuando concluyó la historia de la lámpara maravillosa—, la moral de este cuento no habrá escapado al ingenio de vuestra majestad. El mago africano representa al hombre arrastrado por la pasión a las riquezas, de las que no llega a gozar a causa de los medios inicuos de que se vale para conseguirlas; Aladino es el joven de humilde cuna que se eleva por su valor y fortuna al primer puesto del reino; el sultán, el soberano justo que,

si en un momento de arrebato condena a muerte al inocente, cede ante los clamores y las súplicas de su pueblo y, por último, la princesa es el modelo de las buenas hijas y de las esposas honradas. Aunque sé todavía un sinnúmero de historias —continuó Scheznarda—, creo, señor, que vuestra majestad se cansará de escucharme.

—Desechad ese temor —replicó el sultán— y referidme otro de estos cuentos maravillosos.

Animada Scheznarda con las benévolas palabras del sultán, comenzó en seguida la historia siguiente:

Historia de Alí Babá y de cuarenta ladrones, exterminados por una esclava

EN LA ciudad persa situada en los confines de estos reinos vivían dos hermanos, llamados el uno Cassim y Alí Babá el otro. Cassim se casó con una mujer muy rica, pero Alí Babá, por el contrario, lo hizo con una muy pobre, y su único medio de subsistencia era cortar leña que cargaba luego, para venderla en la ciudad, sobre tres asnos, cuyos pacientes animales que constituían todos sus bienes de fortuna.

Estaba un día Alí Babá en el bosque, entregado a su ordinario ejercicio, cuando vio a lo lejos un grupo de hombres a caballo que se adelantaban hacia él, envueltos en una espesa nube de polvo. Aunque en el país no se hablaba de ladrones, Alí los tomó por tales, refugiándose en la copa de un árbol, al pie del cual se detuvieron los jinetes. Eran éstos cuarenta hombres, altos, fornidos, armados hasta los dientes, y que al llegar al tronco de dicho árbol echaron pie a tierra, descargando unos sacos que Alí Babá juzgó, por lo pesados, que estarían llenos de oro y plata. El que parecía capitán de la partida se acercó a una gran roca inmediata a aquel sitio y pronunció las siguientes palabras:

—¡Sésamo, ábrete!

Inmediatamente se abrió una puerta construida en el peñasco, puerta que volvió a cerrarse apenas entraron todos los ladrones. Alí Babá tuvo intenciones de bajar del árbol, apoderarse de dos o tres caballos y huir al pueblo cercano, pero el miedo lo dejó paralizado. No hubo de esperar mucho, a los pocos momentos salieron de la roca los malhechores.

—¡Sésamo, ciérrate! —dijo el capitán, y la puerta se cerró instantáneamente.

Montaron luego a caballo con los sacos vacíos, alejándose en la misma dirección por donde habían venido. Cuando Alí los hubo perdido de vista, fue a la roca, repitió las palabras misteriosas que había oído y entró, no en una cueva oscura, como creyera al principio, sino en un local espacioso, claro y lleno de ricas telas, de alhajas y de sacos repletos de monedas de plata y oro. Alí Babá no dudó un momento sobre el partido que debía tomar, así es que, despreciando las telas, se apoderó de los sacos que pudo, en cantidad suficiente para hacer su fortuna.

—¡Sésamo, ciérrate! —dijo a la puerta para que se cerrase, y en seguida cargó de oro los tres asnos, que a los palos de su amo corrían desesperadamente por aquellos campos en dirección a la ciudad.

Alí Babá contó a su mujer en secreto la extraordinaria aventura, y se dispuso luego a enterrar el tesoro para guardarlo con toda seguridad. La mujer quiso saber a cuánto ascendía el tesoro, el marido le dijo juiciosamente que lugar tendría tiempo de contarlo, pero ella se obstinó en ir a por una medida a casa de su cuñada, la esposa de Cassim, no sin que Alí le recomendase la mayor discreción y reserva.

Como Alí Babá y su mujer eran tan pobres, extrañó mucho a su parienta que tuviesen grano que medir, y como no fue posible que la mujer de Alí le dijese una sola palabra, a pesar de sus preguntas, untó con sebo el interior de la medida a fin de averiguar el misterio, como en efecto lo consiguió, porque la medida, al ser devuelta, llevaba pegada en el borde una moneda de oro. Cassim y su esposa no podían explicarse el enigma, y lejos de sentir alegría por la suerte de Alí Babá, concibieron la más negra envidia al considerar que medía oro como si fuese trigo. Cassim fue en busca de su hermano para interrogarle con altanería sobre el cambio repentino de su suerte, y Alí Babá, viéndose descubierto, tomó el partido de contar a Cassim la historia de los ladrones, diciéndole exactamente los medios de los que había de valerse para penetrar en su gruta.

Cassim era avaro y ambicioso, por consiguiente, así es que fue al amanecer del otro día con diez mulas y diez cofres al lugar designado por Alí Babá.

—¡Sésamo, ábrete! —dijo enfrente de la roca. Y la puerta se abrió, cerrándose inmediatamente. Al verse en medio de tantas riquezas, no sabía por dónde empezar, hasta que al fin apartó las que podían transportar diez mulas; pero cuando fue a la puerta, se le olvidó la palabra indispensable, y en vez de *sésamo* dijo:

—¡Cebada, ábrete!

La puerta permaneció cerrada, y fueron infructuosas cuantas frases pronunció Cassim en su aturdimiento, amedrentado y confuso por no poder salir de la cueva. A todo esto, volvieron los ladrones, ahuyentaron con su presencia las mulas de Cassim que, huyeron espantadas, y sable en mano penetraron en la cueva con gran terror de Cassim, que, al oír el alboroto, no dudó que estaba en poder de los feroces bandidos.

Resuelto, sin embargo, a hacer un supremo esfuerzo para salvar su vida, apenas oyó pronunciar la palabra *sésamo,* que se le había olvidado, y vio la puerta abierta, se precipitó hacia ella con el ímpetu de un huracán y echó a rodar al capitán de los bandoleros que se había interpuesto en su camino, pero no pudo esquivar el encuentro de los forajidos, que le dejaron acribillado a estocadas.

El capitán se levantó rápidamente y, seguido de sus hombres, se internó en la cueva y, vistos los sacos que Cassim se disponía a cargar en sus mulas, vaciaron su contenido en el sitio donde había sido robado, pero sin darse cuenta de la merma hecha por Alí Babá en el montón de oro. Seguidamente se reunieron en consejo con objeto de averiguar cómo había podido Cassim entrar en la caverna. Opinaron algunos que pudo haberlo hecho por la abertura existente en la cima de la montaña y por la cual penetraba la luz, pero esta idea fue desechada al momento, porque la escarpada montaña era realmente inaccesible. Forzoso era convenir en que el intruso había sorprendido en parte su secreto, y como se trataba de sus comunes intereses y de los tesoros que con tantos riesgos habían acumulado, los bandoleros decidieron cortar el cadáver en cuatro partes y clavarlo en la puerta de la caverna para que sirviese de saludable advertencia a cualquier otro que se atraviese a acercarse. Asimismo resolvieron no volver a la gruta hasta que el hedor se hubiese disipado.

Entretanto, la mujer de Cassim estaba llena de zozobra por la tardanza de su marido. Al fin, no pudiendo dominar su ansiedad, se presentó, al atardecer, en casa de su cuñado.

—Alí Babá —le dijo—, os supongo sabedor de que vuestro hermano ha ido al bosque y del motivo que lo ha llevado a aquel lugar. Aún no ha regresado, a pesar de que la noche está al caer, y como temo que le haya ocurrido alguna desgracia...

Alí Babá la interrumpió, con un gesto. Él había supuesto que su hermano se apresuraría a ir al bosque, y se abstuvo de seguirle para que aquél pudiese obrar con más libertad, y sin dirigir ningún reproche a su cuñada, le dijo que no debía asustarse de antemano, pues era más que probable que Cassim no quisiese entrar en la ciudad sino a hora muy avanzada de la noche para que no se descubriese el tesoro que conducía.

Un tanto tranquilizada con las reflexiones que le hiciera su cuñado, la mujer de Cassim regresó a su domicilio. Pero a medida que transcurrían las horas renacía su inquietud, y cuando despuntó la aurora sin que su esposo regresara, dio rienda suelta a sus lágrimas, conteniendo, sin embargo, los gritos que pugnaban por salir de su garganta, pues comprendía que debía ocultar su dolor al vecindario.

Alí Babá, lleno de inquietud por la tardanza de Cassim, y a ruegos de su cuñada, fue a la roca y vio con espanto el desenlace de la expedición de su hermano. Recogió los miembros ensangrentados de éste, después de llorar su muerte, a pesar de las ingratitudes del difunto, y cargó a los tres asnos de sacos llenos de oro.

Cuando hubo llegado a su casa, hizo entrar en el patio a dos de los burros cargados de oro, informó a su mujer en pocas palabras de lo que ocurría, y se encaminó, con el asno que cargaba el cadáver, a casa de su cuñada.

—Margiana —dijo a la esclava que le abrió la puerta—, es necesario que guardes el secreto de lo que vas a saber. Aquí traigo el cuerpo descuartizado de tu amo, y es indispensable que le demos sepultura como si su muerte hubiera sido natural. Avisa a tu ama que deseo hablarle, y luego te diré lo que debemos hacer.

Era Margiana una joven y bellísima esclava, discreta si las hay, dotada de un talento sorprendente y fecundísima en recursos ingeniosos para vencer las mayores dificultades. La esclava anunció a su ama la visita de Alí Babá, y éste, que la seguía, entró en el aposento.

—¿Qué hay, cuñado mío? ¿Qué noticias me traéis de mi marido? —preguntó la viuda con ansiedad—. Leo en la expresión de vuestro semblante que vais a anunciarme una horrible desgracia.

—Nada os diré, querida cuñada —repuso Alí Babá—, si no me prometéis escucharme hasta el fin sin despegar los labios.

—¡Ay! —exclamó la mujer de Cassim en voz baja—, ese preámbulo me dice claramente que mi marido ha muerto. Me hago cargo, sin embargo, de la necesidad de guardar silencio sobre lo que ocurre y de sofocar mis sollozos. Hablad, que no os interrumpiré.

Alí Babá le hizo un fiel relato de lo que había visto y hecho en la cueva, y terminó diciendo:

—La desgracia, pues, es irreparable, querida cuñada; mas para consolaros, os ruego que compartáis conmigo los bienes que he tenido la suerte de adquirir, y al efecto os propongo que consintáis en ser mi mujer. Os aseguro que mi actual esposa no se opondrá y viviréis en la mejor armonía. Si aceptáis mi proposición, es preciso arreglarse de modo que parezca natural la muerte de mi hermano, y esto podemos dejarlo al cuidado de Margiana y al mío.

No podía tomar mejor partido la mujer de Cassim, pues su difunto esposo le dejaba una fortuna considerable y encontraba otro más rico aún gracias al hallazgo que había hecho. Así pues, aceptó contentísima, y al momento dejó de llorar la violenta muerte del marido que hasta entonces había amado.

Alí Babá dejó a su cuñada más consolada de lo que ella podía esperar, y después de haber dado prolijas instrucciones a Margiana, montó en su asno y regresó a su vivienda.

Margiana no perdió el tiempo. En cuanto Alí Babá se hubo marchado, se encaminó a casa de un boticario y le pidió una droga que era eficacísima para las enfermedades más peligrosas.

El boticario se la entregó en seguida, preguntándole quién era el enfermo.

—¡Ah! —repuso la astuta Margiana lanzando un suspiro—. Es mi amo Cassim, que ha perdido ya el uso de la palabra y diríase que agoniza. ¡Pobre amo mío! ¡Qué cosa tan repentina!

Se marchó la esclava y volvió al poco rato, más compungida y llorosa que la vez anterior, y pidió una medicina que sólo se suministraba a los enfermos en los últimos momentos, cuando ya no había esperanzas de salvarle la vida.

—¡Ay! —gimió Margiana—, me temo que esta droga no sea más eficaz que la otra, si es que llego a tiempo... ¡Mi pobre amo se muere! ¡Quizá está ya muerto!

Como al mismo tiempo vieron a Alí Babá y a su mujer, llorosos y cariacontecidos, ir y venir de su casa a la de Cassim, el vecindario no se sorprendió al saber por la noche que Cassim había dejado de existir al caer de la tarde.

Margiana se dirigió entonces a casa de un anciano zapatero, que tenía su tienda en la plaza, y en cuanto lo vio, le puso en la mano una moneda de oro, sin pronunciar palabra.

—¡Buen negocio! —exclamó el zapatero, contemplando la moneda—. ¿De qué se trata? Estoy dispuesto a serviros.

—Babá Mustafá —repuso Margiana—, tomad los útiles necesarios para coser y venid conmigo, pero os advierto que, apenas lleguemos a cierto sitio, os vendaré los ojos.

—¡Ah, no, no! —exclamó Babá Mustafá—. Tramáis algo que repugna a mi conciencia y a mi honradez.

—¡De ninguna manera! —replicó Margiana, entregándole otra moneda de oro—. Venid, venid conmigo y no temáis nada.

Babá Mustafá siguió a la joven, y llegados a las inmediaciones de la casa de Cassim, la esclava vendó los ojos al zapatero y le condujo a casa de su amo.

Mustafá hizo cuanto se le mandó, cosió los pedazos del cuerpo de Cassim, recibió en recompensa otra moneda de oro, y acompañado de la esclava, que le volvió a vendar los ojos, regresó a su tienda.

Entretanto lavaron y perfumaron al cadáver, y al mismo tiempo que volvía Margiana, llegaba el carpintero con el ataúd que le había encargado Alí Babá. Entre éste y Margiana colocaron los restos de Cassim en la caja, con objeto de que el carpintero no pudiese traslucir nada de lo que ocurría. Terminadas estas operaciones, Margiana fue a la mezquita para avisar que podían dar sepultura al cadáver.

La viuda de Cassim dio, ante sus vecinos, las mayores muestras de dolor, perfectamente fingido y tres o cuatro días después del entierro Alí Babá trasladó su mobiliario a casa de su cuñada, de la que fue esposo desde aquel momento. Y como estos matrimonios no son raros en nuestra religión, nadie abrigó la menor sospecha.

Mientras Alí Babá, con su esposa y su hijo, se trasladaban a vivir en unión de la viuda de Cassim, los ladrones descubrieron en la cueva que habían sido robados, comprendiendo que otro hombre, sin duda, conocía el secreto de abrir la puerta de la caverna. Resueltos a dar muerte al atrevido del mismo modo que a Cassim, enviaron a un ladrón disfrazado a la ciudad para que indagase con astucia si se hablaba o no de la extraña muerte de Cassim. La casualidad hizo que el bandolero viese a Babá Mustafá trabajando ya en su tienda, aunque apenas había amanecido, y trabó conversación con él, extrañado de que viese bien a pesar de su avanzada edad.

—Aunque me veis tan viejo —replicó Babá Mustafá— tengo excelente vista, y no hace mucho tiempo que cosí a un muerto en un sitio donde había menos claridad que en éste.

«¡Ya estoy sobre la pista!», dijo para sí el ladrón. Y, sin desaprovechar la ocasión, dio a Babá Mustafá dos monedas de oro para que hablase. Pero el remendón sabía poco y se limitó a decirle que le llevaron y le hicieron salir de casa del difunto con los ojos vendados, por cuya razón le era imposible dar más informes. El ladrón le propuso vendarle los ojos de nuevo y acompañarle por el mismo camino y las mismas revueltas que se acordase haber andado para ver si daban con la casa. Babá Mustafá accedió, y emprendió la marcha en unión del bandido, que se dejaba guiar por él, hasta que llegaron a un paraje en el que dijo Mustafá:

—Me parece que no pasé de aquí.

El ladrón le quitó el pañuelo de los ojos. Estaban frente a la casa de Cassim.

—¿Quién vive aquí? —preguntó el ladrón.

—Como no soy de este barrio, no os lo puedo decir —contestó Babá Mustafá, y se alejó.

El bandolero señaló con yeso la puerta de la casa, encaminándose en seguida al bosque en busca de sus compañeros, para darles cuenta de lo sucedido.

Margiana salió muy temprano aquel día a las compras de la casa, y sorprendida al ver la marca blanca sobre la puerta, sospechó si a sus amos tratarían de hacerles algún mal, y con un pedazo de yeso hizo el mismo signo en las casas de los lados.

Así es que fue grande la confusión de los bandoleros cuando aquella noche fueron al sitio designado por el bandolero que había ido al amanecer a la ciudad, porque éste juraba que no había marcado más que una sola puerta. Vueltos al bosque, comisionaron a otro ladrón, que sobornó a Babá Mustafá como el primero, señalando la casa con pintura roja para no equivocarse, pero la ingeniosa Margiana repitió la misma operación, y los malhechores quedaron burlados por segunda vez, hasta que el capitán determinó practicar personalmente las gestiones necesarias, valiéndose siempre de Babá Mustafá. En efecto, lo llevó éste a la casa de Cassim, el bandido tomó bien las señas del edificio y de sus menores particularidades, y de regreso a la cueva ordenó a su gente que comprasen veinte mulas y cuarenta grandes pellejos para aceite, uno lleno y los demás vacíos. A los tres días estuvo todo listo. El capitán hizo que cada ladrón, con las armas necesarias, se metiese dentro de un pellejo, dejando abierto un pequeño boquete para respirar, y dispuesta así la comitiva y cargadas las mulas con los ladrones, se dirigió el jefe de la cuadrilla a casa de Alí Babá, a quien pidió el favor —porque, según dijo, las posadas estaban llenas— de que él y sus mulas pasasen allí las horas de la noche, para vender al amanecer el aceite en el mercado. Gracias al disfraz, no pudo Alí Babá reconocer en aquel hombre al capitán de ladrones que viera en el bosque, así es que no tuvo inconveniente en permitir que entrasen en el patio las caballerías ni en dar alojamiento al bandido, mandando a Margiana que le preparase la cena. El capitán arregló sus pellejos, dijo a los ladrones que estuviesen alerta cuando oyeran su silbido de seña, y después de cenar se dirigió a la habitación que le habían designado. Alí Babá se acostó también para ir al baño temprano, como acostumbraba, y Margiana en la cocina se dispuso a preparar el caldo que debía dar a su amo al regreso de dicho baño. Pero de pronto se apagó la lámpara por falta de aceite. No lo había en la casa ni era hora de ir a buscarlo, y en aquel conflicto se acordó de los pellejos que estaban en el patio, bajó con una jarra, se acercó al primer pellejo que encontró y oyó que el ladrón que estaba dentro preguntaba en voz baja:

—¿Es hora?

Margiana, sin desconcertarse ni gritar, como otra hubiera hecho, comprendió con su talento natural el riesgo en que se encontraban Alí Babá y la familia, y respondió al ladrón en voz también muy baja:

—Todavía no, pero pronto lo será.

Se acercó a todos los pellejos que el capitán había abierto un poco al descargarlos para que los ladrones no se ahogasen, éstos hicieron a la esclava la misma pregunta, y ella dio igual respuesta, hasta llegar al último pellejo, que era realmente de aceite.

Llenó la jarra, encendió su luz en la cocina, y puso al fuego una gran caldera rebosante de dicho líquido que fue a buscar al patio. Hirvió por fin y, cogiendo la caldera, vertió en cada pellejo aceite hirviendo bastante para sofocar a los hombres que estaban dentro y quitarles la vida.

Apenas había pasado un cuarto de hora de esta acción heroica por parte de la esclava cuando el capitán comenzó a silbar, pero nadie le respondió. Entonces Margiana, oculta tras un puerta, vio que el jefe de los ladrones bajaba azorado al patio. Reconoció los pellejos uno por uno, encontró cadáveres a sus compañeros y lleno de horror, creyéndose descubierto, se lanzó al jardín y huyó como un rayo saltando por las tapias.

Fácil es comprender la alarma y la sorpresa de la familia al enterarse al día siguiente, por la relación exacta de Margiana, del drama que se había representado en el patio aquella noche. Todos bendecían y admiraban a la valerosa esclava, a quien Alí Babá liberó en justa recompensa del servicio que le había prestado evitándole una muerte segura.

En el jardín de la casa, que era muy extenso, se dio sepultura instantánea a los treinta y nueve ladrones, y las mulas fueron vendidas por Alí Babá en el mercado de la ciudad.

Entretanto el capitán, solo y desesperado en su cueva, meditaba una terrible venganza que le proporcionase la muerte de Alí Babá y la seguridad del tesoro que poseía. Al fin, y pasados algunos días, se estableció en la ciudad con gran lujo y ostentación bajo el nombre supuesto de Cojía Hasán. Dijo que era un opulento mercader, puso su tienda frente a la que el hijo de Alí Babá tenía en la casa de su padre y, no sin gran astucia y habilidad, trabó relaciones con el joven hasta conseguir que éste le invitase una noche a cenar con su familia. Aceptó el capitán la oferta, y Alí Babá lo recibió con el agasajo debido al amigo de su hijo. Pusiéronse a la mesa, y Cojía Hasán rogó se le perdonase si no probaba alimento alguno, pero que no podía comer ningún manjar que tuviera sal. Alí Babá le contestó que el pan de su casa no tenía sal, y para quitar todo pretexto al huésped, mandó a Margiana que no echase sal a los guisados que pusiese en la mesa. Mucho extrañó a Margiana esta rareza del extranjero, y llena de curiosidad entró en el comedor para conocerle. Supo inmediatamente quién era a pesar del disfraz, reparó que llevaba un puñal escondido en la cintura, y no extrañó entonces que el malvado no quisiese compartir sal con el hombre a quien trataba de asesinar sin duda.

Empezó la cena, Cojía Hasán hizo lo que pudo para embriagar a Alí Babá y a su hijo, Margiana no tenía pretexto para permanecer en el comedor, y resuelta a evitar el crimen sin reparar en riesgos, se vistió un traje de bailarina, y con una pandereta en la mano, pidió permiso a sus amos para lucir su habilidad delante del extranjero. Gozoso Alí Babá, que no esperaba, por cierto, esta diversión, dio licencia a la joven, la cual empezó a bailar unas

danzas fantásticas, con tanta gracia, que todos prorrumpieron en aplausos. Luego sacó un agudo puñal, con el que hizo hábiles juegos sin dejar nunca la danza, y en una de las rápidas vueltas que daba, se acercó a Cojía Hasán y le atravesó el corazón de una puñalada, dejándolo muerto en el acto.

Alí Babá y su hijo dieron un alarido horrible, creyendo que Margiana había cometido un asesinato involuntario; pero la heroica joven descubrió el puñal de Cojía Hasán, y demostró que el falso mercader no era otro que el aceitero y el capitán de ladrones, que se había introducido en la casa con la intención de matar a Alí Babá.

Éste, en el colmo de la gratitud, abrazó a Margiana, ofreciéndole su hijo como esposo, distinción merecida por la mujer que dos veces le había salvado tan milagrosamente la existencia.

Se enterró el cadáver del capitán en el jardín con la mayor reserva, y poco después se celebraron, con magníficas fiestas, los desposorios de Margiana y del hijo de Alí Babá, aunque nadie supo el verdadero motivo de la boda.

Al cabo de algún tiempo, y viendo que nadie le molestaba, fue Alí Babá un día con las debidas precauciones a la cueva de los ladrones.

—¡Sésamo, ábrete! —dijo delante de la puerta. Ésta se abrió al instante.

Alí Babá, a la vista de tan ricos tesoros y del orden en que estaban, conoció que nadie había entrado allí desde la muerte de los cuarenta ladrones.

Alí Babá enseñó a su hijo el secreto para entrar en la cueva, y aprovechándose ambos de su fortuna con moderación, vivieron largos años espléndidamente y honrados como los primeros personajes de la ciudad.

Historia del caballo encantado

EL PRIMER día del año es una festividad antigua y solemne en todo el ámbito de Persia, cuyos habitantes lo designan con el nombre del Nevrur, y no sólo en las ciudades populosas, sino en todos los lugares y aldeas se celebra con extraordinarios regocijos. Pero los que tienen lugar en la corte sobresalen entre los demás por la variedad de peregrinas diversiones y por la concurrencia de los extranjeros, atraídos por los premios y la liberalidad de los reyes, que nada omiten a fin de revestir el acto de pompa sin igual y magnificencia. En una de aquellas festividades se presentó en Shiraz, que era la capital del reino, un hombre indio con un caballo de madera tan galanamente enjaezado y con tanta maestría concluido que el rey y todos los cortesanos lo creyeron en seguida un caballo verdadero.

Se postró el indio delante del trono, y dijo al soberano:

—¡Señor! Puedo asegurar a vuestra majestad que no ha visto nunca nada tan portentoso como este caballo, no por lo perfecto de su construcción, sino por el uso maravilloso que se hace de él, cuando se posee mi secreto. Montado en él, si quiero trasladarme a la región del aire o a cualquier paraje de la tierra por distante que esté, lo ejecuto al momento. En esto consiste el mérito del caballo, y estoy dispuesto a probarlo en presencia de vuestra majestad si así se digna disponerlo.

El rey de Persia, asombrado por aquel portento y deseoso de convencerse por sus propios ojos, contestó que desde luego quería ver el experimento. El indio puso el pie en el estribo, montó con suma ligereza, y una vez en la silla, preguntó al soberano el lugar adonde se dignaba enviarle. A tres leguas de Shiraz había un bosque que se divisaba desde el palacio del rey y desde la plaza en que se celebraba la fiesta, llena entonces de gran muchedumbre.

—Deseo que vayas a aquel bosque —dijo el rey—. La distancia no es grande, pero como mi vista no puede seguirte hasta allí, en prueba de que has ido, te mando que me traigas una palma cortada de la gran palmera que encontrarás en la falda del monte.

Inclinó el indio la cabeza en señal de obediencia, dio vuelta a una clavija que sobresalía un poco en el cuello del animal, cerca del arzón de la silla, y el caballo se remontó como un relámpago, dejando atónitos al rey y a los palaciegos, que no podían explicarse la causa del portento.

Al cuarto de hora escaso divisaron de nuevo por los aires al indio, que volvía con una palma en la mano. Dio muchas vueltas sobre la plaza en medio de los gritos entusiastas del pueblo, y luego fue a detenerse ante el trono del rey, en el mismo lugar de donde había partido. Echó pie a tierra, depositando la palma a los pies del monarca, quien entró en deseos de ser dueño del caballo maravilloso, e hizo en el acto proposiciones al indio para comprarlo.

—Señor —respondió éste—, no dudé jamás de que vuestra majestad, al convencerse del mérito de mi cabalgadura, querría poseerla, como acaba de manifestarme. Desde luego estoy conforme en cedérosla con una condición, pero antes es forzoso que me explique. Yo no he comprado este caballo, me lo regaló el inventor y fabricante a cambio de la mano de mi hija, hoy su esposa, y me exigió que si alguna vez lo vendía fuese con gran ventaja.

—Estoy dispuesto —repuso el rey— a concederte lo que desees de cuanto mi reino encierra de rico y poderoso.

Esta oferta, por dilatada que fuese, era, sin embargo, inferior a la que el indio meditaba, así que replicó:

—Señor, doy las gracias a vuestra majestad por el ofrecimiento que me hace, pero no puedo cederle mi caballo si no me otorga a cambio la mano de la princesa, vuestra hija. Sólo a este precio seréis dueño del portento.

Los cortesanos, al oír estas palabras, prorrumpieron en estrepitosas carcajadas, y el príncipe Firuz, hijo mayor del rey y heredero de la corona, se enfureció con el atrevimiento de aquel hombre. Sin embargo, el rey se mostró indeciso acerca del partido que debería tomar, y el príncipe, viendo que su padre titubeaba, exclamó con ira:

—Os ruego, señor, que rechacéis inmediatamente la proposición de ese hombre desconocido e insolente que aspira nada menos que a enlazarse con una de las familias más poderosas de la tierra.

—Hijo mío —dijo el rey—, acepto tus indicaciones, pero sin duda no tienes en cuenta el mérito del caballo ni que el indio hará, si yo lo desecho, la misma demanda a otro rey, el cual puede excederme en generosidad, haciéndose dueño de una maravilla que yo quiero poseer a toda costa. Antes de prometer nada, desearía que probaras el caballo y examinases sus condiciones, si lo permite su dueño.

El indio, que notó el benévolo acento del rey, lo cual indicaba casi su decisión de admitirle por yerno, se apresuró a ayudar al príncipe a montar en el caballo. Firuz subió a él con soltura y elegante gallardía, y apenas puso los pies en los estribos cuando, sin esperar las instrucciones ni los consejos del indio, dio vuelta a la clavija que había visto tocar, y el caballo le arrebató con la misma velocidad que una saeta disparada por la mano de un robusto flechero.

Se perdió el príncipe de vista a los pocos minutos, y el indio, lleno de sobresalto, dijo al rey que no le hiciese responsable de las desgracias que pudieran ocurrir al príncipe, puesto que había marchado sin enterarse del procedimiento necesario para dar dirección al caballo en el aire, y que consistía en apretar otra clavija situada en el lado contrario, con ayuda de la cual se bajaba de nuevo a la tierra.

Comprendió el rey, al instante, el grave peligro en que estaba su hijo, y se desconsoló mucho al pensar que aun descubriendo la clavija podría caer en el mar o en algunos peñascos, donde era segura su muerte.

—No temáis por eso, señor —replicó el indio—, porque mi caballo cruza los mares y los sitios peligrosos sin ningún riesgo del jinete, y lo conduce al sitio al que éste desea dirigirse.

—De todos modos —exclamó el rey—, me respondes con tu cabeza de la vida de mi hijo, si dentro de tres meses no lo veo volver sano y salvo o adquiero noticias positivas de su suerte.

Y dispuso, en seguida, que se apoderasen del indio para encerrarle en una oscura prisión.

La fiesta del Nevrur había concluido de un modo aciago para la corte de Persia.

Entretanto, el príncipe Firuz perdió la tierra de vista a la hora escasa de su elevación al espacio, y medio trastornado dio vueltas a la misma clavija en sentido inverso, tirando al caballo de la brida; pero éste le arrebataba con la misma o mayor rapidez hasta que al fin descubrió la otra clavija, la oprimió, el caballo comenzó a bajar, puesto ya el sol, y a las doce de la noche, en medio de una gran oscuridad, se detuvo en tierra. El príncipe reconoció el lugar donde estaba y vio que era la azotea de un magnífico palacio, guarnecido con balaustrada de mármol. Luego vio una puerta con su escalera, por la cual bajó, encontrándose de repente en una sala. Allí, a la luz de un farol, vio a varios eunucos negros que dormían, cada uno con el alfanje desenvainado junto a sí, y supuso que sería la guardia de alguna reina, como así era efectivamente. El aposento de la princesa comunicaba con la sala, y Firuz sin titubear entró en la habitación donde reposaba la princesa rodeada de muchas esclavas. Se acercó de puntillas, y al ver la deslumbrante belleza de la dama quedó prendado de su hermosura sin igual.

Se despertó la princesa y permaneció un momento sobrecogida delante del joven, pero sin dar muestras de terror ni de asombro. Era la hija mayor del rey de Bengala, y aquél el palacio que le destinaba su padre para que disfrutase de las delicias del campo.

El príncipe le dio a conocer su estirpe y algo de la aventura por medio de la cual se encontraba a sus plantas, rogándole que le tratase sin enojo en su extraña situación.

—Príncipe —dijo la joven—, la hospitalidad y la cortesía reinan en Bengala como en Persia, nada tenéis que temer, y mi palacio y mi reino están a vuestra disposición.

Firuz dio las gracias de un modo expresivo a la princesa por la acogida que le dispensaba, y la joven, a pesar del deseo que tenía de saber los medios extraordinarios de que el gallardo mancebo se había valido para penetrar en el edificio y llegar hasta ella, dispuso que las esclavas lo condujesen a otra habitación con objeto de darle de cenar y prepararle un suntuoso lecho, como en efecto lo hicieron.

Al día siguiente, la princesa, prendada también por su parte de la apostura y gentileza de Firuz, se adornó la cabeza con gruesos diamantes, el cuello y los brazos con ricas joyas, y se puso un magnífico traje de una tela de las Indias que sólo se fabricaba para los monarcas en aquel tiempo. Envió en seguida a buscar al príncipe persa, el cual se presentó en el salón y refirió minuciosamente a la joven cuanto había ocurrido el día de la fiesta del Nevrur y los peligros que corriera en su viaje aéreo y al atravesar luego la cámara donde estaban dormidos los guardas eunucos.

El príncipe, al concluir su relato, no dejó pasar la ocasión de decir a la princesa de Bengala que todos los riesgos los daba por bien empleados a cambio de haber visto su peregrina hermosura, y que le ofrecía su corazón y su mano. Iba ya la joven a contestar a las halagüeñas palabras de Firuz cuando una esclava fue a anunciar que la comida estaba dispuesta. Terminado el suntuoso banquete, al eco de dulcísimas voces y de sonoros instrumentos, recorrieron los príncipes todos los jardines y departamentos del palacio, que Firuz calificó de maravilloso y espléndido hasta lo infinito.

—Aún es mejor el del rey mi padre —dijo la joven—, y vos seréis de mi opinión cuando lo hayáis visto, porque no dudo que desearéis conocer a mi padre para que os trate con los honores debidos a vuestro mérito y rango.

—Con gran placer admitiría la oferta que me hacéis, princesa, y no encuentro palabras con que expresaros mi gratitud; pero reflexionad la angustia y la zozobra en que estará mi padre desde que desaparecí con el caballo, y sería en mí un crimen imperdonable no sacarle pronto de su aflicción. Si me permitís y me juzgáis digno de la dicha de ser esposo vuestro, dejadme ir a mi país a participar al rey los proyectos que tengo, y estoy seguro de que se apresurará a pedir para mí vuestra mano al rey de Bengala.

La joven era harto discreta para negarse a los deseos de Firuz y lo más que pudo conseguir fue retenerle dos meses a su lado para que disfrutara de los bailes, los banquetes, las partidas de caza y cuantas fiestas inventó en honor de su huésped. Pasado este tiempo, decidió Firuz su viaje y rogó a la princesa que le acompañase a Shiraz para presentarle al rey de Persia, pagándole en su capital la generosa hospitalidad que de ella había recibido. La joven vaciló en un principio pero, después, y sin desanimarse por las molestias del viaje, se decidió a salir sigilosamente del palacio con objeto de que nadie entorpeciese su intención.

Hechos los preparativos, y mientras todos dormían, al amanecer del siguiente día subieron los jóvenes a la azotea, él volvió el caballo rumbo a Persia, montó después de acomodar a la princesa, dio vuelta a la clavija, y el caballo los arrebató con la celeridad del rayo. Iba el animal atravesando los aires con su acostumbrada rapidez y el príncipe lo gobernaba de tal modo que a las dos horas y media de marcha descubrieron los viajeros la capital de Persia. No fueron a detenerse a la plaza ni al palacio del rey, sino a un alcázar de recreo situado a poca distancia de la ciudad. Allí dejó Firuz a la princesa, y fue a avisar a su padre de la fausta nueva de su regreso.

El pueblo le recibió con mil demostraciones de entusiasmo, y el rey, que vestía de luto por su hijo, a quien tenía por muerto, creyó perder la razón según el júbilo que le causó abrazar a su querido príncipe.

Pasados los primeros arrebatos, le preguntó con afán lo que había sido del caballo del indio. Firuz refirió entonces al monarca los apuros sufridos al verse a tan considerable altura sin saber dar dirección al caballo y luego contó su aventura con la princesa y cuanto sucediera, en fin, en los dos meses de ausencia. El rey no sólo consintió que Firuz se casase con la princesa de Bengala, sino que dio inmediatamente las órdenes oportunas para ir a recibirla con pompa al alcázar de recreo y celebrar después los desposorios en la capital. En seguida mandó que fueran a la cárcel en busca del indio. Se presentó el prisionero, y el soberano le dijo:

—Te había encerrado para que me respondieses con tu cabeza de la vida de mi hijo. Da gracias a Dios que le he vuelto a ver, y que te perdono el quebranto que me has hecho sufrir. Recobra tu caballo y no vuelvas nunca más a presentarte delante de mi vista.

Cuando el indio se vio libre, como los que habían ido a sacarle de la cárcel le contaron la vuelta de Firuz con la princesa en el caballo encantado, el lugar en que habían echado pie a tierra y que el sultán se aprestaba a ir en su busca y conducirla a palacio, no vaciló en adelantarse, y sin pérdida de tiempo llegó al palacio de recreo diciendo que iba en nombre del rey de Persia a conducir a la princesa de Bengala en la grupa de su caballo por los aires hasta la plaza de la ciudad, donde la esperaba la corte, que quería dar al pueblo tan magnífico espectáculo. El jefe de la guardia conocía al indio, y sin sospechar de él, puesto que le veía ya en libertad, le presentó a la princesa, quien no tuvo inconveniente en acceder por su parte a lo que creyó una orden del rey.

El indio, satisfecho de la facilidad con que iba a llevar a cabo su pérfida alevosía, montó a caballo, colocó a la princesa en la grupa, y dando vuelta a la clavija, se lanzó al espacio con su presa. En seguida pasó por encima del sultán y de toda la suntuosa comitiva que se dirigía al alcázar en busca de la joven.

Es imposible describir el enojo del sultán y la aflicción del príncipe al convencerse de la infame tropelía del indio y de su horrible venganza. Firuz creyó morir de dolor, pero moderó en lo posible su profunda pena y se dirigió solo al alcázar donde había sido robada la princesa de Bengala. Una vez allí, ordenó a uno de sus servidores que con la mayor reserva le llevase un traje de derviche. Cerca del palacio había un convento de estos monjes, de donde, a fuerza de astucia, se pudo conseguir el vestido completo.

Disfrazado el príncipe y provisto de una caja de perlas y piedras preciosas para atender a las necesidades del viaje, salió una noche del palacio, sin plan fijo, pero resuelto a buscar a la princesa aunque fuese en el centro de la tierra.

Volvamos ahora nuestra atención al indio, que el mismo día de su salida llegó temprano a un bosque inmediato a la capital del reino de Cachemira. Dejó a la princesa al pie de un árbol para ir a procurarse algún alimento. Estaban comiendo algunas manzanas cuando la joven, que anhelaba salir del poder de su infame raptor, comenzó a dar agudos gritos al ver pasar una partida de jinetes que al momento los rodearon. Era el sultán de Cachemira que volvía de caza con brillante séquito. Interpeló al indio, éste dijo que aquella joven era su mujer y que nadie tenía derecho a mezclarse en sus asuntos, pero la princesa se apresuró a desmentirlo con tales lágrimas y tanta elocuencia que el sultán, convencido de la verdad de sus palabras, mandó a sus soldados que sujetasen al indio y le cortasen la cabeza.

Se ejecutó fielmente esta orden, con tanta mayor facilidad cuanto que no tenía armas para defenderse. Libre la princesa de un peligro, cayó en otro mayor todavía, porque cuando esperaba que el sultán de Cachemira la enviase a la capital de Persia, pues por el camino desde el bosque le refirió su historia y sus amores, le dijo el soberano que, lejos de eso, estaba prendado de su hermosura y que había resuelto casarse inmediatamente con ella. La princesa, ya en palacio, oyó el ruido de los atabales y trompetas que anunciaban al pueblo los desposorios del sultán, y le dio un horrible desmayo, rodando al suelo sin sentido. Todas las esclavas se apresuraron a auxiliarla, y al volver en sí, decidida a ser fiel a los juramentos hechos a Firuz, fingió que había perdido la razón, y en presencia del sultán prorrumpió en palabras y ademanes que revelaron a todos el triste estado de la desdichada joven. La princesa continuó más furiosa cada día, y el sultán, perdida la esperanza de salvarla, juntó a los médicos más célebres de su corte, quienes no pudieron acercarse a reconocer a la princesa de Bengala porque ésta declaró que si se aproximaban los ahogaría a todos entre sus manos. Ninguno de dichos médicos ni de los demás pueblos del reino que el sultán hizo venir a la capital se atrevió a entrar en la habitación de la demente, y recetaron específicos y drogas que no podían hacer ni bien ni mal a la enferma. El sultán estaba desesperado.

En este intervalo, el príncipe Firuz había recorrido con el traje de derviche varias provincias y ciudades, sin encontrar en ninguna a su querida princesa, hasta que llegó a un gran pueblo de la India, donde le contaron con todos sus pormenores la muerte del indio, la locura de la joven, el amor del sultán y cuanto acabamos de referir. Se encaminó, pues, a Cachemira, se vistió de médico, y con este traje y la barba larga que se había dejado crecer por el camino fue a palacio, se presentó al sultán, y le dijo que poseía remedios inestimables y milagrosos para que la infeliz princesa recobrase la perdida razón.

El sultán le contestó que la joven no podía soportar la vista de un médico sin entregarse a furiosos arrebatos que agravaban su dolencia, y le condujo a un gabinete con objeto de que la contemplase a través de una celosía.

Firuz reconoció a su adorada princesa sentada y cantando con los ojos arrasados en lágrimas una triste canción lamentándose de su suerte, puesto que quizá no volvería a ver al príncipe, su prometido esposo. Firuz comprendió al momento que era fingida aquella locura, aseguró al sultán que la demencia no era incurable, pero que tenía precisión absoluta de hablar a solas con la enferma para conseguir buenos resultados. En lo tocante a los arrebatos, esperaba que desapareciesen instantáneamente.

El sultán dispuso abrir la puerta del aposento de la loca, y entró en él el supuesto médico. La princesa, tomándole por tal, prorrumpió en gritos y denuestos, pero Firuz se acercó a ella y en voz casi imperceptible le dijo, sin que nadie pudiera escucharle:

—Princesa, no soy médico, sino el príncipe de Persia que viene a devolveros la vida, la dicha y la libertad.

La princesa reconoció a Firuz y al momento se iluminó su semblante de extraordinario júbilo, sin poder pronunciar por de pronto ni una palabra. Refirió el príncipe su angustia, su dolor al ver que el indio le arrebataba la dicha, la resolución que había tomado de abandonarlo todo para buscarla en lo más recóndito del universo, y por qué coincidencia, en fin, tenía la dicha de encontrarla en la corte de Cachemira. La princesa, repuesta un poco del sobresalto, contó a Firuz los incidentes de su viaje y el amor del sultán, que estaba dispuesto resueltamente a desposarse con ella.

—¿Sabéis dónde está el caballo encantado? —preguntó el joven precipitadamente.

—Lo ignoro —respondió la princesa—, pero supongo que el sultán lo tendrá guardado en alguna habitación secreta.

Firuz no dudaba que el sultán tendría guardado el caballo y comunicó a la princesa su proyecto de valerse de dicho instrumento para regresar a Persia, y ambos convinieron en lo que había de hacerse para llevar a buen término la empresa, empezando por que la princesa se ataviaría al día siguiente con objeto de recibir al sultán, pero sin pronunciar una palabra.

Mucho se regocijó el sultán de Cachemira cuando el príncipe de Persia le refirió el efecto de su primera visita, y le conceptuó como el primer médico del mundo al saber que la princesa le había recibido en calma.

Firuz preguntó al sultán los pormenores de la llegada a Cachemira de la princesa de Bengala con el único objeto de averiguar el paradero del caballo encantado.

El sultán, sin comprender la verdadera idea del príncipe, le contó lo sucedido, y añadió que el caballo lo había hecho conservar entre sus tesoros como una preciosidad, si bien ignoraba el modo de usarlo.

—Señor —dijo el príncipe—, lo que vuestra majestad acaba de decirme me proporciona el medio de completar la curación de esa hermosa y desgraciada joven. Transportada aquí por un caballo encantado, participa ella del encantamiento, que puede desaparecer con el auxilio de

ciertos perfumes que yo tengo. Si vuestra majestad lo desea, y al mismo tiempo quiere proporcionar un magnífico espectáculo a los habitantes de su capital, disponga que el caballo esté mañana en medio de la plaza delante de palacio, y prometo demostrar a la faz de todos que la princesa de Bengala está completamente sana de cuerpo y alma. A fin de que la ceremonia se lleve a cabo con la mayor pompa, conviene que la princesa se presente adornada de las joyas más preciosas que posee vuestra majestad.

El sultán hubiera accedido no sólo a estas fáciles condiciones, sino a otras más difíciles, con tal de conseguir la realización de su deseo, así que prometió cuanto se le pedía. Sacaron, en efecto, el caballo encantado, colocándolo en el centro de la plaza del palacio. Pronto circuló en la ciudad la noticia de que se hacían preparativos para una gran fiesta, y la gente acudió atropelladamente de todos los barrios de la capital.

Cuando el sultán se hubo sentado bajo el trono en medio de los cortesanos, la princesa de Bengala, ayudada por sus esclavas, montó en el caballo, y entonces el fingido médico colocó a su alrededor varios pebeteros con fuego, en los que arrojó unas drogas que después de quemadas exhalaban exquisito perfume.

Luego, con los ojos bajos y las manos cruzadas en el pecho, dio tres veces la vuelta alrededor del caballo, haciendo como que pronunciaba misteriosas palabras. En el momento mismo en que los pebeteros despedían una densa nube, la princesa, envuelta en humo, desapareció de la vista de los demás, y el príncipe Firuz aprovechó la ocasión para saltar a la grupa tras la princesa y dar vuelta a la clavija de partida.

Cuando el caballo se remontaba rápidamente por los aires, pronunció Firuz estas palabras, que fueron oídas perfectamente por el soberano:

—Sultán de Cachemira, cuando quieras casarte con alguna princesa, procura lograr antes su corazón que su consentimiento.

El príncipe de Persia llegó aquel mismo día con su prometida esposa a Shiraz y fue a detenerse no en el alcázar de recreo, sino en el alcázar del rey, quien dispuso en el acto que se celebrasen con la mayor pompa y solemnidad los desposorios de su hijo con la hermosa princesa.

Pasados los regocijos, fue el primer cuidado del soberano de Persia enviar un embajador al rey de Bengala para darle cuenta de lo sucedido, pidiéndole la aprobación del matrimonio, que el monarca dio con alegría al saber el amor y las buenas prendas del príncipe de Persia.

Historia de Alí Cojía, mercader de Bagdad

EN LOS tiempos en que reinaba el sabio califa Harún al-Raschid vivía en Bagdad un mercader llamado Alí Cojía, quien tuvo tres noches seguidas un sueño en el que se le apareció cierto anciano de aspecto grave y severo, recriminándole por no haber cumplido aún con la peregrinación a La Meca. Esta visión trastornó a Alí Cojía de tal modo que fue vendiendo poco a poco sus muebles y las mercancías de su tienda. Alquiló un almacén y, arreglados sus asuntos, se dispuso a salir en caravana hacia la ciudad santa de los musulmanes. Lo único que le quedaba por hacer era guardar en un escondite la cantidad de mil monedas de oro que le sobraba después de entregar lo que importaban los gastos del viaje. El mercader tomó un tarro, metió dentro el dinero, y acabó de llenarlo con aceitunas, tapándolo luego perfectamente.

—Amigo —le dijo a un compañero suyo—, os ruego que me guardéis este tarro de aceitunas hasta mi vuelta.

—Os prometo —le respondió el mercader— que al regresar lo encontraréis en el mismo estado.

Partió la caravana, y Alí Cojía, con un camello cargado de algunos efectos que llevaba para comerciar, llegó felizmente a La Meca donde, después de cumplir con los deberes religiosos de todo peregrino, expuso sus géneros para la venta. Pero le dijeron que éstos serían más apreciados en El Cairo, y Alí Cojía, sin echar en saco roto la advertencia, se incorporó a la caravana que salía para Egipto. Hizo aquí buen negocio, compró nuevas mercancías, y se dirigió sucesivamente a Jerusalén y a Damasco, a Alepo, a Mosul y a la mayor parte de las grandes ciudades de la India, comerciando siempre y deteniéndose mucho en todas ellas.

Siete años hacía que Alí saliera de Bagdad cuando, al fin, determinó regresar a su patria.

Hasta entonces el mercader a quien había confiado el tarro de aceitunas no se acordó siquiera de él, pero una noche estaba cenando y su esposa manifestó deseo de comer aceitunas. El mercader, creyendo, después de tanto tiempo, que su compañero había muerto en la peregrinación, tomó una luz, fue en busca de las aceitunas y las encontró todas podridas. Quiso cerciorarse de si las del fondo estaban en el mismo estado, volcó el tarro y salió el oro con gran estrépito. El mercader, naturalmente codicioso, volvió a colocar las cosas en su mismo estado anterior al ocurrírsele cierta idea, y dijo a su mujer que las aceitunas estaban podridas y no se podían utilizar de modo alguno, ocultándole, por supuesto, el secreto que había descubierto. Pasó toda la noche pensando en el medio de apoderarse del oro de Alí Cojía, y casi al amanecer compró aceitunas frescas con las que llenó el tarro, después de guardar las monedas.

Llegó Alí de regreso de su viaje, y cuando se repuso un poco de las fatigas de la caminata, fue a casa de su amigo a rogarle que le devolviese el tarro de aceitunas.

—Tomad la llave del almacén —dijo el otro— e id a recoger vuestro depósito, que hallaréis en el mismo sitio en que lo dejasteis.

En efecto, allí estaba, y Alí Cojía se lo llevó a su casa y vio con dolor que las monedas habían desaparecido, lo cual le causó un gran desengaño al convencerse de la infidelidad de su falso amigo. Volvió a casa de éste a decirle con templanza que sin duda en un apuro habría echado mano del dinero que había en el tarro; pero el mercader, lejos de confesar la verdad, negó que hubiese tomado las monedas, cuya existencia ignoraba, según afirmó, puesto que Alí Cojía al marchar sólo le habló de aceitunas. Insistió Alí. El mercader repitió su negativa en términos descorteses. La gente, a los gritos de ambos, se paraba ya delante del almacén, hasta que Alí Cojía,

asiendo del brazo a su amigo desleal, le dijo que lo citaba ante la ley de Dios para ver si en presencia del cadí se atrevía a negar su delito.

—Vamos allá y sabremos quién tiene razón —contestó el mercader, que a este requerimiento no pudo ya oponer resistencia.

Una vez delante del cadí, acusó Alí Cojía al mercader de haberle robado un depósito de mil monedas de oro con las circunstancias que acabamos de expresar. El mercader no hizo en su defensa sino repetir lo que había dicho ya a Alí Cojía, añadiendo que estaba dispuesto a jurar que era falso que hubiese tomado las monedas. Le exigió el cadí el juramento, y como Alí no tenía testigos que justificasen su afirmación, el mercader fue absuelto libremente, contra cuya sentencia protestó Alí Cojía, declarando que iba a acudir al califa para que el criminal no quedase impune. Mientras el mercader se retiraba triunfante a su casa, Alí Cojía fue a la suya a escribir un memorial que entregó al califa a la entrada de la mezquita, y en seguida recibió un requerimiento para que se presentase en palacio al día siguiente a la hora de audiencia.

Aquella misma noche salió el califa disfrazado, en compañía de su gran visir, a hacer por la ciudad su ronda de costumbre, cuando oyó ruido en la puerta de una casa, apresuró el paso y vio en el patio a diez o doce muchachos que jugaban a la claridad de la luna. Se sentó el califa a observar en un banco de piedra, y oyó que uno de los chicuelos decía:

—Vamos a jugar al cadí. Yo lo seré y traedme a Alí Cojía y al mercader que le robó las mil monedas de oro.

Al escuchar estas palabras se acordó el califa del memorial de aquella mañana, así es que puso toda su atención en oír el juicio del muchacho, cuyos compañeros aceptaron la propuesta del juego con apresuramiento, porque el asunto del mercader había hecho mucho ruido en la ciudad. Elegidos dos chicos que iban a representar el papel de los contendientes, el supuesto cadí preguntó con suma gravedad al muchacho que hacía de Alí:

—¿Qué es lo que pedís a este mercader?

Respondió el otro con el relato del caso, defendiéndose el mercader en los términos que ya hemos dicho, porque el niño repitió una por una sus palabras, y antes que prestase el juramento dijo al cadí:

—Para dictar la sentencia, necesito ver el tarro de las aceitunas.

—Aquí está, señor —repuso Alí Cojía, fingiendo que destapaba un tarro.

El cadí fingió que probaba una, las celebró, y añadió después:

—Me parece que las aceitunas no deberían estar tan buenas, puesto que hace siete años que se encuentran en el tarro. Que venga aquí para que las reconozca un vendedor de este fruto.

Se presentó un muchacho.

—¿Cuánto tiempo —le preguntó el cadí— pueden conservarse en buen estado las aceitunas?

—Señor, al tercer año ya no valen nada y es preciso tirarlas.

—Siendo así, mira ese tarro y dime cuánto tiempo hace que fueron puestas las aceitunas.

—Muy pocos días —respondió el otro, después de probarlas o de fingir que lo hacía.

—Os engañáis —replicó el cadí—. Alí Cojía asegura que las puso en la vasija hace ya siete años.

—Las aceitunas —dijo el vendedor— son de este año, y lo sostengo delante de todo el mundo.

El acusado quiso replicar, pero el cadí no se lo permitió.

—Eres un ladrón —le dijo—, y mando que te ahorquen inmediatamente.

Los niños aplaudieron con alegría la sentencia, arrojándose sobre el supuesto reo, como si lo llevasen a ahorcar.

El califa estaba entretanto admirado de la sabiduría y el talento del niño, y mandó al visir que al día siguiente llevara al chico a palacio, para que él mismo sentenciase el asunto en su presencia.

—Avisa también —dijo al visir— al que absolvió al mercader ladrón, a fin de que aprenda a tener experiencia, y dile a Alí Cojía que lleve el tarro en cuestión, y que vayan, además, dos vendedores de aceitunas a la audiencia.

Así se ejecutó todo fielmente, no sin gran sobresalto de la madre del niño, la cual creyó que al ser llevado a palacio por orden del califa no volvería ya a verlo. Pero el visir la tranquilizó cuanto pudo, asegurándole que no le inferiría ningún daño ni perjuicio, y que el chico volvería al cabo de una hora. Vio el califa que el niño estaba trémulo y asustado, y le dijo en tono cariñoso:

—Ven, hijo mío, acércate. ¿Eres tú quien juzgaba anoche el asunto de Alí Cojía y del mercader que le robó el dinero? Oí tu sentencia, y estoy satisfecho de ti.

El muchacho se mantuvo sereno y respondió que, efectivamente, había sido él.

—Pues bien —replicó el califa—, quiero que veas hoy al verdadero Alí Cojía y al mercader, su contrario. Ven a sentarte junto a mí.

El califa tomó al niño de la mano, lo sentó a su lado bajo el trono, y ordenó que se presentasen las partes.

—Defended cada uno vuestra causa. Este niño hará justicia, y si en algo falta, aquí estoy para suplirle.

Hablaron uno tras otro Alí Cojía y el mercader, y cuando éste quiso jurar como lo había hecho delante del cadí, le dijo el niño que aguardase un poco, porque antes convenía ver las aceitunas.

Alí Cojía presentó el tarro, lo destapó, y el califa probó una de las aceitunas. Se acercaron los peritos para examinar el fruto y declararon que las aceitunas eran frescas y excelentes, por más que Alí Cojía asegurase que hacía siete años que las había puesto dentro del tarro.

El acusado conoció que en la declaración de los peritos estaba su propia sentencia, y quiso hablar algo para sincerarse, pero el niño se guardó bien de mandarle ahorcar.

Miró al califa y le dijo:

—Señor, esto ya no es un juego, y a vuestra majestad corresponde únicamente condenar a muerte. Yo anoche lo hice por diversión y nada más.

Convencido el califa de la culpabilidad del mercader, que ni aun se atrevía a levantar los ojos del suelo bajo el peso de la conciencia, lo entregó a los ejecutores de la justicia para que lo ahorcaran, como así se hizo, después de que el reo hubo declarado el sitio en que había escondido las mil monedas de oro, que fueron devueltas a Alí Cojía.

Finalmente, el soberano, después de haber amonestado al cadí que dio la primera sentencia, abrazó al niño delante de toda la corte, e hizo que el gran visir le acompañase hasta la casa de su madre, dándole un regalo de mil monedas de oro, en prenda de admiración y de largueza.

Aventuras del Califa Harún Al-Raschid

EL CALIFA de Bagdad se hallaba en cierta ocasión atacado por una profunda melancolía cuando entró en palacio el gran visir, cuya presencia no fue bastante para sacar al soberano de su tristeza y cavilaciones.

Al fin, se decidió a preguntarle respetuosamente de dónde provenía aquella situación en que por desgracia le encontraba, y el califa le respondió que tenía mal humor, pero sin causa ninguna, y que inventase algo que le distrajese si no había asuntos de gran interés.

—Señor —dijo el visir Giafar—, me parece oportuno que esta noche demos por la ciudad nuestro paseo de costumbre, y eso tal vez contribuya a disipar las nubes que empañan vuestra frente contra su ordinaria alegría de carácter.

—Apruebo tu pensamiento. Vete a mudar de traje —respondió el califa—, mientras por mi parte hago otro tanto para emprender juntos la correría.

Al anochecer salieron ambos disfrazados por una puerta reservada de palacio que daba al campo, dirigiéndose a las orillas del Éufrates, a gran distancia de la ciudad, sin advertir nada de particular en el camino. Atravesaron el río sobre un barquichuelo que encontraron y después de dar un largo paseo fueron al puente que conducía a la ciudad. Allí encontraron a un ciego, hombre de muchos años, que con la mano abierta pedía limosna a los transeúntes, y que como a todos, detuvo a Harún y su acompañante.

El califa le dio una moneda de oro, y el ciego le cogió al instante la mano.

—Señor —le dijo—, quienquiera que seáis y a quien Dios haya inspirado el darme una limosna, no me neguéis el favor que os pido de darme un bofetón, porque merezco ese castigo y aun mayor todavía.

Se desentendió el califa, y entonces el ciego le asió por el vestido.

Atónito el soberano con la petición del hombre aquel, le dijo que no podía quitar el mérito a su limosna ultrajándole en el rostro de tal suerte.

—Señor, perdonad mi inoportunidad—añadió el ciego—, o pegadme un bofetón o recobrad vuestra limosna, porque no puedo recibirla sin esa precisa condición, pues, de lo contrario, faltaría a un solemne juramento que hice ante Dios. Si supieseis el motivo, convendríais conmigo en que la pena es muy leve en comparación de la culpa.

El califa, vencido al fin por tantas instancias, le dio un bofetoncillo, recibiendo a cambio las gracias y las bendiciones del ciego.

Continuó su camino, y a los pocos pasos dijo al visir:

—Preciso es que sea grave la causa que obliga a ese hombre a portarse así y a tener pretensión tan extraña y ridícula. Vuélvete, dile quién soy y que vaya mañana a palacio, que quiero hablarle y descubrir el misterio.

El visir le dio al ciego, con la limosna y el bofetón correspondiente, la orden expresa de que fuera a palacio, incorporándose en seguida al califa.

Entraron en la ciudad, y, al pasar por una plaza, vieron un enorme grupo de curiosos en derredor de cierto joven bien vestido y montado en una yegua, a la que maltrataba cruelmente a latigazos, espoleándola de tal modo que el pobre animal estaba cubierto de sangre y de espuma.

El califa se detuvo a preguntar el origen de aquella atroz inhumanidad. Unos hombres le contestaron que lo ignoraban, pero que el joven iba todos los días, y a la misma hora, a la plaza a castigar a la yegua con atroz barbarie. El soberano mandó al visir que intimase al joven la orden de presentarse al día siguiente en palacio.

Siguieron su paseo, y antes de entrar en el Alcázar, notaron en una calle de poco tránsito un magnífico edificio recién construido. Aquel edificio les sorprendió, pues no sabían a quién pertenecía de los grandes señores de la corte. Acuciados por la curiosidad, preguntaron a un vecino, el cual contestó que su dueño se llamaba Cojía Hasán, que había sido cordelero, pero que de la noche a la mañana abandonó su humilde oficio, viéndose poseedor de una inmensa fortuna, cuyo origen era para todos un misterio.

—Ve y di a Cojía Hasán que mañana se presente en palacio a la misma hora que las otras dos personas citadas ya —dijo el califa dirigiéndose al visir.

Obedeció éste, y al otro día presentó al soberano a los tres individuos de quienes acabamos de hablar.

Postráronse los tres ante el trono, y el califa preguntó su nombre al ciego. Éste respondió:

—Me llamo Abdalá, señor.

—Tu modo de pedir limosna me pareció ayer tan extraño —replicó el califa—, que, a no ser por ciertas consideraciones, no hubiese accedido a tu demanda. Quiero saber el motivo que tienes para haber hecho ese juramento indiscreto, y así podré juzgar si has obrado bien y si mereces perdón o castigo por tu extravagancia.

Abdalá, lleno de miedo al notar el acento severo del sultán, le pidió perdón por su atrevimiento de la víspera, implorando su justa clemencia.

—Confieso que mi conducta es extravagante —añadió— y extraño mi proceder a los ojos de los hombres, pero he cometido una falta tremenda, y aunque todo el mundo me abofetease, no sería tampoco mucha penitencia, que merezco por mi yerro. Si vuestra majestad lo permite, voy a referirle el pormenor de mis aventuras.

Historia del ciego Abdalá

SEÑOR —continuó Abdalá—, yo nací en Bagdad, y joven todavía tuve la desgracia de perder a mis padres, quienes me dejaron en herencia una decente fortuna. No la malgasté, como quizá hubiera hecho otro en mi lugar, sino que aumenté el capital a fuerza de afanes y de trabajo, y llegué a poseer ochenta camellos, que alquilaba para las caravanas y me producían cuantiosas sumas. En medio de mi dicha regresaba un día de Basora con mis camellos y me detuve en un sitio agreste y solitario para que pastasen los animales, cuando se acercó a mí un derviche que iba a pie a la referida ciudad. Juntamos nuestras provisiones y nos pusimos a comer, después de decirnos mutuamente quiénes éramos y adónde íbamos. Terminada la comida, me dijo el derviche que no lejos del sitio donde estábamos existía un tesoro tan abundante que aunque cargase mis ochenta camellos de oro y pedrería, todavía quedarían sin tocar inmensas riquezas. Rogué al derviche que me revelase el lugar del tesoro, ofreciéndole en recompensa un camello cargado de perlas y diamantes. Esto era poco y a mí me pareció mucho en el acceso de avaricia que devoraba mi alma.

—No —respondió el derviche, que conoció al momento mi defecto—. El ofrecimiento no es proporcionado, y voy a haceros otra proposición más aceptable. Decís que tenéis ochenta camellos, pues bien, os conduciré al sitio del tesoro y los cargaremos de oro y pedrería, con la condición de que me cedáis la mitad justa con su carga, pues si vos me dais cuarenta camellos, yo, en recompensa, os hago dueño de riquezas con las cuales podéis comprar más de diez mil.

—Acepto la condición —respondí yo, no sin titubear, porque no me acordaba en mi afán del interés más que de los cuarenta camellos, y nada del rico tesoro.

Anduvimos juntos largo rato hasta llegar a un valle espacioso, pero de entrada muy angosta. Las dos tierras que constituían la cañada, de forma semicircular, eran tan pendientes y escabrosas que, seguramente, ningún mortal aventurado en ella podía estar allí mirándonos.

—Que se tiendan los camellos —dijo el derviche— para poder cargarlos con facilidad, y os diré después dónde está el tesoro.

Hice lo que el derviche me mandó, y al reunirme con él le vi encendiendo lumbre a fin de pegar fuego a un haz de madera seca que allí había. En seguida pronunció unas palabras misteriosas que no pude comprender, se levantó una densa humareda y, apenas se disipó, noté que una roca se alzaba perpendicularmente, abriéndose en forma de puerta de dos hojas, trabajada en la misma peña con primoroso arte. La abertura nos dio entrada a un palacio, suntuoso como no puede existir en parte alguna de la tierra, y yo, sin detenerme a examinar sus preciosidades de arquitectura, como el águila o el tigre que se abalanza a su presa, me arrojé sobre el primer montón de oro que encontré, llenando precipitadamente los sacos, que eran muy grandes. El derviche se dedicó a la pedrería, y concluida la faena, nos dispusimos a abandonar aquel recinto, pero antes de salir se acercó mi compañero a una jarra de plata, tomó una caja llena de una especie de mantequilla y se la puso en el pecho.

Hizo el derviche la misma ceremonia para cerrar el tesoro que empleó para abrirlo, y todo quedó en la misma situación que antes. Repartimos los camellos, y al llegar a cierto paraje del camino, él se volvió a Basora y yo me dispuse a regresar a Bagdad, no sin darle mil gracias a aquel hombre por el insigne favor que me había dispensado.

Apenas di sólo algunos pasos en mi camino cuando sentí el influjo perverso de la ingratitud, llorando interiormente la pérdida de mis cuarenta camellos cargados de riquezas, y determiné apoderarme de ellos con sus tesoros respectivos. Detuve a los animales que yo llevaba y corrí desolado tras el derviche, llamándole a gritos hasta que, por fin, me oyó y se detuvo.

—Hermano mío —le dije—, poco después de separarnos se me ha ocurrido la idea de que vos sois un buen derviche acostumbrado a vivir lejos del mundo y exento de sus muchas necesidades. Además, y ésta es la principal razón que me mueve a deteneros, no sabréis, quizá, gobernar tantos camellos a la par. Dadme diez, y ya treinta los podréis tal vez manejar mejor.

—Tenéis razón —exclamó el derviche—, pues ya empezaba a disgustarme el trabajo de manejar a tantos animales. Llevaos diez, y que Dios os guarde y os dé larga vida.

Separé diez camellos, y la facilidad con que el derviche accedió a mis deseos no hizo más que aumentar mi codicia. Así es que, en vez de darle las gracias, me propuse conseguir otros diez camellos más con el mismo pretexto que antes. También accedió el derviche a mi segunda demanda, y me vi en posesión de sesenta camellos, cuyas cargas constituían una riqueza mayor que las de muchos soberanos y príncipes de la tierra.

Parecía natural que yo estuviese satisfecho, pero semejante el ambicioso a un hidrópico, que cuanto más bebe más sed tiene, me sentí con mayor afán aún de hacerme dueño de los veinte camellos restantes. Tanto rogué y supliqué al derviche que éste al fin me los cedió todos, diciéndome:

—Haced buen uso de ellos, y acordaos de que Dios puede privarnos de las riquezas si no empleamos una parte en socorrer a los pobres, porque éste es uno de los principales deberes de los ricos.

Era tal mi ceguera que no me hallaba en estado de emplear sus consejos, y en lugar de manifestarle gratitud, me acordé de la pequeña caja de pomada que el derviche había guardado, supuse que tenía alguna particularidad o virtud aún más preciosa que las riquezas, y me decidí a pedírsela también. El buen derviche me la dio con la mejor voluntad del mundo, diciéndome:

—Tomad, hermano mío, y que no sea esto causa de que quedéis descontento de mí.

Cuando tuve en mi poder la caja, pregunté el objeto de la pomada y los efectos de su aplicación.

—Su virtud es maravillosa —contestó el derviche—. Si os untáis con esta pomada alrededor del ojo izquierdo, se os aparecerán todos los tesoros ocultos en las entrañas de la tierra, pero si hacéis lo mismo en el derecho, quedaréis ciego instantáneamente.

—Untadme, pues, en el ojo izquierdo —le dije al derviche, cerrando el ojo, y al abrirlo comprendí que me había dicho la verdad.

Vi, en efecto, un número infinito de riquezas tan variadas, que me es imposible ni recordarlas. Pero como tenía precisión de cerrar el ojo derecho con la mano, supliqué al derviche que me aplicase el unto a fin de ver con más comodidad.

—Acordaos de lo que os he dicho —exclamó—, es decir, que quedaréis ciego inmediatamente.

—Hermano —le contesté—, creo que queréis engañarme, porque es imposible que la pomada produzca tan contrarios efectos.

—Sin embargo, así es, y debéis dar crédito a mis palabras, porque no sé disfrazar la verdad.

No quise fiarme de su palabra, e incluso me imaginé que la mantequilla tendría el poder de presentar a mi vista todos los tesoros de la tierra aplicándola al ojo izquierdo, y que haciéndolo al derecho pondría tal vez esas riquezas a mi disposición, así que insté al derviche de un modo desesperado, pero éste se mantuvo inflexible hasta que, vencido por mis súplicas, me untó con la pomada el ojo derecho. Cuando lo abrí no distinguía más que sombras confusas, y a los pocos instantes me encontré sumido en la más negra oscuridad. ¡Estaba ciego!

No tuvieron límite mis gritos y lamentos al conocer lo horrible de mi situación, y como el náufrago que se agarra a una tabla que es su última esperanza para poner a salvo la vida, yo me arrojé a los pies del derviche, rogándole me dijese algún secreto de los muchos que poseería con objeto de recobrar el inestimable sentido de la vista.

—¡Desventurado! —exclamó—. Harto te lo había dicho, y la ceguera de corazón es la que te ha arrancado la de la vista. Es cierto que poseo secretos para curar enfermedades, pero ninguno que sea capaz de devolver lo que has perdido. Dios te castiga por tu avaricia y te despoja de las riquezas que yo daré a personas más crédulas y dignas que tú.

El derviche me dejó solo en mi quebranto, reunió los ochenta camellos y se los llevó a Basora, y habría yo muerto de hambre y de pesadumbre si una caravana, compadecida de mí, no me hubiese llevado a Basora y luego a Bagdad.

Me quedé reducido, desde la posición más ventajosa, a la triste clase de mendigo y a pedir limosna por las calles, y para expiar mi falta me impuse la obligación de recibir un bofetón de cada persona caritativa que se compadeciese de mi desamparo.

He aquí, señor, el motivo de lo que ayer pareció tan extraño a vuestra majestad, y por lo que he incurrido en su enojo.

Cuando el ciego hubo terminado su historia, le dijo el califa:

—Abdalá, tu pecado es grande, en efecto, y gracias a Dios que te has arrepentido. Continúa tu penitencia, pero privadamente, y para que no tengas necesidad de pedir limosna, te señalo una pensión que te pagará mi tesorero durante toda tu vida.

Abdalá se postró ante el trono del califa para darle las gracias.

Contento el soberano con la historia del ciego, se dirigió al joven a quien había visto maltratar a la yegua, y le preguntó su nombre. El joven respondió que se llamaba Sidi Noman.

—Toda mi vida —añadió el califa— he visto amaestrar caballos, pero nunca del modo con que tú lo haces a tu yegua, escandalizando a la ciudad. Sin embargo, tu aspecto no es el de un hombre bárbaro y cruel, y supongo que no obrarás así sin fundamento. Quiero saber lo que a ello te obliga, y te he hecho venir para que me lo expliques sin ocultarme absolutamente nada.

El joven se puso pálido al calcular el conflicto en que se hallaba, pero le fue preciso obedecer la orden de su soberano, aunque al principio no atinaba a proferir palabra según la turbación de su ánimo.

—Sidi Noman —le dijo el califa—, serénate y hazte cargo de que no cuentas tu historia al monarca, sino a un amigo que te lo suplica. Habla sin zozobra, y revélame los secretos de tu corazón.

El joven, reanimado un poco con las últimas palabras del califa, dijo:

—Señor, no me atreveré a decir que sea el hombre más virtuoso, pero no soy tan perverso que cometa voluntariamente una crueldad, y confío en que vuestra majestad me perdonará si en algo falto a mis deberes al conducirme de tal manera. Pero creo que soy más digno de compasión que de castigo.

[...]

Historia de Beder, príncipe de Persia, y de Jiauhara, princesa de Samandal

Es PERSIA un país tan extenso que, no sin razón, ostentaron los antiguos monarcas el glorioso dictado de reyes de reyes.

Uno de estos soberanos que había empezado su reinado con grandiosas conquistas vivía querido y respetado por sus súbditos, pero con la pena de no haber tenido hijos de su primera mujer. Un día le presentaron en palacio, para venderla, a una joven esclava de tan peregrina belleza que el rey, prendado de su hermosura, determinó al momento darle la mano de esposo, como se hizo al día siguiente, sin que la esclava pronunciase una sola palabra, a pesar del esplendor de la ceremonia y de los halagos del rey y de la corte. Al soberano no dejó de extrañarle el profundo silencio y la tristeza de la esclava, que a ninguna hora levantaba los ojos del suelo, y aunque inventó mil espectáculos y festines para sacarla de sus meditaciones no pudo conseguirlo ni enjugar el llanto que brillaba en los ojos de la sultana. Creyó el rey que la esclava sería muda, y ya comenzaba a desesperar de oír el eco de la voz de su esposa cuando, al fin, ésta, un día, hostigada por las súplicas del soberano, rompió el silencio y le dio las gracias por las mercedes y distinciones que le había dispensado. Gozoso el rey, le preguntó entonces la causa que había tenido para permanecer un año sin hablar ni aun dar a entender siquiera que comprendía las palabras que se le dirigían.

—Señor —dijo la joven—, ser esclava, vivir lejos de mi patria habiendo perdido la esperanza de volver a ella, tener el corazón traspasado de dolor, viéndome separada para siempre de mi madre, ¿no son éstos motivos bastantes para haber guardado el silencio que tanto extraña a vuestra majestad? Milagro es que no haya imitado el ejemplo de esos infelices a quienes la pérdida de la libertad conduce a darse la muerte. Conozco cuán grande es vuestra impaciencia por conocer mi historia y voy a referírosla. Me llamo Gulnara de la Mar, señor. Mi difunto padre era uno de los reyes más poderosos del océano, y al morir nos dejó su reino a mi hermano Saleh, a mi madre y a mí. Mi madre es también princesa e hija de otro rey del mar. Vivíamos pacíficamente en nuestros dominios, cuando un enemigo, envidioso de nuestra dicha, se apoderó de la capital que nos pertenecía, a la cabeza de numerosa hueste, no dándonos tiempo más que para refugiarnos en un sitio impenetrable. Una vez en aquel retiro, mi hermano se puso a descubrir los medios de arrojar al infame usurpador de nuestros estados, y un día me dijo a solas: «Hermana mía, voy a empeñarme en una peligrosa empresa, cuyo resultado nadie puede prever, y antes de comenzarla quisiera que te casases pero con un príncipe de la tierra, y creo que no habrá uno que al verte tan hermosa no se tenga por dichoso de hacerte participar de su corona». «Hermano —le respondí con enojo—, desciendo de reyes de la mar y antes que enlazarme con uno de la tierra estoy dispuesta a perecer contigo en la empresa que vas a acometer.» Insistió mi hermano. Yo me negué a complacerle, y disgustada por la charla salí del fondo del mar y fui a parar a la isla de la Luna, donde viví algún tiempo en soledad y retiro, hasta que un señor de la isla, al verme hermosa, se apoderó de mí mientras dormía para venderme como esclava a un mercader, que fue el que me presentó a vuestra majestad. Después de mi casamiento he querido varias veces arrojarme al mar y volver a los dominios de mis padres, pero reconocida a las muestras de cariño que os merezco, he resuelto permanecer en la tierra para corresponder a las distinciones de un príncipe tan grande y generoso.

Así acabó de darse a conocer la princesa Gulnara al rey de Persia quien, muy satisfecho con la narración, le respondió:

—Os ruego, señora, que me informéis circunstanciadamente de esos estados y pueblos de la mar que me son desconocidos, porque si bien he oído hablar algo de hombres marinos, siempre lo tuve por pura fábula. ¿Cómo podéis vivir en el agua sin ahogaros?

—Señor—replicó Gulnara—, caminamos por el fondo del mar como se anda por la tierra, y respiramos en el agua como se respira en el aire, y en vez de ahogarnos, eso contribuye a nuestra existencia. Los vestidos no se nos mojan y, cuando venimos a la tierra, salimos a ella sin necesidad de enjugarnos. El agua no nos estorba ver y podemos abrir los ojos sin molestia ninguna, lo mismo de día que de noche, en que nos alumbra la luna y aun distinguimos el resplandor de las estrellas y los planetas. Como el mar es más espacioso que la tierra es mayor también el número de nuestros reinos, divididos en provincias con ciudades muy ricas y populosas. Los alcázares de los reyes y príncipes son magníficos y los hay de mármol de varios matices, de cristal de roca, de madreperla, de coral y otras materias preciosas. El oro, la plata y toda clase de pedrería abunda más que en la tierra y no hablo de las perlas, pues por grande que sea su tamaño, no se hace caso de ellas en nuestro país, y sólo sirven de adorno a la ínfima clase. Allí no se necesitan carros ni animales para trasladarse de un punto a otro, a causa de nuestra pasmosa agilidad y, sin embargo, no hay rey que no tenga sus caballos marinos de los que únicamente se sirven en las fiestas y regocijos públicos. Entonces estos caballos tiran de carros de madreperla, adornados con mil conchas de diversos matices, y con un trono en el centro, donde se sienta el rey que guía el carruaje por sí mismo. Otras muchas curiosidades pudiera referir a vuestra majestad, pero las reservo para ocasión oportuna. Hoy le suplico que mande venir a la reina, mi madre, a mi hermano y a mi familia, con el fin de que vivan conmigo y sepan que soy la esposa del rey de Persia.

—Desde luego estoy dispuesto a complaceros —dijo el rey—, pero quisiera saber por qué medios les comunicaréis la orden, y cuándo podrán llegar para salir yo al encuentro y recibirles con los debidos honores.

—Señor, no hay necesidad de ninguna ceremonia —replicó Gulnara—, estarán aquí dentro de un minuto. Entre vuestra majestad en ese gabinete y mire por la celosía.

Cuando el rey de Persia hubo entrado en el gabinete, Gulnara mandó a una de sus servidoras que le llevase un brasero con fuego, y en seguida la despidió cerrando la puerta. Cuando estuvo sola arrojó a la lumbre un pedazo de madera de áloe, salió un humo espeso, y aún no había concluido de disiparse cuando el rey vio que comenzaban a hervir las aguas del mar. Se entreabrió éste a cierta distancia del palacio, y al momento apareció un joven de gallarda estatura con el bigote de color verdemar, detrás de él vino una dama anciana, de majestuoso porte, seguida de cinco doncellas, cuya hermosura en nada desmerecía de la de la reina Gulnara. Ésta se asomó a una ventana, y la familia, al reconocerla, resbaló sobre la superficie de las olas, y ya en la orilla saltaron todos ágilmente hasta la ventana de la reina, a quien abrazaron con cariñosa efusión.

—Hija mía —le dijo su madre—, grande es mi gozo al volver a verte, porque tu ausencia repentina nos sumió en profundo desconsuelo, después de la entrevista con tu hermano Saleh. Pero no hablemos de esto, y cuéntanos lo que te ha sucedido.

La reina Gulnara refirió su historia desde la salida del mar, sus padecimientos, la pérdida de su libertad y, por último, su casamiento con el rey de Persia. Cuando hubo acabado, le dijo Saleh:

—Tuya es la culpa, hermana mía, si has sufrido tantos contratiempos y sonrojos, porque en tu mano tienes los medios de librarte de tu esclavitud y de tus enemigos. Levántate y regresa con nosotros al reino que al fin he conquistado, rescatándolo del poder del usurpador.

Oyó estas palabras desde su gabinete el rey de Persia y quedó sobrecogido de terror al pensar que Gulnara pudiese abandonarle, pero la reina no le dejó mucho tiempo en la incertidumbre porque replicó a su hermano que estaba decidida a permanecer al lado de su noble y buen esposo, que tantas pruebas de cariño le daba.

—Os he hecho salir de las olas para comunicaros esta resolución y tener el gusto de veros después de tan larga ausencia.

El mismo príncipe Saleh y todos los individuos de la familia no pudieron por menos que aprobar la determinación de Gulnara. Ésta mandó a sus doncellas que sirviesen algo de comer a los recién llegados, aunque éstos dijeron al momento que era gran descortesía sentarse a la mesa sin permiso y beneplácito del rey, señor del palacio, y con este escrúpulo se les encendió el rostro, y fue tal la conmoción de todos que arrojaron llamas por narices y bocas.

El rey de Persia se sobresaltó al ver un espectáculo tan horrible, y Gulnara, que lo comprendió así, pasó al momento al gabinete donde estaba escondido, diciendo a su familia que volvería inmediatamente. El rey la abrazó con ternura en señal de gratitud por las palabras que le había oído pronunciar respecto a él y por las seguridades que había dado de no abandonarle nunca, y añadió que deseaba saludar a la familia recién llegada, pero que le causaban espanto y horror las llamas que había visto salir de sus bocas y narices.

—Señor —respondió riéndose Gulnara—, esas llamas no deben atemorizar a vuestra majestad, pues sólo significan repugnancia en comer dentro del palacio mientras no dé licencia el dueño soberano del alcázar.

Tranquilo el rey con esta aclaración, entró en el aposento con la reina Gulnara, abrazó uno por uno a todos los individuos de la familia, se sentó a la mesa con ellos, y al día siguiente dispuso varios regocijos para festejar su presencia en la corte. La familia de Gulnara permaneció en la capital de

Persia hasta la época en que la reina dio a luz un hermoso príncipe. El rey, que no había tenido hijos de su primera esposa, se entregó a los excesos de una delirante alegría, y como el rostro del niño era tan hermoso, le puso por nombre Beder, que en árabe significa *luna llena.* Dio, además, cuantiosas limosnas a los pobres, y el reino entero participó del gozo de su soberano.

Un día que el rey de Persia, Gulnara y toda la familia conversaban en el aposento de la reina, entró la nodriza con el niño en brazos, y al momento se levantó Saleh, cogió al príncipe, comenzó a acariciarle con grandes muestras de cariño, y de repente, en un arrebato de alegría, se arrojó por una ventana que estaba abierta, sumergiéndose en el mar con él. El rey, al ver aquello, comenzó a dar gritos lastimeros porque creyó que ya no volvería jamás a ver a su hijo, pero la reina Gulnara le manifestó, sonriendo tranquilamente, que nada tenía que temer, y que el príncipe volvería sano y salvo con su tío, pues el niño, nacido de una princesa de los mares, tenía la misma ventaja que su madre, es decir, la de no ahogarse en el fondo de las aguas.

Por fin, se arremolinó el mar y asomó Saleh con el niño en brazos, entrando por la misma ventana por donde había salido.

—Señor —dijo Saleh al rey de Persia—, no extrañe a vuestra majestad lo que acabo de hacer con el príncipe, mi sobrino. He querido que tenga el mismo privilegio del que gozamos los hombres de mar, y por eso me he precipitado con él a las olas, pronunciando las palabras misteriosas grabadas en el sello del rey Salomón. Siempre que quiera, puede el príncipe sumergirse en el mar y recorrer los dilatados imperios que su seno encierra.

Después de hablar así, Saleh, que había entregado el niño a Gulnara, abrió una caja que había ido a buscar a su palacio en el corto tiempo que estuvo ausente. Esta caja contenía trescientos diamantes del tamaño cada uno de un huevo de paloma, igual número de rubíes y esmeraldas y treinta collares de perlas, magníficas joyas que presentó al rey como regalo por su boda con Gulnara. Pasmado el rey ante tan inmensa riqueza, quiso al momento rehusar el presente, pero al fin lo aceptó por los repetidos ruegos de Saleh. De allí a pocos días, éste y la familia toda de Gulnara determinaron volver a sus dominios, pues ya era necesaria su presencia en el reino, y no sin profundo pesar se separaron de la reina, ofreciendo al rey que irían a visitar la corte.

El príncipe Beder fue criado y educado en palacio a la vista de sus padres, que le vieron crecer en talento y hermosura. A los quince años sobresalía en ciencias y ejercicios, y el rey, ya muy anciano y achacoso, no quiso aguardar a que la muerte pusiese al príncipe en posesión de su reino. El Consejo consintió en que abdicara, y el pueblo acogió la determinación real con tanta más alegría cuanto que el príncipe Beder era muy digno de mandar y gobernar, por sus excelentes prendas de carácter.

Llegó el día solemne de la ceremonia. El rey convocó su Consejo y después de haberse sentado en el trono, bajó de él, se quitó la corona y la puso en las sienes de Beder, luego colocó al príncipe en su lugar, le besó la mano para manifestar que le entregaba todo su poder, y en seguida los visires, los emires y todos los principales funcionarios del reino prestaron juramento de fidelidad al nuevo soberano en medio de las aclamaciones del pueblo.

En el primer año se dedicó Beder al despacho de los asuntos y a todo lo concerniente a la capital, y en el segundo de su reinado fue a recorrer las provincias para enterarse por sí mismo de las necesidades de los pueblos distantes. Al regresar a la corte, cayó el rey enfermo de gravedad, conoció que se acercaba su última hora y recomendó su hijo a los ministros y señores de la corte, para que siempre le fueran fieles, muriendo al fin, con gran pesar del rey Beder y de la reina Gulnara, quienes mandaron colocar el cadáver en un suntuoso mausoleo.

Beder estuvo un mes sin comunicarse con nadie, y en este intermedio llegaron Saleh, la madre de Gulnara y las princesas, sus primas, a consolar a los dolientes, regresando al mar cuando Beder, pasado el luto, volvió a empuñar las riendas del gobierno. Saleh fue a la corte de Persia al cabo de un año, con gran alegría de Beder y de Gulnara. Una noche, después de la cena, comenzó Saleh a elogiar las prendas y cualidades de su sobrino, y éste, ruborizado ante aquellas alabanzas, aparentó que dormía, recostándose en uno de los almohadones que estaban a su espalda.

—No sé, hermana mía —dijo Saleh—, cómo no has pensado todavía en casar a tu hijo. Si quieres, yo mismo cuidaré del asunto y le daré por esposa a una princesa de nuestros reinos que sea digna de mi sobrino.

—¿Y conoces alguna que tenga esas cualidades?

—Sí, conozco una —respondió Saleh bajando la voz—, pero mira antes si Beder está dormido, porque en este asunto es preciso obrar con cautela.

—Puedes hablar sin miedo, porque el rey duerme profundamente —repuso Gulnara después de haberse acercado al diván donde descansaba su hijo.

—No conviene que sepa por ahora lo que voy a decirte. Hay que vencer muchas dificultades, no por parte de la princesa de quien se trata, sino de su padre, que es el rey de Samandal, y ella se llama la princesa Jiauhara.

—¡Qué dices! ¿No está casada todavía ese portento de virtud y de hermosura? Veamos ahora cuáles son las dificultades de que hablas, y procuraremos vencerlas.

Has de saber —replicó Saleh— que adolece de una vanidad insufrible, y menosprecia las alianzas con los demás soberanos, por elevada que sea su estirpe. Sin embargo, iré a pedir la mano de su hija, y no quiero que el príncipe Beder sepa nada hasta conocer el resultado, si es feliz, para evitarle los sufrimientos consiguientes si se enamora de la bellísima princesa Jiauhara, nombre que, como sabes, significa *piedra preciosa*.

Convínose, pues, en que Saleh regresaría inmediatamente a su reino, y de éste iría al de Samandal a pedir la mano de Jiauhara, y el rey Beder, que no había perdido ni una sola palabra de la conferencia, aparentó que se despertaba, e invitó a su tío a que le acompañase al día siguiente a una gran partida de caza. Atravesaban solos por un espeso bosque cuando Beder, enamorado ya de la princesa por las noticias que de ella tenía, reveló a Saleh el secreto de su fingido sueño, y le rogó en nombre del cariño que le profesaba que lo llevase consigo a la corte de Samandal y que no esperara el beneplácito del rey para darle a conocer a la princesa, su hija.

Atónito quedó Saleh al oír aquellas palabras, y al ver descubiertos sus planes, quiso persistir en su propósito de ir solo a Samandal, pero fueron tantas las súplicas de Beder, que al fin cedió a sus deseos. Se quitó del dedo un anillo en que estaban grabadas las palabras misteriosas del sello de Salomón, lo puso en el dedo de Beder, y le dijo:

—Tomad este anillo y no temáis ya las aguas del mar ni sus profundos abismos. Ahora haced como yo.

Y el rey Saleh y Beder se levantaron ligeramente por los aires, encaminándose hacia el mar, donde ambos se sumergieron.

No empleó el rey marino largo rato en llegar a su palacio, y al momento presentó a Beder a su abuela y a la familia, que le recibieron con muestras inequívocas de alborozo. La madre de Gulnara, al saber por Saleh el motivo del viaje de Beder, manifestó ciertas inquietudes, porque conocía bien el carácter del rey de Samandal, pero, no obstante, preparó ella misma el presente, compuesto de rubíes, esmeraldas y perlas, colocándolo en una caja de gran valor. Al día siguiente se despidió el rey de ella y de su sobrino y marchó a la corte de Samandal, cuyo soberano le dio audiencia apenas supo su llegada. Saleh se inclinó delante del trono y dijo al rey:

—Señor, aun cuando no tuviera otro motivo que el de ofrecer mis respetos a uno de los príncipes más poderosos del mundo manifestaría escasamente a vuestra majestad cuánto le honro y cuán grande es mi aprecio.

Y al decir estas palabras le presentó la caja, rogándole que la aceptase.

—Príncipe —replicó el rey de Samandal—, un regalo de tanto valor debe tener por objeto una petición proporcionada. Hablad y decidme sin adornos en qué puedo seros útil.

—Tengo, en efecto, que pedir un favor a vuestra majestad, de quien únicamente depende concedérmelo, y le ruego que no me lo niegue. Vengo a suplicarle que nos honre con su parentesco por medio del enlace de su hija la princesa Jiauhara, estrechando de este modo la amistad que une a ambos reinos.

—Yo creía —respondió con risa y menosprecio el rey de Samandal— que erais un príncipe sensato y entendido, pero vuestras palabras revelan que me he equivocado. ¿En dónde tenéis el juicio para hacerme una proposición tan absurda y extravagante? Considerad bien la inmensa distancia que media entre ambos y no perdáis más tiempo en acariciar proyectos quiméricos que nunca podrán realizarse.

—Quiera Dios, señor, dar a vuestra majestad más grandeza de la que tiene —replicó Saleh, conteniendo los arrebatos de ira—. No pido para mí la mano de la princesa, sino para el rey de Persia, mi sobrino, cuyo poderío y excelentes prendas personales habrán llegado, sin duda, a noticia del soberano de

Samandal. Todos confiesan que la princesa Jiauhara es la joven más perfecta que existe bajo el firmamento, y también es cierto que nadie entre los monarcas puede ser comparado al rey de Persia. En una palabra, los futuros esposos son dignos el uno del otro, y este enlace merecerá la aprobación universal.

El rey no dejara que Saleh le hubiese hablado tanto rato a no ser que se sintiese ahogado por el enojo. Al fin, prorrumpió en denuestos y baldones impropios de un rey.

—¡Infame! —exclamó—, ¿te atreves ni aun a pronunciar delante de mí el nombre de la princesa Jiauhara? ¿Crees que pueda compararse con ella el hijo de Gulnara? ¿Quién eres tú? ¿Quién era tu padre? ¡Guardias! ¡Prended a este insolente y cortadle al momento la cabeza!

Los palaciegos que cercaban al rey de Samandal se disponían ya a obedecer a su señor, pero el rey Saleh, joven y ágil en extremo, pudo salir del aposento antes que desenvainasen los sables, y llegó a la puerta del palacio, donde le esperaban mil hombres de su escolta. Saleh les explicó en pocas palabras lo sucedido, y poniéndose al frente de una parte de la fuerza, mientras la otra se apoderaba de la puerta, volvió hacia atrás y prendió fácilmente al rey de Samandal, a quien abandonaron los cortesanos. En seguida se dirigió en busca de la princesa Jiauhara, pero al primer estruendo ésta había huido, refugiándose en una isla desierta. Entretanto, algunos oficiales de Saleh fueron a los dominios de éste a dar noticia del suceso a la reina madre. Y el rey Beder, temeroso de sufrir las reconvenciones de su abuela, puesto que Saleh exponía la vida por causa suya, salió del mar, y no sabiendo qué camino seguir para volverse al reino de Persia, acabó en la misma isla donde se había refugiado la princesa Jiauhara. Fue el príncipe a sentarse a la sombra de un árbol frondoso cuando oyó hablar a poca distancia de él, se levantó y descubrió a través de las ramas a una mujer tan hermosa que le dejó deslumbrado.

«Sin duda —pensó en su interior—, ésta es la princesa Jiauhara, que habrá tenido que abandonar el alcázar de su padre.»

Y sin detenerse un momento se acercó a ella y le dijo:

—Señora, doy gracias al cielo por el favor que me concede ofreciendo a mis ojos tan peregrina belleza, y os ruego aceptéis mi auxilio si en medio de semejante soledad lo necesitáis.

—Es cierto, señor —repuso la princesa desconsolada—, que me encuentro en situación muy deplorable. Soy la hija del rey de Samandal, y me llamo Jiauhara. Me hallaba tranquila en mi aposento cuando fueron a decirme que el rey Saleh, después de prender a mi padre y matar a su guardia, se disponía a apoderarse de mí, y no tuve tiempo más que de buscar asilo en esta isla solitaria.

Al oír estas palabras, el rey se alegró mucho de que su tío se hubiese apoderado del rey de Samandal, y contestó a la princesa:

—No os aflijáis, señora, por el cautiverio de vuestro padre, porque es fácil para mí hacer que recobre su libertad. Yo me llamo Beder, soy rey de Persia y sobrino de Saleh, y puedo aseguraros que éste no abriga el intento de apoderarse de los estados de Samandal, sino de conseguir para mí vuestra mano de esposa, y tan pronto como dé su consentimiento el rey de Samandal, mi tío le restituirá sus dominios y su poderío.

Esta respuesta no surtió el efecto que Beder esperaba, porque la princesa, apenas supo que aquel hombre era la causa de todos los males que la afligían, le miró ya como a mortal enemigo, pero disimuló cuanto le fue posible su rencor, exclamando con el mayor agrado:

—¡Es posible, señor! ¿Entonces sois el hijo de la reina Gulnara, tan célebre por su extraordinaria belleza? El rey, mi padre, hace mal en oponerse a nuestra unión, y me parece que en cuanto os vea no pensará del mismo modo.

Y alargó la mano a Beder en prenda de afectuosa amistad. El príncipe iba a besársela con respeto cuando Jiauhara, irritada, le escupió al rostro, exclamando:

—¡Temerario! Deja en castigo a tu osadía esa forma de hombre y toma la de un pájaro blanco con el pico y las patas encarnadas.

El rey Beder quedó transformado en pájaro, y la princesa mandó a una de sus doncellas que lo llevase a la isla Seca, que era un espantoso peñasco donde no había ni una sola gota de agua. La mujer cogió al pájaro, y al ejecutar la orden de su señora tuvo compasión del rey Beder y lo llevó no a la isla Seca, sino a una amena campiña plantada con árboles frutales y regada por infinitos arroyuelos.

Volvamos ahora al rey Saleh, el cual, desesperado por no encontrar a la princesa Jiauhara, dispuso que el rey de Samandal fuese encerrado en su propio alcázar con numerosa guardia para custodiarle. De vuelta a su reino, supo allí, con extrañeza, que Beder había desaparecido. Envió emisarios en su busca por todas partes aunque infructuosamente, y entonces, mientras adquiría noticias de su sobrino, fue a gobernar el reino de Samandal, guardando siempre con mucha vigilancia al soberano prisionero.

El mismo día en que marchó el rey Saleh llegó a los dominios de éste la reina Gulnara, inquieta por la suerte de su hijo, que había huido sin despedirse de ella ni decir una sola palabra. La madre de Gulnara le refirió lo acontecido, y la desdichada reina lloró como perdido al rey Beder, todo por culpa de las ambiciones de Saleh. Gulnara se volvió a Persia, para gobernarla en ausencia de su hijo el rey Beder, quien allá en el retiro donde habitaba se tenía por el más desgraciado de la tierra, alimentándose de frutas y pasando la noche en un árbol. Al cabo de algunos días, un aldeano, muy diestro en coger pájaros con la red, se admiró de ver un ave tan hermosa y de especie desconocida, y valiéndose de su habilidad lo apresó en las redes. Lo llevó a la ciudad en una jaula, y apenas hubo entrado en la primera calle lo paró un hombre para preguntarle cuánto pedía por el pájaro. El aldeano no quiso darlo por ningún dinero y dijo que iba a presentárselo al rey, única persona que podría pagarle su justo valor. El aldeano fue a palacio, y el rey, prendado del pájaro, mandó que le diesen por él diez monedas de oro, colocándolo luego en una jaula magnífica. Después, a la hora de la comida, saltó el pájaro desde la mano del rey hasta la mesa, picando, ya de un plato, ya de otro, y mandó llamar a la reina para que viese aquella rareza, pero la reina, apenas vio el pájaro, se cubrió el semblante con un velo y quiso retirarse, diciendo al rey que aquella ave no era lo que representaba, sino un príncipe llamado Beder, rey de Persia, transformado en pájaro por la princesa Jiauhara, cuya historia conocía y relató perfectamente. El rey, compadecido de Beder y sabiendo que su esposa era una maga célebre, le rogó que restituyese al pájaro su primitiva forma, lo cual realizó en el acto, rociando la cabeza del ave con agua hirviendo, mientras pronunciaba en voz baja algunas misteriosas palabras. El rey Beder se prosternó agradecido a las plantas del rey y de la reina, a quienes les refirió su aventura con la princesa Jiauhara. Concluido el relato, suplicó al soberano que le diese un buque para volver a Persia, al lado de su madre. El rey se lo concedió y Beder se hizo a la vela con viento favorable, pero al décimo día de navegación sobrevino una furiosa tempestad, y la embarcación, sin palos ni timón y fuertemente batida por las olas, fue a estrellarse contra las rocas. Casi toda la tripulación pereció, y Beder, asido a una tabla, pudo llegar a la playa, cerca de una ciudad de hermoso caserío, y vio acudir por todas partes caballos, toros, camellos, vacas y otros animales, que le impidieron acercarse a tierra, como haciéndole comprender que corría un gran peligro, pero Beder avanzó entre ellos sin temor y entró en la ciudad magnífica, aunque completamente desierta en sus plazas y calles. Se dirigió a una tienda de frutas, donde había un anciano de aspecto venerable, al cual preguntó la causa de aquella soledad, y el viejo le rogó que entrase inmediatamente y no se parara en la puerta, pues podría sucederle alguna desgracia.

—Habéis de saber —dijo el anciano cuando el príncipe hubo entrado— que esta población se llama Ciudad de los Encantos y está gobernada no por un rey, sino por una reina de sorprendente hermosura, que es al mismo tiempo la maga más fatal que existe en el mundo. Todos esos caballos y animales que habéis visto son otros tantos hombres a quienes ha transformado, así, por su diabólico arte, y como no tenían medios de explicarse, por eso, sin duda, os salieron al encuentro a fin de demostraros el peligro que corréis. No salgáis nunca de mi casa para que la reina no os vea, pues, de lo contrario, estáis perdido sin remedio.

Reconocido Beder a un recibimiento tan cariñoso, reveló al anciano su clase y condición, sin ocultarle los pormenores de su historia, y allí permaneció un mes, rodeado de atenciones y de comodidades, hasta que al cabo de este tiempo pasó un día la reina Labá, que así se llamaba, por la tienda del anciano. Beder no pudo contener los impulsos de su curiosidad y se asomó a ver la lujosa comitiva de la maga, que al momento vio al rey y le preguntó al viejo quién era aquel joven tan apuesto y gallardo. Respondió el anciano que era un sobrino suyo, a quien quería como si fuese hijo, y que le había mandado llamar para que le consolase y acompañara en los últimos días de su vida. La reina Labá, prendada de la gentileza del príncipe, rogó al anciano, que se llamaba Abdalá, que se lo cediese para ocupar un puesto importante en la corte, jurándole que ningún mal le sobrevendría. El anciano dijo que iba a consultar la proposición con su sobrino y que al día siguiente decidirían ambos lo que debiera hacerse.

Escarmentado Beder con lo ocurrido en la isla donde había encontrado a la princesa Jiauhara, no quiso al momento acceder a los deseos de la reina Labá, pero, al fin, Abdalá le dio tantas seguridades que se decidió a complacer al buen anciano.

No dejó la reina de ir al otro día, seguida siempre de brillante comitiva, a la puerta de la tienda a saber lo determinado por Beder y Abdalá. Acercándose a la soberana, le dijo en voz baja que el príncipe iba a seguirla, pero que le jurase de nuevo respetarle y no usar en contra suya de los sortilegios de que se valía para transformar a los hombres en animales cuadrúpedos. Labá repitió su juramento con toda solemnidad, y entonces Abdalá le presentó a Beder, rogándole que le permitiese ir a verle de vez en cuando. La reina, en prueba de reconocimiento, dispuso que le diesen a Abdalá un saquillo con mil monedas de oro. Había mandado, además, que trajeran para el rey de Persia un caballo tan ricamente enjaezado como el suyo, y cuando el príncipe ponía el pie en el estribo, preguntó la soberana a Abdalá cuál era el nombre de su sobrino, a lo que le contestó el anciano que se llamaba Beder. Cuando éste montó a caballo quiso colocarse detrás de la reina, pero Labá quiso que marchase a su lado.

En vez de notar en el pueblo cierto alborozo a la vista de la soberana, advirtió el rey Beder que la miraban con menosprecio, y que muchos prorrumpían en imprecaciones contra ella.

—La maga —decían algunos— ha encontrado ya una nueva víctima para ejercitar sus maldades. ¿Cuándo librará el cielo al mundo de su tiranía?

—¡Pobre extranjero! —exclamaban otros—. Mucho te engañas si crees que tu dicha durará largo tiempo. Sólo te elevan para que el hundimiento sea más terrible.

La reina maga llegó a palacio y alojó en él a Beder con inusitada pompa, festejándole por espacio de cuarenta días con espectáculos y variados regocijos.

Una noche, mientras el rey Beder dormía en su lecho, se despertó de repente al escuchar un extraño ruido, y notó que la reina Labá entraba con recato en la habitación. El príncipe aparentó que dormía para observar mejor, y vio que la maga abría un cofrecito lleno de polvos amarillos con los que formó un reguero en el aposento, convirtiéndose al instante en un riachuelo de agua cristalina. Tomó la reina un poco de aquella agua, la echó en un lebrillo, en el que había harina, de la que hizo cierta pasta que estuvo amasando un rato, puso ciertas drogas que sacó de diferentes cajitas e hizo una galleta que colocó en una tartera cubierta.

Como antes había encendido un buen fuego, arrimó la masa a la lumbre, y en seguida desapareció el riachuelo que por allí corría, siempre con gran asombro de Beder. Cuando estuvo cocida la galleta, pronunció ciertas palabras misteriosas delante del príncipe y desapareció.

Inquieto Beder y desazonado con lo que había visto la noche anterior, fue al día siguiente a visitar al anciano Abdalá, a quien refirió minuciosamente la extraña operación de la reina y los sobresaltos y temores que sentía.

—No me he engañado —exclamó Abdalá—. Nada es capaz en el mundo de corregir a esa pérfida mujer. A los cuarenta días de conocer a un hombre y de agasajarlo en su palacio, tiene la costumbre de convertirlo en cuadrúpedo, y lo mismo piensa hacer ahora, a pesar de sus promesas y juramentos, pero ya tomé yo ayer mis precauciones para que no se porte de la misma manera con vos. Demasiado tiempo sustenta la tierra a ese monstruo, hay que tratarle como se merece.

Abdalá entregó entonces a Beder dos galletas, y le dijo:

—Guardaos bien de acercaros a los labios la galleta que os dé la reina, y cuando os la ofrezca no la rehuséis, pero sustituidla con una de las dos que os he dado, sin que la maga lo note. En seguida le regalaréis la otra galleta, que ella aceptará porque nada sospecha, y apenas trague el primer bocado, arrojadle agua al rostro, diciéndole: «Deja esa forma y toma la de yegua». Luego traedme el animal aquí, y os diré lo que debéis hacer con él.

Beder prometió cumplir fielmente las instrucciones de Abdalá y fue a palacio, en cuyos jardines le esperaba la maga con impaciencia. El príncipe le explicó que había ido a comer con Abdalá y le ofreció una de las dos galletas en prueba de su buen recuerdo.

—Acepto gustosa —respondió la reina—, pero antes quiero que probéis ésta que he hecho mientras habéis estado ausente.

Beder cambió con ligereza la galleta de la maga por la que le había dado Abdalá, la comió haciendo grandes elogios de ella, y la maga, que de nada se había dado cuenta, tomó un poco de agua con la palma de la mano de un surtidor inmediato, y arrojándola al rostro de Beder, le dijo:

—¡Desgraciado, deja la forma de hombre y toma la de un caballo tuerto y cojo!

Estas palabras no surtieron ningún efecto, con gran admiración de la maga, la cual dijo a Beder con frases entrecortadas que aquello era una chanza, y que jamás cometería tan villana acción después de los juramentos hechos a Abdalá.

Beder replicó:

—Comprendo muy bien que sólo lo habéis hecho para divertiros, pero dejemos a un lado este incidente, y hacedme el favor de probar la galleta que os he dado.

La reina comió la galleta, y cuando la hubo tragado se quedó inmóvil como una estatua. Beder no perdió un momento, y arrojándole al semblante un poco de agua le dijo:

—¡Maga aborrecible, deja esa forma y toma la de yegua!

Y en el acto se transformó así.

La llevó a la caballeriza del palacio y se la entregó a un palafrenero para que la ensillase y pusiera una brida, pero ninguna le estaba bien, y entonces se dirigió con la yegua a pelo a casa de Abdalá, a quien refirió lo sucedido.

—Señor —exclamó Abdalá—, no debéis permanecer más tiempo en esta ciudad. Montad la yegua y volved a vuestro reino, lo único que os encargo es que no le quitéis jamás la brida que voy a ponerle ahora mismo.

Y, en efecto, le puso a la yegua una brida que sacó de un armario. Beder dio las gracias a Abdalá por sus favores, y emprendió el regreso a Persia. A los tres días de camino llegó a una gran ciudad, y en los arrabales encontró a una vieja que al ver la yegua comenzó a llorar y a dar profundos suspiros. Le preguntó el rey la causa de su desconsuelo, y la vieja respondió:

—Señor, es que vuestra yegua se parece tanto a una que tenía mi hijo que, de no haber muerto, creería que era la misma. Os ruego que me la vendáis, y os daré por ella mil monedas de oro.

Al principio se resistió Beder, pero fueron tantas las lágrimas y las súplicas de la vieja que al fin se apeó de la yegua y tomó las mil monedas de oro, que era el precio convenido.

La vieja quitó la brida a la yegua con increíble rapidez y tomando un poco de agua del arroyo que corría en medio de la calle se la arrojó diciendo:

—¡Hija mía, deja esa forma extraña y toma la tuya!

E instantáneamente apareció la reina Labá. La vieja, su madre, dio después un silbido y se presentó un genio horroroso de gigantesca estatura, que en un momento llevó en brazos a Beder, a Labá y a la vieja a la Ciudad de los Encantos. Apenas llegaron a ella, la maga, enfurecida, convirtió al rey de Persia en una lechuza, y mandó a una de sus sirvientas que lo encerrase en una jaula, sin darle de comer ni de beber. Pero la buena mujer, lejos de hacerlo así, fue a contar reservadamente a Abdalá lo que había sucedido, y el anciano, que conoció que no había momento que perder, dio un gran silbido y presentóse un genio con cuatro alas que le preguntó lo que se le ofrecía.

—Relámpago —le dijo—, se trata de conservar la vida del rey Beder, hijo de Gulnara. Conduce a esta mujer compasiva, a quien la maga ha confiado la jaula, a la capital de Persia para que informe a la reina del peligro en que se halla su hijo.

Desapareció Relámpago arrebatando por los aires hasta la corte de Persia a la buena mujer, la cual notificó a Gulnara el riesgo que corría el rey Beder.

—¡Hermano mío —dijo la reina a Saleh, que entraba en aquel momento en palacio—, tu sobrino, mi hijo querido, se halla en la Ciudad de los Encantos, bajo el poder de la reina Labá, y es preciso que vayamos al momento a libertarle!

Reunió Saleh un cuerpo de tropas de sus estados marinos, llamó en su auxilio a los genios, sus aliados, que se presentaron con un ejército aún más numeroso que el suyo, y se puso al frente de ellos con Gulnara, que quiso tomar parte en la pelea. Eleváronse por los aires y se descolgaron sobre el palacio y la Ciudad de los Encantos, destruyendo en un instante a la reina Labá y a su madre. Gulnara había llevado consigo a la mujer que le anunció el encanto y prisión de su hijo, encargándole que durante el combate se apoderara de la jaula y se la trajese. Ejecutada esta orden, abrió la reina la jaula, y rociando con agua la cabeza de la lechuza, pronunció estas palabras:

—¡Querido hijo, deja esa forma y toma la de hombre, que es la tuya!

En el acto desapareció el ave, y la reina Gulnara vio a su hijo, a quien abrazó con muestras de amorosa ternura. Después hizo venir a Abdalá para recompensarle por el bien que había dispensado al rey Beder, y preguntó a éste lo que le faltaba para ser completamente feliz, habiendo ya recobrado su corona y su libertad. Beder respondió que, a pesar de sus desdenes y de su conducta hacia él, no podía olvidar a la princesa Jiauhara, y Gulnara, deseosa de complacer a su hijo, suplicó a Saleh que hiciese comparecer al momento al rey Samandal por ver si persistía en su primera negativa.

Mandó Saleh que le trajesen un braserillo con fuego, y echando en él una mixtura pronunció algunas palabras incomprensibles. Así que el humo comenzó a elevarse, tembló el palacio y apareció el rey de Samandal con los oficiales que lo custodiaban. El rey de Persia se arrojó a sus pies, y en aquella humilde postura le pidió la mano de la hermosa princesa Jiauhara.

El rey de Samandal no consintió que Beder permaneciera en tal actitud, y abrazándolo con efusión, le concedió en el acto la mano de su hija. En seguida encargó a uno de sus oficiales quo fuese a buscar a la princesa y la trajera al momento. Cuando Jiauhara estuvo presente, le dijo el rey de Samandal que le daba por esposo al rey de Persia, el soberano más poderoso y que más merecía tan elevado enlace a lo cual respondió la princesa que estaba dispuesta a obedecer las órdenes de su padre, cuando Beder le perdonase el mal que le había hecho al convertirle en pájaro. El rey de Persia contestó besando respetuosamente la mano de la princesa.

Los desposorios se celebraron en el palacio de la Ciudad de los Encantos, con gran solemnidad y esplendor, habiendo recobrado su primitiva forma todas las personas encantadas desde el momento que la maga dejó de existir, tras lo cual habían ido a dar las gracias a Saleh y a la reina Gulnara, asistiendo también a la fiesta. Eran todos hijos de reyes o de elevada jerarquía.

Condujo el rey Saleh al de Samandal a su reino, y le repuso en posesión de sus estados. El rey de Persia, viendo cumplidos sus deseos, regresó a su capital con la reina Jiauhara y su madre, y contento y feliz, reinó largos años en medio del cariño y de las alabanzas de su pueblo.

Conclusión

Scheznarda había terminado sus cuentos, y no acertando a comenzar otro, se postró a los pies del sultán, diciéndole con voz suplicante:

—Poderoso rey del mundo, durante mil y una noches vuestra esclava os ha contado historias divertidas y agradables. ¿Estáis satisfecho o persistís en vuestra antigua resolución?

—Cortarte la cabeza sería demasiado poco —repuso el sultán—. Tus últimas historias me dejan mortalmente anonadado.

Entonces Scheznarda hizo una señal a la nodriza, y al momento apareció ésta conduciendo a tres niños. Uno de ellos caminaba solo, el otro lo hacía con ayuda de las andaderas, y el tercero estaba aún en lactancia.

—Gran príncipe, ved aquí a vuestros hijos. No por el mérito de mis cuentos, sino por el amor a ellos, os suplico que me hagáis gracia de la vida. ¿Qué sería de estas tiernas criaturas si yo muriese?

Y diciendo esto, estrechaba a los niños contra su pecho deshecha en lágrimas.

El sultán, hondamente conmovido, abrazó también a sus hijos.

—Te perdono —dijo luego— por amor a estos niños y porque tienes corazón de madre. ¡Vive feliz!

La fausta nueva cundió pronto por la ciudad y de nuevo volvieron a oírse los más subidos elogios del sultán, sabio, prudente y generoso.

A la mañana siguiente, el sultán reunió su Consejo y dijo, dirigiéndose al visir:

—Que el cielo te recompense por el servicio que has prestado al imperio y a mí mismo, interrumpiendo el curso de mis crueldades. Tu hija Scheznarda, que me ha dado tres hijos, es mi esposa favorita.

Inmediatamente ordenó que durasen treinta días las iluminaciones del palacio y los banquetes, a los que serían admitidos todos los que llegasen, en honor de la sultana Scheznarda. Al mismo tiempo, hizo riquísimos presentes a sus cortesanos y repartió cuantiosas sumas entre los pobres, que le bendecían con lágrimas de gratitud y de alegría.

El sultán vivió muchos años sin que ningún hecho desagradable turbase la paz de su próspero reinado.

FIN